M

Papel certificado por el Forest Stewardship Council®

MIXTO
Papel | Apoyando la
silvicultura responsable
FSC® C117695

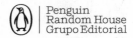

Penguin
Random House
Grupo Editorial

Primera edición: febrero de 2024

© 2024, Victoria Vílchez
© 2024, Penguin Random House Grupo Editorial, S. A. U.
Travessera de Gràcia, 47-49. 08021 Barcelona

Printed in Spain – Impreso en España

ISBN: 978-84-19501-85-1
Depósito legal: B-20.226-2023

Compuesto en Compaginem Llibres, S. L.
Impreso en Black Print CPI Ibérica, S. L.
Sant Andreu de la Barca (Barcelona)

GT 0 1 8 5 1

VICTORIA VÍLCHEZ

CÓMO ODIAR A TRAVIS ANDERSON

Montena

A todas las que habéis esperado con ansias
para conocer al menor de los hermanos Anderson.
Gracias por vuestro apoyo y por tanto cariño

Tara

Hay unos vaqueros tirados en mitad de mi salón. Unos vaqueros de hombre. Estoy bastante segura de que su propietario es Blake Anderson, el novio de Raylee. Ella es mi compañera de piso y también mi mejor amiga. Llevan juntos algo más de cinco meses y aún están en la fase de «quitémonos la ropa y follemos como animales a todas horas». No puedo culparla. El tipo es un auténtico bombón: rubio, espalda ancha, con un montón de músculos bien trabajados y una sonrisa de escándalo. Yo tampoco perdería ocasión si fuera ella.

La verdad, dudo que vayan a superar esa fase en un futuro próximo.

Como no tengo especial interés en escuchar cómo se lo montan mi mejor amiga y su novio, me meto en la cocina, la estancia más alejada de los dormitorios del piso que Raylee y yo compartimos en el campus de la UCLA. A Raylee la conocí el primer año de universidad, cuando me la asignaron como compañera de habitación en la residencia. Nos hicimos amigas casi de inmediato y, para cuando llegó el tercer semestre, nos decidimos a alquilar juntas un apartamento algo más grande en la zona sur del campus.

Dejo el móvil sobre la encimera y selecciono una de mis listas de reproducción de música favoritas. The Score y su *Born for This* comienza a sonar mientras me dedico a rebuscar en el frigorífico algo con lo que prepararme un sándwich. Hoy apenas he tenido tiempo de comer nada y estoy famélica. O como algo antes de salir a correr, o me desmayaré en mitad de la calle.

El teléfono vibra y la canción se interrumpe unos segundos con el pitido de un mensaje.

Me asomo a la pantalla y leo: *Gilipollas Anderson*, lo que quiere decir que el mensaje proviene del hermano menor de Blake.

¿Que si no me cae muy bien? No sé de dónde os sacáis eso.

> Dile a Blake que coja el maldito teléfono.

Eso es todo. Ni un «hola» o un «¿qué tal te va?».

Tampoco es que seamos amigos ni nada por el estilo. Coincidimos hace unos meses en la boda de Thomas, el hermano de Raylee. Tuvimos que compartir bungalow, y también cama, durante una de las noches. Digamos que fue toda una experiencia.

¿Detectáis mi sarcasmo? Pues bien, a Travis —el gilipollas— no se le da tan bien pillarlo.

Por un instante me digo que no merece la pena contestarle, pero luego… Bueno, no soy la persona más racional o equilibrada del mundo, así que finalmente lo hago.

> Creo que está un pelín ocupado.

> Follando.

Lo último lo añado solo porque no estoy segura de que capte el sentido del mensaje anterior y porque sé que lo sacará de quicio.

La respuesta no tarda en llegar:

> Eres toda delicadeza y saber estar.

> Y tú, un estirado. Solo llamo a las cosas por su nombre.

No soy de esas personas a las que cualquier cosa les hace poner los ojos en blanco, pero, creedme, este tipo consigue que, además de eso, me den ganas de arrancármelos y lanzárselos.

Sentada en la encimera y con las piernas colgando mientras devoro un sándwich de pavo con una sonrisa, contemplo el estado de Travis pasar de «escribiendo» a «en línea». Escribe, se detiene —seguramente para borrar la chorrada que ha escrito— y vuelta a empezar. Ni que decir tiene que me lo paso genial torturándolo.

—¡Ey! Ya has llegado. —Levanto la vista y me encuentro a Raylee.

Tan solo lleva puesta una camiseta, que, por el tamaño, debe de pertenecer a Blake. Tiene el pelo revuelto, las mejillas encendidas y el aspecto de alguien que se lo ha pasado muy muy bien. No puedo evitar sonreír; me encanta verla tan feliz.

—Sí, iba a salir a correr un rato. ¿Te apuntas?

Alargo el cuello para echar un vistazo por encima de su hombro, esperando que Blake entre en la cocina en cualquier momento.

—Está… vistiéndose —dice Raylee con una vocecilla avergonzada que me hace sonreír aún más.

—Pues dile que sus vaqueros están tirados en el salón. —Me saca la lengua mientras abre la nevera y coge una botella de agua—. Pensaba salir luego a tomar algo. Hay noche de karaoke en ese bar al que va todo el mundo a las afueras del campus.

Le da un buen trago a la botella antes de contestar:

—No a lo de correr y sí a lo de esta noche.

Las únicas carreras que da Raylee son para pillar el autobús si llega tarde, así que no me sorprende. Tampoco es que lo necesite. Es menuda y con curvas, perfecta a mi parecer. Yo, en cambio, le saco una cabeza y tiendo a acumular la pizza de los viernes en mi maravilloso trasero. Toda la pizza; la que me como y la que no. Y, sí, lo de «maravilloso» también es un sarcasmo.

—¿Blake se quedará esta noche?

Asiente.

Su novio es arquitecto y vive en Los Ángeles, a algo más de una hora de la universidad, así que la mitad de los fines de semana los pasa aquí, sobre todo si Raylee tiene que estudiar o preparar algún trabajo; en otras ocasiones, ambos se quedan en el piso de Blake.

—Yo también tengo una propuesta para ti —canturrea.

—Soy toda oídos.

Mientras los planes no incluyan a Travis, me apunto a lo que sea. El hermano de Blake está viviendo temporalmente con él, aunque no sé muy bien el motivo; creo que ni Raylee lo sabe. De ahí que, a pesar de que la feliz parejita me ha invitado varias veces a acompañarlos y quedarme un fin de semana con ellos en la ciudad para salir por ahí, por ahora he optado por declinar su invitación.

—Las Vegas.

No añade ninguna explicación, pero yo no necesito más.

—¡Oh, sí! —Me bajo de un salto de la encimera con una sonrisa de oreja a oreja—. ¿Cuándo?

Tanto Blake como el hermano de Raylee han estado implicados en el diseño de un casino en Las Vegas y habían prometido llevarnos en cuanto lo inauguraran. Raylee y yo esperábamos este momento desde hace semanas.

—¡En un mes! —chilla, y nos ponemos a dar saltitos como idiotas en mitad de la cocina.

Así es como nos encuentra Blake cuando por fin se digna a aparecer. Vestido, eso sí. Se apoya en el marco de la puerta y esboza una sonrisa encantadora al mirar a su novia. Joder, solo le falta empezar a vomitar arcoíris y purpurina. Es muy mono, la verdad. Ojalá hubiera más tíos como él, de esos a los que no les importa mostrar lo que sienten por su chica. No como el imbécil de su hermano; no le arrancarías una sonrisa a Travis ni aunque la vida le fuera en ello... Es un tipo de lo más inquietante.

—Un momento. —Paro de saltar y me desinflo un poco al pensar siquiera en la posibilidad—. ¿Travis irá?

Las cejas de Raylee salen disparadas hacia arriba en cuanto menciono al idiota. Mi amiga lleva semanas intentando sonsacarme lo que sucedió con él la noche anterior a la boda y, por más que le he asegurado que no ocurrió nada, no termina de creerme del todo.

—¿Se puede saber qué es lo que pasa entre mi hermano y tú? —interviene Blake, visiblemente más tenso que hace un momento.

Travis y él no se llevan del todo bien, aunque Raylee me ha contado que, desde que viven juntos, Blake está tratando de... limar asperezas. Travis no se lo pone fácil. Y no sé por qué, pero no me extraña.

Me encojo de hombros.

—Nada. No pasa nada. Por cierto, quiere que lo llames.

Blake frunce el ceño y Raylee esboza una sonrisita burlona. A saber lo que está imaginando.

—¿Y tú cómo sabes eso? —pregunta Blake.

—Me ha mandado un mensaje.

—¿Te mandas mensajitos con Travis? Ay, madre —dice Raylee, y no entiendo por qué parece tan emocionada.

Blake también se muestra de repente mucho más interesado.

—Quítatelo de la cabeza —le digo a mi mejor amiga—. Gilipollas Anderson tendría que sacarse el palo del culo para empezar siquiera a resultar soportable.

Blake suelta una risita.

—¿Gilipollas Anderson?

Mi móvil vuelve a vibrar, así que aprovecho para mostrarle la pantalla con el alias que le he puesto a su hermano en mi agenda.

—Me alegra no ser yo ese Anderson.

—Ten. Mira de una vez qué es lo que quiere para que deje de darme el coñazo.

Le paso el teléfono. No sé qué le dice Travis cuando contesta, pero Blake estalla en carcajadas mientras da media vuelta y sale de la cocina con el móvil contra la oreja.

Raylee se vuelve hacia mí con cara de loca. Su sonrisa es tan amplia que resulta un poco perturbadora.

—¿Vas a contarme lo que pasó entre Travis y tú?

Resoplo y pongo los ojos en blanco, porque ahora sí que es totalmente necesario hacerlo.

—Na-da —replico, articulando las dos sílabas con la mayor claridad posible—. Eso fue lo que pasó. Pero es un imbécil.

—Tara, tú no eres de las que juzgan a las personas a las primeras de cambio, así que ¿de dónde viene todo ese... rencor? Os liasteis, ¿verdad?

No puedo evitar reírme.

—Eso te encantaría...

Raylee no se corta y asiente.

—Vamos, no creo que sea un mal tipo. Conmigo siempre es superatento. Blake flipa un poco, la verdad.

—No me extraña que flipe. Gilipollas Anderson se ha ganado ese mote a pulso. Por Dios, si estuvo sentado en una esquina durante toda la boda, apartado del resto. ¡No bailó! ¡No habló con casi nadie!

—Habló con mi madre.

—Tu madre es un ángel caído del cielo. Si alguien no habla con ella, puedes empezar a sospechar que es el demonio reencarnado. Y mira..., no descarto que él lo sea.

Raylee agita la cabeza, negando, pero aun así no deja de sonreír. Sé que mi pequeña guerra con Travis en el fondo le divierte, y yo siempre he sido un poco… payasa, supongo. Todo lo contrario que el estirado de Travis.

Raylee cambia de tema y lo deja estar por ahora.

—¿Qué tal las clases?

Aunque no lo diga, soy muy consciente de lo que está preguntando en realidad. Mark, otro idiota, está en varias de mis clases. Hace unos meses tuvimos algo, pero ahora no nos hablamos. Claro que eso no sería así si no me lo hubiera encontrado con la polla metida en la boca de otra tía justo un par de días después de que me pidiera salir en exclusiva.

Aunque en su momento me dolió, ya lo he superado. Tampoco es que estuviera colgada por él; solo estábamos empezando a conocernos, por así decirlo. Pero a Raylee le preocupa que tenga que seguir encontrándome con él a diario. Además, el tipo intentó hacer como si nada hubiera pasado e incluso me invitó a salir de nuevo cuando volví a verlo. Le grité un par de cosas en mitad de la clase y ahora todo el mundo sabe lo de su pillada en plena mamada; un circo, vamos.

—Genial. Deja de preocuparte —le digo, enlazando mi brazo con el suyo y llevándola conmigo hacia el salón.

Nos encontramos a Blake aún hablando por teléfono. Está susurrando, lo cual despierta mi curiosidad, pero no hay manera de escuchar nada de lo que dice.

—¿Todo bien? —le pregunta Raylee cuando por fin cuelga.

La expresión resignada de Blake resultaría graciosa si no estuviéramos hablando de Travis.

—Cambio de planes. Tengo que ir a casa. —Hace una pausa y su mirada oscila de Raylee a mí—. ¿Por qué no os venís las dos?

Yo alzo las manos y empiezo a negar.

—Ni de coña.

—¡Sí! —exclama mi amiga a su vez—. Será divertido.

Enarco las cejas y ladeo la cabeza.

—Divertido ¿para quién?

—Para mi hermano, no —se ríe Blake.

Me da la sensación de que lo de Gilipollas Anderson también le ha gustado. Y quizá solo por eso decido aceptar.

Tara

Al final, entre Raylee y Blake se las arreglan para convencerme de que pase con ellos este fin de semana. Para cuando terminamos de hacer la maleta y abandonamos el campus, ya ha empezado a anochecer.

Silbo por lo bajo en cuanto Blake detiene el coche frente a un edificio enorme.

—Vaya con el arquitecto. ¿Vives aquí?

Raylee me contó que el apartamento de Blake era una especie de dúplex en el ático de un edificio monstruoso, pero se quedó corta al describirlo. Ni siquiera puedo imaginar cómo será por dentro.

—Estás forrado, ¿eh? —me burlo, y Raylee me lanza una mirada de advertencia desde la parte delantera del vehículo.

De repente, recuerdo que Blake no se lleva demasiado bien con sus padres —que son los que de verdad están forrados—, y me encojo un poco en el asiento.

Soy una bocazas. Blake ha trabajado muy duro para llegar a donde está. Se lo ha ganado.

Pero él no parece mostrarse afectado por mi broma.

—Vale cada centavo que pago por él. Las vistas son increíbles —me dice, sin rastro de irritación.

—Y tiene jacuzzi —añade Raylee con una sonrisita.

Blake también sonríe y su mano pasa del volante al muslo de mi mejor amiga.

—Vaaaaaale. Esa es mi señal para bajarme del coche.

En un santiamén estoy fuera y les doy algo de intimidad. No me molesta que estén todo el día magreándose, es incluso bonito, pero no quiero ser testigo de ello.

Echo un vistazo alrededor y luego vuelvo a elevar la mirada. Joder, el sitio es una pasada. Hay otros edificios similares alrededor, una avenida repleta de palmeras y jardines y un montón de cochazos. Una hilera de farolas ilumina la calle de tal manera que apenas si hay un rincón en sombra.

Raylee y Blake dan por terminada su sesión de carantoñas y se reúnen conmigo fuera del coche. Sacamos nuestras bolsas del maletero y nos dirigimos a la entrada. Blake saluda al conserje, un tipo mayor con pinta de abuelo que nos observa atentamente mientras atravesamos el vestíbulo.

—Buenas noches, señor Anderson. Señorita Brooks —contesta el hombre.

Mi amiga le brinda una sonrisa cálida y le devuelve el saludo. El conserje también le sonríe con afecto.

—Buenas noches, Buddy.

—¿Buddy? —articulo en voz baja.

Blake se inclina hacia nosotras tras apretar el botón de llamada del ascensor.

—Raylee ha adoptado al señor Jackson.

—¡Es encantador! —protesta ella.

Mi amiga perdió a su padre cuando era tan pequeña que ni siquiera lo recuerda, así que supongo que, en el fondo, echa de menos una figura paterna. De algún modo, creo que eso fue parte de lo que nos hizo encajar tan rápido cuando nos conocimos. Raylee perdió a su padre y yo... a mi madre.

Blake le da un beso en la sien y niega con la cabeza, aunque de todas formas está sonriendo.

—Estás loca, enana —le dice, pero se nota que su voz está cargada de cariño.

Una vez en el último piso, Blake abre la puerta y entra primero. La casa está a oscuras y en silencio, por lo que resulta evidente que Gilipollas Anderson no se encuentra aquí, lo cual me hace sentir vergonzosamente aliviada. También puede que esté un poquitín decepcionada, pero no es algo que vaya a admitir, ni siquiera ante mí misma.

Blake va encendiendo luces a su paso.

—¡Madre mía! —exclamo, y avanzo por el salón rodeando los muebles, directa hacia la enorme cristalera que va desde el suelo al techo y que ocupa toda una pared—. ¡Joder! ¿Cómo es que no vienes aquí cada fin de semana?

Me giro hacia Raylee. Mi amiga ya ha encontrado su sitio preferido pegada al costado de su novio. Él mantiene las manos en torno a su espalda y tiene la barbilla apoyada sobre su cabeza. Son adorables.

—No mentías con las vistas —añado—. Son increíbles.

Pero él se limita a bajar la mirada hacia mi amiga y murmurar:

—Lo son. —Reprimo la risa. Madre mía, este tío está colado hasta las trancas por Raylee—. Coge cualquier cosa que quieras de la cocina. He hecho la compra esta mañana, así que tendría que haber de todo —añade Blake, y señala hacia un arco doble a la izquierda. Luego le da un empujoncito a Raylee hacia mí—. ¿Por qué no le enseñas su habitación?

—¿Tengo habitación? —repongo, llevándome una mano al pecho con fingida afectación.

Raylee se echa a reír mientras avanza hasta la cristalera de la que creo que me he enamorado. Las luces de la ciudad de Los Ángeles son como un manto de color brillando e iluminándolo todo.

—Mira que eres idiota.

Desde el salón, hay una escalera de madera y metal que asciende hacia la planta superior. Pero no subimos por ella, sino que nos desviamos hacia un pasillo a la derecha.

—El dormitorio principal está arriba y tiene una cristalera idéntica a esta —ríe mi amiga en voz algo más baja, y estoy convencida de que ahora mismo su mente está viajando al país de la perversión y la lujuria—. El jacuzzi también está arriba. Luego te lo enseño. En esta planta hay dos dormitorios más.

Avanzamos por el pasillo hasta encontrar tres puertas. Raylee señala una que está cerrada.

—Ese es el dormitorio de Travis. —Hago una mueca, aunque en realidad siento un poco de curiosidad—. Esa otra es el baño. Y este es tu dormitorio.

Justo enfrente del de Travis. Bueno, con suerte estará por ahí haciendo solo Dios sabe qué y no tendré que verlo. Ni siquiera sé a qué se dedica, si trabaja o estudia. Tiene veinticinco, así que, de haber ido a la universidad, ya debería haber terminado.

Raylee me ayuda a sacar algunas cosas de mi bolsa y colgarlas en el armario. Todo el apartamento está decorado con muebles sencillos y de líneas modernas, en tonos blancos y negros. Aunque aquí y allá hay detalles de color verde y rojo; también algunas fotos de la playa y el mar, y de Raylee y Blake. Veo una tabla de surf colgada de la pared, una bonita colcha que sospecho que ha elegido mi amiga y una cama enorme para tratarse de un dormitorio de invitados. Es acogedor.

—Estoy ayudando a Blake con la decoración. No hace mucho que se ha mudado —comenta. Sin embargo, la casa ya parece un verdadero hogar. Su hogar.

—Cuando quiera darme cuenta te vendrás a vivir con él. ¿Crees que Blake me adoptaría? —lloriqueo con un puchero, haciéndola sonreír.

—Estoy segura de que sí.

Blake tiene que marcharse de nuevo a resolver no sé qué problema, así que la idea es que descansemos un poco y luego salgamos a cenar algo. También ha prometido llevarnos a uno de los locales de moda en la zona de Santa Mónica.

Tras un tour por todo el apartamento, Raylee y yo pasamos el rato tiradas en un sofá enorme y muy cómodo que bien podría ser otra cama, justo frente a la cristalera del salón, con la atención dividida entre una película de los años noventa que están echando en la televisión y una tarrina de helado de plátano bañado en una cantidad indecente de sirope de chocolate.

—Venga, cuéntame de una vez qué pasa con Travis —dice Raylee. Me da un golpecito con el hombro en el costado a pesar de que estamos envueltas en una manta fina y parecemos un canelón con relleno doble. A punto estamos de salir rodando por el borde del sofá.

—Ya te lo he dicho. Es solo un idiota. Eso pasa.

—¿Es tensión sexual no resuelta lo que detecto? —canturrea, divertida.

—Ni de coña. —Se ríe y yo me río con ella—. Tú, en cambio, resuelves a todas horas, ¿eh? —me burlo, agitando la cuchara frente a su cara.

La puerta de la entrada se abre antes de que mi amiga pueda replicar. Ambas nos giramos a la vez y echamos un vistazo por encima de la parte trasera del sofá.

Blake atraviesa el umbral con las llaves en una mano y la otra en alto, frotándose el puente de la nariz.

—No me lo puedo creer —farfulla entre dientes.

Miro a Raylee, aunque ella tampoco parece tener mucha idea de lo que está pasando. Blake avanza y lanza las llaves sobre un aparador junto a la entrada. Tras él, para mi desgracia, entra mi peor pesadilla: Travis Anderson.

El tipo camina con la barbilla baja, por lo que no puedo verle bien el rostro, pero apuesto a que tiene esa cara de póquer, carente de emoción alguna, que tan bien se le da poner. Bajo la manga izquierda de la camiseta negra que lleva puesta asoma parte de uno de sus tatuajes, la otra parte le llega hasta el lateral del cuello; tinta negra sobre su piel dorada. Unos vaqueros oscuros y repletos de rotos caen demasiado bajos sobre sus caderas. Tanto que, cuando alza una mano para pasársela por entre los mechones de tono castaño muy claro, una franja de su firme estómago queda a la vista.

Travis no es tan corpulento como su hermano, pero el muy idiota, incluso con el aspecto que luce ahora mismo —como si un camión lo hubiera arrollado durante un par de kilómetros—, es muy atractivo, y también demasiado sexy. Admitirlo me hace apretar los dientes.

Es una pena que sea un completo imbécil. Ya he cubierto el cupo de idiotas para toda mi vida.

—¡No! ¡No pienses que vas a encerrarte en tu habitación! —grita Blake en cuanto Travis se dirige hacia el pasillo—. Tenemos invitadas y vas a salir a cenar con nosotros.

Aunque Travis es tan solo tres años menor que Blake y ya es mayorcito, ahora mismo parece un crío al que su padre estuviera reprendiendo después de una travesura.

«O tal vez no tan travesura», pienso para mí, cuando Travis por fin levanta la vista del suelo.

Sus ojos de un verde imposible se clavan de inmediato en mí, casi como si supiera que estoy aquí, parapetada tras el respaldo del sofá, antes incluso de haberme visto. Pero los míos van directamente hacia el cardenal que luce en el pómulo y el corte de su labio inferior.

Un músculo le palpita en la mandíbula mientras lo observo, aunque Travis no tarda en esconderse de nuevo detrás de esa máscara inexpresiva y odiosa. Sin embargo, hay un brillo feroz en sus ojos que no logra ocultar a tiempo, y quizá… también otra emoción. ¿Miedo? No, no es eso.

Culpa.

—Genial. La noche no hace más que mejorar —suelta con desgana, y luego su atención se desvía hacia Raylee—. ¿Qué tal, preciosa? No sabía que ibas a venir este fin de semana.

—Es que no iba a venir —interviene Blake, sin esforzarse en modo alguno para disimular su enfado.

Raylee se apresura a calmar los ánimos.

—No importa. Me gusta estar aquí. No pasa nada.

Y entonces ¡Travis le sonríe a mi amiga! Una sonrisa mínima, eso sí. Sus labios se curvan en las comisuras durante un breve instante; lo suficientemente rápido como para que no esté muy segura de no haberlo imaginado.

—Vendrás a cenar con nosotras, ¿verdad, Trav? —le pregunta ella cuando él hace amago de largarse hacia su dormitorio.

Travis tarda unos pocos segundos en contestar, los que emplea en mirarme de nuevo. No puedo evitar sonreírle de forma maliciosa a pesar de la tensión que se respira en el ambiente. Sacar de quicio a este imbécil es superior a mis fuerzas.

—Deja que me… —Baja la vista hacia su ropa—. Voy a darme una ducha y a cambiarme.

Blake se adelanta, rodea el sofá y prácticamente se derrumba junto a Raylee.

—¿No deberíais estar ya vestidas, enana?

Mi amiga le arranca el malhumor con una de sus sonrisas y un par de besitos en los morros. El cambio de actitud de Blake es incluso gracioso, si no fuera porque Travis continúa inmóvil junto a la entrada. Pero no está mirándolos a ellos, sino a mí, y la intensidad de su mirada, el desafío implícito en ella, es tal que apenas puedo sostenérsela. Sus brillantes ojos verdes parecen capaces de devorarme entera para luego escupirme deshecha y rota. Las líneas de su rostro se endurecen segundo a segundo, pero entonces la punta de su lengua asoma tras los dientes y algo metálico destella en ella mientras se lame el corte del labio inferior.

Un recuerdo de la boda me golpea con fuerza, uno que he empujado y empujado hasta un rincón de mi mente; algo relacionado con ese piercing y su lengua en sitios que no pienso mencionar. Agradezco no ser de las que se sonrojan con facilidad; no quiero darle esa satisfacción. Pero, de igual forma, un calor repentino me golpea entre las piernas, obligándome a apretar los muslos.

No importa. No significa nada.

Arqueo una ceja y procuro mantener la sonrisa en su sitio. Esta es una guerra que no pienso dejarle ganar. No me intimida. ¡Ja! Ni de coña.

—Iré a ducharme —comenta a nadie en concreto.

Sus dedos, en el borde de la camiseta, se deslizan unos centímetros por debajo de la cinturilla de los vaqueros, justo sobre una fina línea de vello rubio que sé que está ahí aunque su mano la cubra.

Se me seca la boca al imaginar mi propia mano acariciando la parte baja de su abdomen.

—¿No deberías ir a vestirte, Tara? —El muy idiota pronuncia mi nombre en un sugerente susurro. Ronco y bajo, como si lo saborease.

Como si le gustase.

Aunque estoy bastante convencida de que no es así y, si lo fuera, me daría exactamente igual.

¿Por qué los tipos más atractivos siempre son los más capullos? Bueno, salvo Blake, él es un tío legal. En eso envidio un poco a Raylee, aunque no es una envidia mezquina. En la boda, cuando Blake decidió que era el mejor momento y lugar para admitir delante de todos los invitados que estaba enamorado de mi mejor amiga, yo prácticamente estaba aplaudiendo con las orejas. No puedo ser más feliz por ella.

Pero, Dios, es que mi vida amorosa es un completo desastre. Solo me cuelgo de tíos imbéciles —como Travis— que luego me la pegan a las primeras de cambio. Lo cual no es algo que vaya a suceder con él, dado que lo odio con todas mis fuerzas.

—Preocúpate de ti mismo. Yo no necesito tanto trabajo para estar decente —le suelto, aunque mi pulla no parece afectarle lo más mínimo.

Con una última de esas inquietantes miradas, echa a andar hacia el pasillo. Y cuando ya estoy saboreando la victoria le escucho murmurar:

—Sí, en eso estoy totalmente de acuerdo.

Travis

—¡Maldita sea!

El labio me arde al entrar en contacto con el agua caliente de la ducha y tengo el costado derecho dolorido, además de parte del rostro. Y, como si la mierda de día que he tenido no hubiera resultado lo suficientemente malo, ahora tengo que salir a cenar con mi hermano y su novia. Y con la mejor amiga de esta: Tara.

Esa chica es… una maldita pesadilla. No había vuelto a verla desde la boda de Thomas, el hermano de Raylee, pero se ha esforzado mucho para continuar torturándome incluso a distancia. Estoy bastante seguro de que la noche no va a ir mucho mejor que el día.

Salgo de la ducha y, sin perder tiempo en secarme, me envuelvo una toalla en torno a las caderas.

Blake está muy cabreado y no lo culpo por ello. Tiene todos los motivos del mundo para enfadarse conmigo. Me había prometido no cagarla más con él. Ahora que está con Raylee, parece… feliz. Como nunca lo había visto antes.

Me permitió instalarme aquí después de que mi casero me echara de un día para otro. De eso hace varios meses y yo ya podría haberme buscado algo sin problemas, pero no lo he hecho. Me jode admitir que no es cuestión de pasta; tengo ahorrado lo suficiente como para alquilar el apartamento vecino si quisiera. No, no es dinero lo que me detiene.

Aunque Blake tan solo lleva unas pocas semanas viviendo aquí, la casa ya se parece más a un verdadero hogar que la mansión en la que ambos nos criamos. Raylee se ha dedicado a comprar adornos, a colocar fotografías —incluso hay una mía que me sacó en la boda sin que me diera cuenta—; hay un par de mantas en el sofá, un montón de cacharros en la cocina, flores en la entrada y un puto felpudo en la puerta con una cita de *Drácula* que reza: «Bienvenido a mi morada, entre y deje un poco de la felicidad que trae consigo». Pero no es solo lo material lo que convierte la casa de mi hermano en algo diferente a todo lo que yo he conocido. Son Raylee y él y su forma de mirarse, de revolotear uno en torno al otro. Ni siquiera soy capaz de explicarlo, y mucho menos de comprenderlo.

Sea como sea, me hace feliz que uno de los dos haya conseguido algo más.

Yo, en cambio, no tengo ni puta idea de cómo salir de toda la mierda en la que ando metido. Ni siquiera sé si quiero salir. En realidad, esa mierda es lo único que me hace sentir... vivo.

Salgo al pasillo en el instante en el que otra de las puertas se abre. Tengo que esforzarme para no maldecir. El puñetero destino parece empeñado en joderme un poco más, porque, por supuesto, se trata de Tara. El dormitorio principal está arriba y Raylee y Blake deben de estar también preparándose, así que solo podía ser ella.

Sin siquiera ser consciente de lo que hago, mis ojos descienden por su cuerpo muy lentamente. No se ha cambiado aún. Lleva una simple camiseta de tirantes finísimos y tela aún más fina bajo la cual se adivina la curva de unas tetas firmes y, en la parte inferior, un pantaloncito corto y ceñido. Tara es alta y sus piernas parecen ahora infinitas. Tan largas que podría rodearme las caderas con ellas y...

La cantidad de piel expuesta ante mis ojos, piel de un aspecto muy suave, es ridículamente alta y también tentadora. Muy tentadora.

Se ha recogido la espesa mata de rizos rubios en un moño que es un desastre y del cual escapan varios tirabuzones. Parece que se ha maquillado antes de empezar a vestirse, porque sus ojos lucen ahora más claros en contraste con la sombra oscura y lleva los labios pintados de rojo.

Me da por pensar en decirle que no necesita nada de esa mierda para hacer que un tío desee agarrarla de la nuca y devorar esa boca deliciosa, lo cual resulta estúpido porque no creo que una tía como Tara busque la aprobación de un capullo como yo; ni de ningún otro capullo, ya que estamos. Tampoco creo que se arregle para alegrarle la vista a nadie.

—¿Vas a salir así? —inquiero, señalando sus pantaloncitos, solo para fastidiarla.

Ella resopla, la irritación patente en cada línea de su rostro.

—Eso te encantaría, ¿no? Lo digo por el repaso que acabas de darme.

Tara nunca se calla. No es de esas tías que prefieren guardarse para sí mismas lo que están pensando. Ella suelta lo primero que se le pasa por la cabeza y es capaz de poner a cualquiera en su sitio, sea quien sea.

Me adelanto un paso, pero ella no retrocede. Esa es otra de sus actitudes que me vuelve loco y me desconcierta al mismo tiempo. Normalmente, mi aspecto suele intimidar a algunas mujeres. La cantidad de tinta sobre mi piel, mi altura, la rabia que me consume y que trato de mantener en mi interior aunque a veces acabe por aflorar a mis ojos; seguro que las heridas de mi rostro tampoco juegan a mi favor ahora mismo.

No me gusta la gente. No me gusta sonreír para contentar a nadie o por cortesía. No me interesa agradar a nadie. Ni fingir. La única con la que hago concesiones es con Raylee, y eso es solo porque de verdad me cae bien y hace feliz a mi hermano.

Me inclino un poco sobre ella sin saber muy bien qué me propongo. Esta chica saca lo peor de mí, y eso ya es decir.

—Tú también me estabas mirando —susurro en su oído.

Inspiro en contra de todo mi buen juicio. Huele a... flores. Jazmín, si no me equivoco. Y, a pesar de que el aroma me recuerda a los jardines de la mansión de mi infancia, el olor no me desagrada como de costumbre. Y eso, junto con todo lo demás, aumenta aún más mi propia irritación.

—Sí, bueno —replica, y levanta la mano derecha hacia mis costillas. Antes de tocarme, la aparta con rapidez—. Eso tiene que doler.

Me yergo de inmediato, a sabiendas de que se refiere al cardenal que se extiende por mi costado.

—No es nada.

Ella arquea las cejas y se cruza de brazos. Sus tetas se aprietan contra la pechera de la camiseta y la postura deja entrever el borde de encaje de un sujetador negro. Durante un instante, todo en lo que puedo pensar es en deslizar los dedos por esa maldita línea que dibuja la tela y luego, tal vez, un poco más abajo..., hasta encontrar el pezón...

Mi polla da una sacudida bajo la toalla, encantada con la idea, y tengo que obligarme a levantar la vista hasta sus ojos.

—No me gustas, Anderson, y no me gusta que me mires.

Permito que mis labios se curven tan solo un poco.

—Eso lo has dejado muy claro, aunque estoy bastante seguro de que sí te gustó lo que te hice hace unos meses.

La referencia ni siquiera la hace parpadear. Joder, es dura de roer. Ella me saca de quicio continuamente y yo ni siquiera soy capaz de hacer que se ruborice. No voy a mentir, su actitud desafiante me pone cachondo. No recuerdo la última vez que una mujer consiguió ponérmela dura con tanta facilidad.

—Eres un capullo.

—Nunca lo he negado.

Sin recordar la herida, me mordisqueo el labio de pura frustración. Siseo por el dolor y ella sonríe; una sonrisa amplia y luminosa, jodidamente cegadora para alguien como yo, que suele vivir en las sombras.

—Le has dado un buen disgusto a tu hermano —señala. Sabe perfectamente cómo meter el dedo en la llaga, pero no permito que ninguna emoción asome a mi rostro.

—Estoy bastante seguro de que eso no es asunto tuyo.

Sus hombros caen un poco y exhala un largo suspiro al tiempo que descruza los brazos.

—Mira, tu hermano es el novio de mi mejor amiga y, además, me cae muy bien. Es un buen tipo. —«No como yo, ¿verdad, Tara?», pienso para mí—. Así que vamos a tratar de hacer esto lo menos… doloroso posible para todos.

—De verdad me odias…

Las palabras escapan de mis labios sin que sea consciente de ello. No puedo decir que me extrañe su hostilidad; en realidad, en la boda me comporté como un cabrón con ella. Es lo que hago siempre.

—No pienso tanto en ti como para odiarte, Anderson. No te hagas ilusiones. Pero es solo un fin de semana, así que… —Me tiende la mano—. ¿Tregua?

Clavo la mirada en sus dedos, mucho más pequeños que los míos, y en la piel delicada del interior de su muñeca.

Comportarme no tendría que ser tan difícil, ¿no? Con Raylee me he esforzado mucho, aunque solo porque sé que ella es buena para Blake y mi hermano se merece tener a alguien que de verdad se preocupe por él. Así que supongo que puedo ignorar a Tara si ella consigue mantener su sarcasmo para sí misma. Pero, antes de pensar en lo que hago, agarro su mano y tiro de ella hacia mí.

Una última provocación.

Un último desafío.

Se estampa contra mi pecho húmedo. Sin darle margen para evitarlo, mis brazos están ya en torno a su cintura y mis manos reposan en la parte baja de su espalda. Sus caderas se ajustan contra las mías. Joder, toda ella encaja a la perfección. Las suaves curvas de su cuerpo contra las duras líneas del mío.

Apenas un segundo después, cuando reacciona, comienza a revolverse y, sin quererlo, termina frotándose contra mi erección. Una brusca inspiración por su parte me indica que es muy consciente de lo que acaba de hacer.

Yo ni siquiera estoy respirando.

—Oh, Dios —murmura, pero no hace nada para apartarse.

No se mueve. Yo tampoco lo hago. El aire parece más denso y la temperatura de la casa mucho más alta que hace un momento. La hago retroceder poco a poco hasta que su espalda topa contra la pared y la arrincono.

Tara no aparta la mirada de mis ojos ni un segundo. Me observa con los labios entreabiertos y tal concentración que parece estar buscando algo en mi rostro; no tengo ni idea de qué. Aprieto mi pecho contra el suyo y empujo con las caderas para mantenerla contra la pared, aunque algo me dice que no piensa ir a ningún lado.

Su aliento huele a dulce, chocolate tal vez, y a punto estoy de ceder y saborearlo directamente de su boca. En cambio, atrapo la bolita metálica de mi lengua entre los dientes y jugueteo con ella para resistir la tentación.

Su mirada desciende de golpe hasta mis labios y…, oh, joder, me gusta que me mire así.

Me gusta mucho.

—No voy a besarte porque sé que no es eso lo que quieres —le susurro, tan cerca el uno del otro que nuestras bocas casi alcanzan a rozarse—. No en este momento. Pero lo querrás —añado, como el capullo que soy—, y yo voy a disfrutar mucho cuando acabes cediendo y pidiéndome que terminemos lo que empezamos en la boda.

Sus dedos buscan el golpe de mi costado y me clava las uñas ahí, arrancándome un nuevo siseo de dolor.

—Eso no va a ocurrir, gilipollas.

Sin pensarlo, me permito sonreír. Una jodida sonrisa de verdad, porque ella... Bueno, no lo sé. Solo sonrío.

—Me hace gracia que digas eso. —Bajo las manos y le sujeto las caderas, que ha empezado a balancear contra mí en algún momento de nuestra pequeña charla, evidenciando así su deseo—. Porque estoy bastante seguro de que tengo razón. ¿Y sabes qué? —Llevo mi boca hasta su oreja y lamo la piel tras esta con deliberada lentitud—. Vas a disfrutar de cada maldito segundo de ello.

Tara

¡Mierda! ¡Mierda, mierda y doble mierda!

No puedo creer que haya permitido que ese idiota me altere tanto. Y menos aún que haya acabado frotándome contra él. ¡Por el amor de Dios!

Soy muy consciente de que no es más que pura lujuria; solo una reacción normal de mi cuerpo, que, por cierto, lleva meses en dique seco. La abstinencia me sienta fatal, pero maldita sea si permito que un idiota como Travis me afecte tanto. No voy a permitírselo. No de nuevo.

Yo también sé jugar sucio.

Puede que hayamos firmado una tregua, y de verdad que no quiero añadir más tensión a la que ya existe entre Blake y él, pero eso no implica que vaya a portarme del todo bien. Porque sería exigirme demasiado. Y justo acerca de esto estoy cavilando mientras decido qué ropa ponerme de la que he traído.

Llaman a la puerta y, por un momento, me planteo si será él y viene a terminar lo que sea que haya sido lo del pasillo. No me importaría que fuese Travis; me pillaría, literalmente, en bragas, y sería una forma estupenda de torturarlo mientras me porto bien. He elegido un conjunto negro de encaje. Las copas del sujetador a duras penas abarcan mi pecho, que no es precisamente pequeño, y la zona de atrás del culote deja a la vista gran parte de mi trasero; todo ello envuelto en un encaje de lo más revelador.

Raylee se asoma a la habitación. Me echa un vistazo y luego se cuela en el dormitorio con rapidez y cierra la puerta tras de sí.

Lleva puesto un vestido ceñido al pecho que ondea alrededor de sus caderas al andar. Me recuerda un poco al que lucía en la boda de Thomas. Aunque este es de color azul noche, también tiene la parte trasera un poco más larga que la delantera y le queda igualmente perfecto.

—Vaya, estás preciosa.

—Tú estás desnuda —replica ella, riendo, y se lanza sobre la cama.

Su pequeño cuerpo rebota un poco antes de que ella se acomode de lado y apoye la cabeza en una mano.

—Dame tu opinión. ¿Cuál de los dos?

Sobre el colchón, algo más abajo de donde se ha tumbado, hay extendidos dos conjuntos. Raylee los mira un momento y enseguida señala uno de ellos.

—La falda. Te hace parecer una diosa con tus piernas kilométricas y ese culito respingón. —Hace una pausa y luego levanta la vista—. Solo me pides opinión cuando sabes que vas a encontrarte con un tío que te gusta. ¿Hay algo que deba saber?

Con su rostro dulce y sus grandes ojos castaños, Raylee siempre ha tenido la cara de una muñeca, pero ahora mismo su sonrisa es realmente maliciosa. Por regla general soy yo la que la fastidia con esta clase de cosas, así que creo que con todo el tema de Travis ha visto su oportunidad para devolvérmela.

—Quién sabe, tal vez esta noche encuentre a algún tío interesante que me saque de esta dichosa sequía sexual.

Me gusta el sexo. Nunca lo he negado ni escondido, es más, no creo que sea algo de lo que avergonzarse. Es divertido y altamente satisfactorio; si se hace bien, claro está. Lo que pasa es que desde lo de Mark no me ha apetecido demasiado tontear con nadie y, sinceramente, tampoco es que el tipo fuera una bestia sexual. Más bien era… normalito.

He tenido mucho de eso últimamente.

—Seguro que sí —ríe Raylee—. Vamos, termina de vestirte. ¿Necesitas ayuda? —Niego y ella se levanta—. Vale, entonces voy a tomarme una cerveza con Blake mientras esperamos.

Me enfundo la falda que tanto le gusta a Raylee, una con lentejuelas negras, brillante y muy muy corta, perfecta para torturar a Travis, aunque ni de coña voy a volver a acercarme a él.

Para la parte superior elijo una blusa también negra y sin mangas que se anuda al cuello y deja expuesta la mayor parte de mi espalda. Me quito el moño para rehacerlo de manera informal, nada demasiado elaborado, tan solo un recogido rápido del que saco varios bucles para enmarcar mi rostro. Los zapatos, rojos y de tacón interminable, completan el look. Me hago con una chaquetita y un bolso pequeño para meter el móvil y la cartera. Ya me he maquillado, así que no tardo nada en reunirme con mis amigos.

Lista para darlo todo.

La cocina tiene el mismo aspecto moderno y de líneas sencillas que el resto de la casa. Todo parece bastante nuevo y los electrodomésticos con acabados de acero inoxidable en rojo le dan un toque de color a la madera oscura de los muebles. Una gran isla preside la estancia y alrededor hay dispuestos varios taburetes.

Raylee está sentada en uno de ellos, de cara a la puerta, y Blake se encuentra inclinado sobre su oído susurrándole solo Dios sabe qué clase de guarradas. Mi amiga está roja como un tomate.

Blake se aparta un poco al verme y da un trago a un botellín de cerveza.

—Yo también quiero una de esas —le digo, señalando su bebida.

No duda en acercarse al frigorífico y conseguirme una. Este chico es una joya, la verdad. Resulta curioso, porque Raylee siempre había creído que él era el clásico tipo arrogante y de vida alegre que se pasaba la vida de fiesta en fiesta y de cama en cama. Aunque, aun así, estuvo colgada de él durante toda su adolescencia. Pero ahora es obvio que lo que siente por él, lo que ambos sienten por el otro, es mucho más profundo que un encaprichamiento superficial.

Blake abre la cerveza y me la tiende desde el otro lado de la isla. También él se ha arreglado. Lleva una camisa y unos pantalones de pinza, aunque sigue tan despeinado como siempre.

Hunde la mano en la melena ondulada de mi mejor amiga para acariciarle el cuello y le sonríe antes de hablar.

—Iremos a cenar algo ligero y luego al local que os he comentado. Es del dueño del casino de Las Vegas que Thomas y yo hemos diseñado. El tipo tiene tanta pasta que no sabe en qué invertirla.

—¿Es joven? —pregunta Raylee, y él da un respingo y frunce el ceño—. Es para una amiga —ríe ella a continuación.

Blake enseguida se relaja.

—Pues no debe ni haber cumplido los treinta.

—¿Soltero? —investigo yo—. ¿Guapo?

Blake suelta una carcajada.

—No tengo ni idea de lo primero. Sobre lo segundo, supongo que sí. El tío no está mal. Es uno de esos tiburones de los negocios de Los Ángeles. No sé si será muy adecuado para ti —me dice, como si creyese que estoy buscando un marido o algo así. Pobrecillo, qué inocente es—. Aunque parece más decente de lo que es habitual en ese tipo de ambiente. No es un capullo integral. La verdad es que se ha ganado su fortuna a fuerza de trabajo duro y eso es algo que respeto.

La mirada de Blake pasa de largo sobre mi hombro y, aunque no puedo verlo, soy totalmente consciente de que Gilipollas Anderson acaba de hacer su entrada en la habitación. Se me eriza la piel de la nuca y me invade el deseo de darme la vuelta y bufar como un gato que se sabe acorralado. O uno peleando por su territorio.

No me muevo. Incluso cuando siento su mirada sobre mí como una brasa ardiente. Al rojo vivo. ¿Cómo es posible que mi cuerpo responda a su mera presencia de forma tan visceral? ¡Si ni siquiera lo estoy mirando!

Resulta exasperante.

—¿Buscando a tu próxima víctima, Tara? —Hace una breve pausa entre la pregunta y mi nombre y, como siempre que lo pronuncia, parece saborear cada letra.

Respiro hondo y giro sobre mí misma despacio. Aunque debería estar preparada para lo que me voy a encontrar, más que nada porque hace menos de una hora lo he visto con tan solo una toalla alrededor de las caderas, no lo estoy en absoluto.

Se ha vestido con un jersey de un gris oscuro que destaca el verde de sus ojos, aunque eso no es lo único que destaca. Tiene los brazos cruzados, con las mangas subidas hasta el codo, y la tela está tensa sobre su pecho y en torno a sus bíceps. El cuello en pico de la prenda deja a la vista algo más de su tatuaje, y está haciendo esa mierda de tirarse del piercing de la lengua con los dientes que me pone de los nervios.

«No son nervios lo que te provoca exactamente, Tara», se ríe de mí mi conciencia.

La ignoro e intento hacer lo mismo con el pulso que late entre mis piernas.

Me fuerzo a no dar muestras del tipo de pensamientos que se me pasan por la mente mientras lo observo. El muy capullo está tremendo y lo sabe, aunque he de decir que normalmente no hace alarde de ello. En la boda ni siquiera prestaba atención a las primas de Clare y al resto de las invitadas que revoloteaban a su alrededor.

—Lo tuyo son víctimas, lo mío son… tíos afortunados —replico, y escucho a Raylee, o tal vez sea Blake, ahogarse con una risa—. Realmente afortunados.

Travis ni se inmuta. Pasa a mi lado y va directo al frigorífico, supongo que a por una cerveza.

—¿No vas a llevar el coche? —le dice a Blake al verlo terminarse la suya.

Blake niega.

—A estas horas, un viernes por la noche, el tráfico es infernal. Además, en la zona a la que vamos es prácticamente imposible aparcar. Cogeremos un taxi.

Me equivocaba, lo que Travis ha cogido es una botella de agua. Se da la vuelta hacia su hermano.

—Yo conduzco —dice tras darle un trago y beberse casi la mitad.

A Blake parece como si acabaran de atizarle con un bate de béisbol en pleno estómago.

—Ni hablar.

Miro a Raylee, que se encoge de hombros. Vaya un rollo más raro que se traen los dos hermanos.

—¿No vas a beber? —le pregunta Blake, y Travis esboza lo más parecido a una sonrisa que se puede esperar de alguien como él.

—Una cerveza tal vez. Ya veré. Esta noche prefiero estar lo más lúcido posible.

No me mira, ni siquiera se vuelve un poco hacia mí, pero me da la sensación de que sus palabras están dedicadas a mí.

Agarro mi cerveza y me trago la mitad de golpe antes de intervenir:

—Bueno, no te preocupes, ya nos divertiremos los demás por ti.

Aunque Blake no parece demasiado conforme con la idea de dejar que Travis lleve el coche, al final cede. Igual es que su hermano no tiene ni idea de conducir o que sabe que su promesa de no beber no vale nada y se va a poner hasta arriba en cuanto encuentre una barra disponible. Cualquier cosa es posible tratándose de Travis.

—¿Estáis listos? —nos pregunta él, girándose directamente hacia mí.

Raylee se baja de un salto del taburete y yo aprovecho para acabarme la cerveza bajo la atenta mirada del idiota. Ni siquiera intenta disimular cuando vuelve a darme uno de esos intensos repasos de pies a cabeza que hacen que me hormigueen la piel y otras zonas mucho menos nobles. Su mirada se detiene aquí y allá, perezosa, y no aparta la vista cuando Blake le lanza un manojo de llaves. Las atrapa al vuelo y solo entonces eleva la barbilla.

—Estoy seguro de que esta noche algún tío será muy afortunado —murmura. Para mi sorpresa, añade—: Estás increíble, Tara.

¿Un cumplido? ¿En serio? Travis no hace cumplidos, no a mí, al menos.

Ni siquiera sé qué hacer con el halago. Casi me hace sentir culpable y quiero decirle que él tampoco está nada mal, pero me reprimo a tiempo. Es el idiota de Anderson, no se merece ni una pizca de amabilidad por mi parte.

Cenamos en una cafetería de lo más normal, una de tantas en Los Ángeles, con platos combinados, desayunos de tortitas y… una carta propia de helados. Raylee parece entusiasmada con la elección de Blake, claro que es una loca del helado y él suele complacerla siempre.

Al terminar, tanto mi amiga como yo apenas si podemos hacer otra cosa que rodar de vuelta al coche de Blake. Lo mismo reviento la cremallera de la falda al sentarme. Cuando bromeo con Raylee al respecto, me doy cuenta de que Travis está justo detrás de mí. Tiene la mirada sospechosamente baja.

Blake le da una colleja al pasar a su lado.

—Se te está cayendo la baba, hermanito.

Me río y me doy media vuelta mientras continúo caminando hacia atrás a riesgo de pegármela y abrirme la crisma contra el bordillo. Los tacones tampoco ayudan.

¿Qué puedo decir? Siempre he sido un poco imprudente.

Cuando mis ojos tropiezan con los de Travis, no hay nada frío o inexpresivo en su mirada. Un fuego abrasador consume sus duras facciones y, tras los labios entreabiertos, el brillo del metal me distrae aún más si cabe.

Jodido piercing.

Se me dobla un pie y resbalo hacia atrás. Dios, voy a hacer un ridículo espantoso.

Pero Travis ya está ahí. Sus brazos se enlazan en torno a mi cintura con la misma firmeza con que lo han hecho horas antes y se inclina sobre mí, su boca demasiado cerca y ese maldito aroma a gel de ducha y algo mucho más masculino envolviéndome. No sé a qué huele la lujuria, pero seguro que se parece bastante a su aroma.

Mi sonrisa se evapora al sentirlo apretado contra mi cuerpo, volviéndome loca de nuevo.

—Suéltame, idiota.

—Si te suelto, ese lindo culito va a acabar en el suelo. No querrás un cardenal, ¿no? —me susurra en voz muy baja.

Echo una mirada por encima de mi hombro. Blake y Raylee contemplan la escena con evidente curiosidad, pero ninguno de los dos dice nada. Blake tan solo observa a su hermano con la cabeza ladeada y la sombra de una sonrisa extraña en los labios.

—¿Y a ti qué demonios te importa mi culito?

—Me importa. Es... perfecto. Redondo y firme. No imaginas...

Arqueo las cejas y, para silenciarlo, le clavo las uñas en los hombros, a los que por algún motivo continúo aferrada.

—Dudo mucho que te importe otro culo que no sea el tuyo.

Por fin, Travis se digna a erguirse conmigo aún entre los brazos. Su mano se desliza con total descaro por mi trasero. Despacio. Muy muy despacio. Y la caricia deja tras de sí un rastro abrasador. Un instante después, cuando estoy a punto de darle un rodillazo en las pelotas por su atrevimiento, tira hacia abajo del borde de mi falda y retira la mano.

—Se te había subido.

Y entonces me suelta. Es tan repentino que casi me voy al suelo de nuevo. La piel se me enfría en el acto y mi cuerpo prácticamente llora su ausencia. Traidor.

Cuando me recupero, él ya está junto a la puerta del coche. El idiota ni siquiera parece afectado.

—La próxima vez, basta con que me avises. Soy muy capaz de ocuparme de mí misma —le espeto.

Las miradas de Raylee y Blake van de uno a otro, y soy consciente de que esto me costará un interrogatorio por parte de mi amiga. Pero ahora mismo lo único que quiero es ir hasta ese gilipollas y estrangularlo con mis propias manos. Y, tal vez luego, también besarlo.

¡Mierda!

—Sí, lo sé. Te he visto hacerlo. —Sonríe, y capto enseguida el sentido de sus palabras—. Ocuparte de ti misma, quiero decir.

Será cabrón…

—Eres un capullo.

—Ya es la segunda vez que me lo dices esta noche —dice él. Raylee murmura preguntándose cuál ha sido la primera, pero no le hago caso—. Estoy muy seguro de que habrá una tercera.

Tara

El local del cliente de Blake está en la zona de Santa Mónica, muy cerca de la playa. Hay mucho tráfico, pero no parece que eso moleste a Travis en absoluto, aunque en ocasiones, cuando cambia de marcha, juraría que lo escucho maldecir. Tal vez no esté habituado al coche de cambio manual de su hermano.

Al final, ni siquiera necesitamos buscar aparcamiento. Hell & Heaven, que es como se llama la discoteca, tiene un montón de plazas reservadas para los clientes vip. Y adivinad qué: tanto Thomas como Blake se encuentran en la lista. Parece que el dueño está realmente agradecido por la labor que han hecho con su casino; deben de ser la hostia en su trabajo.

El sitio es enorme. Tiene varias plantas a las que se accede por una serie de escaleras vistas que dan verdadero vértigo; solo espero no acabar enseñando las bragas. Hay dos zonas bien diferenciadas, el infierno y el cielo, con una decoración acorde a esos temas que no deja lugar a dudas sobre cuál es cuál. La música es distinta en cada una de ellas, y mucho más sensual y provocadora en Hell; el color de las luces, la oscuridad de una, el brillo de la otra. Incluso la ropa de los camareros y camareras es diferente.

—¡Joder! Yo quiero ir al infierno —exclamo, y no es porque la otra zona no resulte también impresionante.

Raylee lo observa todo con los ojos muy abiertos y luego asiente ante mi sugerencia con la vista fija en un par de jaulas colgadas del techo donde un chico y una chica ligeros de ropa se contonean al ritmo de la música.

Por el rabillo del ojo, veo que Travis se sitúa a mi lado y eleva la barbilla para contemplar el lugar. Aunque me muero por descubrir si reacciona como el resto, no quiero girar la cabeza para mirarlo, así que mantengo la vista al frente, decidida a no prestarle más atención de la estrictamente necesaria; es decir, ninguna.

Pero entonces percibo un nuevo movimiento. El dorso de su mano me roza el muslo y, cuando estoy a nada de decirle que mantenga las manos quietas, atrapa mi mano y enlaza los dedos con los míos.

A la mierda lo de no mirarlo.

—¿Acabas de darme la manita? —le digo mientras trato por todos los medios de no sonreír.

¿Las estúpidas mariposas de mi estómago? Pisoteadas en el mismo momento en que tratan de alzar el vuelo. Bichos inútiles.

—¿No quieres que te acompañe en tu descenso a los infiernos, diablilla?

Echo un rápido vistazo a mi amiga, pero ella está comentando la decoración con Blake y ninguno de los dos nos presta atención.

Me deshago de su agarre de un tirón. Travis no desiste. Sus dedos pasan a extenderse por la parte baja de mi espalda y un escalofrío me recorre de pies a cabeza.

Me da un suave empujoncito hacia delante.

—Vamos, te conseguiré una copa.

Reprimo el impulso de decirle que puedo valerme por mí misma, porque está claro que ya sabemos cuál es su respuesta a eso y no voy a darle de nuevo más material para sus pullas.

Un tipo de al menos dos metros y con pinta de boxeador se nos acerca. Lleva en la oreja uno de esos chismes que le permite comunicarse con quien sea que esté al otro lado, así que supongo que es parte del equipo de seguridad.

—Señor Anderson, al señor West le gustaría saludarlo —le dice a Blake. Imagino que el tal West es el dueño—. Usted y sus acompañantes están invitados a la zona vip de la última planta. Tienen una botella de champán esperándoles y cualquier otra cosa que deseen corre por cuenta de la casa.

Blake asiente con la cabeza en un gesto formal de agradecimiento. De repente, su postura y su actitud pasan de la de un tipo cualquiera a las de un hombre de negocios. Casi me da la risa, pero logro contenerla a tiempo.

Travis, con las manos en los bolsillos, asiste a la conversación con su habitual expresión imperturbable.

—Por aquí, por favor —dice el hombre.

Intercambio una mirada con Raylee y ella eleva las cejas, claramente emocionada por la situación.

—¿Te importa si voy a saludar a West con Blake? —me pregunta. Sus ojos van de mí a Travis, que camina un poco por delante de nosotras con ese andar seguro e implacable. Apenas desentona en este ambiente, incluso con todos esos tatuajes y su mierda de actitud; tal vez precisamente por esa actitud.

—Tranquila —le digo—, aprovecharé para beberme el champán a vuestra salud.

—Ni se te ocurra —ríe ella—. Dios, este sitio es una pasada.

El de seguridad nos lleva hacia la parte superior. Recorremos varias escaleras hasta que alcanzamos la zona más elevada, donde hay más tipos vestidos de negro y con un pinganillo en la oreja.

Desde allí, una amplia barandilla permite observar toda la discoteca y, aunque también vemos gente en esta zona, no está tan concurrida como la parte abierta al público en general. La barra se extiende a lo largo de una de las paredes, y las botellas, en vez de apiñarse unas contra otras, ocupan pequeños nichos individuales. Apuesto a que con lo que cuesta una de ellas podría pagar el alquiler de al menos un año.

—No tenía ni idea de que estabas tan bien relacionado —le susurro a Blake, y él sonríe, ligeramente abochornado.

—Yo tampoco. No esperaba que Jordan West quisiera saludarme en persona ni… esto. —Señala el reservado al que nos ha llevado el tipo de seguridad.

Un sillón amplio y confortable de color negro rodea varias mesitas bajas de cristal y acero. Hay una botella metida en hielo y cuatro copas, así como varias bandejas con canapés minúsculos de aspecto delicioso.

En circunstancias normales, ya estaría dando saltitos y palmadas y, posiblemente, me hubiera servido al menos dos copas. Soy así de entusiasta. Pero procuro mantener cierta dignidad y no dejar en ridículo al Blake profesional.

—Id —le digo a Raylee y a él—. Pero, si tardáis, no prometo que no me encontréis metida en una de esas jaulas.

Blake se ríe y Raylee me lanza una mirada de advertencia. Me conoce bien, así que supongo que no se lo toma tan a broma como su novio.

—No será necesario —interviene el gorila, tras apretar la mano un momento contra su oreja—. El señor West se reunirá con ustedes aquí en un rato. Les pide que disfruten de todo lo que ofrece Hell & Heaven.

Cuando el tipo se marcha por donde hemos venido y nos deja a solas, me deslizo sobre el sillón y prácticamente gimo al comprobar lo suave que es. Podría vivir aquí. Lo juro. No me importaría en absoluto; me alimentaría de estos bocaditos exquisitos y bebería champán a todas horas, servido por alguno de esos buenorros de detrás de la barra.

Sería feliz.

Raylee y Blake se acomodan al otro lado de la mesa y Travis toma asiento a mi lado. Me aparto un poco de él sin molestarme en disimular. No tardamos en abrir un Dom Pérignon Rosé que ni siquiera quiero pensar en lo que cuesta y en dar buena cuenta de él.

Travis no lo prueba. Se limita a observarme. Su mirada recorre mis piernas de vez en cuando y no participa demasiado en la conversación. El tipo está tan centrado en mí que consigue ponerme nerviosa, lo cual es todo un logro.

—Vamos a bailar —le digo a Raylee, y ella acepta sin dudar.

Hay una zona en la que varias decenas de personas ya están disfrutando de la música. Para el lujo que nos rodea, la media de edad no sobrepasa la de Blake. Todos son veinteañeros; niños ricos, supongo. Pero las burbujas del champán han empezado a hacer de las suyas. Aunque no hubiera nadie en la pista, me daría exactamente igual.

A Raylee le encanta bailar y creo que también empieza a notar los efectos del alcohol, así que enseguida caemos por completo presas del efecto parpadeante de las luces y el ritmo sexy de la canción que está sonando. Algunos de los tíos que nos rodean se acercan a nosotras mientras bailan, pero ninguna de las dos se molesta en cruzar la mirada con ellos.

—Hay un tío guapísimo detrás de ti que no deja de mirarte —canturrea mi amiga, con una sonrisita—. Y es totalmente tu tipo.

—¿Tengo un tipo? —replico, y Raylee pone los ojos en blanco.

Ni siquiera se molesta en decirme que no mire. Sabe que lo haré.

Giro sobre mí misma para echar un vistazo al interesado, balanceando las caderas y con los brazos en alto. Bailar es una liberación, dejarse ir mientras cada nota atraviesa tu cuerpo y vibra en tu interior.

Madre mía, me estoy poniendo de lo más intensita… Seguro que es el champán.

Antes siquiera de descubrir qué aspecto tiene el hombre que, según Raylee, es mi tipo, mi mirada tropieza con dos ojos de un verde imposible, dos esmeraldas iluminando la oscuridad a pesar de la distancia que nos separa.

Travis.

Luce... hambriento. Joder, parece a punto de saltar del sillón y lanzarse hacia mí decidido a... devorarme, supongo. Solo Dios sabe qué clase de cosas sería capaz de hacerme. Y lo divertido que sería.

Se me encogen los dedos de los pies dentro de los zapatos al advertir el suave movimiento de su mirada recorriéndome y, durante un breve instante de debilidad, no puedo evitar preguntarme por qué demonios mira tanto y no hace nada al respecto. El pulso se me acelera y se acompasa al retumbar de los graves de la música, y cuando quiero darme cuenta estoy sonriéndole.

Peor aún, estoy bailando para él.

Los rostros que me rodean se difuminan; incluso el de mi mejor amiga, a unos pasos de mí, desaparece engullido por las sombras. De repente parece que no hubiera nadie más alrededor, solo Travis y yo, y no importa que él ni siquiera esté tocándome, porque, de alguna manera, consigue que sienta sus manos sobre mí. Se me endurecen los pezones y un anhelo totalmente indecente crece y crece en la parte baja de mi abdomen.

Esto es incluso peor que cuando me arrinconó en el pasillo.

Bajo la vista hacia el suelo y me muerdo el labio, preguntándome qué demonios estoy haciendo. Pero logro convencerme de que no es más que una forma retorcida de llevar a cabo mis planes de tortura sobre Travis.

El caso es que, en realidad, parece que soy yo la que está siendo torturada.

Al levantar la vista, la atención de Travis continúa sobre mí. El deseo palpita en sus ojos del mismo modo que lo hace un músculo en su mandíbula. Tiene los brazos extendidos sobre el respaldo del asiento y las piernas abiertas, con uno de sus tobillos reposando sobre su otra rodilla. Como si fuera el amo de este lugar. Como si el puto mundo le perteneciera; incluida yo.

«¡Y una mierda!», me digo, y me doy la vuelta con la intención de ignorarlo.

Incluso así, soy totalmente consciente de que su mirada sigue sobre mí. La espalda me arde, todo el cuerpo en realidad, y me es imposible no prestar atención a la humedad entre mis piernas.

¡Odio a Travis Anderson!

Raylee arquea las cejas y, un momento después, en su rostro asoma una expresión que no sé muy bien cómo interpretar, lo cual resulta extraño porque mi mejor amiga suele ser como un libro abierto.

—¿Y bien? ¿Es tu tipo?

Me echo a reír porque…, bueno, no me he fijado en nada, salvo en el idiota de Travis. Dios, incluso cuando trato de no prestarle atención, no puedo evitar que se convierta en el centro de todos mis pensamientos. Ya sabía yo que venir a la ciudad con Raylee era una mala idea.

Me encojo de hombros. No tengo una respuesta para ella, y supongo que Raylee da por sentado que el tío no me interesa.

—Pues igual tienes que decírselo tú misma —añade.

No tengo ni idea de qué significa eso. Hasta que alguien se desliza a mi lado y roza el pecho contra mi costado. Un tipo alto, con un moreno que ya quisiera yo para mí y el pelo negro como el carbón se sitúa frente a mí. Una camisa de manga larga cubre sus brazos, pero eso no impide que sea perfectamente consciente de los músculos bajo ella. Su espalda es tan ancha que me impide ver nada más allá de él; Raylee ha desaparecido por completo de mi campo de visión.

Al alzar la vista, descubro que me está sonriendo. Un par de simpáticos hoyuelos adornan su sonrisa y sus ojos castaños también parecen extremadamente felices.

—Pensaba que los ángeles estaban en la primera planta —me dice, y yo aprieto los labios para no partirme de risa en su cara.

Es guapo, pero…, por favor, ¿de verdad los tíos emplean esa clase de frases para ligar? ¿Le funcionará? Claro que, con esa cara y ese cuerpo, tal vez da igual si no es capaz de articular nada con algo más de sentido.

Se me acerca tanto que acabo colocando una mano sobre su pecho para detener sus avances. Es jodidamente irónico que, por muy atractivo que sea, lo único que consiga provocarme sea risa.

El tipo baja la vista hasta mi mano y luego coloca la suya encima. Sus dedos se cierran en torno a los míos, mientras su otra mano está de repente en mi cintura.

—Yo que tú quitaría…

No logro terminar la frase. No sé muy bien cómo sucede, pero alguien se cuela entre nosotros y arranca la mano del tipo de la mía. Ahora es una espalda lo que me bloquea la vista: Travis.

—Sin tocar, capullo —gruñe el muy idiota. Y allá vamos con el alarde de testosterona de la noche.

Resoplo. Como si yo no fuera capaz de dar boleto a los moscones.

—Travis. —Le doy un golpecito con el dedo en el hombro, pero él no se inmuta—. Aparta, idiota.

—Hombre, mira a quién tenemos aquí —dice el otro tipo—. Si es el mismísimo Travis Anderson.

¿Eh? Espera, ¿se conocen?

—Harris —lo saluda él entre dientes.

Me asomo por encima del hombro de Travis. El tipo que me ha entrado, el tal Harris, sigue sonriendo, pero ahora ya no es una sonrisa amable o pícara, sino más bien amenazante. ¿De qué demonios se conocen estos dos?

—¿Quién te ha arreglado la cara, Anderson? —le pregunta Harris con sorna.

—¿Por qué? ¿Quieres referencias? Puedo hacerlo por ti si estás interesado. Estaría encantado.

Vaaale. Es obvio que la hostilidad que emana de ellos no tiene nada que ver con el hecho de que el tipo haya intentado ligar conmigo.

Blake se une a la fiesta en ese momento. Agarra a Raylee para colocarla un poco por detrás de él y se sitúa junto a su hermano.

—¿Algún problema por aquí?

—No. Solo le recomendaba a mi colega un asesor de imagen —suelta Travis, sin apartar la vista de Harris.

La mordacidad de sus palabras es más que evidente. Entre estos dos hay mucho rencor acumulado.

El tipo de seguridad entra en escena y estoy segura de que ahora es cuando nos ponen a todos de patitas en la calle. No es que vaya a ser la primera vez para mí, la verdad, pero esa es otra historia.

—Señor Anderson, ¿algún problema?

Blake niega y el tal Harris retrocede un poco ante el gorila. Joder, hasta yo doy un paso atrás. Es tan inmenso que creo que podría cargar con nosotros debajo del brazo y ni siquiera empezaría a sudar.

La tensión se diluye casi tan rápido como ha surgido. Mi amago de ligue se marcha directo hacia la barra y Travis se vuelve lentamente hacia mí.

—Búscate a otro afortunado para esta noche. Ese tipo no es de fiar.

—Podía con él, ¿sabes?

Una de las comisuras de su boca se arquea levemente y la diversión se apropia de su rostro. La sensación de que me está mostrando una emoción que rara vez enseña a nadie más es tan inesperada como desconcertante.

—No lo dudo. Podrías con cualquier cosa, piernas.

—Piernas —repito, y no es una pregunta—. ¿Esta es la noche de los apodos estúpidos y los tíos arrogantes?

Travis no responde, y el de seguridad interviene para hacerle saber a Blake que Jordan West se encuentra en nuestro reservado.

—No la líes —le susurra Blake a Travis, antes de encaminarse hacia donde West lo espera.

Él no parece prestar atención a la advertencia de su hermano.

—No estoy siendo arrogante —me dice, erguido frente a mí, la barbilla un poco baja y el mismo asomo de sonrisa perturbadora en sus labios.

Me pone nerviosa. No estoy acostumbrada a que muestre ninguna emoción. Es siempre tan… contenido. Como si todo le importara una mierda y no mereciera ni su tiempo ni su atención. Pero esta noche parece que toda su atención está puesta en mí. Y, creedme, no es algo con lo que resulte fácil lidiar.

¿En qué lío me estoy metiendo? ¿Y quién demonios era ese tipo?

—Solo estoy…

—¿Qué? —lo interrumpo—. ¿Qué mierda se supone que estás haciendo, Trav?

Travis

No tengo ni idea de lo que estoy haciendo. Ni la más mínima. Aunque no voy a admitirlo frente a Tara, no entiendo por qué me divierte tanto provocarla y mucho menos por qué casi le parto la cara al gilipollas de Harris por atreverse a ponerle una mano encima cuando resultaba obvio que ella no quería nada con él. Ese tipo es un cabrón; un cabrón peligroso, además.

Tara me odia, es un hecho. Pero, tan contradictorio como pueda resultar, su cuerpo no parece estar de acuerdo con ese sentimiento.

O tal vez eso sea solo lo que yo me digo.

¡Joder! El mero recuerdo de mi mano deslizándose por ese trasero firme y rotundo reaviva la necesidad de colar los dedos bajo su falda minúscula y follármela con los dedos aquí mismo. Hacerla suplicar por más solo para poder negárselo primero y darle todo lo que me pida a continuación. Cualquier cosa.

Después de verla contonear las caderas hace un momento, balanceándolas de un lado a otro con una suavidad que me hacía preguntarme si es así como se mueve en la cama; después de follármela con los ojos y que ella me lo permitiera, e incluso ahora, furioso con ese imbécil de Harris, estoy tan duro que la cremallera del pantalón va a dejarme un puto tatuaje en los huevos.

¿Cómo cojones consigue sacarme tanto de quicio y ponerme tan cachondo a la vez? No estoy acostumbrado a que una mujer me… desestabilice de esta manera, y me dan ganas de reír al pensar en que, hasta ahora, lo único que me apasionaba tanto era esa otra parte de mi vida que se desarrolla entre las sombras.

Resulta absurdo. Ridículo.

Sus pestañas caen y le acarician la parte alta de los pómulos, y luego se elevan de nuevo para dejar a la vista esa mezcla de ira y deseo que se apropia de su mirada cada vez que la posa sobre mí.

—Tu hermano y Raylee se van a algún lado —dice entonces, consciente de que no pienso responder a su pregunta.

Miro por encima de mi hombro y veo que Blake me hace un gesto con la mano mientras Raylee y él caminan en dirección a las escaleras acompañados de un tipo trajeado, supongo que el dueño de todo esto.

—Ya volverán.

Tara se queda en silencio un momento. Diría que tampoco tiene ni idea de lo que sucede entre nosotros. Ni de cómo gestionarlo.

Me siento como si estuviésemos sentados sobre una bomba de relojería a punto de explotar. Y cuando lo haga…

—Necesito otra copa —murmura, y acto seguido se marcha hacia la barra y me deja plantado en mitad de la pista de baile.

No puedo evitar contemplarla mientras avanza con decisión y elegancia a pesar de los altísimos tacones que lleva. Como una jodida diosa a la que el resto de los mortales deberíamos venerar. Y desde luego que me encantaría ponerme de rodillas, arrancarle las bragas y mostrarle la clase de adoración que acaba con ella corriéndose en mi boca.

Jodido y empalmado, así es como estoy en este momento.

¿Lo peor de todo? Que voy tras ella.

Normalmente no persigo a las mujeres. No me tomo esa clase de molestia desde… Desde hace mucho. Entonces ¿por qué demonios me siento obligado a seguirla? Es desesperante. La situación y ella.

—Un whisky —le ladro al camarero en cuanto alcanzo la barra, aunque él no tiene la culpa de mi frustración—. Por favor.

—Creía que no ibas a beber.

—Yo también necesito una copa —replico, ladeando la cabeza para mirarla.

Está aferrada al borde de la madera, los labios entreabiertos y la respiración ligeramente acelerada.

No sé lo que estoy haciendo, pero cedo a un impulso estúpido y le doy un suave tirón a uno de sus rizos, luego se lo coloco detrás de la oreja para poder verle bien la cara. Ella sigue mirando al frente.

Es… desconcertante. Como un jodido rompecabezas.

Ni siquiera estoy seguro de que quiera que me preste atención, pero cuando no lo hace me comporto como un idiota tratando de reclamarla. ¡Dios!, esto, lo que quiera que sea, tenía que haber terminado en la boda de Thomas.

Me bebo la mitad de mi copa de un solo trago. Diría que el alcohol me arde al bajar por la garganta, pero eso es imposible dado que Tara ya ha conseguido que me consuman las llamas.

—Hace un momento… —comienzo a decir.

—¿Qué? —inquiere ella, sin mirarme.

—Es la primera vez que me llamas por mi nombre.

Me ha llamado Trav, para ser más exactos, y lo más normal es que se dirija a mí como «idiota» o «capullo». La cuestión es que ahora no puedo parar de pensar en ello, ni dejar de imaginar cómo sería escucharla decirlo mientras estoy enterrado en su interior y se corre bajo mi cuerpo.

Le da un sorbo a su bebida y por fin se gira hacia mí.

Se echa a reír. Sus carcajadas se elevan por encima de la música y resuenan en mi pecho como un eco extraño pero agradable.

Joder, está realmente preciosa cuando se ríe.

«¿Qué-mierda-me-está-pasando?».

—¿En serio? ¿Eso es todo lo que te preocupa? ¿Que te llame por tu nombre?

Apuro mi bebida y me deslizo hasta quedar detrás de ella. Tara no se deja sorprender y se vuelve casi de inmediato. Apoya la espalda en la barra y levanta la barbilla, desafiante. Ha bebido lo suficiente para perder el filtro entre lo que piensa y lo que dice, si no fuera porque Tara no hace uso de esa clase de filtro ni siquiera cuando está sobria.

Me pregunto qué será lo siguiente que salga de esa bonita boca.

Un suspiro. Uno largo y profundo que eleva su pecho y parece dejarla un poco vacía al finalizar.

—¿Qué quieres, Travis? —pregunta, pronunciando mi nombre con una suavidad que no había empleado hasta ahora conmigo.

«Follarte. ¡Joder, sí! Hacértelo durante el resto de la noche, en todas las posturas posibles y de todas las formas que se nos ocurran. Hasta que ninguno de los dos pueda moverse y nos olvidemos de esto de una vez».

Tiro del piercing con los dientes hasta que duele y sus ojos se posan sobre mi boca.

—¿Qué quieres tú, Tara?

Se humedece el labio inferior con la punta de la lengua y, sin ser consciente de lo que hago, no puedo evitar inclinarme un poco sobre ella. Nuestros alientos se enredan. Aunque no nos tocamos, juro que puedo saborear la dulzura de su boca. La suavidad de su piel.

Me vibra el bolsillo del pantalón con la llegada de un mensaje y sé que debería echar un vistazo; con toda probabilidad, será justo lo que estaba esperando. Pero eso va a tener que esperar un poco más.

Tara no contesta. Ha enmudecido ante mi pregunta y eso sí que es una novedad. Normalmente tiene una respuesta sarcástica siempre a punto para escupírmela en el momento preciso. Y normalmente mi autocontrol me haría retroceder, dar media vuelta e ignorarla. Pero no hoy. No esta noche.

De ninguna maldita manera.

—¿Sabes lo que pienso, preciosa? Que tienes tantas ganas como yo de que follemos —susurro contra sus labios, bebiéndome su aliento. Algo en su expresión se transforma y me indica que la he sorprendido, quizá por haber admitido mi propia necesidad—. No dejas de imaginar mis dedos deslizándose por tu coño empapado. Porque lo está, ¿verdad? Ahora mismo. Estoy seguro de que si te meto la mano bajo la falda me encontraré tus bragas mojadas. —Da un respingo como si la estuviese tocando de verdad, y eso solo consigue espolear aún más mi deseo—. ¿Y sabes de qué otra cosa estoy seguro? Creo que te encantaría correrte en mi cara y luego hacerlo otra vez en mi polla. Lo disfrutarías aunque me odies.

Me fulmina con la mirada en cuanto me retiro un poco para observar su reacción. Pero hay más detrás de ese odio que se refleja en sus ojos. Desafío. Un reto.

—¿Por qué no lo compruebas? Si tan seguro estás del estado de mis bragas…

El camarero, encorvado sobre uno de esos lavavajillas industriales, levanta la cabeza y nos mira. Me apuesto lo que sea a que lo ha oído, pero en este sitio seguro que escuchará cosas aún más raras y a mí me importa muy poco lo que piense.

Tara no se amedrenta. Continúa con la espalda recta y esa expresión de «vete a la mierda, idiota» que tiene reservada exclusivamente para dirigirse a mí.

—Eres de esos cabrones a los que les encanta alardear, ¿verdad? —me pica, aún más segura de sí misma que hace un momento.

Me adelanto hasta que nuestras caderas se encuentran y, haciendo uso solo de la yema de los dedos, recorro el límite que marca el dobladillo de su falda. Tiene la piel caliente y muy suave.

—¿Crees que no soy capaz? ¿Que me importa una mierda estar en un sitio como este? ¿Piensas que no me atrevería a arrastrarte al baño más cercano y hacer que te corras en mis dedos?

Su pecho se eleva de repente con una brusca inspiración. Vuelve a humedecerse los labios y, joder, a punto estoy de agarrarla de la nuca y ser yo el que le lama la boca.

—¿Necesitas un baño para eso? ¿Intimidad? —se burla.

Se está riendo de mí en mi cara y ni siquiera me importa. Joder, no tiene ni puta idea de con quién se la está jugando ni de lo mucho que me estimula este juego. De lo mucho que me estimula ella.

Apenas tardo unas décimas de segundo en hacer ascender mi mano por la cara interna de su muslo, y tengo que concederle que no hace ningún movimiento ni da muestra alguna de lo que está pasando entre nosotros. Pero cuando rozo la tela de sus bragas…

Dios, está completamente empapada.

Ni siquiera soy consciente de que, por primera vez en mucho tiempo, estoy sonriendo; sonriendo de verdad. Satisfecho. Porque no hay manera de que esta noche acabe de otra forma que no sea con ella gimiendo mi nombre mientras se corre. Varias veces.

Aprieto un poco con el pulgar sobre la tela en el punto exacto entre sus piernas. Sus labios dejan escapar un pequeño ruidito desde el fondo de la garganta que viaja directo hasta mi polla. Es imposible que se me ponga más dura, pero, de alguna manera, Tara lo consigue.

—Lo haré. No me pongas a prueba —susurro en su oído—. Te follaré con los dedos aquí mismo. Y luego te los sacaré del coño y los lameré delante de todos para saborearte.

Tara

Esto es una locura.

No puede ser que esté permitiendo que Travis me meta mano en público. ¡No tendría que suceder ni siquiera en privado! Una parte de mí quiere pegarle un empujón y quitárselo de encima de inmediato, pero la otra... La otra está ansiosa por ver hasta dónde es capaz de llegar. Si fuera por esa parte, ya estaríamos follando en cualquier rincón oscuro de este sitio.

Su mano continúa bajo mi falda, y sus dedos rozan el encaje de mis bragas. Los desliza arriba y abajo con una lentitud tortuosa, y todo lo que puedo hacer es tratar de contener los gemidos que amenazan con exponer lo mucho que me gusta que me toque.

Quiero que pare y que no se detenga. Quiero que me saque de aquí, que me lleve a cualquier sitio y que haga exactamente lo que ha dicho, y también quiero largarme y dejarlo plantado para que se le bajen los humos y deje de presuponer cosas respecto a mí.

Pero lleva razón, ¿no?

El muy cabrón es muy consciente de lo que provoca en mí. Del deseo y la necesidad que me despierta. De cada reacción de mi cuerpo a su presencia, a sus miradas. Y a esa maldita manía de juguetear con el piercing de su lengua que hace que se me aflojen las rodillas.

—Y bien, Tara, ¿qué va a ser? —inquiere, aún sobre mí. El aire huele a él, incluso sabe a él—. ¿Quieres que lo haga aquí, delante de todos?

—Para —le digo, y el calor de su mano se desvanece de inmediato.

Estaba ahí, sus dedos casi colándose bajo la tela, y ahora ya no está. Y no soy capaz de discernir si estoy aliviada o decepcionada porque no haya insistido.

Se retira un poco y me da espacio, no sin antes asegurarse de que mi falda se encuentra de nuevo en su sitio. El verde de sus ojos reluce bajo los focos y también el metal que asoma entre sus labios, y sus emociones se hallan de nuevo contenidas detrás de esa máscara inexpresiva con la que sale al mundo.

Al menos podría tener la decencia de parecer afectado, pero está claro que esto no es más que un juego para él.

—Discúlpame —murmura y, de todo lo sucedido, puede que esa única palabra sea lo más sorprendente de todo.

¿Desde cuándo Travis Anderson pide perdón?

Da media vuelta y se marcha directo hacia el reservado, y yo me quedo sola junto a la barra, sintiéndome repentinamente débil. Desconcertada. Tal vez un poco vacía. No estoy muy segura de lo que acaba de pasar.

Lo que sí sé es que estoy perdiendo la cabeza.

Es obvio que mi cuerpo va por libre cuando se trata de él, sería una estupidez negarlo, pero odio la forma en la que es capaz de arrebatarme la voluntad. Y lo peor es que mi mente no deja de lanzarme imágenes de lo más explícitas en las que Travis convierte en realidad cada una de las palabras que ha murmurado en mi oído.

Me apoyo en la barra y le dirijo una mirada al camarero. Es bastante guapo, todos lo son en este lugar, y en condiciones normales estaría tonteando con él. Tontear es divertido. Pero no con Travis. Con él es… peligroso; un riesgo para mi cordura.

«Ya habéis pasado de largo la fase del tonteo», me digo, y me entran ganas de reír.

—Ponme otra de estas.

El tipo me lanza una sonrisa y un guiño. Y que ni siquiera me pare a pensar en si se habrá enterado de lo que estaba ocurriendo entre Travis y yo dice mucho de lo alterada que estoy. Mientras no aparezca el gorila para echarme, todo irá bien.

Blake probablemente nos mataría por dejarlo en evidencia.

«Bien, lo has hecho bien. Has salido entera del tropiezo», me digo, y es posible que me esté mintiendo un pelín a mí misma.

¿Entera? Más bien tengo la sensación de que Travis me está rompiendo poco a poco. Cuando quiera darme cuenta, no quedarán de mí más que pedazos esparcidos a su alrededor. Pero aún no estoy fuera de control del todo, ¿no? Haré inventario de daños y listo. Puedo hacerlo. Odio a Travis, no puede ser tan difícil…

Respiro hondo.

El camarero coloca la bebida frente a mí y le doy un sorbito más comedido que los anteriores. La cabeza me da vueltas y no sé muy bien si es porque empiezo a estar borracha o por…, por todo lo demás.

Espero que Raylee y Blake regresen pronto; es más fácil tratar con Travis cuando ellos están presentes. Aun así, cojo el vaso, reúno los restos de mi dignidad y me dirijo al reservado con actitud decidida, dispuesta a no ceder ni un milímetro más ante él.

Travis está ya sentado en el sillón, inclinado hacia delante; las piernas abiertas y los codos apoyados sobre las rodillas. No me ve acercarme, pero ladea la cabeza en cuanto me deslizo justo en el lado opuesto a donde se encuentra él. Lejos, lo más lejos posible.

Doy otro sorbito. Cualquier cosa para no tener que hablar. Él se pasa el dedo por el labio de forma distraída y esboza una mueca de dolor. Tiene un aspecto horrible, la verdad, y un poco inquietante, aunque esto último no es una novedad. Pero aun así es demasiado atractivo para mi propio bien.

Absurdamente atractivo.

«Deja de recrearte», me digo, pero apartar la vista y concederle esa pequeña victoria no es una opción.

—¿Te has peleado? —le pregunto, aunque es bastante evidente.

Recuerdo a la perfección el enorme cardenal sobre sus costillas; recuerdo su torso desnudo con todo lujo de detalles. Tiene que dolerle, sin duda, mucho más que el labio.

—Olvídalo —me apresuro a decir—. La pregunta sería más bien ¿por qué te has peleado y con quién?

—Eso son dos preguntas, piernas.

Le dedico una sonrisa falsa.

¿En qué clase de líos anda metido este chico? No me extraña que Blake se pase el día de los nervios.

—Puedes contármelo. No voy a pensar peor de ti de lo que ya lo hago.

Suelta una carcajada cínica que nada tiene que ver con la bonita sonrisa de hace un momento. Travis no puede ser consciente de que sus facciones se transforman, cómo resulta incluso dulce cuando sonríe de verdad, aunque eso tampoco estoy muy segura de que no me lo haya imaginado. «Dulce» no es un adjetivo que describa a Travis Anderson.

—Sí, sí que puedes —replica, y se pasa la mano por la cara. Saca el móvil del bolsillo y le echa una mirada a la pantalla antes de que sus ojos regresen a mí—. No dudo de tu afán de superación.

Se queda contemplándome con una intensidad abrumadora. Claro que no creo que sepa mirar de otra forma. Travis nunca dedica demasiada atención a nada, así que, cuando por casualidad lo hace, se emplea a fondo.

Cruzo las piernas y me yergo en un acto involuntario. Tensa. Expectante.

—¿Y eso te importa? Creía que te daba igual lo que los demás piensen de ti.

Durante un instante lo único que se oye es la música, una canción cañera que hace retumbar la sala. No sé muy bien si está reflexionando antes de darme una respuesta o imaginándome desnuda. Nunca sé lo que se le pasa por la cabeza al maldito Travis Anderson.

—No todos —contesta finalmente.

Supongo que se refiere a Blake, tal vez también a Raylee. Pero ¿a mí? Ni de coña. Estoy bastante segura de que lo que yo pueda pensar de él le trae sin cuidado.

Hunde la cabeza entre los hombros y su nuca queda expuesta. ¿Pasaría algo si entierro las uñas en el nacimiento de su pelo? ¿Si repaso con la punta de los dedos el dibujo de la tinta sobre su piel? ¿Y por qué demonios estoy pensando en eso?

—Digamos que hice una apuesta con un tío, gané y no se lo tomó muy bien. —Lo escucho decir aún con la barbilla baja.

¿Apuestas? ¿Se dedica a apostar? ¿Esa es la mierda que le va?

—¿Qué tipo de apuesta? —pregunto a continuación.

Mi maldita curiosidad y yo. Lo peor es que no solo se trata de curiosidad, más bien es interés; una necesidad ridícula de descubrir más cosas sobre él. Pero lo más sorprendente es que estemos hablando y los cuchillos aún no hayan empezado a volar. Bueno, tal vez nos hayamos lanzado alguno, pero ninguno iba a matar.

Travis levanta la cabeza y me mira, y yo trago saliva en cuanto sus ojos se posan sobre mí. Incluso con el labio roto, incluso serio y con el moratón sobre el pómulo, su cara es una delicia. No se puede negar que los Anderson tienen unos genes excelentes.

—Tal vez te lo muestre en alguna ocasión.

Enarco las cejas.

—¿En Las Vegas? —Estoy segura de que vendrá con nosotros. El karma es así de jodido.

Pero él niega.

—No es esa clase de apuesta, Tara.

Ahí está. Mi nombre en sus labios. Cuatro letras y parece que me esté regalando el mundo entero. Que me esté ofreciendo cosas que nunca le ha ofrecido a nadie; cosas oscuras y excitantes.

Me reprendo mentalmente porque estoy siendo ridícula. Ni siquiera sé de dónde sale ese tipo de pensamientos.

—¿Y de qué clase es?

—Te lo he dicho. Tienes que verlo. En realidad… —Vuelve a mirar el móvil y sus dedos vuelan sobre la pantalla. Cuando acaba de enviar lo que supongo que es un mensaje, su atención regresa a mí—. ¿Qué te parece averiguarlo esta noche?

Me río, aunque no estoy muy segura de lo que me está proponiendo.

—No iría sola contigo ni a la esquina.

Se encoge de hombros, pero hay algo en la tensión de los músculos de sus brazos y en las líneas de su rostro que me lleva a pensar que mi negativa no le causa tanta indiferencia como pretende hacerme creer.

—Como quieras, pero, si cambias de opinión…, será un rato antes del amanecer. Ya estaremos en casa para entonces. Te esperaré cinco minutos en el salón.

—No voy a ir contigo a ningún lado, Trav.

El diminutivo le arranca una sonrisa perversa, como si supiera que no estoy tan segura de lo que estoy diciendo. Que en realidad tal vez me estoy planteando acompañarlo a donde sea que quiere llevarme.

Me digo que sería una forma de poder contarle luego a Blake lo que se trae entre manos su hermano, solo eso. Ayudar al novio de mi mejor amiga; una buena causa.

—Hoy amanece casi a las siete. Estate lista a las seis.

Niego y le doy otro trago a la copa, esta vez un poco más largo.

—Ni lo sueñes.

—Volveremos antes de que los demás se despierten.

—No.

Pero él continúa sonriendo como si supiera que ya ha ganado.

Estoy perdida.

La conversación se estanca a partir de ese momento. Nos quedamos en el reservado, juntos pero separados. Observamos lo que nos rodea en un silencio casi cómodo. La gente entregada al baile, charlando o disfrutando de una copa. El local tiene ambiente, eso no se puede negar, y me imagino que las salas inferiores estarán aún más animadas.

No nos dedicamos apenas atención, aunque lo sorprendo de vez en cuando mirándome. Claro que no es que él aparte la vista cuando eso sucede; no, Travis no es de esos. Mantiene sus ojos en mí, inmóvil, recostado contra el respaldo, y un escalofrío me sacude en cada ocasión.

Blake y Raylee regresan un rato después acompañados de Jordan West. Calculo que el tipo debe de rondar la edad de Blake, lo cual resulta sorprendente para alguien que es dueño de un casino en Las Vegas y un sitio como este. Viste un traje azul marino impecable; la americana, abierta sobre su pecho, se aferra a sus hombros como una amante que no quisiera dejarlo marchar a la mañana siguiente. No lleva corbata y se ha desabrochado un par de botones del cuello de la camisa blanca; al contrario de lo que debería, ese descuido le da un aspecto aún más sofisticado.

—Tara, este es Jordan West, el propietario —me lo presenta Raylee, y añade—: Tara es mi compañera de piso en la universidad y mi mejor amiga.

West me tiende la mano. No me la estrecha sin más, sino que coloca la otra sobre mi codo. Sus dedos me rozan el interior del antebrazo. Su apretón es firme y, tras un instante quizá demasiado largo, me suelta y sonríe.

—Un placer, Tara. —Hace un gesto para abarcar la sala—. ¿Lo estás pasando bien? ¿Os gusta?

Asiento.

—Es increíble. Y gracias por el champán.

Blake se adelanta un poco hacia la mesa y me doy cuenta de que Travis observa al recién llegado con una sonrisita perturbadora.

—Jordan, él es mi hermano…

—Travis Anderson —completa West por Blake, acercándose hasta el sillón.

Travis se pone en pie. Durante un momento no sé si va a tenderle la mano o a darle un puñetazo. Pero entonces West llega junto a Travis y le da un puto abrazo. Se saludan como dos viejos amigos que llevan tiempo sin verse, aunque el abrazo no dura demasiado.

—¿Cuánto hace? —pregunta West.

—¿Jordan West? ¿Qué mierda de nombre es ese? —lo interroga Travis a su vez—. Tío, te vi antes de lejos y ni siquiera me di cuenta de que eras tú.

Blake no parece tener ni idea de lo que está pasando.

—¿Os conocéis?

Travis hace un gesto leve con la cabeza. Un «algo así», como si no estuviera seguro de que West es la persona que él creía que era.

—Tenemos… Más bien, teníamos intereses comunes —aclara West, aunque eso no explica nada en realidad.

—Hace tiempo que no te dejas ver —replica Travis, sin prestar atención al desconcierto de su hermano ni del resto de nosotros.

Blake dijo que este tipo está podrido de pasta; tal vez él también se dedica a apostar, como Travis. O se dedicaba.

—Ahora estoy metido en otro tipo de negocios. —West sonríe. Travis no le devuelve la sonrisa, pero eso no parece molestar al empresario, que se gira hacia Blake—. No tenía ni idea de que fuerais hermanos, ni siquiera se me hubiera ocurrido relacionaros.

La mirada del tipo se dirige a la mesa y observa la botella de agua que hay frente al lugar que hasta hace un momento ocupaba Travis. Otra sonrisa lobuna asoma a sus labios.

—¿Te toca conducir? Esperaba tomarme una copa contigo.

—Vamos —dice este—, me tomaré un refresco mientras me cuentas cómo demonios has acabado dirigiendo este sitio.

West se despide de nosotros. Nos recuerda que pidamos cualquier cosa que deseemos al personal y le dice a Blake que la invitación para pasar un fin de semana en el casino sigue en pie. También le hace prometer que nos llevará a todos.

—Parece un buen tipo —dice Raylee, después de que se marche con Travis en dirección a la barra.

Blake luce repentinamente tenso. Supongo que está tratando de imaginar en qué circunstancias pueden haberse conocido West y su hermano, aunque tal vez él sepa exactamente a qué se dedica Travis.

Podría preguntarle, aunque, si no se lo ha contado a Raylee, dudo mucho que se sincere conmigo sobre ese aspecto.

—Es bastante decente —murmura entonces Blake, pero, al contrario que cuando nos habló de West en su apartamento, ahora no parece tan seguro.

Tara

Pasamos aún un rato más en Hell & Heaven. Bailamos, bebemos y charlamos. Raylee luce ya bastante achispada y Blake no la pierde de vista. Yo, en cambio, estoy... aturdida. Y no creo que sea debido al alcohol. Aunque seguro que tampoco está ayudando el desfile de margaritas *frozen* que va pasando por la mesa del reservado.

Para cuando por fin nos marchamos, Blake lleva metida a mi amiga bajo el brazo y yo soy incapaz de caminar en línea recta. Cada vez que ella suelta una risita, yo la secundo con otra. Blake no se queja al respecto, mientras Travis permanece en silencio. Blake no le ha preguntado de qué conoce a West, así que supongo que tiene alguna idea.

Esta vez, me apropio del asiento del copiloto y dejo a Blake que se coloque detrás con Raylee. Si la conozco bien, se quedará dormida antes siquiera de que hayamos arrancado.

—Mañana no se reirá tanto —murmura Blake cuando apenas llevamos un minuto de trayecto.

Echo un vistazo al asiento trasero. Raylee duerme con la cabeza sobre el pecho de Blake y él la está mirando como si fuera lo más fascinante que ha visto jamás. Hay tanta ternura en sus ojos que termino por apartar la vista.

—Va a tener una buena resaca —apunto al tiempo que me deshago de mi chaqueta y se la paso a Blake para que la tape.

El alcohol es suficiente para mantener mi temperatura corporal y, si no fuera así, la cercanía de Travis... Bueno, tenerlo a mi lado hace todo el trabajo en ese aspecto.

Él está concentrado en la carretera. Tan impasible como de costumbre.

—Vais a tener resaca —me corrige Blake en voz baja.

Se me escapa una carcajada, aunque sé que seguramente lleva razón. Tal vez por eso, en cuanto llegamos al apartamento —después de hacer malabares para subir a una Raylee inconsciente hasta la planta superior—, le pido a Blake un analgésico que me trago de inmediato con un poco de agua.

Travis se va directo a su dormitorio, y Blake, que ya ha dejado a mi amiga durmiendo en su cama, me dice que mañana podemos salir a comer y dar una vuelta. Mientras habla, su mirada se demora un momento en el pasillo por el que se ha marchado su hermano, y me pregunto si no sería buena idea decirle que Travis tiene planes para volver a salir en apenas un par de horas.

No sé muy bien por qué, pero al final no digo nada. Le deseo buenas noches, paso por la habitación para coger el neceser y el pijama y me meto en el baño. Desmaquillarse es una tortura y a punto estoy de ceder al cansancio, pero de todas formas lo hago. Me bajo la cremallera de la falda con un suspiro.

La proposición de Travis de encontrarme con él sigue dando vueltas en mi cabeza. Mientras retiro la sombra de ojos, me digo que no voy a ir; cuando les toca el turno a los labios, que sí. Al acabar, ya cambiada y lista para meterme en la cama, me río de mí misma.

Sé perfectamente lo que voy a hacer.

Abro la puerta y a punto estoy de gritar cuando me encuentro a Travis apoyado en la pared del pasillo. Está a oscuras, pero la luz que se derrama desde el interior del baño me permite ver lo suficiente: solo lleva puesto un pantalón de algodón que cuelga de sus caderas muy muy bajo, y mis ojos se pierden en las dos hendiduras en forma de V que apenas si alcanza a tapar la tela.

Los músculos de su abdomen están tensos por la postura y el cardenal en su costado es aún más evidente. Dios, tiene que dolerle de verdad.

Me aclaro la garganta.

—¿Te has puesto algo en eso? ¿Hielo tal vez?

Él arquea las cejas y baja la vista hasta su pecho, como si no supiera a qué me refiero. Como si no fuera evidente que un golpe de ese tipo resulta doloroso.

—¿Preocupada por mí?

—Sí, un montón. ¿No se me nota? —replico, con un sarcasmo tan afilado que me sorprende incluso a mí.

Parece que no estoy perdida del todo. Aún.

—No es nada.

Cuando levanto la vista de su torso me lo encuentro mirándome. Mi pijama no cubre más que su atuendo, pero él tiene los ojos fijos en mi rostro. Un segundo después, su mano está sobre mi mejilla. El movimiento es tan repentino que ni siquiera atino a dar un paso atrás para evitar que me toque.

Sus dedos se deslizan con suavidad por mi pómulo, la comisura de mis labios y luego mi barbilla, tan solo un roce delicado que es casi peor que cualquiera de las caricias que haya podido brindarme hasta ahora. Es más… intenso, más íntimo. Peligroso; tanto como él.

Sin embargo, no me muevo. Incluso contengo el aliento mientras sus dedos trazan un rastro invisible pero cálido sobre mi piel.

—Vas a venir conmigo —dice, y no es una pregunta.

Prosigue dibujando sinuosos caminos; su índice desciende por la curva de mi cuello, mi clavícula y llega hasta mi hombro, donde, con el pulgar, frota mi piel de forma suave pero insistente. El roce envía una descarga eléctrica a cada rincón de mi cuerpo, a cada nervio y músculo.

No estoy muy segura de a cuál de los dos Travis temo más, si al que se empeña en invadir mi espacio personal y abrumarme con su sola presencia, como en la discoteca, o a este, mucho más contenido. Suave y delicado. Quizá no sean tan diferentes, quizá en cualquier momento toda la tensión que nos rodea estalle y la suavidad se transforme en exigencia.

Y es bastante posible que yo haya dejado de respirar.

Si me muevo, si digo algo, tengo la sensación de que ninguno de los dos va a ser capaz de detenerse. Perderemos el precario equilibrio que hemos establecido y traspasaremos una línea desde la que no estoy segura si hay marcha atrás.

—Vendrás —murmura con la vista fija en algún punto de mi cuello.

El ambiente en el estrecho pasillo, apenas sin luz, es tan denso, tan eléctrico como el de una tormenta que solo espera el instante justo para desatarse y descargar. Para arrasar todo lo que encuentre a su paso.

Me pregunto qué quedará de nosotros si eso llega a suceder.

Observo el rostro de Travis: los labios entreabiertos, las pestañas espesas y del color de la miel que evitan que pueda contemplar sus turbulentos ojos verdes. Pero no digo nada.

—Apenas tenemos un par de horas para descansar —continúa él, ante mi silencio—. ¿Serás capaz de despertarte sola y estar preparada? ¿O necesitas que me cuele en tu habitación y te... ponga en marcha?

Su forma de decirlo hace que se me enrosquen los dedos de los pies, y es probable que ahora mismo esté imaginando unas cuantas formas de ponerme en marcha no aptas para menores. Pero sigo sin hablar. Soy demasiado consciente de que, si lo hago, diré algo de lo que más tarde tal vez me arrepienta.

—Podría hacerlo. Ya sabes... Meterme en tu cama, entre las sábanas, deslizar la mano dentro de esos ridículos pantaloncitos y bajo tus bragas, y hacer que te despiertes gimiendo. Pidiendo más. —Hace una pausa y, cuando habla de nuevo, su voz ha descendido al menos una octava y es apenas un susurro—. Lo haré si me lo pides, Tara. O también podría mantenerte despierta durante estas dos horas.

Me reiría de sus alardes si no fuera porque no creo que esté bromeando y también porque mi cuerpo parece entusiasmado con todo lo que está sugiriendo. Tengo los pezones tan duros que duelen, mi pulso se ha descontrolado y mi respiración es errática. Aprieto los muslos en busca de alivio, pero, a estas alturas, eso ni de coña va a funcionar.

—Pídemelo, Tara —me dice, pero más que una orden parece un ruego desesperado. Una súplica.

Dudo que Travis Anderson suplique nunca. Por nada. A nadie. ¡Joder! ¿Por qué demonios la idea de tenerlo rogando me excita tanto?

Antes de que pueda responder a esa pregunta, descubro que mis manos están ya sobre su pecho. Tiene la piel caliente y me muero de ganas de deslizar los dedos por las líneas que marcan los músculos de su abdomen. Perderme en la sensación de su tacto; olvidarme de todo. De quién es Travis y de quién soy yo; olvidarme de mi enfado y, sobre todo, de que me he propuesto mantenerme lo más lejos posible de él.

Pero las comisuras de sus labios tiemblan y entonces me dice:

—Descansa un poco. Te vendrá bien.

¿Y si no quiero descansar? ¿Y si lo que quiero es arrastrarlo al interior del dormitorio? Desnudarlo y follármelo hasta hacerle perder la razón. Conseguir arrancarle esa máscara que tanto se esfuerza por mantener sobre su rostro.

—Empiezo a pensar que eres un poco calientabragas, Anderson.

Sus dientes capturan el metal que decora su lengua y, luego, a sus labios asoma una pequeña sonrisa.

—¿Eso crees? —inquiere, retirando la mano de mi hombro. Ya no nos tocamos, pero mi cuerpo no da muestra de haberse enterado—. Vendré a despertarte entonces.

Y con esa afirmación, y una última mirada de advertencia que me dice que acabo de meterme en problemas, se marcha a su dormitorio.

A pesar del cansancio, dormir es una completa utopía. Doy vueltas de un lado a otro de la cama, me tapo y al momento siguiente pateo las sábanas, molesta por el roce de estas contra la piel sensible. Casi cuento los segundos, que desfilan ante mis ojos con una lentitud exasperante.

¿De verdad voy a hacer esto? ¿Voy a permitirle al idiota de Anderson colarse en mi cama de madrugada? ¿Voy a dejar que me toque?

De nuevo, mi mente me recuerda que es demasiado tarde para eso. Ya me ha tocado. Me dan ganas de reír de pura desesperación.

Tirada sobre el colchón, y preguntándome seriamente si no debería ponerle punto final al calentón yo misma, contemplo el pestillo de la puerta. No está echado. Podría cerrarlo, meter la cabeza bajo la almohada y hacer oídos sordos. Travis se marcharía solo a donde quiera que vaya. No creo que, con Raylee y su hermano en el piso superior, se dedique a aporrear la puerta para que le abra.

Fingiría que duermo plácidamente. Que su vida, sus entradas y salidas no me importan en absoluto; que sus provocaciones no tienen el menor efecto en mí, aunque creo que para eso también llego un poco tarde. Muy muy tarde.

Travis lo sabe. Conoce las reacciones de mi cuerpo tan bien como si fuera el suyo. Quizá por eso siempre está tan callado, porque se dedica a observar a los demás y captar detalles que a otros se nos escapan.

Cuando aún estoy cavilando acerca de mis posibilidades, escucho un ruido en el pasillo, aunque el sonido es tan débil que podría haberlo imaginado. Me acurruco de lado, de espaldas a la puerta, y cierro los ojos.

«¿En serio, Tara? ¿Vas a fingir que estás dormida?».

A lo mejor no soy tan valiente como me creo. A lo mejor la seguridad en mí misma con la que normalmente me desenvuelvo desaparece cuando se trata de Travis. A lo mejor…

La puerta se abre. Apenas si se oye un clic segundos después y comprendo que Travis ya está dentro y él sí que ha echado el pestillo.

Procuro respirar muy despacio. Mantengo las manos juntas bajo mi mejilla, las rodillas dobladas y los ojos cerrados. Inmóvil. El colchón se hunde a mi espalda y durante unos segundos no ocurre nada más. La cama es grande, así que Travis podría haberse tumbado a un lado sin necesidad de que nos rocemos siquiera. ¿Se lo estará pensando?

Dios, ¿por qué tengo la sensación de que ya hemos pasado por esto?

Me trago una carcajada que echaría a perder mi débil intento de parecer dormida. En realidad, sí que hemos estado en una situación similar: en la boda de Thomas y Clare.

Pero entonces percibo de nuevo el mismo roce delicado de sus dedos sobre mi brazo y, apenas un momento después, deposita un beso suave en la curva de mi hombro. La piel se me eriza y lucho para controlar mi respiración, pero es el impertinente latido de mi corazón el que me delata.

La presencia de Travis me envuelve, incluso cuando apenas me toca; su aroma, el calor que emana de él. La necesidad de más. Más.

Su mano se desliza hacia abajo y explora la piel expuesta de mi cintura casi con… ternura. Las yemas de sus dedos trazan líneas sin sentido en la parte baja de mi abdomen, sin prisa, deleitándose. Esto no tiene nada que ver con el modo en el que se ha comportado esta noche en el bar. Es muy distinto, como si fuera otra parte de él la que me está acariciando. Otro Travis.

Extiende la mano sobre mi abdomen sin decir una palabra, y no estoy segura de si de verdad cree que estoy dormida o no. Percibo el momento justo en el que se inclina sobre mí; su lengua asciende por mi cuello y tengo que apretar los labios para contener un jadeo. Mordisquea el lóbulo de mi oreja y vuelve a lamerme.

La sensación del metal de su lengua sobre mi piel consigue que me humedezca y algo se afloja en mi interior.

—Tara… —susurra, con esa forma tan suya de pronunciar mi nombre, mientras sus dedos se cuelan bajo la cinturilla de mis pantalones.

No sé si va a decir algo más o espera que responda. Apenas si puedo pensar. El deseo y la necesidad se han convertido en un monstruo en mi interior al que difícilmente puedo controlar. Ni siquiera sé si quiero hacerlo.

—Dime que quieres esto —murmura contra mi oído, febril—. Dilo y te lo daré.

Esta vez, no soy capaz de contener el jadeo que escapa de mis labios, y juro que, aunque no puedo verle la cara, percibo la sonrisita arrogante con la que él reacciona al sonido.

Empuja con los dedos sobre la tela de mis bragas para apartarla y gruñe al descubrir lo mojada que estoy. Tal vez eso sea suficiente prueba de lo mucho que lo deseo.

—Joder, nena. Estás empapada —masculla mientras recorre mi entrada arriba y abajo, una y otra y otra vez—. Lo necesitas, ¿verdad? Necesitas esto tanto como yo.

El colchón se hunde un poco más. Se pega a mi espalda y empuja con las caderas. Se ha vestido, pero la tela gruesa de sus vaqueros no es suficiente para evitar que sienta su erección clavándose en mi trasero. Dura, tan dura.

El roce le arranca un gemido, y es, con toda probabilidad, el sonido más erótico que haya escuchado jamás.

—No tenemos mucho tiempo, pero puedo hacer que valga la pena —dice a continuación.

Sinceramente, no tengo ninguna duda. Travis no es de la clase de tío que dejaría a una mujer a medias.

Ahora, todo lo que me queda por decidir es si de verdad estoy dispuesta a arriesgarme. A ceder a la necesidad y permitir que Travis Anderson haga conmigo lo que quiera.

Travis

Tara está despierta, soy muy consciente de ello; sin embargo, no dice nada más allá de ese sonidito ahogado tan delicioso que ha dejado escapar. La conozco lo suficiente para saber que me habría echado de la habitación desde el primer momento si no quisiese que estuviera aquí, pero no soy tan capullo como para seguir adelante sin que ella admita abiertamente que quiere que la toque.

—Tara… —susurro contra su oído, y me sorprende el modo en que su nombre se transforma en una plegaria—. Pídemelo.

—No pienso rogarte, imbécil —contesta por fin.

Se me escapa una carcajada, porque, incluso en esta situación, está claro que no puede evitar mostrarse desafiante. Me pego a ella y su espalda se arquea, sus caderas se balancean hacia atrás y presiona ese culo firme y redondo contra mi polla. Y no hay manera de silenciar el gruñido atormentado que abandona mi garganta.

¿Cuánto hace que una chica no me pone tan duro? ¿Que consigue excitarme hasta tal punto que, si me hundiera en su interior en este instante, tendría serios problemas para no correrme como un crío en su primera vez? Y lo que es más confuso, ¿por qué Tara? ¿Por qué precisamente ella, teniendo en cuenta que nos pasamos el día lanzándonos pullas y buscando la manera de molestar al otro? ¿Y por qué, además, estoy dispuesto a llevarla conmigo y mostrarle una parte de mí que no suelo enseñar a nadie?

Tal vez solo sea por lo que sucedió en la boda. Quizá solo se trata de darnos de una vez un revolcón y terminar con todo. Si te picas, te rascas. Y si una tía te pone cachondo, y está dispuesta a montárselo contigo, pues folláis y a otra cosa.

Sin embargo, aquí estoy. Cometiendo los mismos errores. Dispuesto a contemplar cómo ella disfruta, a hacer que se corra en mis dedos a cambio de... nada.

Quiero verla retorcerse y pedirme más. Quiero observarla mientras alivio su necesidad; sentir la forma en la que su coño húmedo y cálido se contrae alrededor de mis dedos y escuchar los pequeños gemidos que escaparán de su garganta cuando por fin alcance el orgasmo.

Pero, por mucho que desee esto, tengo que asegurarme de que ella también lo quiere.

—Necesito que me lo pidas.

No dice nada, ni siquiera cuando empujo con los dedos la tela empapada de sus bragas y los hundo un poco entre sus pliegues. Así que mantengo la mano inmóvil y me doy cinco segundos antes de retirarla.

Tara se revuelve y se frota contra mis dedos, pero continúa en silencio. Dios, es jodidamente terca, aunque no puedo decir que sea algo que me disguste; supongo que soy masoquista.

—Tengo que irme.

Es momento de una retirada. Ya ni siquiera se trata de torturarla; me niego a proseguir si Tara no da su consentimiento de forma explícita. Pero ella aprieta los muslos de tal modo que debería dar un tirón para arrancarle mi mano de la entrepierna.

—No —farfulla a regañadientes.

—No ¿qué?

Se hace el silencio durante tanto tiempo que doy por sentado que no contestará.

—No te vayas —dice finalmente.

—No puedo quedarme mucho rato. Vístete y ven conmigo.

Por algún motivo que aún no logro comprender, quiero que me acompañe. Tal vez para mostrarle esa parte de mí que disfruta saltándose las normas. Sin embargo, esa tampoco es la parte más importante en realidad.

—No —repite, pero me da la sensación de que no es a acompañarme a lo que se está negando.

—No eres capaz de pedirlo, ¿verdad? ¿Crees que te estás... rebajando?

No tiene ni puta idea.

Incluso a oscuras puedo vislumbrar la forma en la que aprieta los dientes. ¿Le molesta sentirse atraía por mí? ¿Es eso? No me extrañaría nada dada la forma en la que normalmente me asesina con la mirada cada vez que estoy cerca de ella.

Saco la mano de sus bragas y la agarro de las caderas para pegarla aún más a mí, y eso basta para que una placentera descarga me recorra de arriba abajo, directa a mi polla.

—Quiero hacerlo —le digo, porque tal vez es eso lo que necesita, saber que yo lo deseo. Que lo necesito.

Y, cuando estoy a punto de darme por vencido y salir de su cama, ella simplemente murmura un «sí» tembloroso.

Un-puto-«sí».

No necesito más. Tiro de sus pantalones y arrastro también su ropa interior para sacárselos por las piernas. Ella continúa tumbada de lado, dejándose hacer, aunque estoy bastante seguro de que le está costando toda su fuerza de voluntad no moverse o soltar alguna de sus lindezas. Es peleona y normalmente no se calla nada.

Le coloco el muslo encima de mis piernas para abrirla mientras le beso la nuca. Tiene la piel erizada, y casi espero que en cualquier momento se ponga a bufar como un gato. Pero su silencio es tal que convierto en mi único objetivo arrancarle más de esos ruiditos lujuriosos.

Deslizo un brazo bajo su cabeza para acomodarla mejor contra mi pecho y la otra mano dentro de su camiseta. Recorro la leve curva de su estómago y luego avanzo más y más arriba. Trazo círculos en torno a uno de sus pezones, sin llegar a tocarlo, aunque sé lo mucho que anhela ese contacto. Su espalda se curva de nuevo y el aire parece entrar en sus pulmones a trompicones. Tiene la piel ardiendo, caliente y muy suave.

Una puta delicia.

—Conseguiré que te corras, Tara, y vas a gemir cuando lo hagas.

Nada. Ni una sola palabra. Pero eso solo logra hacerme sonreír y desearla aún más.

Pellizco el pezón, complemente duro, y veo cómo cierra los ojos, como si luchara contra las reacciones de su propio cuerpo. Su expresión de concentración es tal que no puedo evitar soltar una risita. Ella da un respingo entre mis brazos y sus párpados se elevan.

Clava la mirada en mí, perpleja.

Y justo aprovecho ese momento de desconcierto para mover la mano hacia abajo y hundir un dedo en su interior. Sin preámbulos. Hasta el fondo.

Sus labios se entreabren y —¡por fin!— exhala un pequeño jadeo. ¡Joder! Me siento como si acabara de coronar el puto Everest.

Saco el dedo de inmediato. A pesar de que no dispongo de mucho tiempo, y no vamos a ir a un sitio al que pueda llegar tarde, pienso recrearme y torturarla todo lo que pueda. Acabará corriéndose, pero no va a ser rápido.

Empleo solo la punta del índice para rodear su entrada y extender la humedad que brota de su coño. Está tan jodidamente mojada; tan cachonda… Tan lista para mí. Apenas si puede mantener las caderas quietas. Buscando alivio. Que mis dedos se hundan y le den exactamente lo que desea. Lo que tanto necesita.

La mantengo apretada contra mí empleando el otro brazo, mientras le ordeno con un siseo que se quede quieta. Pero Tara no es una mujer a la que puedas decirle lo que tiene que hacer. Quizá por eso me atrae tanto.

Hundo dos dedos en su interior con una lentitud perezosa. Ella quiere más. Más duro, más rápido. Su cuerpo canta para mí, exigente. Ansioso. Pero sus labios entreabiertos tan solo dejan escapar un aliento irregular. Está decidida a no ceder a pesar de que no puedo imaginar nada más sexy que una Tara salvaje, montándome casi con desesperación en busca de su propio placer. La imagen me hace gemir contra su oído mientras deslizo los dedos dentro y fuera de ella; su humedad está por todas partes.

Terminará por volverme loco. Lo supe la noche que compartimos aquel maldito bungalow, durante la boda, cuando se sacó la sudadera que llevaba puesta por la cabeza y se metió en la cama sin siquiera mirarme. Y también lo sé ahora.

La follo muy despacio con los dedos, aunque lo único en lo que puedo pensar es en colocarme encima de ella y arremeter con fuerza contra sus caderas. O, mejor aún, arrastrarla desnuda hasta el salón, colocar sus manos sobre el cristal del ventanal y embestirla desde atrás hasta que ninguno de los dos sea capaz de mantenerse en pie.

—Te gusta, ¿verdad? —continúo susurrándole, aunque sé que no va a contestar. Sus caderas comienzan a moverse de forma errática e intuyo que está cerca. Muy cerca. Pero ni aun así aumento el ritmo—. Me encantaría probarte. Enterrar la cabeza entre tus piernas y no sacarla en toda la noche…

—Dios —gime apenas con un hilo de voz.

Y entonces sí que acelero para darle lo que quiere, solo porque sé lo mucho que lo necesita y…, ¡joder!, no creo que pueda negarle nada en este momento. Sus rizos rubios están desparramados por toda la almohada y huele de forma exquisita. Su cuerpo se sacude contra mi mano, el recelo completamente perdido. La necesidad toma el control.

—Vamos, Tara, quiero ver cómo te corres en mis dedos.

Cierra los ojos y eleva un poco la barbilla; los labios entreabiertos y jugosos. Deseo besarla. Que mi lengua le haga a su boca lo que mis dedos a su coño, pero aparto ese deseo y continúo mirándola. Observando lo rápida que se ha vuelto su respiración, la forma en la que aprieta los párpados mientras su pecho se eleva contra mi brazo, con los pezones duros como una piedra, y el sonido que provoca cada golpe de mi mano; su deseo desbordándose.

Las paredes de su sexo se contraen con fuerza y todo su interior palpita.

—Eso es, eso es —murmuro, fascinado por la expresión de abandono que finalmente se permite mostrar. Como si nada importase ya—. Déjate ir, Tara. Déjame verte.

Dudo que haya contemplado nada tan fascinante como el rostro de Tara al correrse. Joder, quiero verla hacerlo mil veces más y de mil formas diferentes.

Más, más, más.

Más.

Todo.

Acompaño las últimas réplicas de su orgasmo con caricias suaves y a punto estoy de reírme de mí mismo. Me duelen los huevos de lo duro que estoy y ni siquiera he intentado bajarme los pantalones. Por regla general, no es que no me preocupe si una mujer disfruta conmigo en la cama, que lo hago, no soy tan imbécil. Pero…, joder, con Tara es diferente.

No quiero pararme a pensar en lo que eso significa.

Dejo mi mano entre sus piernas unos segundos más y espero, aunque ni siquiera sé muy bien a qué. Tal vez a que se recomponga. Sé que va a molestarle lo que acaba de suceder, como si hubiera perdido una batalla en la guerra que sea que mantenemos.

Pero, cuando abre los ojos y me mira, no veo otra cosa que… satisfacción y curiosidad.

—Pensaba que tenías prisa —dice, con la voz un poco ronca.

Dios, quiero reírme, de verdad que quiero. Esta chica está loca.

—La tengo.

—Entonces, muévete para que pueda salir de la cama y vestirme.

Traslado mi mano hasta su abdomen y ella se estremece. No es tan ajena a lo que ha pasado como pretende dar a atender, y eso casi casi me hace sonreír.

—No te arregles demasiado —le digo mientras bajo la vista hasta el sitio donde reposa mi mano. Su pierna sigue sobre las mías—. Ponte unas zapatillas, nada de tacones. Y eres tú la que debería moverse, si es que las piernas aún te funcionan.

Parece darse cuenta entonces de que está prácticamente encima de mí.

—Eres un capullo.

Ahora sí, me permito sonreírle. Una sonrisa de verdad.

—Sabía que ibas a llamarme así una tercera vez, y eso que aún no ha acabado la noche.

Tira de la almohada para golpearme, pero yo soy más rápido. En tan solo un movimiento, le agarro las manos y me coloco a horcajadas sobre ella. Aprieto los muslos para inmovilizarle las caderas, aunque Tara no deja de revolverse.

—Esto va a pasar en algún momento —le digo, sin explicarle exactamente qué es «esto». Ambos sabemos de qué estoy hablando.

Cuando pienso que va a negarlo con su habitual vehemencia, tan solo replica:

—Puede.

—No vas a ponérmelo fácil, ¿verdad?

Tara curva los labios y, con la punta de la lengua, se los humedece bajo mi atenta mirada.

—Eres más idiota de lo que pensaba si crees que voy a bajarme las bragas contigo a las primeras de cambio.

Mantengo los dedos en torno a sus muñecas un momento más y me inclino sobre ella hasta que nuestras bocas casi se rozan. Pero tampoco ahora la beso. Acaricio su mejilla con la nariz y, a continuación, aprieto los labios contra la piel caliente de su cuello. No permito que su aroma dulce me aturda.

—Ponte unas zapatillas —repito y, tras una breve pausa, añado—: Y olvídate de las bragas. Así no tendré siquiera que bajártelas.

Tara

Travis no es el único idiota. Ahora yo también lo soy porque he permitido que me masturbe sin ningún pudor. Lo que resulta aún más difícil de creer es que él no me haya pedido que le devuelva el favor. Por Dios, no es que no estuviese excitado. Durante el rato que ha pasado metido en la cama conmigo he sentido en todo momento lo duro que estaba. Y también lo grande que es...

Me ha dejado a solas para que me cambie, así que puedo permitirme gemir, algo avergonzada y muy muy frustrada, mientras me enfundo unos vaqueros. Me pongo una camiseta de manga corta y cojo también una sudadera negra. Obedezco a sus indicaciones respecto al calzado y, por alguna estúpida razón, también respecto a mi ropa interior.

No es que esté pensando que va a pasar nada más esta noche.

Nunca. Esto no va a repetirse nunca.

Travis es atractivo, mucho en realidad. Con su aura de seriedad inquebrantable, la tinta sobre la piel, ese maldito piercing y los ojos verdes, inquisitivos y perspicaces. Es como ese bocadito que sabes que no deberías probar porque querrás más, pero que de todas formas te metes en la boca pensando que serás capaz de resistirte a continuar dándole mordiscos.

Y permitidme que os diga que resistirse a Travis es jodidamente difícil. Difícil y agotador.

No quiero jugar a este juego.

En mis relaciones, y en mi vida en general, suelo ser lo más franca posible. No me gustan los rodeos y tampoco los malentendidos, por eso suelo decir siempre lo que pienso. Así que no logro entender por qué no puedo hacer lo mismo con él. Porque lo quiero lejos de mí, pero al mismo tiempo me vuelve loca no ser capaz de encajar las piezas en lo que a su personalidad se refiere. No deja ver de sí mismo más que lo que la gente quiere que vea, y me da la sensación de que no quiere que nadie vea nada.

No se trata de que haya construido muros a su alrededor, sino de que tiene toda una fortaleza inexpugnable con un foso rodeándolo, un puente levadizo —que siempre está alzado— y demás parafernalia. No le gusta mostrar sus emociones, pero yo lo he visto sonreír esta noche y no sé si voy a poder olvidar la manera en la que sus comisuras se han curvado, han surgido arruguitas deliciosas en torno a sus ojos y su mirada se ha iluminado cuando lo ha hecho.

Y tampoco creo que olvide lo que es capaz de hacer con esos dedos largos y tan diestros.

—¡Joder! —mascullo por lo bajo.

Hasta ahora, un tío no había conseguido nunca que lo deseara de una forma tan cruda, tan visceral, que lo necesitase. ¿Y correrme tan solo masturbándome? ¿Sin que tenga que darle indicaciones? No, los tipos del campus de la UCLA no parecen saber lo que hacen. Son más de metértela enseguida y ponerse a empujar como locos hasta que consiguen lo que quieren. Lo que ellos quieren.

Cuando por fin estoy lista, me escabullo del dormitorio lo más silenciosamente posible. No sé qué diría Raylee si me pillase largándome de madrugada con Travis y sin siquiera saber a dónde voy. Aunque queda poco para que amanezca, así que siempre puedo decirle que he salido a correr.

Me encuentro a Travis de pie junto a la entrada, apoyado en la pared, con las manos en los bolsillos de unos vaqueros muy desgastados y una camiseta con más lavados de los que la tela parece ser capaz de resistir. Él, al contrario que yo, se ha calzado unas botas por fuera del pantalón y con los cordones apenas atados. Lleva el pelo revuelto, de recién follado, lo cual resulta irónico porque todo lo que ha hecho ha sido dar y no ha recibido nada a cambio. Su expresión neutra, como siempre, no me da ninguna pista sobre lo que se propone y tampoco deja entrever qué actitud va a tomar después de lo que ha sucedido en la habitación.

Me lanza una rápida mirada para comprobar mi atuendo mientras tira de la bolita de metal de su lengua con aire distraído. Me fijo en que del cinturón le cuelga una cadenita que termina dentro de uno de sus bolsillos delanteros, y cuando quiero darme cuenta estoy mirándole el paquete, aunque de forma totalmente involuntaria, claro está.

Sigue empalmado.

Se yergue para separarse de la pared y carraspea antes de decir:

—¿Ves algo que te guste, rubia?

—¿Rubia? ¿O piernas? —resoplo, con cierta resignación.

—Diablilla me gusta más —tercia él al tiempo que abre la puerta y hace un gesto para que salga—. Pero sigo buscando algo que me convenza del todo.

No le digo que, en realidad, si trata de conseguir algún tipo de reacción en mí con sus estúpidos apodos, no tiene más que llamarme por mi nombre real. Se me eriza la piel cada vez que lo pronuncia con esa cadencia suave y la voz baja y ronca. Como si cada letra se deshiciera sobre su lengua.

Buddy, el conserje, nos saluda desde su puesto en el vestíbulo cuando salimos del edificio, y Travis le dedica un respetuoso movimiento de cabeza; parece que para algunas cosas sí que tiene modales.

Todavía no sé muy bien cómo sentirme respecto a lo que ha pasado entre nosotros, pero finjo que sé lo que hago y que no estoy aún algo borracha a causa de sus caricias y de lo intenso que ha sido el orgasmo que me ha provocado.

Al salir, una brisa fresca nos recibe y me alegro de haber cogido la sudadera. El cielo está oscuro aún, en ese punto en que todavía no se vislumbra ninguna luz en el horizonte y las sombras cubren cada rincón. Por inercia, echo a andar hacia el aparcamiento, pero Travis me sorprende tomándome de la mano y tirando de mí calle arriba.

—¿No vamos a coger el coche?

—El de Blake no. Iremos en el mío.

Me encojo de hombros y finjo que no me sorprende, ni me aterra, el hecho de que estemos caminando por la acera de la mano. Su agarre es tan firme como delicado, si es que eso tiene sentido, y sé muy bien que debería dar un tirón y soltarme.

Pero no lo hago, solo Dios sabe por qué, y dejo que me lleve hasta otro edificio cercano.

—Está en el garaje —dice, antes de que pueda preguntarle por qué demonios estamos descendiendo por la rampa del edificio.

Saluda al guardia de la garita con otro de sus asertivos movimientos de cabeza y el hombre le devuelve el gesto alzando la mano. Travis camina con paso decidido y ligero entre los coches hasta llegar al suyo. No sé qué clase de automóvil imaginaba que tendría —en realidad, creo que ni siquiera pensaba que tuviera uno; sigo sin saber a qué se dedica—, pero estoy segura de que no era uno así.

—Sube —me dice cuando me quedo mirándolo.

Los coches, las marcas y modelos no son algo que atraiga en exceso mi atención. Eso se lo dejo a mi padre y mi hermano. La verdad es que a mí me vale con que me lleven de un lado a otro, a pesar de que son justo lo que le da de comer a mi familia. El mío es bastante viejo, heredado de mi padre antes de que él renovara el suyo, y la mayoría de los días todo lo que me preocupa es lograr arrancarlo y llegar a mi destino. Pero estoy bastante segura de que el de Travis no es precisamente barato, ni un simple coche.

—Sube, Tara. Tengo prisa —insiste, echándole un vistazo a la pantalla de su móvil—. Iré despacio —añade, lo cual es casi una contradicción.

El coche es negro, aunque una delgada línea roja lo atraviesa en el lateral y se quiebra en forma de rayo en la parte de atrás. Tiene los cristales tintados y tanto el capó como la zona del maletero se curvan de manera que le dan un aspecto deportivo; los faros recuerdan a los ojos de un gato. Además, los faldones de la carrocería prácticamente rozan el suelo. Todo en él grita velocidad.

Me meto en el interior sin decir una palabra a pesar de que la verdad es que estoy un poco impresionada. Y la cosa se pone aún más interesante cuando echo un vistazo al salpicadero, el cuero mezclado con tela de los asientos, el brillo de la palanca de cambios, que es de un azul eléctrico...

—¿Acabas de comprártelo? ¿O eres de esos tipos obsesionados con su pequeño?

Travis arranca y maniobra con seguridad para salir del aparcamiento. Sus movimientos son elegantes y diestros.

—Es pequeña —me corrige, sin apartar la vista del parabrisas—. Las mujeres son mucho más precisas que los hombres, y esta monada es precisa como un reloj suizo. Además de potente.

No da más explicaciones mientras abandonamos el garaje y nos incorporamos al escaso tráfico de la avenida. Aún es pronto, aunque Los Ángeles no tardará en ponerse en marcha, y todavía hay gente que está disfrutando de lo que queda del viernes noche.

Travis no dice nada más; se limita a conducir a través de la ciudad. Parece disfrutar mucho más al volante de lo que lo ha hecho hace unas horas con el coche de su hermano y, desde luego, no parece tener ningún problema con los cambios a pesar de que este coche también es manual.

El cansancio hace mella en mí conforme pasan los minutos y él no intenta entablar conversación. Yo tampoco es que me esfuerce, la verdad, pero el silencio no resulta del todo incómodo. Travis tiene esa manera de permanecer callado y abstraído, como en su propio mundo, aunque en el fondo está pendiente de cada detalle de lo que sucede a su alrededor.

Bueno, al menos no estamos gritándonos o lanzándonos pullas; toda una novedad.

Me preocupo un poco cuando veo que toma rumbo norte por la costa. ¿A dónde se supone que vamos?

—No irás a descuartizarme y enterrar mis restos en el desierto, ¿verdad? —inquiero, aunque vamos en dirección contraria.

—Cuando lleguemos —tercia él, desechando mi pregunta—, no te separes de mí. Estaremos juntos todo el tiempo salvo un rato, pero buscaré a alguien que se quede contigo mientras.

Arqueo las cejas y me giro un poco en el asiento para mirarlo.

Él continúa concentrado en la carretera, sus dedos acariciando la palanca de cambios de vez en cuando, los mismos dedos que hace rato estaban acariciándome a mí.

«No vayas por ahí, Tara».

—Puedo cuidarme sola, idiota. De todas formas, ¿se puede saber a dónde demonios vamos?

—Quédate conmigo —insiste, evadiendo de nuevo mi pregunta—. No bromeo, Tara. Y...

Se queda callado un momento. Toma un desvío para salir de la carretera principal y se interna en una zona repleta de naves industriales. Ni siquiera sé dónde estamos.

—¿Y qué?

Aún tarda un momento más en contestar. A lo lejos, escucho lo que parece música y se ven un montón de luces agrupadas.

—El capullo de Harris va a estar ahí. No te acerques a él.

Suelto una carcajada. Dejar que Travis me diga lo que tengo que hacer, o con quién puedo hablar, no es algo que vaya a permitirle. Ni a él ni a nadie.

—Pero ¿tú en qué siglo vives? ¿De verdad crees que puedes decirme algo así?

Mi réplica le irrita, puedo notarlo, pero todo lo que se permite es apretar los dientes un segundo; un instante después, ya no hay nada en su expresión.

—No trato de ser un cabrón. Solo te digo que ese tipo no es de fiar. —Se encoge de hombros—. No digas que no te lo advertí.

Nos acercamos a las luces lo suficiente para ver que se trata de... coches; un buen número de coches muy tuneados, de colores llamativos y con la música a todo volumen. ¡Joder! Hay un montón de gente. Casi parecen coches de carreras...

Ay, mierda.

Clavo los ojos en el perfil de Travis.

—¿Una carrera? Una carrera ilegal —añado, porque no hay que ser muy lista para darse cuenta de lo que se trata.

En ese mar de colores chillones, neones, alerones y toda clase de elementos añadidos, el coche de Travis no resulta ni la mitad de llamativo. Pero el caso es que encaja a la perfección con su personalidad: discreto, serio, pero igualmente peligroso.

Estoy convencida de que este trasto puede competir en velocidad con cualquiera de ellos.

—¿Vas a participar? —Mi voz sale en un chillido más agudo de lo que pretendía.

No sé muy bien cómo sentirme, si horrorizada o alucinada.

No. Horrorizada. Definitivamente horrorizada. ¿Es que quiere matarse?

Travis ni siquiera se molesta en contestar. Avanza despacio entre la marea de gente mientras todos se van apartando a un lado para dejarnos pasar. En un momento dado, detiene el coche, pero no apaga el motor.

Un tipo se acerca y se coloca junto a su ventanilla, y Travis la hace descender.

—Llegas tarde —le dice el chico, pero no espera a que él le dé una excusa—. Hay diez de los grandes en juego. Cinco coches, a dos por cabeza. ¿Vas?

La mirada irritada que le lanza Travis parece satisfacerlo, porque el tipo sonríe. No debe de ser mucho mayor que él, quizá uno o dos años. Lo que es seguro es que no llega a los treinta. La melena le cae sobre los hombros y tiene unos ojos muy expresivos, parecen sonreír cuando se inclina un poco más sobre el coche.

—Traes compañía, Anderson. ¿Quién es? Nunca traes a nadie.

—Cállate, Parker. —Travis me mira y deja escapar un suspiro impropio de él—. ¿Le echarás un ojo mientras corro?

El tipo me mira también y me muestra una sonrisa repleta de dientes.

—Por supuesto.

Antes de que pueda protestar, Travis añade:

—Procura que no se meta en líos. Esta rubia tiene una tendencia natural a atraer los problemas.

—Capullo —murmuro, lo suficientemente alto como para que ambos me oigan.

El tipo se ríe mientras asiente con la cabeza.

—Me gusta esta chica. Me gusta mucho, Anderson.

Travis ignora el comentario. Se mete la mano en el bolsillo y le entrega a Parker un fajo de billetes. ¡Santo Dios! Esto va en serio. Me pregunto si todo ese dinero proviene de sus padres. Raylee me ha contado que Blake no acepta nada de su familia, incluso les devolvió lo que se gastó mientras estudiaba en la universidad. No se llevan bien.

No sé por qué pensaba que Travis tampoco sería de los que permiten que papá o mamá le paguen los caprichos. Aunque... qué sé yo. Ahora mismo creo que no lo conozco en absoluto.

El coche se pone en marcha de nuevo. Me fijo en el resto de los vehículos y en la gente que los rodea. Hay tantas chicas como chicos. Algunos no parecen haber cumplido la mayoría de edad; otros, en cambio, deben de rondar la treintena.

Mientras contemplo cómo Travis deja atrás la fila interminable de automóviles, caigo en la cuenta de que su disposición no es aleatoria; están perfectamente ordenados de manera que ninguno estorbe a los demás. Si la policía aparece, pueden salir de aquí en cuestión de segundos.

Ni siquiera me creo del todo lo que estoy viendo. El ambiente festivo, casi como si esto fuera una reunión de amigos corriéndose una juerga bestial, me desconcierta. Supongo que la mayoría de ellos se conocen.

—¿Haces esto a menudo? —lo interrogo, sin apartar la mirada de la ventanilla.

Un poco más adelante hay cuatro coches dispuestos unos junto a otros, ocupando la mayoría de la calzada; los participantes, supongo.

—De vez en cuando. La localización de la carrera va cambiando y solo Parker y un par de tipos más, los que se encargan de prepararlo todo, saben dónde se realizará. No nos lo comunican hasta unas horas antes.

Señalo el exterior.

—Hay mucha gente. Cualquiera de ellos podría…

—¿Ser un poli encubierto? —termina por mí—. No sería la primera vez.

Giro la cabeza hacia él.

—No sé si quiero saberlo…

Detiene el coche junto a los demás, a un lado. Tira del freno de mano y, con el motor al ralentí, se desabrocha el cinturón de seguridad para volverse hacia mí. Deja la mano sobre la palanca de cambios; su pulgar traza círculos sobre el brillante metal. Procuro no sonrojarme cuando mi mente comienza a divagar acerca de ese mismo dedo en una parte muy concreta de mi cuerpo.

De repente hace mucho calor dentro del coche, y no ayuda que Travis me esté mirando con esa intensidad tan suya, como si pudiera ver dentro de mí, muy en mi interior, y trastear en mis emociones con total soltura, mientras que las suyas ni siquiera asoman a la superficie.

El interior del vehículo parece reducirse más y más a cada segundo que pasa.

—No debería haberte traído —dice al fin.

—¡¿Qué?! ¡No! Está bien. Estoy bien —me corrijo, porque de repente me alegro de estar aquí, por muy absurdo que suene.

Parker ha dicho que nunca trae a nadie, pero... ¿se iría con alguien tras la carrera si yo no estuviera aquí?

Por primera vez desde que nos conocemos, aparto la vista para evitar la suya. A pesar de que sea él quien me está mostrando una parte que no creo que suela enseñar a nadie, soy yo la que se siente expuesta. Como si esto fuera alguna clase de prueba a la que me está sometiendo.

—Tara —me llama, y mi nombre se derrama a través de sus labios como miel, dulce, muy lentamente. Continúo con la vista fija en la oscura calle frente a nosotros; el rugido de los motores mezclándose con sus balbuceos. Nunca le había visto balbucear—. Escucha... No... No te apartes de Parker, ¿vale? Y ni se te ocurra acercarte a Harris.

Cruzo los brazos y trato de no poner los ojos en blanco.

—¿Por qué? —A pesar de que, por norma general, mi primer impulso suele ser saltar y ridiculizar sus intentos de imponer sus deseos, me esfuerzo por comprender qué tiene en contra de ese tipo. Y entonces recuerdo el cardenal de su costado—. ¿Te peleaste con él? ¿Ese tipo...?

Aparto los ojos de la oscuridad y lo miro, a la espera de una respuesta.

Travis se lame el corte del labio y niega.

Doy un respingo cuando alguien golpea el cristal de su ventanilla, sobresaltada. Joder, estoy de los putos nervios. Pero él no se inmuta. Tan solo hace un gesto con la mano sin molestarse en comprobar quién requiere su atención.

—No tengo tiempo para esto —dice entonces, y a punto estoy de mandarlo a la mierda.

—¿En serio, Travis? ¿En serio has dicho precisamente eso?

Exhala un suspiro y cierra los ojos. Se pinza el puente de la nariz durante un momento antes de volver a mirarme.

—No debí… —comienza, y yo arqueo las cejas, suspicaz.

Me gustaría estar cabreada porque haya escogido justo esa combinación de palabras, pero la verdad es que estoy… dolida. Y posiblemente también aterrada porque Travis tenga la capacidad de hacerme daño con tanta facilidad.

—Mira, hace unas semanas, después de una carrera, me encontré a ese gilipollas de Harris dentro de su coche con una chica. Ella estaba llorando, Tara. Sus sollozos se escuchaban desde el exterior, así que abrí la puerta…

Su voz se va apagando. Luce asqueado, y me horroriza pensar en lo que debió de encontrarse en el interior de ese coche para que se permita exteriorizar lo que siente al respecto. Me olvido en el acto de lo que ha dicho poco antes, aunque una parte de mí quiere insistir.

Pero no lo hago.

—Me mantendré alejada de él —cedo. Es obvio que su preocupación no tiene nada que ver con los celos o ninguna otra actitud machista.

¡Como si a Travis le importase lo que yo hago o con quién estoy! Solo está preocupado, que es lo que haría un buen amigo si supiera que hay un jodido violador en los alrededores. Pero Travis y yo no somos amigos…, ¿o sí?

—Tienes que bajarte del coche. Quédate con Parker. Por favor —añade, en voz algo más baja.

Tiro de la manilla de la puerta y pongo un pie en el asfalto. La música me golpea los oídos y me doy cuenta de que se me ha acelerado el pulso. Antes de bajarme del todo, me vuelvo hacia él.

—La chica… ¿Qué le pasó a la chica?

Los ojos de Travis están de nuevo fijos en el parabrisas, aunque no parece que lo esté viendo siquiera. Tarda tanto en contestar que empiezo a moverme de nuevo pensando que no va a hacerlo.

—Me ofrecí a llevarla a poner una denuncia, pero no quiso. Estaba demasiado asustada.

Mierda. No puedo imaginar…

Salgo del coche, pero me inclino hacia el interior.

—Ten cuidado —murmuro, demasiado seria, sin restos de la hostilidad que siempre empleo para dirigirme a él.

Él pisa el acelerador y el motor se revoluciona; el rugido es como un grito de guerra, también una advertencia. De perfil, la comisura de su labio se curva apenas y baja un poco la barbilla, casi como si tratase de esconder esa pequeña sonrisa.

Antes de que cierre la puerta le escucho contestar:

—Siempre.

Tara

Parker se sitúa a mi lado en cuanto estoy fuera del coche. Me engancha del brazo y me lleva a un lado de la calle, donde el resto de la gente se apiña para ver la salida de la carrera. Distintos estilos de música se superponen con la algarabía de voces y risas; todo el mundo parece entusiasmado, eufórico.

Aunque Parker se ha pegado a mí, y su brazo continúa enroscado en torno al mío, su cercanía no me hace sentir incómoda. Me observa con curiosidad mientras controla los cinco coches que se preparan para lanzarse a toda velocidad hacia la noche.

—Así que Tara, ¿eh? —Asiento. La sonrisa que baila en sus labios hace que le brillen los ojos—. ¿Tu primera vez?

Vuelvo a asentir.

—¿Cuánto dura la carrera? ¿A dónde van? —Tengo muchas preguntas más atrapadas en la garganta, junto con un nudo de preocupación, pero empiezo por las más sencillas.

Estamos rodeados de gente. Hay bastantes chicas, la mayoría van en vaqueros y, en la parte superior, casi todas llevan tops más o menos reveladores, ajenas a la brisa fresca que llega desde el mar. Otras, en cambio, lucen minifaldas o pantalones tan cortos que apenas dejan nada a la imaginación. Se mueven al ritmo de la música, conscientes de las miradas que los chicos les lanzan. Hay gritos, carcajadas, parejas comiéndose la boca… Como una gran fiesta, solo que estamos en mitad de la nada y, de fondo, el rugido de los motores se une a los acordes de las distintas canciones que salen de un puñado de vehículos.

—¿Quieres beber algo? —me pregunta Parker, pero, antes de que pueda contestar, se gira y llama a gritos a otro tipo—: ¡Eh! ¡Tuk! ¡Tráele una cerveza a esta preciosidad!

A punto estoy de rechazar la invitación, pero la verdad es que tengo la boca seca y creo que me vendría bien algo de alcohol para asumir la escena que me rodea. Me he visto casi toda la saga de *Fast & Furious* y esto se le parece tanto que da un poco de miedo.

Tuk, un tío tan alto como delgado, de piel tostada y ojos oscuros, se nos acerca con dos botellines en la mano. Debe de tener mi edad. No es guapo en un sentido clásico, pero se mueve con tal seguridad que resulta difícil apartar los ojos de él.

—¿De dónde has sacado a esta belleza rubia? —dice mientras nos tiende una botella a cada uno.

Parker le da una colleja y yo me echo a reír.

—Ha venido con Anderson. —Eso es todo cuanto necesita decir para que el tipo retroceda un paso, aunque no deja de sonreír.

—Vale, ahora sí que estoy interesado —dice de todas formas.

Parker resopla.

—Tú siempre estás interesado.

Cuando terminan de lanzarse pullitas, Parker me explica rápidamente que la carrera no se alargará más de veinte minutos y se desarrollará en su mayor parte por las afueras de la ciudad, pero no en esta zona. Saldrán a la carretera principal, la de la costa.

—Estáis locos. Puede que sea temprano, pero ya hay bastante tráfico —murmuro. Siempre hay tráfico en las cercanías de Los Ángeles—. ¿Y la policía?

—A esta hora, los del turno de noche están regresando a la comisaría y los que empiezan a trabajar aún no han salido. Casi siempre —añade, lo cual no me tranquiliza demasiado—. No te preocupes, Anderson sabe lo que hace. ¿Os conocéis desde hace mucho?

El tono de la pregunta, aunque pretende ser casual, no alcanza a esconder su curiosidad. Tuk también me observa mientras le doy un sorbo a mi cerveza y hago tiempo para contestar.

—No demasiado.

No sé muy bien lo que saben estos tíos sobre Travis; visto lo visto, tampoco estoy segura de conocerlo.

En la línea de salida, una chica avanza y se sitúa frente a los faros de los cinco coches. No lleva más que un pantaloncito blanco ceñido y un top del mismo color que apenas logra contener su delantera. El contraste con el dorado intenso de su piel atrae todas las miradas. Es realmente preciosa, con unas piernas kilométricas que parecen aún más largas gracias a unos tacones de al menos diez centímetros. La melena negra le cae sobre un hombro y no va maquillada, no lo necesita.

Es el tipo de chica que te hace replantearte tu propia sexualidad.

—Esa es Bianca, mi hermana —comenta Parker—. Va a dar la salida.

Durante un breve instante sucumbo un poco al pánico. Siento el impulso de correr hasta el coche de Travis y pedirle que no participe; incluso cuando la excitación que flota en el ambiente, con la gente saltando y gritando ahora que todo va a comenzar, con la música resonando a todo volumen, invita a dejarse llevar. Los motores rugen, cada uno de los cinco coches listos para acelerar…

Y entonces Bianca eleva las manos al cielo y las baja con un movimiento elegante y dramático antes de poder decir una palabra.

Mierda, mierda, mierda.

«¡Es una jodida carrera!», pienso para mí, como si hasta ahora no lo hubiera aceptado del todo.

A pesar de que acabo de conocerlo, le clavo las uñas a Parker en el antebrazo al ver el coche de Travis lanzarse hacia delante.

El humo que provoca el roce de las ruedas contra el asfalto se eleva en una nube densa que hace que me piquen los ojos y la garganta. La gente aplaude y forma corrillos mientras los coches se alejan a toda velocidad por la calle oscura.

Veinte minutos, eso ha dicho Parker, lo cual comprendo que va a convertirse en una maldita eternidad en cuanto observo, a lo lejos, como dos de los coches se rozan entre sí y provocan una lluvia de chispas a su alrededor.

—¿Era Travis? ¿Ese era su coche? —pregunto, aterrada.

¿Por qué demonios me ha traído? ¡Joder! No es que yo sea precisamente el paradigma de la sensatez, y puede que haya cometido un puñado de locuras en mi vida, incluso hubo una vez en que Raylee y yo terminamos en comisaría cuando un tipo intentó propasarse conmigo en un bar del campus y casi le saco los ojos al intentar quitármelo de encima. Acabamos metidas en una pelea y tuvimos que ir a prestar declaración; si Thomas, el hermano de Raylee, llega a enterarse, estoy segura de que le hubiera dado un infarto. Pero esto es completamente diferente y, aunque no soy de las que se escandaliza a las primeras de cambio, tengo que confesar que me aterra la posibilidad de que a Travis le pase algo o que acabemos todos en el calabozo.

Se me escapa una risita desquiciada. Si alguien me hubiera dicho que esta noche terminaría preocupándome por la integridad física de Gilipollas Anderson, le hubiera dicho que me pasase lo que quiera que se estuviera fumando.

—Tranquila, Anderson sabe lo que hace —repite Parker, como si eso fuera suficiente para calmar mi inquietud. Me bebo la mitad de la cerveza de un trago—. Regresará con el coche intacto y se embolsará diez mil dólares. Es lo que hace siempre, no sé por qué esos idiotas siguen tratando de competir con él.

Eso tampoco termina de tranquilizarme, a pesar de que parece que Travis gana cada una de las carreras en las que participa.

Bianca, la hermana de Parker, se acerca a nosotros dando saltitos. Estaría impresionada de que no se haya torcido ya un tobillo si fuera capaz de prestar atención a algo. De repente, la música, las risas y todo lo que me rodea es demasiado para mí. Juro que si Travis vuelve de una pieza, seré yo la que se encargue de reventarle su precioso trasero.

—¡Ey! —ríe la chica, dirigiéndose a su hermano—. ¿Quién es?

Parker nos presenta mientras Tuk la devora con la mirada. El tipo es tan obvio que no puedo evitar sonreír a pesar de todo. Parece haber perdido toda su seguridad en cuestión de segundos.

—Así que el chico solitario ha traído a alguien… —murmura ella, interesada, fijándose con más atención en mí. No hay malicia en el comentario o en su mirada, tan solo la constatación de un hecho. En realidad, la chica parece bastante simpática—. Travis nunca viene acompañado y… también se marcha solo siempre —añade, guiñándome un ojo.

Me yergo y esbozo una mueca.

—Tranquila, no estamos liados. Ni siquiera me cae bien.

Ella se ríe y señala la cerveza que mantengo entre las manos y a la que, al parecer, en algún momento he empezado a arrancarle la etiqueta de forma inconsciente. Eso dice mucho de lo nerviosa que estoy.

—¿Quieres otra?

No solo he estado despellejando la botella, sino que también me la he acabado sin darme cuenta.

El móvil de Parker suena y se lo saca con rapidez del bolsillo. Lo mantiene frente a él en vez de llevárselo a la oreja. Es una videollamada. Desde donde estoy, a su lado, veo con claridad la imagen de una carretera, la de la costa si no me equivoco. Un coche la atraviesa a toda velocidad mientras se escucha a alguien decir: «Carter ya ha pasado y Anderson va detrás. Pero lo de Morris y Roxy se está poniendo feo», añade cuando otros dos coches pasan demasiado cerca el uno del otro. En ese instante, el coche que va casi pegado a la parte trasera del otro lo embiste. El de delante derrapa, pero logra mantener el control.

—¡Joder! —maldigo en voz alta cuando vuelve a embestirlo.

La carretera queda a oscuras mientras las luces traseras se van alejando hasta desaparecer. Parker corta la llamada, pero no se guarda el teléfono. Supongo que tiene a gente en distintos puntos del trazado controlando la carrera.

—Tu chico va en segundo puesto —dice Bianca, que se ha colocado a mi espalda para poder ver la pantalla.

Ni siquiera me molesto en corregirla y decirle que Travis no es de ninguna manera mi chico. Estoy demasiado nerviosa para eso.

—Necesito otra cerveza.

—Id —le dice Parker a su hermana—. Yo tengo que estar pendiente del teléfono.

Antes de dejarnos marchar, me echa un vistazo y le advierte a Bianca que no nos alejemos.

Tuk se ofrece a acompañarnos. Aparta a la gente a nuestro paso como si fuésemos un par de celebridades, solo le falta ponerle la alfombra roja a Bianca. Me resultaría gracioso lo colado que parece estar por ella de no ser porque tengo un nudo en la garganta que no me deja respirar.

Juro que voy a matar a Travis en cuanto le ponga los ojos encima.

Bianca me lleva hasta un coche cercano que tiene las puertas y el maletero abiertos. Comparado con la mayoría de los vehículos, este es de lo más normal. Saca tres cervezas del interior, y Tuk le da las gracias con una sonrisa enorme y ojitos de cordero degollado cuando le entrega la suya; acto seguido, el chico se aparta y se apoya en el lateral del coche, dándonos un poco de espacio, aunque pendiente de nosotras.

—Pareces a punto de vomitar —me dice Bianca—. Tranquila, todo irá bien.

Siento el impulso de justificarme, de decirle que no me importa, pero no es verdad.

¿Sabe Blake a lo que se dedica su hermano? ¿Por eso parecía a punto de sufrir un aneurisma cuando Travis ha sugerido conducir esta noche? Debe de saberlo; mi excusa de acompañarlo para chivarme a Blake no tiene ahora demasiado sentido. Posiblemente, no lo haya tenido nunca y solo se trataba de eso…, una excusa.

—Estoy bien.

—Travis es un buen conductor, tiene un talento innato para ello —me dice, tratando de infundirme algo de calma, mientras le da sorbitos a su cerveza—. Y no es como los demás; ni siquiera creo que participe por el dinero. Es más como… —Se da golpecitos en la barbilla, buscando las palabras adecuadas—. Suele llegar en el último momento, apenas se mezcla con los otros conductores y siempre parece tan… contenido.

—Sé de lo que me hablas.

—Cuando me planto frente a esos coches para dar la salida, todos me miran, pero él tiene los ojos fijos en la oscuridad detrás de mí. Se lanza hacia ella como si pudiera dejarla atrás —continúa divagando—. Ya sabes…, como si huyera de algo.

Arqueo las cejas. No me imagino a Travis Anderson huyendo de nada ni de nadie. Aunque tal vez… Tal vez huya de sí mismo.

Bianca se gira hacia mí, de nuevo con ese interés brillando en sus ojos y una mueca risueña y amable asomando a su expresión.

—Pero te ha traído y estás aquí, así que quizá no está huyendo. Quizá solo está… buscando.

La última palabra flota entre nosotras durante un momento a pesar de que la ha susurrado y del ruido que hay.

No sé muy bien qué contestar a eso, así que no digo nada. Pero Bianca es bastante parlanchina y no parece tener problemas para mantener viva la conversación.

—¿Eres de por aquí?

—Mi padre y mi hermano viven en la zona de San Clemente, pero yo estoy estudiando en la UCLA.

Bianca se pone a dar saltitos y yo me echo a reír; Dios, esta chica tiene un entusiasmo contagioso. Me recuerda un poco a Raylee, seguro que se llevarían bien.

—¿De verdad? Yo quiero estudiar allí, es mi primera opción para solicitar plaza.

No puedo evitar mirarla de arriba abajo, sorprendida.

—Espera, ¿qué edad tienes?

—Diecinueve. —Hace una mueca—. Perdí un año en el instituto.

—Santa mierda, los chicos del campus no van a tener nada que hacer contigo. Me dan un poco de pena, la verdad —bromeo, porque no le hubiera echado menos de veintitrés o veinticuatro—. Vas a volverlos locos.

Suelta una carcajada y se le enrojecen las mejillas. Tuk, a unos metros de nosotras, la mira embobado.

—Parker está desquiciado —añade, riendo—. Dice que no me quiere cerca de ninguna fraternidad.

A continuación, se lanza a hablarme de sus opciones y de lo mucho que está teniendo que esforzarse para compensar el año que ha perdido con buenas notas y un montón de extraescolares. Y luego dice algo que me desconcierta aún más:

—Travis también estudió allí.

—Espera, ¿qué?

Normalmente, me enorgullezco de no ceder a las primeras impresiones. No me gustan los prejuicios y siempre intento no fiarme de las apariencias, pero, en el caso de Travis, reconozco que tal vez me he dejado guiar un poco por ellas. Lo de que participe en carreras ilegales tampoco ayuda mucho.

—¿No te lo ha dicho? Es ingeniero mecánico —señala, y a mí se me descuelga la mandíbula—. De ahí su amor por los coches y la velocidad. Esa maravilla que conduce la ha modificado y la pone a punto él mismo.

Vale, puede que ahora sí esté un poco impresionada, aunque eso no cambia el hecho de que Travis sea un idiota. Un idiota muy listo, eso sí. La UCLA es una de las diez universidades más prestigiosas del país en lo referente a ingenierías.

—No habla mucho de sí mismo —le digo, aunque tampoco es que yo le haya dado muchas oportunidades.

—Ya, lo sé. Yo me enteré por Tuk, él también estudió allí.

Al escuchar su nombre en labios de Bianca, Tuk levanta la vista del asfalto y nos mira. Abre la boca para decir algo, pero lo que fuera a decir queda ahogado por el sonido de un potente frenazo. Y, solo unos segundos después, el del ruido que hace el metal golpeando contra metal y estallando en cientos de pedazos.

Bianca y yo echamos a correr en cuanto somos capaces de reaccionar, y lo único en lo que puedo pensar es en que, si Travis no se ha matado, voy a matarlo yo con mis propias manos.

Travis

Clavo los frenos y salto del coche en cuanto atravieso la línea de llegada.

Tara no está con Parker. He visto al muy capullo a un lado de la calle al pasar y estaba solo. Incluso aunque el coche de Roxy venía pisándome los talones y ha estado a punto de sacarme de la carretera, he podido apreciar que Tara no se encontraba allí. He esquivado a Roxy por los pelos cuando ha intentado adelantarme en el último momento; mis ojos estaban concentrados en buscar a Tara entre la gente.

¿Dónde cojones se ha metido y por qué no está con él?

Miro hacia atrás al escuchar un impacto. ¡Joder! El coche de Morris está empotrado contra el de Roxy. Ambos se han pasado toda la carrera poniéndose al límite y, cuando me he colocado en primera posición y ellos me han alcanzado, me he convertido en un objetivo común; debe de ser la única vez que esos dos se han puesto de acuerdo en algo.

«Idiotas», pienso para mí.

La gente los rodea, pero no parece que estén heridos más allá de unos pocos rasguños, aunque los coches están destrozados. Les está bien empleado por no jugar limpio.

Repaso las caras de la gente, ansioso, la adrenalina corriendo por mis venas a la misma velocidad con la que poco antes mi coche ha volado sobre el asfalto. Este es el momento en el que normalmente el subidón se desvanece; cuando, de algún modo, el mundo real me alcanza y las piezas que segundos antes se habían ensamblado a la perfección comienzan a caer, sus bordes irregulares dejando de encajar.

Pero no hoy. No con Tara aquí. Y no puedo entender por qué de repente su presencia lo convierte todo en algo tan diferente.

—¡Joder! ¿Dónde demonios estás? —gruño para mí mismo mientras varias personas se acercan para felicitarme y trato de quitármelas de encima.

La mayoría de esta gente resulta inofensiva. Muchos son universitarios aburridos, chicos o chicas que emplean el dinero de sus padres para comprarse coches potentes que apenas son capaces de controlar; pero otros… no son la clase de gente a la que quieras cabrear o con la que debas mezclarte.

No tendría que haber traído a Tara.

Aparto a todos los que se agolpan a mi alrededor para celebrar mi triunfo. Lo único que quiero es encontrarla y asegurarme de que está bien. Tampoco veo a Parker por ningún lado ahora, así que me dirijo hacia el corrillo de gente que se ha formado en torno a los dos coches accidentados. La mayoría tiene el móvil en la mano y está sacando fotos o vídeos; el morbo que les provoca contemplar el acero retorcido me da ganas de vomitar.

«Tengo que dejar esta mierda», me digo, aunque sé muy bien que, cuando Parker vuelva a avisarme, estaré aquí para competir de nuevo.

La música sigue sonando y nadie parece dispuesto a irse. La poli no va a tardar en llegar, eso seguro. Tengo que encontrar a Tara y salir de aquí cuanto antes; si Blake tiene que ir de nuevo a buscarme a la comisaría, va a matarme. La última vez tuvo que realizar una declaración jurada asegurando que se haría cargo de mí y me mantendría apartado de cualquier vehículo de cuatro ruedas para que me dejaran marchar. Si reincido, las cosas van a complicarse mucho. Y llamar a los abogados de mi familia no es una opción; no quiero tener que lidiar con mis padres.

De repente, alguien choca con fuerza contra mi espalda. Me pilla tan desprevenido que a punto estoy de irme de boca contra el suelo.

Mierda, otra pelea no. Todavía me duele el golpe de las costillas.

En cuanto recupero el equilibrio, me doy la vuelta con rapidez, preparado para hacerle frente a algún gilipollas con mal perder. Apuesto a que se trata del imbécil de Morris; no debe de haber tenido suficiente con joder el coche...

Pero al volverme, en vez de a Morris, me encuentro con Tara.

Ni siquiera me paro a pensar por qué demonios me ha empujado. El alivio que siento es tal que casi paso por alto la expresión asesina de su rostro, los rizos rubios desordenados derramándose sobre sus hombros y las mejillas enrojecidas de pura furia.

—¡¿Estás tarado o qué, idiota de los cojones?! —me grita, fuera de sí.

Me golpea de nuevo, esta vez en el pecho, con los puños apretados, y luego me da otro empujón que me hace reaccionar por fin. Atrapo sus muñecas y tiro de ella hasta pegarla a mí.

—¿Se puede saber qué te pasa, rubia? —murmuro, porque la gente está empezando a perder el interés por los capullos que se han chocado y ahora es a nosotros a quienes miran.

—¡No me llames así, gilipollas! ¡Eres un imbécil! ¿Cómo se te ocurre? —continúa gritando.

Se oyen risitas y un par de tíos gritan, alentándola. Estoy bastante seguro de que las cámaras de los móviles apuntan ya hacia nosotros.

—Tara, por favor —gruño por lo bajo—, tranquilízate. ¿Estás bien? —pregunto a continuación. Me preocupa que alguien le haya hecho daño mientras no estaba. Traerla ha sido una idea de mierda.

La aparto un poco para poder echarle un vistazo, pero eso solo la cabrea más.

—¿Qué coño haces? ¡Deja de mirarme! —me increpa mientras no para de revolverse—. ¡Podrías haberte matado!

—¿Qué?

—Ya me has oído, idiota... ¿En qué estabas pensado?

¿Está preocupada por mí? ¿Es eso?

Se me escapa una carcajada. De todo lo que podía haber dicho, esto es lo último que esperaba. No estoy acostumbrado a que nadie se preocupe demasiado por mí. Me sorprende tanto que, sin querer, aflojo un poco los dedos y ella aprovecha para soltarse.

Me estampa un puñetazo en las costillas que me deja sin respiración. Me ha golpeado justo en la zona que tengo dolorida. Más risas se escuchan y algún que otro «así se hace» por parte de los que nos observan. Estamos montando un numerito, y yo odio llamar la atención.

—¡Joder, Tara! —resoplo, ignorando la punzada de dolor y rodeándola con los brazos para inmovilizarla—. Eso ha dolido. Tienes un buen derechazo —le gruño al oído.

—Vete a la mierda, Trav.

No sé cómo tomarme que emplee mi diminutivo justo en este momento; casi preferiría que continuara llamándome «gilipollas».

—Vas a hacerme pensar que te importa lo que me pase —continúo susurrándole, con la nariz hundida en su cuello.

No debería oler tan condenadamente bien.

—¡Una mierda es lo que me importas! ¡Capullo!

Las carcajadas que trato de tragarme sacuden mi pecho, lo cual solo consigue que ella pelee con más fuerza. Está realmente furiosa.

—La poli aparecerá en cualquier momento —digo algo más alto, recordándoles a todos que es hora de marcharse—. Tenemos que salir de aquí.

Pero la gente no se mueve. Les encanta una buena pelea, aunque en vez de dos de los participantes moliéndose a palos se trate de lo que parece ser una novia alterada. El pensamiento hace que me resulte imposible no ceder a la risa. Sin embargo, ya hemos dado suficiente el espectáculo. Tengo que sacar a Tara de aquí si no quiero que acaben fichándola por participar en una carrera ilegal; ya me lo agradecerá luego.

Me inclino, le paso un brazo por detrás de las rodillas y la cargo sobre mi hombro. Varios idiotas aplauden y gritan. Y también estoy bastante seguro de que un par de chicas suspiran.

—Cuídala, Travis. Me cae muy bien —dice Bianca cuando paso junto a ella, y suelta una de sus risitas.

Parker aparece a su lado. El tipo ni siquiera se muestra un poco arrepentido por haberla dejado sola. Solo sonríe como un puto demente, como si esto fuera lo más divertido que ha presenciado jamás.

—Tú y yo ya hablaremos —le advierto mientras Tara no deja de patalear y tirarme con rabia de la parte de atrás de la camiseta.

—¡Bájame ahora mismo, Travis! ¡Ya, joder! —me grita—. Juro que voy a matarte…

Me amenaza todo el tiempo durante los pocos metros que nos separan de mi coche.

La gente parece por fin ponerse en marcha y dirigirse también a sus propios vehículos. De repente todos tienen mucha prisa. El sonido de las ruedas chirriando sobre el asfalto se superpone al de la música, que va apagándose conforme los coches salen disparados hacia la noche, pero ni siquiera eso consigue acallar los insultos de Tara.

No puedo evitar sonreír; desde luego, es de lo más imaginativa.

—¡Cabrón arrogante, te voy a cortar los cojones y no vas a follar de nuevo en toda tu vida!

—Qué boca tan sucia tienes.

—¡No me gustas! ¡No me gustas en absoluto! —prosigue protestando.

El coche de Parker, un Nissan azul cobalto con una línea preciosa y una maravilla de motor —trucado, por supuesto—, pasa junto a nosotros cuando ya estamos al lado de mi propio coche. Bianca se despide desde el asiento de atrás agitando la mano, mientras su hermano se detiene para entregarme un fajo de billetes de cien. Me los meto en el bolsillo sin hacer ningún comentario; ya tendré unas palabras con él la próxima vez.

«No es culpa suya, sino tuya», me recuerdo.

—¡Que me bajes!

—Tus deseos son órdenes, fierecilla.

Su pequeño puño se estampa contra mi espalda al escuchar su nuevo apodo. Tiene un genio de mil demonios, y me avergüenza confesar que el hecho de que no dude en plantarme cara me pone terriblemente cachondo.

La mayoría de los coches ya ha desaparecido y, a lo lejos, se escuchan las sirenas de la policía. No nos queda mucho tiempo.

Abro la puerta del copiloto y me inclino con ella aún sobre el hombro para dejarla caer directamente en el asiento.

—Para, Tara, ¡joder! —exclamo cuando se pone a golpear mis manos como loca para apartarme de ella.

Cierro la puerta y corro hacia el otro lado del vehículo rezando para que no le dé por bajarse y salir corriendo; cualquier cosa es posible tratándose de ella. Pero, para cuando me deslizo detrás del volante, Tara ya ha optado por cruzarse de brazos y clavar la mirada en el parabrisas.

—Abróchate el cinturón. —No se mueve. Suspiro y me armo de paciencia—. Tara, por favor, ponte el maldito cinturón para que podamos salir de aquí. —Bajo la ventanilla; las sirenas resuenan ahora mucho más cerca—. ¿Oyes eso? No voy a moverme hasta que te lo abroches. Así que, si no quieres tener que contarles a algunos agentes lo que hacemos aquí con un montón de pasta en el bolsillo y un coche que tiene el motor modificado, ponte el cinturón de una vez.

No me mira siquiera, pero, tras unos segundos de titubeo, por fin se lo abrocha.

Acelero a fondo. Las ruedas patinan durante un instante sobre el asfalto, provocando una pequeña nube de humo que huele a goma quemada. No me dirijo a la entrada por la que hemos llegado, sino que voy directo hacia las últimas naves industriales; hay una carretera estrecha por la que espero poder salir de aquí sin incidentes. Siempre que no nos encontremos de frente con un coche patrulla, ya que no hay espacio para que pasemos los dos a la vez. Pero es un riesgo que estoy dispuesto a correr. Esa carretera está mucho menos transitada que la principal.

Por suerte, escapamos sin cruzarnos con nadie.

En vez de conducir hacia la ciudad, tomo otro camino que nos lleva hasta un recóndito mirador sobre el mar. Las vistas no son gran cosa y no es de los mejores de la zona, pero está apartado y dudo mucho que la poli se moleste en venir hasta aquí.

—¿Qué demonios haces? —gruñe Tara, desde su asiento, aún con los brazos cruzados sobre el pecho a modo de escudo.

Si aprieta con más fuerza los dientes, terminará por romperse alguno. ¡Santo Dios, está realmente cabreada!

—La carretera de la costa va a estar llena de polis durante un buen rato, estarán parando a todos los coches sospechosos que se dirijan hacia la ciudad —le explico mientras apago el motor.

La oscuridad nos envuelve en cuanto la luz de los faros se desvanece; con tan solo el brillo de la luna reflejándose en el capó, me cuesta distinguir sus rasgos.

—Estaremos aquí un rato.

—¡Y una mierda! —Sin previo aviso, abre la puerta, se lanza fuera del coche y echa a correr.

—¡Joder! —Me desabrocho el cinturón de seguridad y salgo tras ella—. ¿A dónde demonios vas?

Ahora me arrepiento de haberle dicho que trajera calzado cómodo. ¿Cómo demonios es capaz de correr tan rápido?

—¡Mierda, Tara! —grito mientras la persigo.

Pierde pie al tropezar con algo en la oscuridad, una piedra tal vez, y sale volando hacia delante. La atrapo de la cintura en el último momento, pero no hay manera de que evite la caída, así que ruedo con ella entre los brazos hasta quedar debajo y evitarle así lo más duro del golpe.

—Joder —gruño para mí mismo. El dolor me apuñala las costillas. Aun así, no la suelto. No para de intentar escapar y me veo obligado a rodar de nuevo para colocarme encima—. Deja de huir de mí…

—Eres un cabrón.

—Lo soy —admito, aunque solo sea para que se esté quieta—. Pero ¿a dónde crees que vas? ¿Piensas volver andando?

—Tal vez. ¡Yo qué sé! No voy a quedarme aquí contigo.

Cierro los ojos un momento, agotado. El cielo comienza a clarear ya por el este y llevamos toda la noche en pie, no sé cómo aún tiene fuerzas para pelear.

Pero permitir que mi cuerpo se relaje, aunque solo sea unos breves segundos, resulta una idea pésima. De repente, soy demasiado consciente de todos los puntos en los que nos tocamos, y son muchos. Mis caderas presionan entre sus piernas, mi estómago y mi pecho reposan sobre los suyos y mis dedos están enredados en torno a sus muñecas. Nuestros labios casi se rozan y el aliento entrecortado del uno se entremezcla con el del otro.

A duras penas distingo su expresión y siento el impulso de soltarle la mano para trazar las líneas de su rostro con la punta de los dedos a pesar de que sé lo enfadada que está, de que solo encontraría aristas duras y tensión.

—Quítate de encima, imbécil —me gruñe.

—Si me prometes que no vas a tratar de salir corriendo de nuevo.

Me obligo a no empujar con las caderas como un puto pervertido para pegarme más a ella. Soy consciente de que a lo largo de la noche no he hecho más que provocarla, pero no voy a aprovecharme de esta situación, no si ella no me lo pide, y eso es algo que dudo mucho que vaya a suceder.

—No pienso prometerte una mierda —replica en voz un poco más baja y mucho más ronca.

Inspiro y suelto el aire lentamente.

—Siento haberte arrastrado conmigo esta noche.

Me gustaría verle la cara, saber en qué demonios está pensando, pero todo lo que puedo discernir es su respiración agitada revoloteando sobre mi boca.

No hay respuesta.

A cada segundo que pasa, su cercanía, la presión de cada centímetro de su cuerpo en contacto con el mío, el calor que desprende, su olor... Cada vez es peor, más absorbente, mucho más intenso. Hasta que todo lo que queda de esta mierda de sitio es ella. Ella y solo ella.

En algún momento, libero una de sus muñecas y cedo a la tentación. Tara está completamente inmóvil. Ha dejado de revolverse, lo cual agradezco, porque frotarse contra mi polla no estaba ayudando en nada.

Dejo que mis dedos desciendan desde su sien hasta su mejilla, y luego trazo el arco de su labio superior.

—Eres preciosa —murmuro sin darme cuenta, más para mí que para ella.

—Y tú un gilipollas.

Una carcajada escapa de mi garganta sin que pueda hacer nada para evitarlo.

—Lo sé —repito, sonriendo.

Y entonces es su mano la que está sobre mi rostro, sus dedos los que delinean la curva de mis labios, dibujándolos en la oscuridad con tiento y tanta dulzura que contengo el aliento. Ahora soy yo el que permanece inmóvil; el que no puede ni quiere moverse.

—¿Vas a besarme? —pregunta, y hay…, hay un matiz vulnerable en el modo en que las palabras abandonan sus labios. Algo muy diferente a su actitud habitual.

Aunque parezca imposible, nunca he besado a Tara, ni siquiera la noche fatídica antes de la boda. Ni siquiera hoy, después de colarme en su habitación y hacer que se corriera en mis dedos.

Y eso probablemente me convierte en un auténtico capullo.

—¿Quieres que lo haga?

Contengo el aliento una vez más. La pregunta parece ahora más importante de lo que debería, y su respuesta, de alguna manera, una forma de cambiarlo todo entre nosotros.

Travis

—No.

Desde luego, no era lo que pensaba que Tara diría.

Apoyo las palmas de las manos en el suelo, junto a sus hombros, para impulsarme. Comienzo a retirarme sin saber muy bien cómo sentirme. ¿Qué coño esperaba? ¿Que me suplicara que la besara? ¿Que lo necesitase tanto como yo?

¿Y desde cuándo estoy yo tan necesitado?

—Está bien —murmuro al tiempo que interpongo distancia entre nuestros cuerpos.

Puede que sea un capullo, pero sé admitir una derrota y sé que «no» significa «no».

Tara se mueve con rapidez. Sus dedos se aferran a mi camiseta y me detienen. No tira de mí, aunque tampoco dice nada, solo me mantiene ahí, inclinado sobre ella. Tan cerca y tan lejos a la vez.

Si al menos pudiera verle bien la cara…

—¿Tara? ¿Estás bien? —pregunto, y no puedo evitar sonar desconcertado.

—Vale, tenemos que acabar con esto.

Arqueo las cejas, aunque estoy seguro de que ella apenas si puede vislumbrar mi expresión.

—¿Acabar con esto? —No tengo ni idea de a qué se refiere.

Un profundo suspiro escapa de sus labios, uno repleto de resignación.

—Sí, con esto —repite, y una de sus manos hace un gesto, señalándonos—. No me hagas decirlo en voz alta, Travis.

—Estaba a punto de retirarme y «acabar con esto» cuando tú me has detenido.

Bajo la barbilla para contemplar cómo su otra mano aún me retiene; los dedos cerrados en torno a la tela de mi camiseta.

—Travis.

—Tara —replico, aún perplejo pero divertido por su extraño comportamiento—. No tengo ni idea de lo que me estás proponiendo.

Me da un tirón y, aunque mi primer instinto es resistirme, termino cayendo sobre ella. Mis caderas encajan en las suyas y me pongo duro de nuevo. No sé cómo lo consigue, pero llevo toda la puta noche empalmado. Un mínimo roce con ella y mi amiguito ya está deseando entrar en acción. A veces incluso le basta con que Tara respire cerca de mí.

—Está claro que… me atraes —murmura con cierto disgusto, como si odiara la idea con todas sus fuerzas. Me muerdo el labio para no echarme a reír, lo cual solo consigue que me haga daño en la herida. Siseo de dolor, pero ella prosigue—: Y que yo te atraigo a ti. Así que acabemos de una vez con esta estupidez para que los dos podamos seguir con nuestras vidas.

Hago todo lo posible por no soltar una carcajada.

—No sé si te sigo —comento, aunque es evidente lo que trata de decirme.

—Joder, eres un cabrón.

—Eso es lo que no paras de decir, pero aquí estás proponiéndome ¿qué? ¿Que follemos, Tara? ¿Es eso lo que estás diciendo?

Apoyo un codo junto a su cabeza y deslizo la otra mano por su cuello. Hundo los dedos en sus rizos y, con un suave tirón, la obligo a girar la cabeza. La piel de su garganta queda expuesta, tan lisa y tentadora que no puedo evitar lamerla y mordisquearla. Saborearla. Y…, joder, resulta exquisita.

Un jadeo me indica lo mucho que le gusta y lo dispuesta que está.

Me detengo en el acto. Con un único movimiento, me incorporo y me pongo en pie. Echo a caminar hacia el coche.

—¿Qué…? ¿A dónde vas?

—Dices «acabar con esto» como si fuera una maldita ETS de la que tienes que deshacerte —replico por encima de mi hombro.

La escucho maldecir mientras se levanta. Puede que me esté comportando como un capullo, pero supongo que, después de toda una noche jugando a este absurdo juego, esperaba algo más que un «acabemos con esto». Aunque tal vez es eso lo que deberíamos hacer: arrancar la tirita de un jodido tirón. Follar y olvidarnos luego de ello.

Cuando estoy a punto de meterme de nuevo en el coche, Tara me agarra del brazo.

—Nos odiamos, Travis. Ni siquiera me caes bien…

—Eso es lo que no dejas de decirte.

Me inclino un poco y aprieto un botón del salpicadero. Los neones colocados en los bajos del vehículo se iluminan con un parpadeo y por fin soy capaz de verle la cara. Joder, está muy cabreada. Pero hay más. También descubro un furioso deseo consumiendo sus ojos, devorándola por dentro.

Antes de ser consciente de lo que estoy haciendo, la tomo de la cintura y la acorralo contra el lateral del coche. Mis dedos van directos al botón de sus vaqueros y, cuando quiero darme cuenta, mi mano ya está dentro de sus pantalones.

No lleva bragas.

Esbozo una sonrisa sucia, demasiado emocionado con la idea de que por fin me haya hecho caso en algo. Deslizo un dedo entre sus pliegues solo para encontrarme que está completamente empapada.

Lista para mí.

—¿Es esto lo que quieres? —pregunto con un gruñido.

—Sí.

«Sí, joder. ¡Sí!», me digo a mí mismo.

—Dime lo que quieres de verdad y te lo daré, Tara. Todo lo que quieras —la insto mientras devoro su cuello. Su olor se me cuela por la nariz y comprendo que voy a tardar mucho tiempo en deshacerme de él—. Solo tienes que pedirlo.

Permito que las palabras calen en ella. Quiero que lo admita. Aunque solo sea una vez. Aunque todo lo que esté buscando sea «acabar con esto».

Cuelo la otra mano por debajo de su sudadera y su camiseta para poder llegar hasta su piel. Está ardiendo. Es suave y cálida, y adictiva a un nivel que ni siquiera puedo comprender; seguramente, podría pasarme todo el día acariciándola.

Pero voy a hacer más que eso…

—Quiero que follemos —dice al fin, y mi polla prácticamente le hace una reverencia.

Mis caderas salen disparadas hacia delante y el roce nos arranca a ambos un gemido. Tara cierra los ojos y eleva la barbilla. Su espalda se arquea contra mi cuerpo, volviéndome loco de necesidad.

Aparto su sujetador con la punta de los dedos. Acuno su pecho y mi pulgar resbala sobre su pezón. Tan duro. Me muero de ganas de metérmelo en la boca. Chuparlo, jugar con él.

Durante un momento me planteo no ceder, no hacer esto aquí con ella. La imagen de Tara desnuda en mi cama, con su melena desparramada sobre la almohada y su cuerpo retorciéndose bajo el mío… resulta demasiado atractiva. Follarla en todas las posturas posibles durante horas y, al acabar, volver a empezar de nuevo hasta que no podamos mantenernos en pie.

Pero parece que es ahora o nunca, y ella misma lo ha dicho: es nuestra oportunidad de zanjar el asunto de una vez.

Si lo hubiésemos hecho en la boda, esto no habría llegado tan lejos.

—Te quiero desnuda —le digo, y ni siquiera espero a que responda.

Agarro el dobladillo de su sudadera y tiro hacia arriba para sacársela por la cabeza junto con la camiseta. Tara no se resiste. Al momento siguiente, es su sujetador el que cae al suelo. ¡Joder! Tiene unas tetas perfectas, redondas y firmes, coronadas con unos pezones de un tono rosado y precioso que reclaman toda mi atención. Me inclino para meterme uno en la boca y ella gime. Sus dedos se hunden en mi pelo y me aprieta más contra ella; ansiosa, tan ansiosa que no puedo evitar sonreír.

Me tomo mi tiempo para saborearla. Dientes y lengua contra su piel. Y ella me clava las uñas en los hombros.

—Voy a lamerte de pies a cabeza. Quiero mi lengua sobre cada centímetro de tu piel.

—Eso suena a amenaza —se ríe y…, mierda, su risa me hace desearla aún más.

Por una vez parece relajada, como si hubiera olvidado lo enfadada que está siempre conmigo. Y me cuesta admitir lo mucho que eso me gusta. Resulta irónico que me ponga cachondo cuando me grita y, a la vez, me excite tanto el sonido de sus carcajadas. Es probable que me esté volviendo loco.

Me arrodillo frente a ella y tiro de sus vaqueros. No mentía; si vamos a hacerlo, quiero tenerla desnuda. No me importa dónde estemos ni que alguien pueda aparecer. Con suerte, el lugar estará lo suficientemente apartado como para que nadie nos pille montándonoslo sobre el capó del coche.

Le quito las zapatillas y ella patalea hasta conseguir sacarse los pantalones y lanzarlos a un lado.

¡Hostia puta! Es más impresionante de lo que imaginaba. La piel le brilla con una fina capa de sudor y se me hace la boca agua al contemplar la curva de sus caderas y su cintura estrecha. Desde donde estoy, sus piernas parecen aún más largas, y la sola idea de tenerlas enrolladas en torno a mi cuerpo hace que me dé vueltas la cabeza.

Ella ni siquiera intenta taparse o se muestra avergonzada. Está ahí, erguida frente a mí. Tan jodidamente desafiante y orgullosa como siempre.

—Eres perfecta, joder. —Mi mano asciende por su piel, desde su tobillo hasta su rodilla, el muslo...—. Abre las piernas. Quiero probarte.

Obedece sin rechistar, lo cual resulta milagroso tratándose de ella. Tiene los ojos turbios de deseo y los labios entreabiertos, unos labios dulces que no he probado. Todavía.

—Seguro que no esperabas terminar la noche arrodillado a mis pies —se burla, pero coloca la palma de la mano contra mi mejilla y me acaricia el pómulo.

La suave intimidad de la caricia me perturba más incluso que lo que estamos a punto de hacer. Es como tener parte del cuerpo en llamas y la otra hundida en el hielo. Es delicada y salvaje al mismo tiempo. Una puta locura, casi tanto como el deseo que siento por ella.

Paseo dos dedos a lo largo de su hendidura, arriba y abajo, lentamente, recreándome. Me impregno de su humedad, de lo que yo le provoco. Está así de mojada por mí. Y comprendo que, a pesar de que me encantaría que fuera ella la que estuviera de rodillas con los labios en torno a mi polla, ahora mismo no desearía estar en ningún otro lugar.

La abro más para mí, pero no es suficiente, así que coloco uno de sus muslos sobre mi hombro y, sin una palabra más, hundo la cara entre sus piernas. Al primer toque de mi lengua, Tara suelta un jadeo ronco; probablemente lo más sexy que haya escuchado jamás. Arrastro el metal duro de mi piercing entre sus labios hasta alcanzar su clítoris, inflamado y palpitante, y sus manos vuelan hasta mi cabeza. Hunde los dedos en mi pelo para empujarme contra su cuerpo.

—Te gusta, ¿eh?

—Oh, vamos, cállate y no pares… —replica en un tono grave y necesitado.

Me río entre dientes, algo impropio de mí, pero que no me paro a analizar. Tara me trastorna de una manera que no soy capaz de explicar y hace que me comporte de formas inusitadas.

—Voy a hacer que te corras en mi boca y luego te voy a follar tan duro y durante tanto tiempo que no volverás a andar derecha en una semana.

Cuando está a punto de protestar de nuevo, succiono con fuerza su clítoris y le meto un dedo hasta el fondo. Lo que quiera que fuera a decir se convierte en un fuerte gemido. Se estremece y comienza a temblar, pero no le doy tregua. La lamo una y otra y otra vez mientras bombeo en su interior con dos dedos. Lentas pasadas de mi lengua, sin pausa. Bebiéndomela a tragos largos y desesperantes. Forzándola a perder el control.

—Podría pasarme todo el día comiéndote el coño, joder.

—No pares. No pares, por favor —jadea a pesar de que no tengo intención alguna de detenerme.

Mis dedos resbalan dentro y fuera de ella cada vez más rápido, totalmente empapados mientras trazo círculos con la lengua. Y cuando vuelvo a succionar, cuando mi boca la abarca y mis dientes rozan el punto exacto entre sus piernas, Tara se corre con mi nombre en los labios. Su coño palpita en torno a mis dedos y contra mi lengua, arrancándome un gemido. Dios, quiero hacer esto todos los putos días de mi vida. Quiero tenerla así, desarmada y vencida. Abandonándose al placer. Perdida.

La brutalidad del orgasmo la obliga a sujetarse al chasis del coche. Se le va la cabeza hacia atrás y las rodillas parecen ceder bajo su peso. La sujeto colocando una mano sobre su abdomen y acompaño cada uno de sus estremecimientos con lametazos suaves. Con la boca impregnada de su sabor exquisito y preguntándome si seré capaz de olvidar su dulzura.

Tara tira de mí para que me ponga en pie. Durante unos segundos nos miramos en silencio. Sus ojos están empañados, los míos arden. Hasta que me agarra de la nuca, me empuja contra su boca y nos besamos por fin.

Gime al descubrir los restos de su orgasmo cubriendo mis labios, y yo no puedo evitar jadear cuando nuestras lenguas se rozan por primera vez. Me hundo en su boca como si pudiera sacar de sus pulmones el aire que parece faltarme. No hay nada suave ni titubeante en el beso. No hay barreras que consigan esconder la necesidad o nuestro deseo.

Nada. No hay nada entre nosotros.

—Te quiero dentro de mí —murmura, exigente, contra mis labios, y sus palabras recorren mi columna vertebral como una descarga que me deja sin aliento.

Las puntas de sus dedos me rozan las costillas con la suavidad de la que carece la caricia ansiosa de su boca, como si no hubiera olvidado que estoy herido y estuviera esforzándose para no hacerme daño. De nuevo, Tara es pura contracción; un veneno dulce que me mata lentamente.

—Me encanta que no dudes en exigir lo que quieres.

Mascullo una maldición al comprender que lo he dicho en voz alta, pero Tara se limita a reír y desliza la mano hasta la parte delantera de mis pantalones. Sus dedos se cierran sobre mi polla; incluso con la gruesa tela de los vaqueros de por medio, la presión resulta tan placentera que gruño de puro alivio.

Necesito estar dentro de ella. Ya.

—Quítate los pantalones. Ahora —ordena a continuación.

—Vaya, vaya… Alguien no puede esperar —la provoco a sabiendas.

Arremeto contra sus labios de nuevo con fiereza, sin importarme lo desesperado que pueda parecer.

Ahora que la he probado, me pregunto cómo demonios voy a hacer para sacarla de mi mente. Y también si una sola vez será suficiente para «acabar con esto».

Tara

Cuatro meses antes. Víspera de la boda de Thomas y Clare

Mientras Blake se tambalea en la puerta del bungalow que Raylee y yo ocupamos, y balbucea solo Dios sabe qué, me planto frente a Travis, su hermano.

—Vamos a dormir juntos —le espeto sin ningún tipo de miramiento.

Ya me agradecerá Raylee más tarde que le dé algo de privacidad. Estos dos tienen que solucionar de una vez lo que se traen entre manos. Está claro que ahí hay un montón de tensión sexual no resuelta y que necesitan liberarla… Ya me entendéis.

Travis me lanza una mirada bastante poco prometedora. No parece en absoluto tan borracho como su hermano.

A pesar de que yo no soy precisamente bajita, el tipo me saca casi una cabeza. Y, con las manos en los bolsillos y los hombros tensos, luce como si la idea de compartir habitación conmigo no le resultara especialmente atractiva.

Yo, desde luego, estoy encantada. Travis no es mi tipo. He pasado los últimos años saliendo con tíos deportistas y miembros de fraternidades. Así que todos esos tatuajes, el piercing de su lengua y esa actitud de estar de vuelta de todo son nuevas para mí.

Tal vez eso sea lo que necesito, algo diferente.

Sin responder a mi comentario, gira sobre sí mismo y echa a andar, obligándome a apresurar el paso para alcanzarlo y poder caminar junto a él. Según Raylee, es un tío amable, aunque algo introvertido. Sinceramente, a mí me da la sensación de que no tiene nada de tímido. Es… otra cosa, y me muero de ganas de adivinar de qué se trata.

También estoy ansiosa por descubrir lo que se siente cuando esa bolita de metal de su lengua te acaricia la piel.

—¿Te dolió?

Él ladea la cabeza para mirarme mientras continúa andando. Tiene unos ojos verdes preciosos y también algo tristes, aunque me da la sensación de que se esfuerza mucho por ocultárselo al resto del mundo.

Me observa unos segundos antes de preguntar:

—¿De qué diablos estás hablando?

—El piercing. ¿Te dolió cuando te lo hiciste?

No da muestras de que la pregunta lo altere lo más mínimo, para bien o para mal.

—No más que otras cosas.

Es una respuesta bastante críptica, la verdad. No sé muy bien si se refiere a cosas como el tatuaje que asoma por encima del cuello de su camiseta o a algo más emocional. Pero, como parece que la noche va a ser muy larga, me digo que ya lo adivinaré más adelante y cambio de tema.

—Están locos el uno por el otro —digo, señalando por encima de mi hombro—, solo queda que se den cuenta de ello.

Para mi sorpresa, Travis asiente con un movimiento de cabeza. Supongo que no soy la única que se ha percatado de que lo de Raylee y Blake solo es una cuestión de tiempo. Después de pasarse media vida encaprichada de Blake, mi mejor amiga por fin se ha decidido a ir a por él. Y resulta bastante obvio que la atracción es recíproca.

Travis abre la puerta del bungalow y me cede el paso. Al menos parece que tiene modales; un punto para el chico tatuado.

Me deshago de la sudadera apenas atravieso el umbral. Bajo ella no llevo más que un pantalón corto de pijama y una camiseta de tirantes. Me saco también las zapatillas y voy directa hacia la cama que preside la habitación. Soy muy consciente de que vamos a tener que compartirla, aunque es lo bastante grande como para que no nos rocemos siquiera en toda la noche, pero la idea resulta de lo más interesante.

Después del chasco con Mark, no es que esté demasiado tentada de comenzar ningún tipo de relación con nadie, pero mentiría si dijera que no me importaría darme una alegría con un tipo como Travis. Tampoco él parece de los que busca algo serio y…, bueno, en el fondo, tal vez yo sí que esté aún un poco cabreada con el género masculino en general; sobre todo, con los tipos que no son capaces de mantener la bragueta cerrada cuando están saliendo con alguien. A veces no puedo evitar pensar que soy un imán para idiotas infieles y descerebrados, pero lo de un clavo saca a otro clavo, en mi caso, tal vez funcione. Por despecho, supongo.

Me subo a la cama y me siento en medio. Travis continúa junto a la puerta, tenso y expectante, y más serio de lo que se podría esperar. La verdad, no es un tío muy expresivo y resulta complicado adivinar en qué demonios está pensando.

Un instante después, se pasa la mano por la nuca y se dirige al baño.

El bungalow tiene exactamente la misma disposición que el de Raylee, y todo está decorado con muebles en tonos claros y motivos marinos. El lugar es una verdadera maravilla.

Tras unos minutos, escucho el sonido de la ducha. Me tumbo y no me molesto en taparme. Durante un rato, sigo dándole vueltas a mi pésimo gusto para los hombres, y es posible que también fantasee un poco acerca de lo que está sucediendo a tan solo una pared de distancia. Imaginarme a Travis desnudo bajo el chorro de la ducha, enjabonándose la piel tostada y cargada de tinta con esas manos tan grandes…

Admito que, para cuando la puerta del baño se abre por fin, estoy sonriendo como una idiota. Mi mirada vuela hacia Travis y mis ojos tropiezan con su pecho desnudo y cubierto de pequeñas gotitas de agua. El tatuaje le cubre gran parte del hombro, la zona superior del brazo y un buen trozo del lateral del cuello. También luce uno en el costado. La tinta brilla, los colores destellando bajo la humedad, y los músculos de su estómago están contraídos por la tensión. Dios, el tipo es una maldita maravilla para la vista.

Mis ojos se pierden en la fina línea de vello rubio que desciende desde su ombligo hasta el borde de la toalla que se ha enrollado sobre las caderas, y puede que me quede mirándole el paquete más tiempo del políticamente correcto. Y os aseguro que hay mucho que mirar…

—¿Te gusta lo que ves? —se burla él.

No creáis que levanto la vista de inmediato tras semejante pillada. No. Todo lo que hago es ir ascendiendo por su torso muy lentamente. Me recreo en los valles y crestas de su estómago, en la tensión de los músculos de su pecho y en los trazos oscuros que dibuja la tinta sobre su piel húmeda. Paseo por la línea firme de su mandíbula y por sus labios llenos y sensuales, a pesar de que estos no sonríen. Hasta que termino por alcanzar sus ojos, fijos en mí.

—No —miento, y yo sí que le brindo una sonrisa—. Nada de nada.

Él arquea las cejas y, con un resoplido, se dirige hacia el lugar que ocupa una mochila a los pies de la cama. Saca un pantalón de algodón y se lo pone.

«Vaya, así que es de esos tipos que no se molesta en dormir con ropa interior».

Me pregunto si, en condiciones normales, se meterá en la cama desnudo y esto es solo una deferencia hacia mí.

Decido darle un poco de margen; no es cuestión de asustarlo. Deslizo las piernas bajo la sábana y me acurruco sin moverme del centro del colchón. Un momento después, lo pienso mejor y le concedo un poco más de espacio. No estoy tan segura de mí misma como para creer que, por fuerza, esté interesado en mí.

Me coloco de lado y lo observo mientras se mete en la cama y se tumba boca arriba. Entonces me lanza un vistazo y, tras una breve pausa, se inclina sobre la mesilla para apagar la luz. Está claro que no es demasiado hablador y, al parecer, tampoco tiene más intención que la de dormir.

La verdad es que Travis no se parece en nada a Blake. Mientras que su hermano es todo un derroche de sonrisas y buen humor, Travis parece acarrear sobre sus hombros una pesada carga. Cero sonrisas y muchas menos emociones. De nuevo, me planteo que no es la clase de tipo que suele interesarme, supongo que porque yo siempre trato de ser lo más franca posible y no me guardo nada. Travis, por el contrario, parece albergar un montón de secretos detrás de su mirada esmeralda.

En la oscuridad, su rostro se halla lo suficientemente iluminado por la luz de la luna procedente de la ventana. Está observando el techo con tanta intensidad que me dan ganas de desviar la vista solo para comprobar si hay algo allí que yo no haya visto, pero la verdad es que su perfil resulta mucho más atractivo que las vigas del techo, eso seguro.

—¿Haces esto a menudo? —pregunto en voz baja cuando él por fin cierra los ojos.

No los abre para contestar:

—Hacer ¿qué, Tara?

La manera en la que pronuncia mi nombre me provoca un escalofrío.

—Dormir con chicas desconocidas.

«¿Acabas de preguntarle si suele meter en su cama a extrañas a menudo?».

No sé por qué, su silencio me pone nerviosa.

—Duérmete, anda.

Ninguno de los dos dice nada más. Él permanece con los párpados cerrados y las largas pestañas acariciándole la parte superior de los pómulos, y yo, tumbada de lado, observándolo.

Más tarde, en algún momento, ambos nos quedamos dormidos envueltos en ese denso silencio.

Cuando despierto, me encuentro a Travis contemplándome desde el otro lado de la cama. Casi esperaba amanecer sobre él y con las piernas enredadas entre las suyas, pero parece que ninguno de los dos se ha movido en toda la noche.

«Una pena, la verdad».

—Hola —susurra con la voz aún ronca por el sueño.

Tiene un aspecto increíble para acabar de despertarse; el pelo revuelto, que dan ganas de acariciar, y la mirada clara, sin restos de hostilidad o de esa seriedad que parece ser su seña de identidad. No puedo dejar de preguntarme qué esconde o qué le ha sucedido para mostrarse siempre así.

Pero esta mañana luce mucho más relajado, y eso también me intriga.

—Hola. —Sus ojos verdes continúan sobre mí—. Emmm…, me estás mirando fijamente.

Una leve arruga aparece en su frente.

—Si te soy sincero, esperaba que te despertaras un poco más… cerca de mí.

Arqueo las cejas; yo he pensado justamente lo mismo, pero al parecer ambos hemos decidido, de forma inconsciente, no movernos mientras dormíamos.

—Siento haberte decepcionado. —Le brindo una sonrisa maliciosa, pero él extiende el brazo, lo enrolla en torno a mi cintura y me hace resbalar sobre las sábanas. No sé por qué, no me resisto—. Te has despertado de mejor humor.

Retira el brazo, pero, aunque nuestros cuerpos no llegan a tocarse, estamos muy muy cerca.

Travis prosigue contemplándome como si hubiera sufrido una especie de revelación durante las horas de sueño o algo por el estilo, pero no dice nada. Al final, soy yo quien decide ponerse en marcha.

Me estiro sobre la cama, desperezándome, y me incorporo hasta quedar sentada. Sus ojos siguen cada uno de mis movimientos.

—Voy a darme una ducha, así Blake y Raylee tendrán un poco más de tiempo para... lo que sea que estén haciendo.

Nada. Ninguna respuesta más allá de un leve asentimiento y más miraditas inquietantes y provocadoras.

Me meto en el baño y tomo una larga ducha mientras reflexiono sobre el comportamiento de Travis. Anoche parecía poco entusiasmado con la idea de compartir habitación conmigo; en este momento, en cambio, se muestra sereno y expectante. ¿Qué esperaba? ¿Que le saltara encima a las primeras de cambio? ¿Es eso lo que le sorprende?

No es que yo no sea muy capaz de abordar a un tío que me interesa, y tenerlo durmiendo en la misma cama es la clase de oportunidad que no hay que desaprovechar, pero no estoy segura de que él tenga algún interés en mí.

Me enrollo en una de las toallas del hotel y, sin pensar mucho en lo que hago, salgo del baño. El aroma a café recién hecho me envuelve en cuanto pongo un pie en la habitación. Prácticamente levito hasta la cama, donde dos bandejas repletas de comida, zumo y mi tan ansiada cafeína reposan sobre las sábanas aún revueltas.

—¿Has pedido el desayuno? —pregunto, sorprendida.

—Pensé que querrías comer algo y, además, tal vez mi hermano necesite algo de tiempo adicional para convencer a Raylee de que tiene que darle una oportunidad.

Desvío la mirada hacia él, algo que requiere de toda mi fuerza de voluntad dado que me muero por una taza de café. Si antes

Travis me ha estado observando con una inquisitiva atención, ahora sus ojos brillan con descaro y lo que no puede ser otra cosa que deseo.

Juguetea con el piercing de su lengua, retorciéndolo con los dientes de manera sistemática, y señala las bandejas.

—Come algo.

—¿Y tú? Esto es demasiado para mí sola. —Hay tortitas, huevos revueltos, un montón de beicon crujiente, fruta… Todo un festín.

—Es demasiado temprano para mí. Me vale con un café.

—Vaya…, así que ha pedido un montón de comida solo para mí—. No sabía lo que te gustaba —añade, en voz algo más baja, casi como si me hubiera leído el pensamiento.

Me siento en un lado de la cama y él toma asiento en la otra parte mientras le sirvo una taza de café. De repente, el aire resulta más pesado y denso, y la piel me hormiguea. Su respiración se ha acelerado y sus ojos no dejan de recorrer la línea de mis hombros, mi pecho y mis piernas.

—Vuelves a mirarme fijamente —señalo, aunque empiezo a comer enseguida.

Travis agita la cabeza, negando.

—No es nada.

Me da la sensación de que miente, aunque en realidad no tengo ni idea de lo que le pasa a este chico por la cabeza.

Mientras doy buena cuenta del magnífico desayuno, él se mantiene en silencio. No le gusta demasiado hablar, eso está claro. Supongo que es de esas personas que no abren la boca si no tienen algo realmente importante que decir. Estoy tan acostumbrada a los tíos que no dejan de enumerar sus logros deportivos, las fiestas a las que van o cualquier otra cosa en referencia a sí mismos que su silencio resulta extraño, pero, al mismo tiempo, reconfortante.

No me siento incómoda, signifique eso lo que signifique.

—Está bien, creo que es hora de despertar a los tortolitos —digo al terminar.

Todos tenemos que prepararnos para la boda; va a ser un día de locos. Raylee es una de las damas de honor y, además, yo estoy ansiosa por saber lo que ha pasado entre Blake y ella.

Me dirijo hacia el baño con la idea de recoger mi ropa, pero la mano de Travis sale volando y me retiene. Sus dedos envuelven mi muñeca con suavidad y firmeza, y el gesto me pilla tan desprevenida que, cuando tira de mí para acercarme hasta él, no opongo resistencia. Al bajar la vista, nuestras miradas se encuentran y...

Me pierdo por completo.

De alguna manera, sus ojos atrapan los míos y no soy capaz de apartarme. Está muy serio, aunque el deseo oscuro que he atisbado hace un momento en su mirada parece haberse desbordado ahora; los labios entreabiertos, el aliento agitado. Y hambre... Un hambre feroz.

Durante un breve instante no hace ningún movimiento, pero, antes de que se me ocurra algo que decir, y sin pronunciar una sola palabra, sitúa su otra mano en la parte de atrás de mi rodilla. Un súbito escalofrío recorre mi columna. Su mano asciende por la cara interna de mi muslo muy muy lentamente. El toque no va más allá de la yema de sus dedos. Suave pero electrizante.

Abrasador.

Intenso.

Y adictivo de una forma letal.

Como nunca me ha sucedido con ningún chico. Jamás algo tan pequeño ha provocado en mí una sensación tan salvaje.

—Travis —murmuro, porque no tengo ni idea de qué otra cosa decir.

De su garganta escapa un ruidito grave, una especie de gemido de placer tan erótico como perturbador que me hace apretar los muslos en busca de alivio, pero Travis niega y hace presión con la mano para mantener mis piernas abiertas. Podría decir que no sé a dónde se dirige su mano, lo que se propone, pero el deseo devora sus facciones con tanta claridad que resulta evidente el destino que se ha marcado.

Sus dedos continúan ascendiendo.

No lo detengo. No me muevo. En realidad, creo que ni siquiera estoy respirando. Cuando alcanza el borde de la toalla y prosigue su camino más y más arriba tampoco soy capaz de decir o hacer nada al respecto. Él me mira con una intensidad tal que apenas si consigo recordar dónde estamos o quiénes somos.

Otro de esos sonidos graves reverbera en su garganta cuando sus dedos se deslizan entre mis pliegues y descubre la humedad que los cubre, y a mí se me aflojan las rodillas. Me muerdo el labio y me esfuerzo para mantenerme en pie.

—¿Quieres esto? —dice al fin, y su voz resuena baja y sensual—. ¿Lo quieres?

Solo entonces me suelta la muñeca, supongo que para darme opción a alejarme; algo que de todas formas no hago. No podría moverme aunque quisiera. Siento la piel ardiendo y los músculos tensos, y una necesidad salvaje de abandonarme del todo a sus caricias y permitirle hacer de mí lo que desee.

Aunque no llego a contestar, él hunde un poco un dedo en mí y ese gesto desencadena un millón de descargas por todo mi cuerpo. Me agarra el culo con la otra mano y se inclina para lamer la parte interna de mi muslo, y a punto estoy de correrme al sentir el metal duro de su piercing sobre la piel.

—Oh, Dios —balbuceo, totalmente perdida en la humedad de su lengua recorriéndome.

—Estás mojada. Y cachonda —señala, y yo no soy capaz de negarlo.

Mi cuerpo responde a sus atenciones con un entusiasmo desconocido para mí; el corazón me golpea con saña las costillas y tengo la piel erizada; los pezones duros bajo la tela rizada de la toalla.

Su dedo se hunde un poco más y mi sexo lo abraza con codicia. Como si jamás fuera a dejarlo ir. Como si ese fuera su sitio por y para siempre.

Jadeo y cierro los ojos para hacerle frente a esa sensación tan abrumadora.

—Mírame, Tara. —Su forma de decir mi nombre me provoca otra placentera descarga.

Lucho por levantar los párpados. Quiero obedecer, por estúpido que sea lo que me pide. Quiero complacerlo. Y darme cuenta de ello hace que me pregunte qué demonios está haciendo Travis conmigo.

Me gustaría enfadarme por ceder con tanta facilidad, por rendirme ante él, pero Travis, como si detectase ese leve titubeo, retira el dedo y me penetra con dos a continuación. La oleada de placer es tan descarnada y brutal que tengo que aferrarme a sus hombros para no caer redonda sobre el suelo.

—Así. Eso es —murmura para sí mismo, la mirada aún fija en mi rostro. Pendiente de mis reacciones—. Exquisita. Simplemente deliciosa.

Me lame la piel una vez más, para luego morder y lamer de nuevo, mientras sus dedos salen y entran en mí. Besa el hueso de mi cadera y luego la parte baja de mi estómago. Despacio, entregándose a sus propias necesidades con cierta cautela.

Soy muy consciente de que hay más, de que él puede darme mucho más. Como si se estuviese manteniendo tras un muro, conteniendo su ansia en una cárcel de la que no piensa permitirle escapar.

Pero yo lo deseo todo.

—Más —jadeo, e incluso me planteo suplicar.

Lo observo mientras acelera el ritmo. Sus dedos se clavan en mí, destrozándome por dentro de una forma deliciosa. Empujándome más y más y más… Aturdiéndome.

Su móvil comienza entonces a vibrar sobre la mesilla. El sonido es como una explosión en mis oídos y supongo que también lo es para él, porque de repente aparta la vista de mí y sus caricias se vuelven erráticas.

Sus ojos regresan a mí y tarda unos segundos en tomar una decisión. Finalmente, extiende la mano para alcanzarlo; su otra mano aún reposando sobre mi sexo, inmóvil.

Travis echa un rápido vistazo a la pantalla y puedo sentir el momento exacto en el que el abrumador trance en el que nos hemos hundido se esfuma. La estancia se torna fría y extraña, y, tan rápido como me ha cubierto con sus caricias, estas vuelan.

—Blake viene hacia aquí —me dice, y yo trato de sonreír aunque ni siquiera sepa por qué—. Yo… no tengo tiempo para esto, Tara.

—¿Qué? —farfullo, desconcertada, aún perdida en él.

—Que no tengo tiempo para esto —repite, y hace un gesto con la mano, abarcando la habitación. A nosotros.

Su rostro, carente por completo de expresión alguna, es lo que más me cabrea. No ha llegado a dejarse llevar del todo, pero en este instante sus muros se han alzado de nuevo más alto que nunca.

Joder, ¿qué demonios acaba de pasar?

—Eres idiota —le suelto, porque no se me ocurre nada mejor. Travis se levanta y comienza a ponerse una camiseta. Huye—. Y un capullo estirado.

No estoy segura de que le moleste lo que le estoy diciendo, porque él se encoge de hombros. Como si no le importara. Como si no hubiera sucedido nada entre nosotros.

Nada de nada.

Tras vestirme de forma apresurada, salgo de la habitación hecha una furia. Dolida y exhausta a pesar de que he dormido mejor que en mucho tiempo.

Y me digo… Me convenzo de que, en realidad, nada de toda esta mierda ha pasado.

Tara

—¿Siempre eres tan mandona? —ríe Travis contra mi boca.

Sus manos están por todos lados. Acaricia cada rincón de mi cuerpo con una mezcla de delicadeza y desesperación que me está volviendo loca. Sus labios me devoran mientras las réplicas del orgasmo aún no se han extinguido del todo. Y, cuando se separa un poco para mirarme, puedo percibir en sus ojos tantas emociones distintas que apenas si soy capaz de ponerles nombre.

En este momento no se parece en nada al idiota estirado que tanto me saca de quicio. Mucho menos al gilipollas de la víspera de la boda de Thomas.

«No tengo tiempo para esto». ¿Qué clase de tío ofrece ese tipo de explicación para librarse de una tía después de haber estado metiéndole mano? ¿Y por qué me molestó tanto que fuera así? Claro que el rechazo siempre duele, pero con él… Con Travis las cosas fueron diferentes desde el principio. Pero, incluso así, soy incapaz de resistirme a él ahora, y sé que más tarde me odiaré por sucumbir a sus provocaciones.

Deslizo las manos hasta la cinturilla de sus vaqueros y, de un tirón, desabrocho el botón y le bajo la cremallera. El bóxer negro que lleva debajo no alcanza a contener su erección.

—Yo también te quiero desnudo —le digo mientras mis dedos se cuelan bajo la goma y le rozan la punta.

—Dios, nena… —farfulla, tras ahogar un gemido que hace que todo su cuerpo tiemble.

Está tan excitado como yo, y ser consciente de ello me provoca una profunda satisfacción. Quiero que pierda los papeles, que, por una vez, se deje llevar del todo y abandone esa pose contenida… Que deje de ser ese tipo al que nada parece afectarle.

Quiero ser yo la que lo consiga.

Abandona mi boca y a punto estoy de protestar como una cría a la que alguien le ha robado un caramelo de los labios. Pero entonces Travis me dice:

—Condón.

Se inclina a través de la puerta del coche, abre la guantera y, segundos después, reaparece con un preservativo entre los dedos y una sonrisa canalla que me deja sin aliento. El muy idiota no podría estar más guapo en este momento. Con todo el pelo revuelto y esos preciosos ojos verdes brillando.

Sé que esto es una mala idea. Una idea nefasta. O eso me digo. Creo que, en el fondo, no hago más que buscar motivos para continuar enfadada con él, pero no tengo tiempo de pensar más en ello o llegar a ninguna conclusión.

Travis me hace girar y me coloca de espaldas a él.

—Pon las manos sobre el coche —ordena, con la voz rota y un tono de profunda necesidad.

—No te has desnudado —protesto sin mucha convicción, apoyándome sobre el chasis oscuro.

—No puedo esperar.

Si llega a decir que no tiene tiempo para eso, juro que le hubiera arrancado los ojos. Sin embargo, escucho el sonido del plástico rasgarse mientras sus labios trazan un camino serpenteante por mi espalda. Su aliento sobre mi piel; su lengua y una mano en mi cadera poco después.

Travis aprieta su erección contra mi trasero. La tiene dura. Muy dura. Tanto que debe de dolerle. Y yo gimo al contacto porque es difícil hacer otra cosa que no sea desear que esté ya dentro de mí. Pero, a pesar de sus prisas, se toma unos segundos más para inclinarse sobre mí, morderme el hombro y saborear mi piel.

—No imaginas cuánto voy a disfrutar follándote —susurra en mi oído.

Sus dedos se me clavan en la cadera. Se separa apenas lo suficiente para colar la otra mano entre nosotros y, cuando quiero darme cuenta, está ya deslizándome en mi interior.

—Dios, sí —farfullo a duras penas al sentir cómo va penetrándome muy poco a poco; centímetro a centímetro.

Travis parece estar conteniendo el aliento.

—Tan apretada. Tan malditamente apretada —dice—. Sabía que sería así —añade muy bajito, como si no pretendiera que yo lo escuchase.

Y, de repente, cuando estoy a punto de exigirle que no se lo tome con tanta calma, se hunde hasta el fondo de un solo empujón. Un jadeo brota de mis labios y se pierde ladera abajo hasta llegar al mar, entremezclado con la maldición brusca que exhala Travis.

Se aferra a mis caderas con ambas manos, como si le costara mantenerse en pie, y su pecho se aprieta más contra mi espalda. No se mueve. Simplemente se queda ahí, quieto y en silencio. Dentro de mí. Llenándome.

—¿Estás bien? —murmura con una dulzura extraña tratándose de él—. Dime que no te he hecho daño…

Ondulo las caderas por toda respuesta y ambos gemimos al sentir al otro.

—Sí —consigo decir por fin.

«En la puta gloria», pienso para mí. Es posible que me esté muriendo, pero no me importa. Morirse de placer parece una excelente idea en este momento.

—Gracias a Dios.

Se retira y empuja de nuevo. Su aliento revoloteando contra mi oído y el pecho completamente pegado a mí.

Y luego me embiste otra vez.

Y otra.

Y otra.

Me lame el cuello y lo mordisquea, y me folla con auténtica desesperación. Todo son dientes, lengua, empujones y gemidos roncos. Manos que se deslizan, que acarician, frotan y se aferran a la carne. Travis lo ocupa todo. Se apropia de mi piel y la hace tan suya que me da miedo que, cuando termine, yo no sepa vestirme de nuevo con ella. Se mueve en mi interior, salvaje, mientras uno de sus brazos se enreda en torno a mi cintura con tanta fuerza que, de algún modo, consigue apretarse aún más contra mi cuerpo. Sus labios me cubren de besos y unos dedos ágiles me pellizcan el pezón, provocándome más allá de todo límite.

—Joder, qué bueno, Tara —gime con abandono sobre mi piel.

Está sonriendo, aunque no tengo ni idea de cómo lo sé. Y me digo que es una pena no poder verle la cara; estoy segura de que, en este instante, no hay nada contenido en su expresión.

—No quiero parar. No puedo parar…

—No lo hagas —exijo, arqueándome para recibirlo aún más profundamente.

Más dentro.

Todo. Lo quiero todo del imbécil de Travis Anderson, y darme cuenta de ello está a punto de hacerme reír. Pero el cambio de ángulo de sus embestidas provoca otra explosión de placer en mi interior y mi risa no alcanza a formarse del todo.

Es demasiado bueno. Demasiado intenso. Demasiado.

—Joder. ¡Joder! —farfulla, arremetiendo con más fuerza.

Follamos como salvajes. No creo que pueda explicarlo de otra forma. Como si el mundo entero se estuviera derrumbando y no quedásemos más que nosotros dos para reconstruirlo. Follamos sin control y sin medida. Como la primera y la última vez.

Como nunca.

Como siempre.

Una parte de mí quiere pensar que esto se acabará aquí. Que este momento es único y mañana seremos de nuevo dos personas que apenas se toleran. Pero mientras Travis maldice, empuja y sus dedos buscan mi clítoris palpitante, mientras las paredes de mi sexo se aferran a él de manera estúpida e irracional. Mientras los límites se desdibujan y me llena el oído con sus gemidos. Mientras me susurra lo bien que se siente, lo bueno que es estar en mi interior. Mientras confiesa que mi olor lo vuelve loco y que la boca le sabe a mí..., dulcemente a mí. Mientras me graba a fuego la piel con caricias. Mientras me mata a base de un placer agónico y visceral... Mientras eso sucede, me da por pensar que Travis parece estar volcando en mí todas esas emociones que tanto se esfuerza para contener normalmente, y comienzo a dudar de que, cuando esto acabe, yo vaya a ser capaz de recordar cómo odiar a Travis Anderson.

—¿Te gusta tanto como a mí, Tara? Porque yo estoy a punto de perder la puta cabeza —gruñe con esfuerzo, sin parar de enterrarse cada vez más hondo.

No soy capaz de contestarle. Me estoy deshaciendo poco a poco bajo él. Me quemo de dentro a fuera. Loca; me estoy volviendo loca.

—Necesito que te corras otra vez, cariño —me dice, y la suavidad de su tono contrasta con lo duro de sus embestidas—. Córrete conmigo. Déjame sentirte, por favor...

Y lo hago, porque parece que, para mi cuerpo, es imposible resistirse a nada de lo que me pida en este momento. Exploto en cientos de pedazos con su nombre en los labios y la descarga de placer se propaga por mis músculos como una gran ola destructora que al mismo tiempo sabe a libertad. Me rompo y caigo, para luego renacer en él. El orgasmo es tan fuerte que, si no fuera porque me está sujetando, me desplomaría sobre la carrocería del coche.

—¡Joder! Sí. Sí, Tara, sí. —Prácticamente está gritando mientras continúa moviéndose, ahora de forma completamente errática.

Da una última embestida y se corre con un profundo gruñido. Todo su cuerpo tiembla, pegado a mí, y sus brazos me envuelven como si no fuera a dejarme escapar jamás. Como si deseara que me quedara allí para siempre.

Ninguno de los dos se aparta. Travis no sale de mí de inmediato y yo no soy más que una muñeca desmadejada que se refugia en su pecho. Solo se escucha el sonido de nuestras respiraciones, tan agitadas y confusas…

Tan perdidas ahora que todo ha terminado.

Pero Travis, una vez más, vuelve a sorprenderme. Percibo sus labios apretándose contra la piel de mi nuca. Deja caer uno, dos y hasta tres besos, pequeños y suaves, como tres dardos dulces que reavivan el temblor de mis músculos. Su mano asciende por mi costado y luego baja, y después sube una vez más en una lenta caricia. En una caricia repleta de ternura que hace que me duela el pecho.

Y eso, por algún extraño motivo, esa delicada e íntima atención, sí que es más de lo que puedo soportar.

Me remuevo bajo su cuerpo, inquieta; la piel ardiendo aún, demasiado sensible para sus caricias.

Travis parece volver en sí mismo. Sale de mí y el vacío que deja atrás es… raro. Perturbador. Repleto de anhelo. Se incorpora llevándome consigo entre sus brazos, y ahora sí que agradezco estar de espaldas y no poder verle la cara. O más bien que él no pueda vérmela a mí.

Abro la boca y la vuelvo a cerrar de inmediato. ¿Qué puedo decir? Si ni siquiera estoy segura de lo que acaba de suceder entre nosotros…

Travis retrocede y, por el rabillo del ojo, lo veo inclinarse y recoger su camiseta del suelo. La sacude. Sin decir una palabra, me la pasa por la cabeza y su aroma me golpea una vez más. Inspiro como una yonqui hasta que me doy cuenta de lo que estoy haciendo.

«Para, Tara», me digo. «Solo ha sido un polvo».

Las manos de Travis regresan pronto a mi cintura. Las cuela por debajo de la tela desgastada de su camiseta exhalando un suave gemido y con la naturalidad del que lo ha hecho mil veces. Me hace girar sobre mí misma hasta que no me queda más remedio que encararlo. Pero aún es… demasiado pronto, así que clavo la mirada en su pecho y la dejo ahí, en la tinta que se dibuja sobre su piel. La luz del amanecer hace brillar el tatuaje; ya casi es de día y yo ni siquiera me he dado cuenta de cuándo ha sucedido.

Como si lo recordara en ese momento, Travis se quita el condón y lo anuda. Lo observo en silencio, sonrojada y aturdida, mientras coge del interior del coche una caja de preservativos y la vacía en el asiento; casi me echo a reír al pensar en la posibilidad de que se esté preparando para un segundo asalto. No podría. No con esta intensidad. Me rompería y no sabría qué hacer con mis pedazos.

Pero no es esa su intención. Mete el condón usado en la caja y, tras cerrarla, la lanza de vuelta al asiento. A lo mejor es estúpido fijarme en un detalle así en este momento, pero no puedo evitar que me haga cierta gracia. No me lo esperaba. Pensaba que tiraría el preservativo a cualquier rincón de este sitio; lo cual hubiera sido una verdadera guarrada, la verdad.

Cuando vuelve a centrarse en mí, todavía sigo preguntándome qué demonios hemos hecho y, sobre todo, qué vamos a hacer ahora.

Se aclara la garganta antes de hablar por fin.

—¿Te he…? ¿Te he hecho daño?

—¿Eh? —«Muy bien, Tara. Vaya facilidad de palabra»—. No, no, qué va…

Escucho un suspiro. Sus dedos se deslizan bajo mi barbilla y empujan hacia arriba para obligarme a mirarlo. Sus ojos verdes relucen, repletos de motitas doradas, con esa preciosa luz anaranjada y etérea de las primeras horas de la mañana, pero comprendo enseguida que las barreras han vuelto a alzarse y lo rodean, quizá más infranqueables y altas que nunca.

Pese a todo, no puedo evitar pensar en lo perdido que parece.

—He sido... muy brusco —farfulla, y yo sonrío porque es realmente divertido descubrir lo desconcertado que está.

Se mordisquea el piercing en un ademán nervioso y, de algún modo, sus manos encuentran de nuevo el camino hasta mi cintura por debajo de la ropa.

Niego con la cabeza para tranquilizarlo. No se me ocurre nada que decir. Puede que esté un poco dolorida y es posible que incluso me cueste andar cuando trate de hacerlo, pero no voy a quejarme. Ni de coña.

Su pulgar se desliza por la piel junto al hueso de mi cadera en un movimiento distraído del que no creo que sea consciente.

Me estremezco y Travis se percata de ello.

—¿Tienes frío?

No espera mi respuesta. Recoge mis vaqueros del suelo y, por segunda vez en la noche, se arrodilla frente a mí. Una colorida imagen de él en esa misma posición, con la boca entre mis piernas, cruza mi mente de forma fugaz y me calienta por dentro. Ni confirmo ni desmiento que me haya humedecido un poco otra vez. Me cuesta respirar con normalidad mientras él me pide que levante un pie y comienza a vestirme.

Vaya, vaya... Travis Anderson es toda una caja de sorpresas. No puedo recordar ni un solo tío con el que haya estado que se ocupara de ponerme la ropa después de darnos un revolcón; todo por lo que se han esforzado siempre es por quitármela.

Tira de la cinturilla del pantalón hacia arriba y me va cubriendo los muslos con la tela con suavidad, y es probable que me esté derritiendo un poco por el gesto; algo que no pienso admitir frente a él ni loca. Pero es lo más dulce que ha hecho nadie por mí jamás.

Cuando hago amago de quitarme su camiseta, él sujeta mi mano para detenerme y me dedica una mirada cautelosa.

—Déjatela puesta —me dice con la boca pequeña, y me brinda una sonrisa tímida que no se parece a ninguna de las pocas que me ha mostrado hasta ahora—. Tengo una sudadera en el maletero.

Baja la cabeza un poco y se frota la nuca, pero enseguida se dedica a recoger el resto de la ropa tirada a nuestro alrededor, evitando mirarme. Me ayuda a ponerme las zapatillas. Se abrocha a duras penas sus propios pantalones y se viste con una sudadera negra que rescata de la parte trasera del coche, todo ello zumbando de un lado a otro por el mirador como una abejita inquieta. Nervioso y tímido.

Y es así como comprendo que puede que Travis Anderson no sea tan idiota como creía ni un auténtico gilipollas. Y también que no tengo ni idea de qué hacer con ese descubrimiento.

Tara

Regresamos a la ciudad en un silencio denso, pero para nada incómodo. Ahora que la locura ha pasado, que incluso el enfado por la participación de Travis en una carrera ilegal se ha diluido, parece que debo de haberme dejado mi sarcasmo habitual en algún lugar del mirador. Las palabras se resisten a abandonar mis labios.

Tampoco él se esfuerza por mantener una conversación. Sinceramente, dudo que le parezca siquiera necesario hablar por hablar. Eso no va con él.

Ya es de día cuando el coche desciende por la empinada rampa del garaje y, a pesar de la hora y el cansancio, no sé si seré capaz de conciliar el sueño. Caminamos despacio hasta el edificio, como si paseásemos, y nos metemos en el ascensor. Travis luce tan concentrado, tan ensimismado que me pregunto si estará revisando mentalmente cada segundo de la noche. O tal vez solo esté pensando en las ganas que tiene de llegar al apartamento y perderme de vista; cualquiera sabe.

Nos colamos en el piso de Blake de puntillas, lo cual resulta una estupidez porque no hemos acabado de cerrar la puerta cuando alguien se aclara la garganta y escuchamos un «aquí estáis» que suena bastante a reproche.

Blake nos espera sentado en las escaleras que llevan al piso superior. Su mirada va de Travis a mí y luego regresa a su hermano. Parece esperar alguna clase de explicación.

Cuando ninguno de los dos dice nada, insiste:

—¿Y bien?

—Me voy a la cama —suelta Travis, y se marcha en dirección a su habitación con las manos en los bolsillos y la mandíbula apretada.

Yo fuerzo una sonrisa y Blake arquea una ceja.

Esto es un pelín incómodo, más que nada porque me he tirado a su hermano y no es algo que me apetezca compartir con él. A decir verdad, más bien ha sido Travis el que me ha follado.

Duro.

Como un animal.

«Madre mía…».

—¿Tara? —me reclama Blake—. ¿Se puede saber de dónde venís?

Mi sonrisa falsa se convierte en una mueca digna del mismísimo Joker. Exagerada y demente. Quizá sea un buen momento para confesarle a Blake lo de la carrera. Es eso lo que se supone que iba a hacer, la excusa por la que me dije que acompañaría a Travis al principio de la noche, ¿no?

En cambio, contesto lo primero que se me ocurre.

—No podía dormir y…, eh, hemos ido a dar un paseo.

Ahora son las dos cejas de Blake las que salen disparadas hacia arriba y desaparecen bajo un mechón de pelo rubio.

Está claro que no se traga ni una palabra.

—Habéis estado paseando.

—Sí, paseando —río de forma patética.

Blake ladea la cabeza y se queda mirándome. No, no se cree nada de nada.

Señalo el pasillo.

—Voy a descansar un poco.

—Porque ahora sí que tienes sueño —apunta, y me da la sensación de que está intentando no partirse de risa.

Pero entonces suelta un suspiro de resignación, se pone en pie y se acerca a mí. Tiene el pelo revuelto y ligeras sombras bajo los ojos, además de una pequeña marca en la parte baja del cuello; no creo que Travis y yo seamos los únicos que hemos estado haciendo... cosas. Cosas perversas.

—Mira, sé que no debería meterme, pero Travis es...

Y allá vamos... Ahí viene la típica advertencia acerca del chico malo que no se compromete con nadie y que lo único que hará será romperme el corazón.

Resoplo y recupero un poco la compostura. Cualquiera diría que es la primera vez que tengo una noche loca con un tío. Solo ha sido un revolcón; sexo, solo eso. Sexo duro, en realidad, y especialmente bueno y...

Vale, no voy a pensar en eso ahora.

—No te preocupes. Puedo manejar a Travis.

—Hum... La verdad es que... Bueno...

—¿Qué? —inquiero, y añado—: No voy a colgarme de tu hermano, Blake.

—No es eso. —Se pasa la mano por el pelo en un gesto que, en cierto modo, me recuerda a Travis—. Él...

Me quedo esperando, tratando de ser paciente, porque está claro que le cuesta encontrar las palabras adecuadas para decirme algo que, con toda probabilidad, no va a gustarme. Si no, no se tomaría tantas molestias.

Pero Blake continúa titubeando.

—De verdad, no tienes que preocuparte por mí.

—Me preocupa él —suelta a bocajarro, pero en voz muy baja, y por un momento no sé qué contestar.

Así que me acerco y le doy un pellizco en el brazo.

—¡Oye! ¡Que no soy tan bruja! —me río a pesar del desconcierto.

Blake niega, aunque también él sonríe.

—No es eso, joder. Es que Travis... Ha pasado por mucho, Tara.

Una vez más espero a que continúe, pero su recelo es evidente y supongo que siente que está traicionando un poco a su hermano. Su voz sigue siendo solo un susurro cuando por fin habla de nuevo.

—Travis es un poco... intenso. —«¡Anda! ¡No jodas!», pienso para mí, pero no lo digo en voz alta—. Y hay cosas que no sabes de él.

Dudo que esté refiriéndose al tema de las carreras, pero lo único que se me ocurre es encogerme de hombros. Es obvio que Travis se guarda un montón de cosas en su interior. Emociones, pensamientos... Dolor.

—Todos tenemos secretos, Blake. Además, te repito que no ha pasado nada entre nosotros. Solo hemos ido a dar un paseo.

Ahora me mira como si acabara de llamarlo gilipollas a la cara.

—Vale.

—Vale.

Echo a andar hacia la habitación con cierto alivio, sintiéndome victoriosa. No ha ido tan mal, ¿no? Pero, antes de que pueda escabullirme por el pasillo, Blake suelta una risita y me dice:

—Por cierto, bonita camiseta.

«Mierda».

Me digo que lo mejor es callar y no ofrecerle una lamentable excusa sobre por qué llevo la camiseta de su hermano que, de todas formas, no va a creerse. Enfilo a oscuras el pasillo mientras escucho sus pasos escaleras arriba, de regreso a la planta superior. Casi he atravesado el umbral de la habitación de invitados cuando una mano sale disparada de la nada y me agarra del brazo.

Una sombra se cierne sobre mí. Si no grito es solo por puro cansancio.

Segundos después, estoy aprisionada entre dos muros, uno de ladrillo y otro de piel suave y músculo duro.

Travis. Maldito Travis Anderson.

¿Habrá escuchado lo que hemos dicho? ¿Todo lo que hemos dicho? Bueno, no parece que lo que ha pasado entre nosotros se vaya a repetir, ¿no? Y tampoco es como si no fuera verdad que no pienso colgarme de él.

No. Nada de eso.

Para nada.

—Esto empieza a convertirse en una fea costumbre —murmuro mientras trato de que no me afecte su cercanía y de no recordar que, al principio de la noche, hemos estado en este mismo lugar y de la misma forma. Dios, que noche más larga…—. Y está claro que tienes un serio problema con los límites personales.

—¿Un paseo? —inquiere, ignorando mi pulla. Da un paso atrás, pero deja las manos apoyadas en la pared junto a mi cabeza—. ¿Por qué no le has dicho lo que hemos hecho de verdad?

—No creo que tu hermano necesite saber que hemos estado follando como animales.

—Me refería a la carrera, Tara —resopla, con un deje de diversión maliciosa en su voz. Vale, ahí me ha pillado—. ¿Como animales, has dicho?

—Escuchar a escondidas está bastante feo —tercio yo, haciéndome la loca.

Otro resoplido. Si sigue así, se va a desinflar.

Sin previo aviso, hunde los dedos en el caos en el que se han convertido mis rizos. Estoy a punto de decirle que deje las manos quietas cuando le veo retirar una ramita de mi pelo.

—Estás hecha un asco.

—Tú sí que sabes cómo conquistar a una chica —replico—, pero te recuerdo que fuiste tú el que me tiró al suelo.

—Te caíste, y no hubiera pasado si no hubieras intentado huir de mí.

A pesar de mis quejas, Travis sigue concentrado en su labor. Sus dedos revolotean en torno a mi cabeza y extraen poco a poco diminutos trozos de hojas y solo Dios sabe qué otro tipo de basura de mi pelo.

—No estaba huyendo; no te lo creas tanto. Solo trataba de volver aquí.

Parece tan concentrado que ni siquiera creo que me esté escuchando. Su mano cae hasta mi cuello, bajo el pelo, y las puntas de sus dedos me rozan la nuca, provocándome un escalofrío.

—Listo —susurra muy bajito, casi como una confesión que no quisiera que yo escuchase.

Continúa acariciándome la nuca de arriba abajo de forma distraída y yo buceo en sus ojos en busca de… ¡Dios! No tengo ni idea de lo que estoy buscando en realidad. Travis me desconcierta. Incluso cuando trata de mantener las emociones lejos de su rostro, me da la sensación de que estas empujan bajo su piel e intentan salir a la superficie a cualquier precio. Dejo caer la cabeza hasta apoyarla contra la pared y se me escapa un suspiro.

—Pareces cansada —dice él.

—Lo estoy.

No solo por llevar despierta más de veinticuatro horas. Travis puede llegar a resultar agotador, y ahora no estoy hablando del meneo que me ha dado. Un glorioso meneo.

—A la cama —ordena con tono inflexible.

No se queda esperando a que obedezca, sino que directamente se inclina, pasa un brazo bajo mis rodillas y otro en torno a mi espalda y me alza en vilo.

—¡Bájame, idiota! —Intento sonar firme aunque no grite. No quiero despertar a Raylee o que Blake regrese aquí abajo a comprobar qué demonios estamos haciendo—. Me funcionan las piernas perfectamente.

—No lo parecía hace un rato —se burla, y se las arregla para abrir la puerta de la habitación. La suya, no la de invitados.

—¡Ah, no! ¿Qué demonios haces? —protesto a pesar de que mi cuerpo parece realmente emocionado ante la idea de compartir cama con él.

Sucio traidor.

Casi espero que me lance sobre el colchón de mala manera, pero Travis vuelve a inclinarse y me deposita con cuidado en el borde de la cama.

—El otro dormitorio no tiene aún cortinas. No vas a poder descansar bien con tanta luz.

—Emm... —Y hasta ahí llegan mis pensamientos. Travis es el último tío del que hubiera esperado que se preocupara por algo así. Que se preocupara por mí.

Normalmente, ahora yo soltaría una réplica mordaz, me pondría en pie y saldría muy digna de aquí, pero me quedo callada mientras observo cómo abre un cajón, saca una camiseta limpia y me la lanza.

—Tengo pijama, ¿sabes? —le digo, más que nada por oponer cierta resistencia.

—Sí, sí que lo sé.

—Y necesito ropa interior. —Una bonita forma de recordarle que no llevo bragas.

—No. No la necesitas en absoluto.

Me brinda una sonrisa sucia y juro que podría acostumbrarme a verlo sonreír así; relajado, juguetón.

—¿Quién eres tú y qué has hecho con Gilipollas Anderson?

Enarca las cejas.

—¿Gilipollas Anderson? —Hace un gesto con la mano—. Da igual, ni siquiera quiero saberlo. A dormir, Tara.

Ah, ahí está de nuevo. Mi nombre deslizándose por sus labios como seda entre los dedos.

Coge otra prenda del cajón y, sin una palabra más, sale del dormitorio, y yo me quedo mirando la puerta unos segundos, más confusa aún que hace un momento.

«Esto pinta mal, Tara. Esto pinta realmente mal».

Travis

Tara tarda un poco en comenzar a protestar de nuevo tras mi regreso del baño. Cuando entro en la habitación y cierro la puerta, me la encuentro ya entre las sábanas. Su cabeza gira hacia mí en un gesto tan brusco que temo que se haya hecho daño, y su mirada, al principio alarmada, adquiere un brillo extraño mientras desciende por mi cuerpo.

Sus ojos se demoran más de la cuenta en la cinturilla del pantalón de algodón que me he puesto para dormir. En condiciones normales me acostaría desnudo, pero no creo que eso le hiciera gracia, y no tengo ningún interés en que salga corriendo.

No puedo evitar sonreír por mucho que me esfuerce, y eso dice bastante de la capacidad que siempre tiene esta chica para trastornarme.

—¿Y ahora qué quieres, Travis? —pregunta, casi gimiendo—. ¿Qué haces aquí?

—Yo también estoy cansado.

Me lanza una mirada que parece decir: «Me importa una mierda, ¡sal de aquí ahora mismo!», pero yo la ignoro, avanzo hasta la cama y me tumbo boca arriba entre las sábanas.

—No vamos a dormir juntos.

—Ya hemos hecho esto antes —señalo, y aclaro—: En la boda.

Ella niega con cierta desesperación.

—No puedes meterte en mi cama cada vez que te dé la gana.

—En realidad, las dos veces has sido tú la que ha dormido en mi cama —le recuerdo mientras giro y me coloco de lado, frente a ella.

Mis rodillas rozan las suyas. La cama que compartimos en la boda era, sin duda, mucho más grande que esta.

—Lo de esta noche no se va a repetir. Que hayamos follado no cambia nada —dice, aunque no suena tan convencida como quiere hacerme creer.

Ahora soy yo el que agito la cabeza de un lado a otro.

—Qué boca más sucia tienes, Tara. —No le digo que me encanta, y tampoco que aún puedo escuchar en mi cabeza el eco de sus gemidos mientras me pedía más.

Me muevo despacio hacia ella, sin apartar la vista de su rostro, hasta que nuestros labios casi se rozan. En su defensa diré que no retrocede ni parece intimidada por mi cercanía, y es probable que eso me ponga un poquitín cachondo.

Bajo la voz hasta que me encuentro susurrándole:

—Puedes intentar convencerte de que lo de esta noche solo ha sido un revolcón más y que en unas horas lo habrás olvidado, pero ambos sabemos que vas a estar sintiéndome dentro de ti durante días.

Tara no se mueve, ni siquiera parpadea, y yo intento no ceder a la tentación de deslizar los dedos bajo las sábanas y recorrer con ellos la piel desnuda de sus muslos. Ni siquiera sé por qué estoy provocándola cuando lo que debería hacer es dejarla en paz y alejarme de ella. Hace tanto tiempo que no persigo a una mujer. Tanto que no me intereso por nadie.

Pero con Tara no soy capaz de parar.

—Lo sientes, ¿no? En lo más profundo. Aún me sientes clavado dentro de ti, igual que yo todavía puedo sentirte ciñéndome la polla. Tan estrecha y mojada.

—Vete al infierno, Travis —murmura, y me da un pequeño empujón para tratar de hacerme retroceder.

Le brindo una media sonrisa que, al contrario que en otras ocasiones, es totalmente premeditada.

—Me iré de la habitación, Tara —susurro, y ella se revuelve sobre el colchón. Estoy seguro de que, ahora mismo, está apretando los muslos en busca de alivio—, pero solo si me dices que no estás deseando que te folle de nuevo.

De su garganta escapa un ruidito tan sexy que hace que se me ponga aún más dura. No sé cómo lo consigue, pero empieza a resultar preocupante la manera en la que me afecta. Incluso cuando está despotricando o se pone hecha una furia.

Nos miramos durante unos pocos segundos; ella desafiante y yo divertido. No puedo evitar perderme un poco en el suave rubor que se extiende por sus mejillas y la forma en la que se mordisquea el labio inferior. Contemplarla es como una maldita droga. Me perturba y me hace sentir extraño conmigo mismo. Débil y fuerte al mismo tiempo. Y sé que debería estar un poco acojonado.

¿Cuándo fue la última vez que me sentí así?

Cierro los ojos, abrumado, tal vez porque la respuesta a esa pregunta es algo en lo que no quiero pensar.

—Dime que no quieres correrte otra vez en mi boca o que te folle con los dedos. Dime que no lo necesitas. Porque yo me muero por saborearte de nuevo.

—Que hayamos follado no cambia nada —repite, y su seguridad se diluye con cada palabra.

Quiero tocarla otra vez. Delinear sus curvas con la punta de los dedos y tomarme mi tiempo para hacerlo. En cambio, me limito a sonreír, y me da la sensación de que he sonreído más veces esta noche que en varios años.

—En realidad, Tara, siento decirte que eso lo cambia todo. Absolutamente todo.

Regreso a mi lado del colchón y le doy la espalda. Espero en silencio que haga uso de su legendario sarcasmo y rebata mi comentario, pero Tara no dice nada.

No tengo muy claro qué hora es cuando me despierto. Bien podría ser la hora del almuerzo o media tarde. Las cortinas mantienen una agradable atmósfera de penumbra en el dormitorio y, sin embargo, noto la piel caliente. Me siento fuera de lugar, aunque ya hace semanas que no me sucedía. Los primeros días que pasé en el piso de Blake me despertaba sin saber muy bien dónde me encontraba, tan acostumbrado como estaba al pequeño apartamento en el que había vivido desde que me gradué en la universidad.

Estoy tan aturdido que tardo un minuto largo en darme cuenta de que no soy yo quien está en el lugar equivocado.

Tara duerme acurrucada contra mi costado; una de sus piernas entre las mías y el brazo rodeándome la cintura. Tiene los dedos extendidos sobre el cardenal de mis costillas y el rostro hundido en el hueco de mi cuello. Sus rizos me hacen cosquillas sobre la piel, aunque su cercanía me provoca de todo menos risa.

Debería despertarla. O al menos apartarme antes de que abra los ojos y se descubra prácticamente subida encima de mí. Seguro que no se muestra muy contenta al respecto.

Pero la sensación es… deliciosa. Inesperadamente deliciosa.

Aparto varios mechones hacia atrás para poder verle la cara y me quedo mirándola sin saber muy bien qué pensar. Tara es una complicación, una para la que no estoy preparado. Mis relaciones con las mujeres no van más allá de un revolcón esporádico tras el cual ni siquiera me molesto en hacerles creer que va a haber una segunda parte. Historias de unas pocas horas en las que nunca les miento al respecto.

Si lo pienso bien, incluso esas noches de sexo vacío y apenas satisfactorio han sido en los últimos tiempos cada vez más escasas.

Tara gime en sueños, sacándome de mis divagaciones. Recoloca su pierna y esta acaba apretada contra mi entrepierna. El roce de su muslo contra mi erección matutina me arranca una maldición.

Incluso cuando está dormida no deja de, literalmente, tocarme los cojones.

«Ay, rubia, vas a terminar conmigo».

Imágenes de la noche anterior se suceden frente a mis ojos: Tara desnuda, con las piernas abiertas y apoyada en la carrocería del coche; Tara inclinada y su trasero apretándose contra mí; Tara enfadada, los gemidos retumbando en mis oídos y su mirada airada; Tara deshaciéndose bajo mi cuerpo...

La aprieto contra mí y, cuando quiero darme cuenta, tengo los dedos hundidos en su melena y le estoy acariciando el pelo con un cuidado que nada tiene que ver con la escena que se desarrolla en mi mente.

Me dan ganas de reír, pero reprimo las carcajadas porque ni de coña quiero despertarla. En cuanto eso pase, me pegará dos gritos y saldrá de la habitación escupiendo improperios contra mi persona. Y por ahora no me apetece lo más mínimo que Tara se aleje, diga lo que diga eso de mí.

Dejo que los minutos transcurran con pereza, silenciosos, extrañamente cómodo con ella entre los brazos y dejándome acunar por su respiración. Hasta que, no sé cuánto tiempo después, y a sabiendas de que no tengo ni idea de lo que estoy haciendo en lo que respecta a esta chica, me obligo a levantarme.

Me pongo una camiseta y salgo de la habitación de forma sigilosa, aunque antes le echo un último vistazo. Está realmente preciosa con el pelo revuelto extendido sobre la almohada y la sábana enredada entre las piernas.

En la cocina me encuentro a Raylee sentada frente a un plato de huevos revueltos y con una taza humeante entre las manos. Me sirvo un café y me siento junto a ella.

—Buenos días —me saluda, a pesar de que ya ha pasado la hora del almuerzo. Supongo que tampoco ella ha madrugado.

—Buenos días. ¿Y Blake? ¿Aún duerme?

Raylee señala la discreta puerta que hay en la parte derecha del salón.

—Está en su despacho con una llamada de trabajo. —Gira en el asiento hacia mí y le da un sorbo a su café.

Se queda mirándome mientras esboza una sonrisita maliciosa. Yo no digo nada, consciente de que no tardará en empezar a interrogarme.

Tres, dos, uno…

—Travis…

—¿Sí? —No puedo evitar sonreír.

—¿Puedo saber por qué mi mejor amiga está durmiendo en tu habitación?

—La de invitados no tiene cortinas, así que no iba a poder descansar demasiado con tanta luz. —Le doy la misma explicación que a Tara, pero, por su expresión, creo que tampoco funciona demasiado bien con ella.

—Ya.

Me sorprende que no intente indagar más. Se limita a picotear de su plato sin muchas ganas, pensativa, poniéndome de los nervios.

—Vamos, Raylee, suéltalo de una vez —le digo, rato después.

Puede que la suya sea la única opinión, junto con la de mi hermano, que realmente me importa. Es curioso que le haya cogido cariño tan rápido cuando, en realidad, llevo mucho tiempo sin permitir a nadie entrar en mi vida. Sin embargo, Raylee hace realmente feliz a Blake. No hay más que ver el modo en que su expresión se transforma cuando ella entra en la habitación.

Y eso la convierte para mí en alguien a quien apreciar.

—Bueno, es mi deber como mejor amiga preocuparme. Ya sabes… —dice, inclinándose para apoyar los codos a los lados del plato—. Si le haces daño, tendré que patearte los huevos —añade, y me brinda una sonrisa dulce que nada tiene que ver con la vehemencia con la que pronuncia la amenaza.

—Bien, no esperaba menos de ti.

Asiente, aunque parece sorprendida.

—¿Puedo hacerte una pregunta?

—Puedes, pero eso no significa que vaya a contestarla.

Me termino el café, algo más despejado. Doy gracias por no haber bebido demasiado anoche. Incluso parece que el golpe de mi costado y la herida del labio apenas me molestan ya.

—¿Qué demonios pasó en la boda entre Tara y tú? Porque ella dice que nada, pero…

—¿Pero? —inquiero, alzando las cejas.

Se encoge de hombros.

—Es que me sorprende que Tara se muestre tan hostil contigo —explica mientras se mordisquea el labio—. Ella dice que no pasó nada, y luego me entero de que os habéis estado mandando mensajitos. Y, sí, ya sé que sois mayorcitos y que no es de mi incumbencia. Pero… —vuelve a encogerse de hombros— me preocupáis.

Vaya, eso sí que no me lo esperaba. Tara es su mejor amiga, así que es lógico que se preocupe por ella. Pero no esperaba que lo hiciera por mí; no estoy acostumbrado a que nadie lo haga.

Me quedo sin saber qué decir.

—Me porté como un capullo —suelto sin pensar, solo por darle alguna clase de respuesta—. Creo que… la humillé.

Sin previo aviso, Raylee me da un puñetazo en el hombro.

—¡Auch! ¡Joder, Raylee! Para ser tan pequeña tienes un buen derechazo —me río a pesar de todo.

Pero ella me lanza una mirada severa, y es extraño comprender lo mucho que me molesta decepcionarla.

—Pues ya puedes arreglarlo, idiota. Eres el hermano de mi novio y ella es mi mejor amiga.

—¿Y eso qué tiene que ver?

Su expresión se suaviza. Se inclina un poco hacia mí y apoya el hombro contra el mío, dándome un pequeño empujoncito justo en el momento en el que la puerta del despacho de Blake se abre. Sus ojos vuelan hacia allí de inmediato, pero enseguida regresan a mi rostro.

Y entonces, en un suave susurro, me dice:

—Porque ambos sois mi familia.

Tara

La mañana del sábado me despierto en la cama de Travis sin saber muy bien qué esperar. Pero él no está conmigo y no es solo que haya madrugado más que yo, sino que, cuando me aventuro a salir de su dormitorio, no lo encuentro por ninguna parte.

Por principios, me niego a preguntar por él, pero Raylee comenta como si tal cosa que se ha ido a trabajar. No me pasa desapercibido el hecho de que lo dice en voz alta para que yo lo sepa. Decido obviar esa parte y me concentro en el hecho de que Travis tiene trabajo.

Sí, lo sé, puede que me haya formado una opinión de él que nada tiene que ver con la realidad, y también puede que me haya empeñado aún más en que esa idea de él sea bastante negativa. La cuestión es que tengo la sensación de no conocer en absoluto al tío con el que he pasado la noche; además, cuántos más detalles descubro, más curiosidad siento.

—Muy propio de él —refunfuña Blake mientras nos dirigimos a un *diner* que suelen frecuentar mi mejor amiga y él cuando pasan los fines de semana juntos—. Aprovecha que las oficinas están vacías para trabajar sin que lo molesten y no tener que relacionarse con nadie.

Es así como me entero de que, al contrario de lo que pensaba, Anderson no tiene el título de ingeniero mecánico de adorno, sino que ejerce como tal. Por lo visto, es bastante obsesivo con su trabajo. Claro que, viendo el coche que conduce y a lo que dedica su tiempo libre, no debería extrañarme tanto.

Al final, Blake tiene razón en lo referente a la obsesión que muestra Travis por su trabajo. Al parecer, es tan bueno en lo que hace que sus jefes le dan carta blanca en cuanto a sus horarios. Muchas veces trabaja desde casa; otras, en cambio, es un milagro si regresa a ella. Y eso es lo que hace durante el resto del fin de semana. No aparece por el apartamento salvo para dormir unas pocas horas, algo de lo que solo me entero porque Blake dice haberlo escuchado entrar de madrugada. Me pregunto si me estará evitando y, lo que es peor, no tengo ni idea de si me molesta o no que lo esté haciendo.

Mentira.

Me decepciona, y eso me hace sentir como una idiota. Pero ¿qué esperaba? Se acabó, ¿no? Eso fue lo que dijimos: un revolcón y acabamos con «esto».

El domingo, después del almuerzo, Blake nos lleva de vuelta al campus de la UCLA. Raylee tiene que terminar un trabajo para entregarlo a principios de semana y se encierra en su habitación nada más llegar. No me pregunta por lo sucedido con Travis ni comenta nada acerca de nuestro paseo de madrugada. Si Blake le ha dicho algo al respecto, ella no parece darse por enterada. Supongo que es muy posible que esté esperando que sea yo la que se lo cuente, pero es que aún no tengo muy claro lo que ha pasado entre nosotros.

Ese mismo día por la noche, ya en la cama, me encuentro con el móvil en la mano y el chat que comparto con Travis abierto, pero sin escribir nada en él. Normalmente no dudaría en mandarle un mensaje y decirle cualquier cosa que se me pase por la cabeza, así que me cuesta conciliar a esta Tara indecisa en lo concerniente a los tíos con la imagen que tengo de mí misma.

A la mierda, me digo, y lanzo el teléfono lejos de mí.

Después de lo de Mark, enredarme en algo con un tipo como Travis no es la mejor idea que he tenido. Está claro que no es de los que tienen relaciones serias. Aunque, por otro lado, tampoco yo estoy buscando una, ¿no?

Ay, Dios. ¡Sí que me estoy engañando! Travis Anderson ha sido el mejor polvo de mi vida. Se me eriza la piel al recordarlo a mi espalda, su piel contra la mía y sus caderas empujando en mi interior de esa forma tan salvaje.

Pero solo fue sexo... Así que ¿qué importa? Y no es como si fuésemos a volver a vernos pronto. Por ahora, no entra en mis planes pasar ningún fin de semana más en Los Ángeles con Raylee y Blake.

Las siguientes dos semanas transcurren sin más contratiempos, y también sin señales de Travis; Raylee ni siquiera lo menciona y yo no le pregunto por él. Su silencio deja claro que no quiere tener nada más que ver conmigo y que lo nuestro solo ha sido un rollo pasajero. Supongo que ya tiene lo que quería de mí, por lo que procuro olvidarme de él y convencerme de que no me importa en absoluto. La presencia de Mark en una de mis clases ayuda bastante, la verdad; no hay nada como recordar lo gilipollas que pueden llegar a ser los tíos como para que se te quiten las ganas de enredarte con alguno.

—Te está mirando —me susurra Kayden, otro de mis compañeros en esa clase.

Kay y yo nos conocemos desde primero y solemos quedar a veces para estudiar o tomarnos un café. Forma parte del equipo de natación de la universidad —una de sus estrellas— y es también un auténtico bombón. Tiene esa clásica espalda de nadador y una cintura estrecha, abdominales en los que podrías hacer la colada sin demasiado esfuerzo y un rostro al que pocas chicas en el campus se resisten. A pesar de eso, y de ser un mujeriego reconocido, no es un mal tipo.

Le doy un codazo para acallarlo. No necesito saber si Mark me mira o no.

—Es un capullo.

Kayden se ríe.

—Sí, sí que lo es.

La clase acaba por fin y todo el mundo se lanza en estampida en dirección a la salida; siempre es así con la última clase antes del almuerzo.

—¿Comemos juntos? —me dice Kay mientras salimos al pasillo—. Tengo entrenamiento luego y no me da tiempo de ir a casa.

Pasa más horas en el agua que en cualquier otra parte. No tengo ni idea de cómo soporta tanta presión, la verdad. No sé si el resto del equipo entrena al mismo nivel que él, pero debe de resultar agotador. Va a la piscina incluso los sábados y la mayoría de los domingos.

—¿Hoy no te espera ninguna de tus chicas? —pregunto solo para fastidiarlo.

Tiene un verdadero séquito de tías que lo siguen por todo el campus.

—¿Por qué? ¿Estás celosa? —bromea, y me pasa un brazo por los hombros—. No te preocupes. Hoy me tienes todo para ti.

Suelto una carcajada. Desde que lo conozco, Kayden siempre ha hecho del flirteo un arte. Posee un encanto descarado que le suele funcionar muy bien. Puede que, si no me lo hubiera presentado Shawn, un chico con el que tuve un breve escarceo en primero, también yo hubiera caído en sus redes.

Gracias a Dios no fue así, porque es más divertido tenerlo como amigo.

—Y bien, ¿comerás conmigo? Así puedes ponerme al día de tu vida amorosa.

—Como si hubiera algo que contar...

Mientras Kayden prosigue tomándome el pelo, compruebo el móvil y me encuentro un mensaje de Raylee de lo más críptico:

Te he dejado un regalo en la puerta.

¿De qué hablas?

Ya lo verás... 😀

Conociéndola, puede tratarse de cualquier cosa, y por mucho que le insisto no consigo que me cuente lo que se trae entre manos, así que desisto y le comento que voy a comer con Kayden para ver si se apunta, pero me dice que tiene un montón de trabajos por entregar y que ya se ha comido un sándwich antes de marcharse a la biblioteca a estudiar.

Al salir colgada del brazo de Kayden, mis ojos se desvían de inmediato hacia el coche negro aparcado justo frente a la puerta, uno que reconocería en cualquier lugar. El dueño del llamativo vehículo se encuentra apoyado en el lateral, con los brazos cruzados sobre el pecho. La camiseta gris oscura se le ajusta al pecho como una segunda piel y deja al descubierto parte del tatuaje de su brazo, mientras los vaqueros le cuelgan obstinadamente de las caderas. Tiene el pelo despeinado, como si hubiera estado pasándose la mano una y otra vez sobre los rebeldes mechones, y su rostro permanece cubierto por la habitual máscara inexpresiva de la que con tanta frecuencia hace alarde.

Me pregunto qué demonios está haciendo aquí y cómo sabía siquiera dónde tenía que buscarme, hasta que comprendo que la puerta a la que se refería Raylee no era la de mi habitación... y que el regalo no era una cosa, sino una persona: Travis Anderson.

—¿Qué pasa? —me pregunta Kayden cuando me detengo en mitad de la acera.

No me da tiempo a responderle. Travis avanza hacia nosotros con los andares que bien podrían ser los de un leopardo acechando a su presa, ajeno a los ojos de mis compañeras de clases que se lo comen con la mirada y sin ningún tipo de pudor.

—Tara —me saluda, y luego sus ojos se desvían hacia mi amigo; en concreto, al brazo que mantiene sobre mis hombros.

Durante un momento me quedo tan desconcertada por su presencia aquí en el campus que no atino a responder. Ya daba por sentado que no volvería a tener noticias suyas hasta el viaje a Las Vegas, y eso es algo en lo que también he evitado pensar. ¿Un fin de semana con Travis en la ciudad del pecado? No, gracias.

—¿Qué haces aquí? —pregunto mientras trato de recuperar la compostura.

Él se limita a arquear las cejas. Acto seguido, le tiende la mano a Kayden.

—Soy Travis, un amigo de Tara —le dice, con cierto retintín al pronunciar la palabra «amigo». Dudo que a Kayden le haya pasado desapercibido—. ¿Y tú… eres?

—Kayden —replica este, algo más formal de lo que es habitual en él—. Otro amigo de Tara.

Kay retira el brazo de mis hombros para estrecharle la mano, pero Travis aprovecha que me ha liberado para rodearme con el suyo y acercarme a su cuerpo. Deposita un beso suave sobre mi mejilla antes de susurrarme:

—Hola, rubia. —Se retira y, por fin, intercambia un apretón de manos con Kayden—. Un placer.

Kayden ahoga una carcajada por el más que evidente ataque de testosterona que acaba de sufrir Travis.

—¿Qué haces? —interrogo a Travis entre dientes, aunque es imposible que mi amigo no me escuche igualmente.

—Tan solo pasaba por aquí —replica él, evadiendo el sentido real de mi pregunta, aunque ambos sabemos que está mintiendo.

Evito decirle que lleva dos semanas desaparecido y que no puede presentarse sin más en la puerta de mi centro de estudios;

no voy a darle la satisfacción de saber que he estado contando los días.

De algún modo acabo en una de las cafeterías del campus con Kayden sentado a mi lado y Travis frente a mí. Este observa cada movimiento de mi compañero de clase con una atención espeluznante. Si no lo conociera, diría que está celoso.

Menos mal que Kayden es de los que no tiene problema para entablar conversación con cualquiera, incluso cuando Travis apenas se limita a soltar algunos monosílabos de vez en cuando y me está poniendo de los nervios. Aunque, en el fondo, hay una parte de mí que está realmente emocionada con el hecho de que se haya presentado por sorpresa, y eso me cabrea aún más.

Tras echar un vistazo a la carta y hacer nuestro pedido, Kayden se disculpa para ir al servicio y, con un guiño, nos deja a solas.

—¿Y bien? ¿Qué estás haciendo aquí, Travis? ¿Y por qué no dejas de mirar a Kay como si quisieras arrancarle la cabeza?

—No es eso lo que hago.

—Sí, es exactamente lo que estás haciendo —señalo, y le lanzo una sonrisita maliciosa.

Él tarda unos segundos en contestar.

—¿Sales con ese tipo?

—¿Perdón?

—¿Que si sales con él?

No puedo creer que me esté pregunta eso...

—Eres más imbécil de lo que pensaba —le espeto, furiosa—. ¿De verdad crees que me habría liado contigo si estuviera con él? Además, ¿a ti qué demonios te importa?

Travis frunce el ceño y se cruza de brazos.

—La gente hace eso todo el tiempo, Tara.

Procuro que no me afecte el modo en que pronuncia mi nombre, pero fracaso de forma estrepitosa. Su voz es como una caricia suave sobre la nuca que hace que se me erice la piel. Maldito Travis Anderson.

Antes de que me dé cuenta de lo que hago, me he inclinado sobre la mesa.

—Hacer ¿qué?

—Liarse con alguien estando con otra persona.

—Yo no. Y, de todas formas, tú y yo no estamos juntos.

A pesar de la tensión que se respira entre nosotros, una de las comisuras de sus labios se arquea y también él se inclina hacia mí. Su expresión se suaviza y el brillo de sus ojos verdes se hace más intenso, pero yo mantengo el desafío en los míos.

—Me encanta cuando te pones peleona —susurra, y comienza a juguetear con el piercing de su lengua.

—Vete al infierno, Travis.

Sus ojos adquieren un brillo feroz y tarda unos pocos segundos en contestar:

—Quizá ya estoy allí.

Travis

Mantenerme alejado de Tara parecía la opción más lógica; sin embargo, aquí estoy después de pasar dos puñeteras semanas fingiendo que tenía la situación bajo control cuando la verdad es que no controlo una mierda en lo que a ella respecta, en absoluto.

Según Raylee, tanto Tara como yo somos parte de la familia. «Familia», ni siquiera sé muy bien lo que significa ese concepto, pero tengo claro que no quiero cagarla con la novia de mi hermano y tampoco con Tara. Aunque me da la sensación de que igual ya es un poco tarde para eso. Y presentarme aquí, desde luego, no ha sido mi idea más brillante; tampoco ayuda nada habérmela encontrado con un amigo con el que parece que tiene la clase de confianza que yo no he tenido nunca con nadie. Sigo sin saber qué pensar sobre eso.

—Bien —dice Kayden cuando regresa del servicio y nos encuentra mirándonos fijamente, desafiándonos el uno al otro.

¿Por qué demonios tiene que sentarse tan cerca? ¿Y por qué coño Tara le sonríe de esa forma? A mí jamás me ha sonreído así… Bueno, tal vez la noche previa a la boda, antes de que yo me comportase como un capullo integral.

—¿Tú también estudias aquí? —me pregunta el tipo, en un intento de deshacer el ambiente turbio que se ha encontrado a su regreso.

Tara está cabreada, mucho, y yo también; solo que, en mi caso, lo estoy conmigo mismo. No tengo ni puta idea de lo que estoy haciendo ni de por qué, de repente, soy incapaz de dejar de rondarla como un jodido buitre. No puedo evitar recordar la suave calidez de su piel bajo mis manos, ni la forma en la que gemía mientras yo me hundía en su interior; su humedad cubriéndome los dedos y lo bien que se sentía su sexo rodeándome la polla.

¿Lo peor? Que quiero más. Ni de lejos he terminado con ella.

—No —me limito a responder, aturdido por lo visceral de mis pensamientos.

Tara me fulmina con la mirada y sus labios articulan un «¿en serio?», como si esperase que le lanzara a su amigo una disertación sobre mi vida. No sé cómo lo hace, pero al final acabo claudicando y añado:

—Me gradué aquí hace unos años, ahora trabajo como ingeniero mecánico.

—Vaya, ahora entiendo lo de tu coche —replica él, sin disimular su interés, y comienza a hacerme más y más preguntas.

El tipo parece no tener ningún problema en mantener una conversación con un desconocido, al contrario de lo que me sucede a mí; nunca he sido demasiado sociable. En realidad, Kayden me recuerda bastante a Blake; puede que incluso me cayese bien si no fuera porque me pone demasiado nervioso que esté tan cerca de Tara. Y reconocer algo así ante mí mismo me hace sentir como un completo imbécil.

Cuando nos traen la comida, son ellos los que siguen charlando. Tara apenas me mira y, cuando lo hace, da la sensación de que quisiera cortarme en pedacitos y hacerme desaparecer. Mi cuerpo y mi mente se empeñan en jugar en mi contra. Cuanto más cabreada se muestra, más amplias son las sonrisas que yo le dedico.

—¡Joder, llego tarde al entrenamiento! Tengo que irme —suelta Kayden, tras echar un vistazo a la pantalla de su móvil.

No ha acabado la comida de su plato, pero se cuelga la mochila a la espalda y se despide de mí con un gesto, mientras a Tara le da un beso rápido en la mejilla que me hace arquear las cejas; es posible que también me moleste más de lo que debería. La sensación resulta… perturbadora.

Tras su marcha, Tara apenas espera un segundo para centrar su atención en mí.

—¿Qué demonios estás haciendo aquí?

—Comer.

—Travis… —me advierte.

—Tara…

Resopla. Se reclina en el asiento y cruza los brazos, lo cual convierte su escote en todo un espectáculo. Seguramente sea un cabrón, porque mis ojos se desvían hacia sus tetas y me quedo mirándolas durante más tiempo del políticamente correcto. Mi polla da una sacudida, mucho más feliz que durante las últimas dos semanas.

—Pasaba por aquí —le digo, y ella sonríe.

No se traga una palabra y no la culpo. Vivo a más de una hora del campus, la universidad no me pilla precisamente de paso, y ni siquiera yo sé muy bien por qué, en vez de estar trabajando, he conducido hasta aquí para verla.

«Sí, sí que lo sabes».

—¿Tienes más clases por la tarde? —pregunto. Ella parece reacia a contestar, pero acaba negando con la cabeza—. Te acompaño a casa entonces.

—No.

Su negativa no se vuelve menos firme después de pagar la cuenta y salir. Así que, cuando echa a andar por la acera y comienza a dejarme atrás, prácticamente me obliga a correr tras ella. Y no puedo evitar preguntarme qué cojones hago corriendo detrás de una chica.

Pero de todas formas lo hago.

Desandamos el camino por el que hemos venido, uno junto al otro, y no cruzamos una palabra hasta que nos acercamos al lugar en el que he aparcado el coche. Tara parece dispuesta a seguir de largo, porque es obvio que no tiene intención de dejar que la lleva a casa. Se va a marchar sin más.

—Tara…

—No voy a ir contigo —se apresura a interrumpirme.

Al final, tengo que agarrarla del brazo para que se detenga.

—¡Joder! ¿Puedes dejar de huir de mí?

—No huyo de ti —escupe, casi como un insulto, pero no hace nada por deshacerse de mi agarre—. Además, pensaba que tenías claro que esto se había acabado.

«Ah, no, ni de coña se ha acabado», pienso para mí.

Mantengo los dedos en torno a su muñeca y avanzo un paso hacia ella; mi pecho queda a tan solo unos centímetros del suyo. En su favor, he de decir que no retrocede.

Tara nunca retrocede.

—Sí que estás huyendo. —Me inclino de modo que tiene que levantar la barbilla para mirarme a los ojos.

Su respiración se vuelve irregular y, muy a mi pesar, también la mía se acelera un poco. Me muero de ganas de cerrar el espacio entre nosotros y devorar su boca. De recorrer con la lengua cada rincón de su cuerpo.

—Si tan convencida estás de que se acabó —añado mientras enredo un dedo en uno de sus rizos y tiro con suavidad—, no veo por qué tienes tantas ganas de salir corriendo.

Doy un paso adelante y, esta vez, ella sí que retrocede. Le brindo una sonrisa sucia y avanzo un paso más, y luego otro, hasta que su espalda topa con el lateral de mi coche y ya no tiene a dónde ir. Apoyo las manos sobre la carrocería, a los lados de su cuerpo, para evitar que salga corriendo de nuevo. A lo mejor no debería gustarme tanto que me plante cara. Acabaré metido en un lío. O, peor aún, quizá ya lo esté.

Tara no responde y, durante unos segundos, se limita a observarme con esa mirada tan suya que demuestra lo mucho que me odia. Pero entonces, sin previo aviso, sus labios se estampan contra los míos y su sabor explota en mi boca, tan dulce. Delicioso y también adictivo.

Se me escapa un gemido al sentir el roce de su lengua. Un puto gemido, joder, como si fuera un crío al que besan por primera vez. Pero ni siquiera me da tiempo a pensar demasiado en ello. Deslizo una mano sobre su nuca y, con un pequeño tirón, la obligo a ladear la cabeza para conseguir un mejor acceso a su boca. Poco importa que estemos en mitad de la calle. Mi cuerpo toma el control y, antes de que me dé cuenta de lo que estoy haciendo, mis caderas empujan las suyas para mantenerla pegada al coche. La imagen, nítida y detallada, de una Tara desnuda apoyada contra la carrocería y pidiéndome más nubla mi escaso juicio y desata un hambre aún más voraz en mí. De repente, lo único en lo que puedo pensar es en desnudarla y hundirme en ella, follarla hasta que ambos olvidemos por qué demonios nos estábamos peleando; hasta que lo olvidemos todo.

Tara mordisquea mi labio inferior y luego succiona el superior, y yo respondo a la provocación lamiéndole la comisura, mientras con una de mis manos recorro su costado. Mi erección empuja contra la cremallera de mis pantalones, reclamando atención desesperadamente. Esta chica tiene un jodido don para ponérmela dura.

—Quiero volver a follarte —le susurro al oído con voz áspera, totalmente descontrolado.

Un ruidito escapa desde el fondo de su garganta y el evocador sonido consigue que me endurezca aún más. Quiero... No, necesito estar dentro de ella otra vez. Después de nuestro encuentro de hace dos semanas, pensé que no me costaría demasiado concentrarme en el trabajo y pasar página, pero resulta obvio que eso no está funcionando en absoluto porque no he hecho otra cosa que dar vueltas por el apartamento de Blake y hacer un uso totalmente desproporcionado de mi mano derecha cada vez que se me ha ocurrido pensar en ella, lo cual ha sucedido vergonzosamente a menudo.

Así que es hora de cambiar de táctica. Quiero a Tara de vuelta en mi cama y no voy a parar hasta que eso suceda.

—No podemos... —gimotea a duras penas contra mis labios.

Sus manos se aferran a mi camiseta y, durante un instante, me empuja para luego tirar de la tela y acercarme más a ella, como si no fuera capaz de decidir si quiere que me aparte o que continúe besándola.

—¿Recuerdas lo bueno que fue? —le susurro entre beso y beso mientras mis dedos acarician sin pausa la piel suave de su nuca—. ¿Lo bien que se sentía? ¿La forma en la que tu coño se aferraba a mí y cómo te llenaba? Dime que no te gustaría volver a sentirte así, Tara. Dime que no quieres más, porque no hay manera de que yo vaya a admitir que no quiero hacértelo de nuevo.

—Dios, Trav —gime en respuesta, y sus caderas se frotan contra las mías de una forma deliciosa.

Que emplee el diminutivo de mi nombre termina con el escaso control que aún conservaba. Me niego a esperar ni un segundo más para tener su cuerpo bajo el mío. Retrocedo lo suficiente como para poder abrir la puerta del coche y le hago un gesto con la cabeza.

—Entra.

Por una vez, y a pesar de la rudeza con la que se lo ordeno, Tara obedece sin rechistar. Mientras rodeo el coche, echo un breve vistazo a mi alrededor y me percato de que hay un grupo de chicas detenidas en mitad de la acera observándome. Por las risitas y los cuchicheos que están intercambiando, parece que hemos dado un buen espectáculo.

Sinceramente, me importa una mierda. Lo único en lo que puedo pensar es en la preciosa mujer que hay dentro de mi coche y en todas las cosas perversas que pienso hacerle hasta que consiga sacármela de debajo de la piel. Voy a saciarme de ella de todas las formas posibles y, entonces sí, «esto» se habrá acabado.

—¿Tu casa o la mía? —pregunto en cuanto estoy detrás del volante con el motor ya en marcha.

Casi espero que se ponga a despotricar porque estoy dando demasiado por sentado, pero Tara tan solo me mira y murmura un «a mi casa» que me hace dar gracias en silencio con más vehemencia de la que me creía capaz. Por mucho que disfrute conduciendo, esta vez dudo mucho que fuera a resistir una hora de trayecto hasta llegar a la ciudad. Estoy desesperado por volver a besarla, además de dolorosamente empalmado. Durante un breve instante incluso me planteo arrastrarla al asiento trasero, sentarla a horcajadas sobre mí y rogarle que me monte como a un puto caballo de carreras. Me siento como si de repente no fuera más que un adolescente poseído por las hormonas. Nunca una mujer me había hecho sentir así antes, nunca he deseado tanto a alguien como para perder el control de esta forma. Y dice mucho de mi estado el hecho de que, en cuanto me incorporo al tráfico, mi mano vuele hasta su pierna. No soy capaz de mantener las manos alejadas de ella.

Tara da un respingo al sentir el ascenso de mis dedos por el interior de su muslo. Necesito sentirla, sea de la forma que sea.

—Concéntrate en la carretera —me reprende entre dientes.

Al mirarla, me doy cuenta de que se ha aferrado al borde del asiento como si realmente creyera que vamos a tener un accidente, solo que no es miedo lo que asoma a su expresión, sino una lujuriosa necesidad que me hace pisar a fondo el acelerador.

De alguna manera consigo llegar hasta la zona del campus en la que vive Tara sin ningún incidente a pesar del tráfico. Aparco en el primer sitio libre que encuentro. En cuanto paro el motor y me deshago del cinturón de seguridad, desabrocho también el de Tara antes de que ella comience a moverse siquiera. De inmediato, mis labios están ya sobre los suyos; mi lengua saquea su boca de forma exigente y mis dedos pasean de nuevo entre sus muslos.

Tara parece estar haciendo todo lo posible por reprimir los gemidos, ahogándolos con furia en el interior de mi boca. Continúa resistiéndose a lo que sea que haya entre nosotros, esta batalla sin un fin evidente, y eso solo hace que desee esforzarme aún más para conseguir que sucumba y se rinda del todo.

—Voy a hacer que te corras aquí mismo —aseguro mientras empujo con suavidad una de sus piernas para abrirla.

No le doy tiempo a asimilar mis palabras. Deslizo dos de mis dedos en su interior hasta los nudillos, de un solo golpe, y un jadeo desgarrador escapa de su garganta, haciéndome sonreír con una vergonzosa satisfacción. Es imposible que Tara sepa lo sexy que resulta su expresión en este momento, con los labios entreabiertos, su pecho subiendo y bajando con rapidez, las mejillas enrojecidas y ondas rubias y sedosas derramándose sobre sus hombros. Tan sensible y receptiva a cada toque. Apenas si puede mantener los ojos abiertos y sus manos siguen aferradas a la tapicería como si temiera que el asiento fuese a desparecer de debajo de su cuerpo.

No me doy margen para sutilezas. La castigo con un ritmo frenético mientras lamo y mordisqueo la piel de su cuello, empujándola sin remedio fuera de cualquier límite y más allá de las barreras que ha levantado contra mí.

Mi polla pulsa al mismo ritmo que su agitada respiración. Es posible que esté a punto de hacer un agujero en los vaqueros, pero la ignoro y me concentro en las reacciones de Tara. Esto no ha hecho más que empezar.

—Oh, Dios, Travis… No… No puedo —balbucea, consiguiendo que solo quiera darle más. Más y más. Que quiera dárselo todo.

—Vamos, nena, deja de resistirte. Déjame ver cómo te corres.

Tal vez sean mis palabras o que, mientras hablo, curvo los dedos hasta encontrar el punto exacto en su interior, pero las paredes de su sexo empiezan a palpitar y todo su cuerpo tiembla cuando por fin sucumbe al clímax.

—Dios, eres realmente preciosa.

Continúo acariciándola, ahora más despacio. Suave. Le permito recuperar el aliento mientras pequeñas réplicas de su orgasmo comprimen mis dedos y su expresión se relaja. Me mira con los ojos entrecerrados y el aspecto de un gatito adormilado; nada de garras esta vez. Para provocarla, retiro la mano y me llevo los dedos a la boca. Frente a su atenta mirada los chupo hasta que no queda rastro de su humedad. Sin embargo, soy yo el que cae presa de mis propias fanfarronadas. Joder, su sabor es incluso más delicioso de lo que recordaba.

—Capullo —me dice, poniendo los ojos en blanco, pero no consigue esconder del todo la sombra de su sonrisa ni tampoco el brillo hambriento que destella en sus ojos.

—Vamos a subir ahí —señalo el edificio en el que se encuentra el piso que comparte con Raylee— y vas a dejar que te lama entera. Y, cuando hayas vuelto a correrte en mi boca, lo harás en mi polla.

—Te veo muy seguro.

Se cruza de brazos; sin embargo, percibo con claridad cómo se estremece.

—Tal vez sea un capullo, pero soy un capullo con un plan.

Un plan que consiste en follarla hasta que deje de mirarme como lo hace. Hasta que no tenga ni idea de cómo odiarme y yo pueda dejar de desear que me muestre su sonrisa solo para poder corresponderle con otra.

Tara

Estoy aturdida. Travis hace que me sienta completamente perdida, pero me digo que esto no es más que un ataque de lujuria. Pura lujuria, solo eso. Una lujuria altamente satisfactoria, todo hay que decirlo. Está claro que Anderson sabe lo que se hace, pero no tengo ni idea de qué demonios voy a hacer yo cuando esta historia llegue a su fin y comience a comparar con él a cualquier tío que venga después. Porque lo nuestro no es más que algo fortuito y temporal, muy temporal. Fugaz. No importa que tengamos esta química intensa y absurda.

No entiendo cómo consigue que pase de cero a cien en dos segundos. Ni siquiera me cae bien, me recuerdo, pero una vocecita en mi cabeza se ríe de mí y señala que ya no estoy tan enfadada con él como me esfuerzo por aparentar. En realidad, mostrarme hostil se ha convertido en una especie de juego entre nosotros, y estoy bastante segura de que a Travis le encanta. Tanto como a mí.

Cuando quiero darme cuenta, la puerta de mi lado se abre y él está ya ahí con una mano tendida hacia mí para ayudarme a bajar. La tela de los vaqueros se ajusta con precisión a una erección que él no hace nada por esconder, mientras sus dedos —dedos que hasta hace un instante han estado en mi interior y que luego se ha dedicado a chupar de la forma más obscena y provocadora posible— se deslizan en torno a los míos.

—Deberíamos firmar una tregua o algo así —murmuro, abrumada por el cosquilleo que comienza a despertarse de nuevo en la parte baja de mi estómago.

Travis suelta otra de esas carcajadas profundas y sensuales que siempre me dejan desconcertada. El muy idiota está condenadamente atractivo cuando se ríe así, y me da la sensación de que últimamente lo hace mucho más a menudo.

—Creo que esta conversación ya la hemos tenido.

Lleva razón, y sé que solo estoy buscando una excusa para meterlo en mi dormitorio y dejar que me haga todas esas cosas que parece tan ansioso por hacerme. A lo mejor la que está demasiado ansiosa soy yo. Una vez con Travis no parece que vaya a ser suficiente; mi cuerpo, en ese aspecto, tiene las cosas mucho más claras que yo.

En cuanto estoy fuera me acorrala de nuevo contra el coche. Sus ojos brillan, divertidos, mientras vagan por mi rostro. El escaso espacio entre nosotros vibra a causa de la tensión y las expectativas. Ha pasado dos semanas desaparecido; ni una llamada, ni un mensaje, y le han bastado un puñado de minutos para desbaratar todas mis defensas.

Jodido Travis Anderson.

—¿Sabes? Estoy pensando…

—Eso debe de ser toda una novedad para ti —lo interrumpo—. Tranquilo, te acostumbrarás.

Agita la cabeza, aunque no permite que mi tono burlón afecte su recién descubierto buen humor. Por desgracia, su sonrisa no se torna menos deslumbrante y mi corazón no late más despacio.

—Dios, eres…

—Una pesadilla, lo sé —sugiero cuando parece no ser capaz de encontrar las palabras adecuadas, y le devuelvo la sonrisa.

Travis se inclina hasta que nuestros labios prácticamente se rozan y coloca las manos en mis caderas. A lo mejor si su rostro no se volviese encantador y pícaro cuando sonríe, yo no estaría metida en problemas, y me pregunto si normalmente se muestra tan serio para evitar que la gente quiera acercarse a él.

—No era eso lo que iba a decir precisamente —replica en un susurro dulce, y entonces sus labios están de nuevo sobre los míos. El toque es sutil, sin rastro de la urgencia anterior, mientras sus dedos mantienen mi barbilla alzada. Sorprendida por la intimidad de esa exquisita caricia, entreabro los labios y él aprovecha para deslizar la lengua en el interior de mi boca con una timidez que no le pega nada. Me besa muy despacio, despertando en mí un montón de sensaciones nuevas. Este beso no tiene nada que ver con ninguno que nos hayamos dado hasta ahora, ni de lejos. Es suave y delicado, y tierno, como una promesa susurrada muy bajito y que esperas que nadie escuche. Y, a pesar de que hay cierta distancia entre el resto de nuestros cuerpos, lo siento en cada rincón. Bajo la piel.

—No sé qué demonios estás haciendo conmigo, Tara —me dice al oído, ahogándose con cada palabra.

Un escalofrío repta por mi espalda mientras él prosigue saboreándome, bebiendo de mí a tragos largos. Desnudándome sin siquiera tener que quitarme la ropa. Puede que me guste mucho este otro Travis, más de lo que debería y de lo que, con toda probabilidad, me conviene. Pero me dejo llevar y disfruto del momento, y durante un rato —minutos u horas, a saber— todo lo que hacemos es besarnos como dos chiquillos.

Cuando finalmente nos separamos con el aliento entrecortado, Travis me mira directamente a los ojos y siento como si fuera capaz de ver más allá de ellos, aunque no estoy segura de lo que está buscando. Repasa el borde de mi labio inferior con el pulgar y me dice:

—No puedes besarme así, Tara. —Estoy a punto de justificarme alegando que es él quien me ha besado, pero no me salen las palabras, y de todas formas Travis añade—: ¿Estás segura de que quieres ir arriba?

De repente ha pasado de arrastrarme por medio campus y decirme que se muere por follarme a pedir permiso, y puede que eso me sorprenda más que todo lo demás. Seguramente, volver a meter a Travis Anderson en mi cama sea la peor de las malas ideas que he tenido hasta ahora, porque estoy bastante segura de que este chico podría hacerse con mi corazón y luego destrozarlo sin siquiera proponérselo.

Aun así, me encuentro asintiendo.

Recorremos de la mano la distancia entre el aparcamiento y la entrada del edificio. La tensión entre nosotros es aún más perturbadora que antes y maldigo a las estúpidas mariposas que parecen haber despertado en mi estómago y que no dejan de revolotear entusiasmadas. Mientras esperamos el ascensor, Travis clava la mirada en el suelo. Sus dedos juguetean con los míos y una suave curva arquea sus labios.

—Tara, yo… —comienza a decir, pero la puerta del ascensor se abre y, tras ella, aparecen dos de mis vecinos.

Los gemelos Donaldson son de los tipos más populares y atractivos del campus, y es curioso que sean idénticos pero luzcan tan diferentes. Cam Donaldson nos hace un gesto con la cabeza y me brinda una sonrisa amable, mientras que la expresión de Sean resulta algo más arrogante, aunque sea la clase de arrogancia cautivadora que suele volver locas a las chicas y atraer todas las miradas allá donde va, y os aseguro que hay mucho que mirar.

Travis gruñe algo ininteligible. Yo les devuelvo el saludo, y también la sonrisa, y nos hacemos a un lado para dejarlos pasar. Apenas si estamos en el interior del ascensor cuando Travis se gira hacia mí, me toma de las caderas y me hace retroceder hasta que mi espalda termina contra una de las paredes. Lo de arrinconarme, al parecer, se está convirtiendo en una costumbre, y no puedo decir que me moleste.

Ni siquiera me ha dado tiempo a pulsar ningún botón, así que la puerta se cierra pero el ascensor no se mueve.

—No lo estoy haciendo bien —dice Travis, peligrosamente cerca de mí.

Arqueo las cejas; no tengo ni idea de lo que está hablando. Su mano asciende de forma perezosa por mi costado y la calma tensa se esfuma para dar paso a otra cosa totalmente diferente.

—Nada nada bien —insiste, casi para sí mismo. Ladea la cabeza y presiona los labios contra la curva de mi cuello—. Estabas sonriéndole a esos tipos...

Su lengua sale entonces a jugar y hace cosas deliciosas sobre mi piel.

—Se llama amabilidad y es lo que suele hacer la gente normal —balbuceo, luchando por reprimir un gemido—. ¿Estás... celoso, Anderson?

—Tal vez —admite, sorprendiéndome. Este chico nunca hace lo que espero—. Así que ¿qué tal si me dejas ser el que te haga sonreír?

A pesar del tono fanfarrón que emplea, hay un matiz vulnerable en su voz, como si de verdad temiera no volver a ser el receptor de una muestra de cariño o amabilidad por mi parte, y ese detalle hace que se me encoja un poco el corazón.

—Puedes intentarlo.

Me da un mordisquito juguetón en el lóbulo de la oreja y sé con toda seguridad que está sonriendo.

—Puedes estar segura de que lo haré. —Hace una pausa para lamer el hueco detrás de mi oreja, arrancándome un jadeo—. Pretendo hacerte sonreír muchas veces durante toda la tarde. Y la noche.

Sí, definitivamente, esto es una pésima idea. Jugar con Travis es jugar con fuego, y parece que nos estamos arriesgando cada vez más.

Travis se aleja de mí solo lo suficiente como para alcanzar el panel del ascensor, pero este no comienza a ascender, sino que las puertas vuelven a abrirse. Como es obvio, estamos aún en la planta baja.

—¿Qué haces?

Durante un momento no dice nada. Su mirada desciende para buscar mis ojos y enreda los dedos en torno a mi mano. Cuando quiero darme cuenta, está tirando de mí hacia el exterior.

—Vamos.

—¿A dónde? —pregunto, perpleja, porque hace un segundo estaba totalmente dispuesta a dejar que este gamberro se colara de nuevo en mi dormitorio sin importar las consecuencias.

Travis se da la vuelta para quedar frente a mí, captura mi otra mano y comienza a caminar hacia atrás mientras continúa arrastrándome en dirección a la entrada. Y de repente ya no es ese tipo contenido ni inexpresivo. Su mirada transmite al menos media docena de emociones distintas y su sonrisa brilla tanto como un puñetero sol en miniatura, y a lo mejor ahora sí que estoy metida en un verdadero lío, porque él murmura: «A descubrir cómo puedo hacerte sonreír» y a mí se me aflojan un poco las rodillas.

Y de esa forma descubro que Travis Anderson, además de un gilipollas arrogante que me saca de quicio cada dos segundos, también puede ser adorable cuando quiere.

Travis

Ni siquiera tengo un plan cuando arranco el coche y lo saco del aparcamiento, pero soy lo suficientemente adulto como para admitir que la sacudida que ha dado mi estómago al descubrir a Tara sonriéndole a ese par de tíos no ha sido otra cosa que celos. Y ni siquiera es la primera vez. Durante el almuerzo, con Kayden, es posible que me haya comportado como un imbécil, al igual que la noche que salimos al Hell & Heaven y Harris se le acercó. Joder, si hasta hice todo lo posible para alejarla de West.

Tal vez las cosas con ella se me estén yendo un poco de las manos…

—¿Puedo preguntar a dónde vamos? —me interroga al comprobar que estamos saliendo del campus.

Como si yo tuviera alguna idea de lo que estoy haciendo… De lo que ella me está haciendo.

—¿No confías en mí?

Tara suelta una carcajada y, por si eso no fuera indicativo de lo poco que se fía de mis intenciones, replica:

—Ni siquiera estoy segura de que no vayas a abandonarme en una cuneta.

Sus palabras escuecen, a pesar de que sé que está bromeando. Le dedico una mirada fugaz, pero ella tiene el rostro vuelto hacia la ventanilla.

—Yo no haría eso.

—No me culpes, no tengo ni idea de lo que vas a hacer en cada momento, Travis.

—Soy imprevisible…

—Eres idiota —se ríe, y yo, una vez más, no puedo evitar sonreír también al escucharla.

Conduzco durante un rato sin saber muy bien a dónde me dirijo, pero Tara no vuelve a preguntarme por nuestro destino y quiero pensar que, en realidad, sí que se fía de mí, aunque solo sea un poco. Al final, pongo rumbo a la carretera de la costa. Durante un momento pienso en llevarla de vuelta al mirador en el que acabamos la noche de la carrera, pero termino por ir a una pequeña playa cercana. Aunque más que una playa se trata de una cala diminuta en la que casi nunca suele haber gente.

—Blake y yo veníamos a veces aquí a hacer surf. Hace años —aclaro, y me doy cuenta del tiempo que hace que no he venido aquí con mi hermano—. Era… divertido. Ya sabes, alejarse de todo. Durante un rato parecía que todo estaba bien.

Ni siquiera sé por qué he dicho eso. Cuando Blake y yo solo éramos unos críos, solíamos escapar de casa, y de nuestros padres, con las tablas bajo el brazo y la promesa de unas cuantas horas de tranquilidad. De olvidar la mierda que veíamos a diario en el lugar que se suponía que debía ser un hogar. Hacíamos autostop para venir y a veces no conseguíamos a nadie que nos llevara, pero de todas formas merecía la pena.

Abro la puerta y me bajo solo para no seguir hablando de ello. Rodeo el coche para abrirle la puerta a Tara, que me mira como si estuviera a punto de hacer alguno de sus comentarios sarcásticos, pero no dice nada. Sé que debería haber alguna toalla o una manta en el maletero, así que rebusco en él hasta que encuentro una manta y me la meto bajo el brazo.

Tara contempla el lugar, demasiado callada para mi gusto. Al menos no hay otros coches y parece que la playa está desierta.

—Es bonito —dice finalmente, y yo suelto el aire que no sabía que estaba conteniendo.

No sé muy bien cómo he pasado de querer tirármela a traerla a este sitio y esperar su aprobación. De besarla con una lujuria apenas contenida a hacerlo como si me ahogara lejos de sus labios.

—Aquí estamos —digo, sintiéndome como un gilipollas.

Tara se gira para mirarme y arquea las cejas, conteniendo la risa.

—Sí, aquí estamos.

—Vamos, anda… Este sitio tiene uno de los mejores atardeceres de toda la costa —agrego, y soy consciente de que me estoy justificando.

¿Cuándo demonios he sentido yo la necesidad de justificar ninguno de mis actos antes?

Aún quedan unas horas para que el sol se ponga, pero Tara no comenta nada al respecto. De todas formas, como no parece que vaya a empezar a moverse, y no sé muy bien cómo salir del lío en el que me he metido yo solito, hago lo primero que se me ocurre. Me acerco a ella y le tiendo la manta.

—Sujeta esto.

Acto seguido, la alzo en vilo sin darle tiempo a protestar y echo a andar hacia la orilla cargando con ella. No tengo muy claro que lo esté arreglando, la verdad.

—Me estás poniendo nerviosa, Anderson —murmura, aunque apoya la mejilla contra mi pecho y por una vez no se pone como loca—. Estás muy rarito.

—¿Sabes? Puedo ser un tío amable cuando quiero, y estoy seguro de que tú también puedes dejar de ser tan encantadoramente sarcástica durante unas horas.

Le brindo una media sonrisa cargada de arrogancia en un intento de recuperar el control de lo que demonios sea esto que estoy haciendo. En realidad, no quiero que deje de lanzarme pullas ni de meterse conmigo; no quiero que se muestre menos desafiante. Y a lo mejor sí que soy un poco capullo, porque me encanta que me replique y me provoque.

Me detengo a unos pocos metros de la orilla y la dejo con cuidado en el suelo. Cuando el móvil me vibra en el bolsillo del pantalón, le echo una mirada y vuelvo a guardarlo sin contestar al mensaje que acabo de recibir.

—¿Una carrera? —pregunta Tara. Aunque ha dado en el clavo, me encojo de hombros por toda respuesta y estiro la manta sobre la arena—. Dime una cosa, no lo haces por el dinero, ¿verdad?

No, no se trata de dinero, y no puedo decir que me sorprenda que se haya dado cuenta. Es tan observadora que da miedo. Participar en carreras, volar sobre el asfalto a solas en mi coche sabiendo que una mala decisión puede hacer que acabes estampado contra un muro o saliéndote de la carretera, y que todo depende de ti… Bueno, supongo que es una forma de convencerme de que tengo el control y de que si estoy solo es básicamente porque yo lo he decidido así.

—No —contesto, escueto.

Me derrumbo sobre la manta y le hago un gesto a Tara para que me acompañe. Está de pie, de brazos cruzados y observándome como una mirada claramente acusatoria. Cuando cede a mi petición y hace ademán de sentarse a mi lado, tiro de ella y la acomodo en mi regazo.

—Hace frío. Necesito que me calientes —me burlo, en un intento de cambiar de tema.

No le digo que no tengo frío en absoluto y que, además, siempre llevo alguna sudadera en el coche, ni tampoco me planteo por qué me estoy comportando así con ella. Por qué de repente necesito tenerla cerca todo el tiempo.

—No soy tu estufa particular, idiota.

A pesar de sus protestas, no se aleja. Tiene la piel caliente y, de nuevo, me percato de que huele a jazmín. Siempre he odiado ese olor, me recuerda demasiado a mis padres y al hogar de mi infancia;

sin embargo, me descubro hundiendo la nariz en su pelo y aspirando como si fuera un yonqui, y Tara, la maldita droga sin la que no puedo vivir.

Aunque su espalda reposa contra mi pecho y apenas alcanzo a ver el perfil de su rostro, me doy cuenta de que tiene el ceño fruncido y una expresión desconcertada, como si no entendiera por qué la he traído aquí ni qué demonios estoy haciendo.

Bueno, ya somos dos.

—Relájate, Tara, no voy a lanzarte al océano para que te coman los tiburones.

—No las tengo todas conmigo —murmura, aunque la sombra de una sonrisa asoma a sus labios.

Y son unos labios preciosos…

Pasamos un rato en silencio, contemplando el mar y el modo en el que las olas rompen y lamen la orilla para luego retirarse y dejar paso a la siguiente. Por una vez no estamos discutiendo y me da por pensar que esto… tampoco está tan mal. A lo mejor sí que podemos mantener una tregua, aunque de verdad espero que continúe provocándome por muy contradictorio que eso suene. No me entiendo ni yo mismo.

No sé muy bien cuánto tiempo pasamos callados, pero, cuando quiero darme cuenta, Tara está completamente acurrucada contra mí, rodeada por mis brazos. He apartado a un lado su melena y tengo los labios contra la piel de su nuca. La sensación resulta deliciosa pero extraña. Teniendo en cuenta las cosas que hemos hecho, esta no es, ni de lejos, la situación en la que más cerca hemos estado, pero de algún modo parece mucho más íntima.

A lo mejor debería regresar al plan inicial de follarla hasta que lo que sea esto se acabe y todo vuelva a ser como antes: trabajo, coches y algún que otro revolcón anónimo. Nada de desear cosas que de ningún modo acabarán bien para mí y que, sinceramente, no tengo ni idea de cómo afrontar.

Sin embargo, no me muevo. Continúo rozando su nuca con los labios y, cuando percibo cómo Tara se estremece en mis brazos, deslizo mi boca hacia el lateral de su cuello. Lamo despacio el hueco tras su oreja y dejo que sienta el metal de mi lengua contra la piel. Se remueve, haciéndome sonreír porque soy muy consciente de que comienza a excitarse. Es tan receptiva a mis caricias...

—Hueles deliciosa —le digo al oído mientras recorro la parte interior de su rodilla con la punta de los dedos.

Ella deja caer la cabeza sobre mi hombro y exhala uno de esos ruiditos que siempre me la ponen dura. Resulta curioso que me muera de ganas de volver a estar dentro de ella y, a la vez, no sienta deseo alguno de ir más allá de este momento.

Mi mano sube y baja por su muslo, perezosa, mientras le doy pequeños besos a lo largo del cuello. Eso es lo más lejos que me permito ir.

—¿Qué hay de ti, rubia? ¿Qué haces aparte de ser una diligente alumna de la UCLA? Lo único que sé de ti es que te gusta bailar.

—Y lo hace realmente bien. En el Hell & Heaven no podía apartar los ojos de ella—. Que no te muerdes la lengua y que lloras en las bodas.

Ladea la cabeza para buscar mi mirada y se queda observándome. Mis ojos descienden un momento hasta sus labios, llenos y tan tentadores, y es probable que nunca haya deseado tanto besar a una mujer. Aun así, me contengo.

—¿Qué? —pregunto cuando no hace nada por contestarme, pero ella solo agita la cabeza, negando.

—Así que te fijaste.

—Todo tío con una polla funcional en el Hell & Heaven se fijó en cómo bailabas, Tara. Y seguramente también un buen puñado de tías.

Me da un pellizco en el brazo, pero se ríe. No tiene ni idea de que no lo he dicho de broma. Esa noche parecía una diosa en mitad de la pista, contoneándose de forma sensual y exquisita.

—Me refería a la boda, Trav —señala con un suspiro—. Juraría que no me miraste ni una sola vez.

Sí, sí que la miré, pero lo hacía cuando ella no estaba mirándome a mí. Y comprender ese detalle me despierta una extraña inquietud en la boca del estómago.

—¿Qué hay de tu familia? —Otra pregunta que parece sorprenderla, y durante un instante creo que nuestra pequeña tregua va a llegar a su fin, pero luego comienza a hablarme de que proviene de la misma California, al igual que yo.

Me habla de la casa en la que se crio, al norte de Los Ángeles. De que su padre ha trabajado casi toda su vida como mecánico y que tiene un hermano pequeño que trabaja con él. Me río al descubrirlo, porque menciona que, posiblemente, «si yo no fuera tan capullo» les caería bien. Al parecer, padre e hijo pierden la cabeza por cualquier cosa con ruedas. Cuando le pregunto por su madre, sonríe con tristeza y me cuenta que murió de cáncer hace años. Su padre no ha querido nunca volver a casarse; se ha dedicado por entero al trabajo y a cuidar de sus hijos. Me habla de su infancia con naturalidad y cariño, aunque hay momentos en los que la tristeza reaparece como una sombra oscura que cubre su mirada y su cuerpo parece encogerse entre mis brazos.

No me pregunta por mí, ni por mis padres o mi familia, y algo me dice que no es por falta de curiosidad. No puedo evitar pensar si es porque Raylee le ha contado algo de lo que sabe a través de Blake. Pero, sinceramente, la mierda que hay en mi pasado no es algo de lo que tenga ganas de hablar a pesar de que me encuentro deseando que Tara deje de pensar en mí solo como el hermano capullo del novio de su mejor amiga. No creo que ponerla al tanto del matrimonio disfuncional de mis padres vaya a ayudar con eso. Ni tampoco todo lo demás.

—¿Tienes frío? —pregunto al percibir que vuelve a estremecerse, y me doy cuenta de que nos hemos puesto muy serios y mi intención, al secuestrarla, no era esa ni de lejos—. Porque conozco maneras muy efectivas de hacerte entrar en calor.

Deslizo una mano más allá del límite que me he marcado hasta este momento y alcanzo la parte alta de su muslo, mientras dejo caer la otra en su cintura y la atraigo aún más hacia mí.

—Travis —me advierte, pero hay un tono juguetón en su voz. Así que muevo mis dedos más arriba, justo hasta el borde de sus bragas.

—Has dejado de llamarme capullo.

—No te hagas ilusiones. Solo ha sido un lapsus temporal.

Cuelo la punta de los dedos bajo la tela, sin llegar en absoluto a las partes más interesantes; solo una tentativa, algo que la haga olvidarse de lo triste que parecía hace un momento. Acompaño la caricia con nuevos besos sobre su cuello, esta vez algo más duros y exigentes, y seguramente también más desesperados, lo cual no es buena idea porque mi polla comienza a endurecerse contra su culo y no estoy seguro de que sea un momento muy adecuado.

En vez de robarle sonrisas he conseguido todo lo contrario, y no es que no me muera por follarla como si fuera a acabarse el puto mundo, pero…, Dios, no lo sé. Estoy haciendo el gilipollas de nuevo.

Pero entonces Tara coloca la mano encima de la mía y sus caderas empujan hacia abajo con una especie de quejido necesitado.

—Travis —vuelve a llamarme y, joder, de inmediato decido que quiero oír mi nombre en sus labios, con ese tono, más veces. Muchas muchas veces.

Juntos, nuestros dedos se mueven; los suyos empujan un poco más y los míos se hunden a través de la húmeda suavidad de sus pliegues.

—Esto es lo que quieres, ¿verdad? —prácticamente le gruño, con dos dedos ya en su interior—. Siempre tan lista para mí y tan estrecha. Dios, nena… Eres una puta locura.

Me atraganto con mis propias palabras. Mi mente desconecta y es mi cuerpo el que toma el control. Tara no opone resistencia cuando aparto su mano y le separo las rodillas para tener mejor acceso con mis dedos. La lleno y la vacío con un ritmo muy lento. Acaricio su interior y, a ratos, la torturo con el pulgar presionando sobre el clítoris o rodeándolo en círculos pausados. Mi otra mano está ya bajo su blusa, apartándole el sujetador. Jugueteo con uno de sus pezones, para luego aflojar y rozar solamente la parte baja de su pecho, tan sensible.

Sus jadeos se entremezclan con el sonido del oleaje y Tara cierra los ojos, apoya la cabeza en mi pecho y arquea la espalda para hacer frente a la siguiente acometida de mis dedos, abandonándose por completo. Sin embargo, cuando gime mi nombre muy bajito, soy yo el que se siente abrumado.

Durante un breve instante estoy a punto de exigirle que me ruegue; que suplique para que la llene. En cambio, me muevo bajo ella para tumbarla sobre la manta y, sin detener las caricias, me coloco a su lado y me descubro suplicándoselo yo.

—Déjame estar dentro de ti, Tara.

Definitivamente soy un cabrón afortunado, porque ella me agarra de la camiseta para que acerque mi boca a la suya y, con una simple mirada, me acepta de nuevo en su interior.

Tara

Follar en una cama está sobrevalorado, aunque no estoy muy segura de que sea eso lo que estamos haciendo. Travis se mueve encima de mí a un ritmo sosegado que me está volviendo loca. Me ha desnudado con esa misma calma. La ropa ha ido cayendo a nuestro alrededor, prenda a prenda, acompañada de caricias de sus manos y su lengua mientras el sol va descendiendo hacia el horizonte con idéntica pereza.

Sus suaves envites, el choque de nuestros cuerpos, los gemidos que ambos dejamos escapar. Sin urgencia. Ajenos al tiempo y al hecho de que hay un mundo ahí fuera esperando a que regresemos a él. Pasadas largas de sus dedos sobre mi piel; roces húmedos de su lengua. Su mano deslizándose sobre mi cadera y mi muslo para colocar mi pierna alrededor de su cintura. Cada movimiento más vibrante que el anterior, más profundo. Enloquecedor. Con esos ojos turbios de deseo clavados en mi rostro en todo momento y la expresión de alguien que estuviera sintiendo algo demasiado intenso por primera vez en su vida.

La sensación de elevarse y caer, una y otra y otra vez. De encontrarse y perderse. De desear reír y llorar al mismo tiempo. De deshacerse y recomponerse bajo su cuerpo. De estar viva.

«Maldito seas, Travis Anderson».

Apoya las manos en la manta, junto a mis hombros, y se yergue sobre mí; su espalda ancha y los músculos de los brazos en tensión, y la tinta que se le arremolina sobre la piel, dorada y perlada de sudor. Me brinda una sonrisa sucia y provocadora mientras juguetea con el piercing de su lengua. Pasa un brazo bajo mi cintura y retrocede un poco más, llevándome con él, hasta que acaba sentado sobre sus piernas, y yo, a horcajadas en su regazo y con él aún en mi interior.

—Joder, Tara, eres preciosa —articula mientras la palma de su mano dibuja un tortuoso sendero alrededor de mi ombligo, asciende entre mis pechos y termina anclándose en mi nuca.

Se cierne sobre mi boca, sediento, y comienza a embestir de nuevo, esta vez con más urgencia. Mantiene mi espalda prácticamente en el aire, sujeta tan solo por el brazo que me rodea la cintura y el que sostiene mi cabeza, y empuja con fuerza con las caderas. Empuja. Y vuelve a empujar. Tan profundo dentro de mí que me siento morir, arrebatándome una cordura que de todas formas ni siquiera sé si quiero conservar.

—Travis, por favor… —suplico, incapaz de soportar por más tiempo la deliciosa tortura.

A sus labios aflora una nueva sonrisa y los ojos se le inundan de una emoción perversa.

—¿Más, Tara? ¿Quieres más? ¿Quieres correrte?

—Por favor —repito, porque a estas alturas no hay otra cosa que pueda decir.

Embiste y me pega a él para lamer mis labios. Su lengua se enreda en la mía y me tumba de nuevo sin separarse de mí. Sus envites se recrudecen. Me rompe por dentro y por fuera. Gimo y mis párpados caen. Yo grito. Él gruñe.

—Mírame, nena. Mírame —ruge mientras saquea mi cuerpo a un ritmo castigador—. Quiero que veas cómo te follo.

Apenas abro los ojos, él se hunde aún más profundamente y yo me pierdo en ese instante.

—Dámelo, preciosa. Déjame sentirte.

Vuelve a embestir. Y luego otra vez. Y otra. Y otra. Hasta que ya no puedo sentir otra cosa que no sea su deseo desgarrándome por dentro. Duro. Salvaje.

El placer explota a través de cada músculo, de cada rincón de mi cuerpo. Me sacude con tanta fuerza que se lleva todo el aire de mis pulmones y, cuando por fin puedo volver a respirar, lo que sale de mis labios no son más que jadeos ahogados. Las paredes de mi sexo pulsan a su alrededor en un interminable instante de placer agónico.

—Joder, Tara. Joder —gruñe Travis, sin apartar la mirada de mí. Sin máscara cubriéndole el rostro, sus emociones están por todos lados—. Dios…

Ciñe mis caderas con fuerza y sé que mañana luciré unas marcas que no dejarán que me olvide de nada de esto. Como si pudiera olvidarlo. Como si hubiera una maldita manera de desear olvidar siquiera.

Y él, tan desbordado como yo, se pierde dentro de mí una, dos y hasta tres veces más de forma errática y feroz. Hasta que alcanza su propio orgasmo hundido en lo más profundo de mi cuerpo y yo, desesperada, comprendo en un repentino momento de lucidez que ya…, que ya no sé cómo odiar a Travis Anderson.

Cuando regresamos al coche, poco después de contemplar una preciosa puesta de sol, estoy algo aturdida. No dejo de darle vueltas a lo sucedido. Aunque no hablamos demasiado una vez en camino, el ambiente en el estrecho espacio no resulta incómodo. Hay algo en el aire, algo intenso, pero no tengo ni idea de lo que es.

Las manos de Travis están sobre el volante, que agarra con una firmeza y seguridad envidiables. Le gusta conducir, eso está claro; sus ojos parecen fijos en la carretera y el tráfico propio de esta hora de la noche, y yo no puedo evitar mirarlo de vez en cuando, estudiar su perfil, la forma en la que a veces sus dedos recorren el cuero del volante y retoman luego su posición en la parte superior de este. Emana un aura de control demasiado atractiva para mi propio bien, aunque seguramente ya es tarde para pensar en eso.

Muy muy tarde.

—Te has equivocado de salida —le digo cuando me doy cuenta de que se ha desviado demasiado pronto.

Travis me echa una mirada rápida con el ceño ligeramente fruncido.

—Voy a llevarte a cenar —replica. No da más explicación que esa y tampoco es que me haya preguntado siquiera si me parece bien.

—A lo mejor ya tengo planes.

—¿Los tienes? —inquiere, lanzándome otro breve vistazo.

Ahora mismo no tengo ni idea de en qué punto estamos, tampoco de quién es el Travis con el que estoy hablando.

—Estoy llena de arena —señalo, ignorando su pregunta, y todo lo que recibo a cambio es una sonrisita cargada de malicia.

Sigo sorprendiéndome cada vez que lo veo sonreír, por muy débil o ligero que sea el gesto, y no tengo claro que él sea consciente de todo lo que podría conseguir con una sola de esas espléndidas sonrisas. De los corazones que podría destrozar a su paso.

Me lleva a un local cercano al muelle de Santa Mónica, no muy lejos del Hell & Heaven, nada ostentoso ni demasiado elaborado, pero con un menú de hamburguesas variado y delicioso. Para qué negarlo, estoy muerta de hambre. Así que trato de darle a Travis el beneficio de la duda y dejarme llevar, a pesar de que siento como si tuviera que mantenerme a la defensiva con respecto a él. Ni siquiera sé qué es lo que estamos haciendo ni lo que hay entre nosotros. Y, aunque normalmente, con otro tío cualquiera, no me preocuparía demasiado tener que ser yo la que saque el tema y aclararlo, tratándose de Travis todo resulta el doble de difícil.

Mientras comemos, su móvil vibra un par de veces más sobre la mesa y estoy bastante segura de que se trata de Parker en busca de una respuesta sobre su participación en una carrera. Él no le presta atención, pero me pregunto si de todas formas piensa tomar parte. Aunque tal vez no tenga nada que ver con eso y solo sea una chica reclamándole atención. Travis debe de tener un historial de conquistas tan largo, o más, que el de su hermano antes de que empezara a salir con Raylee.

El pensamiento me incomoda más de lo que estoy dispuesta a admitir.

—¿Vas a correr esta noche? —pregunto, porque de repente el tema parece mucho más seguro que interrogarlo acerca de lo que hay entre nosotros y de lo sucedido en la playa.

«No hay un nosotros», me reprendo, y mi conciencia se ríe de mí. Alto y claro.

Travis le da un mordisco a su hamburguesa y mastica con tranquilidad; sus ojos están sobre mí, pero me da la sensación de que su mente se encuentra muy lejos de este lugar.

—¿Por qué? ¿Quieres venir conmigo? —responde poco después, regresando de donde quiera que estuviera.

El móvil vibra una vez más, pero, de nuevo, Travis no muestra interés alguno en comprobar quién le está escribiendo. Se limita a observarme y de nuevo luce como el Travis de la boda, inexpresivo. Inaccesible. Rodeado de altas murallas y aislado.

—No, no quiero ir.

Siento deseos de reírme de mí misma. Ahora mismo no tengo ni idea de dónde está la Tara que siempre da la cara, que jamás se esconde. La que animó a Raylee a ir a por Blake y que no dudó en darle una patada en el culo al imbécil de Mark. Con Travis me da la sensación de estar atravesando un campo de minas; un mal paso y terminaré destrozada. Y no quiero pensar en lo que significa que sea así. No tengo ni idea de cómo he llegado a este punto con él.

Travis asiente. No da muestras de que mi respuesta le haya molestado, pero tampoco de que le parezca la adecuada. Es imposible saber en qué demonios está pensando. Y, sí, resulta muy frustrante.

—¿Tienes clase mañana a primera hora?

—A media mañana.

—Bien.

Arqueo las cejas, suspicaz. No sé si me gusta cómo ha sonado ese «bien». Pero entonces él extiende el brazo por encima de la mesa y frota mi sien con el pulgar. El verde de sus ojos reluce con un extraño brillo mientras me aparta un mechón de pelo y lo coloca detrás de mi oreja. Sus dedos se demoran unos segundos sobre mi piel.

—Sí que estás llena de arena —murmura con una pequeña sonrisa—. ¿Te parece bien pasar la noche en el piso de Blake? Está mucho más cerca y puedo acercarte a la universidad por la mañana si no te importa madrugar un poco más.

La palma de su mano está ahora extendida sobre mi cuello y las puntas de sus dedos se mueven a lo largo de mi nuca, arriba y abajo, en una caricia sin fin de la que no sé si él es consciente. Yo, desde luego, sí que lo soy. Demasiado consciente.

—Pensaba que ibas a correr. —Las carreras tienen lugar poco antes de la salida de sol, él mismo me lo que dijo y yo lo comprobé luego de primera mano.

—A lo mejor esta vez no quiero correr… A lo mejor quiero ir despacio. Muy muy despacio —añade, bajando la voz; sus dedos aún moviéndose sobre mi piel—. Tomarme mi tiempo.

Se lame el labio inferior y la bolita de metal de su lengua asoma fugaz entre sus dientes.

—Puedo regresar por la mañana —digo al fin, y hago un esfuerzo para encogerme de hombros, como si nada de lo que está haciendo me afectara en absoluto, lo cual no es más que una gran mentira.

—Bien —repite él, con idéntico desinterés, y luego retira la mano lentamente.

No sé por qué, pero algo me dice que acabo de pisar una mina; ahora ya solo me queda esperar a que estalle para descubrir cuántos pedazos de mí voy a tener que recoger.

Tara

—Te juro que no es lo que parece —suelto de forma atropelladamente.

Blake enarca una ceja y comprendo lo poco acertada que he estado. Es difícil que esto parezca otra cosa, teniendo en cuenta que Travis me tiene empotrada contra la puerta de entrada del apartamento, que yo estoy rodeándole las caderas con mis piernas y que los rítmicos movimientos sacudían la madera justo en el momento en el que Blake nos ha pillado. Ni siquiera sé cómo hemos terminado así.

Travis me ha traído a casa de Blake para pasar la noche. Apenas si hemos hablado más durante el trayecto ni después de dejar el coche en el aparcamiento; tampoco en el ascensor. Ha abierto la puerta del apartamento y yo he entrado primero, y de repente estaba con la espalda apretada contra ella... El resto ha sido todo dientes, manos y caricias frenéticas. Travis me ha levantado la falda y ha apartado mis bragas mientras yo le abría el pantalón. Unos segundos después ya tenía puesto un preservativo y me ha embestido de un solo golpe de cadera, y creo..., creo que he jadeado tan fuerte que debe de haberme escuchado hasta el conserje.

Blake y Travis intercambian una larga mirada mientras yo me aliso la falda. Estoy segura de que Raylee va a estar riéndose de mí una semana cuando se entere de esto. Yo también me reiría si no fuera porque es a mí a la que han pillado en plena faena.

—Hemos dado un paseo y se nos ha hecho algo tarde —interviene Travis, que gracias a Dios se ha cerrado la bragueta antes de darse la vuelta—. Siento no haberte avisado de que he invitado a Tara a quedarse a dormir.

No sé qué me sorprende más, que Travis le esté dando explicaciones a su hermano o el tono sereno y conciliador que está empleando para hacerlo.

Blake resopla con cierta resignación y se pasa la mano por la cara entre incómodo y aturdido. Supongo que descubrir a su hermano tirándose a la mejor amiga de su novia contra la puerta de entrada de su piso no es algo que esperara cuando se levantó esta mañana. A decir verdad, yo tampoco esperaba nada de lo que ha sucedido.

—No me importa que te quedes —dice Blake, dirigiéndose a mí—. Eres bienvenida aquí siempre, Tara, pero avisa a Raylee; te ha estado llamando toda la tarde.

Saco el móvil de mi bolso para comprobarlo y descubro que tengo varias llamadas de mi amiga, así como unos cuantos mensajes preguntándome si me gustó mi regalo. Le respondo con rapidez solo para decirle que dormiré en casa de Blake y que se lo contaré todo mañana, aunque no tengo ni idea de lo que voy a decirle dado que hasta ahora le he ocultado lo que estaba pasando con Travis. Ni siquiera sé muy bien por qué lo he hecho; tal vez sea porque ni yo misma estoy segura de lo que hay entre Travis y yo.

«Oh, sí, sí que lo sabes», se ríe mi conciencia.

—¿Por qué no te das una ducha? —me sugiere Travis con la misma calma con la que se ha dirigido a su hermano momentos antes—. Coge algo de ropa de mi habitación si quieres.

Blake me mira con las cejas enarcadas y un montón de dudas reflejadas en el rostro. Creo que se muere de ganas de preguntarme si estamos saliendo o algo así. Habernos encontrado follando igual le ha dado un par de pistas al respecto, aunque tampoco es que eso signifique que hay algo serio entre nosotros.

No tengo una respuesta para él, así que murmuro un «buenas noches» y me pierdo por el pasillo que lleva a los dormitorios. Sin embargo, cuando alcanzo la puerta de la habitación de invitados, justo frente a la de Travis, me detengo. ¿Se supone que vamos a dormir juntos?

Me mordisqueo el labio, inquieta, y me entran ganas de reírme de mí misma. No recuerdo la última vez que un tío consiguió hacerme sentir así. ¿En el instituto tal vez?

¿Qué demonios me está haciendo Travis? ¿Por qué de repente no tengo ni idea de cómo comportarme? ¿Y a qué vienen ese puñado de mariposas estúpidas que no dejan de aletear frenéticas en mi estómago? Hasta ahora, no me he dado cuenta de que, de forma inconsciente, tras nuestro encuentro en la playa, esperaba que Travis volviera a salir corriendo. Y en vez de eso me ha llevado a cenar y vamos a pasar la noche juntos, aunque solo sea por comodidad.

Me repito que esto no va a ir más allá de unos cuantos revolcones, pero tengo la sensación aterradora de que Travis se está colando poco a poco bajo mi piel y de que, cuando quiera darme cuenta, ya será demasiado tarde para simplemente dar media vuelta y alejarme de él.

No sé cuánto tiempo paso haciéndome preguntas en mitad del pasillo, pero de repente unas manos se deslizan con suavidad por mi cintura y me veo rodeada por ese aroma delicioso y reconfortante que empiezo a conocer tan bien. Travis apoya la barbilla en mi hombro y su mejilla roza la mía.

—Tara —susurra, llevando su boca hasta mi oído, y de nuevo pronuncia mi nombre de esa manera tan particular que hace que se me erice la piel.

—¿Sí? —Me aclaro la garganta y trato de parecer más segura de mí misma—. ¿Sí?

Sus labios se curvan contra mi cuello.

—¿Vas a ducharte?

—Sí —repito. Parece que he perdido toda mi locuacidad habitual.

—¿Necesitas ayuda? —dice tras un momento, y soy muy consciente de que hay un matiz arrogante en su voz, como si fuera perfectamente consciente de lo mucho que me afecta su tacto, su olor. Todo él.

Maldito Travis Anderson.

Lucho por rehacerme y me convenzo de que yo también soy capaz de jugar a este juego.

—¿Te estás ofreciendo? —canturreo, riendo.

Travis no contesta, sino que me obliga a avanzar hasta la puerta del fondo sin despegar el pecho de mi espalda. Me mete en el baño y cierra la puerta detrás de nosotros. Sin decir una palabra, abre el grifo del agua caliente y luego comienza a desnudarme con lentitud. Sus manos se mueven por mi cuerpo y las prendas caen poco a poco a nuestros pies. Cada roce de sus dedos envía una descarga a lo largo de mi columna vertebral y, esta vez, no hay urgencia ni desesperación en sus gestos, solo una calma agradable que me hace pensar en lo mucho que parece estar disfrutando.

Cuando ya no hay nada que me cubra, se deshace de su propia ropa y, llevándome de la mano, me arrastra hasta el interior de la ducha. No puedo evitar contemplar lo magnífico que es; la piel de su espalda, tensa sobre sus músculos, la curva de sus glúteos duros y bien formados. Mechones de pelo rubio desordenados y la arena salpicando aquí y allá sobre su cuerpo, señal de lo sucedido entre nosotros horas antes. Es terriblemente sexy, más incluso de lo que creía que era. O tal vez sea que empiezo a sentir algo más que una atracción desenfrenada; que todo ese odio que albergaba por él está cambiando y convirtiéndose en otra cosa.

«Ay, madre».

Travis no me mira a los ojos mientras me empuja bajo el chorro de agua, tampoco habla en absoluto, y la atmósfera se carga de una extraña intensidad. No puedo evitar recordar a Blake advirtiéndome sobre lo intenso que puede llegar a ser Travis, y me pregunto si normalmente mantiene esa máscara inexpresiva sobre su rostro para no mostrarle a los demás lo mucho que parece sentir en determinados momentos; tal vez sea de la clase de personas que no se permite alterarse por nada por miedo a lo mucho que pueda verse afectado. Quizá no le guste mostrarse vulnerable.

Exhalo un pequeño gemido de satisfacción en cuanto el agua caliente cae sobre mis hombros y otro un poco más sonoro al percibir el modo en el que Travis apoya su pecho en mi espalda y enlaza los brazos en torno a mi cintura, pegando todo su cuerpo al mío. No hace nada por esconder la magnífica erección que aprieta contra mi trasero.

—¿No te cansas nunca? —trato de bromear, pero la voz me sale en un susurro quedo que se vuelve incluso tímido.

Ladeo la cabeza para observarlo y él desliza los labios por el lateral de mi cuello. El agua cae sobre su pelo y su rostro, haciéndole cerrar los ojos, pero no aparta la boca de mi piel.

—Parece ser que no. No de ti.

Mueve las manos hasta mis caderas y sus dedos se clavan durante un segundo en mi carne. Permanezco en silencio a la espera de su próximo movimiento mientras intento descifrar exactamente el sentido de sus palabras. Estoy bastante segura de que yo no me he cansado de él aún y no sé si llegaré a hacerlo, porque, a pesar de nuestros continuos encontronazos, me muero por encajar las piezas del puzle que componen su personalidad.

—Vamos a quitarte toda esa arena, preciosa —dice entonces.

Me suelta solo para tomar una de las botellas del estante y, sin separarse apenas de mí, procede a enjabonarme con la misma delicadeza con la que me ha desvestido; primero el cuerpo y a continuación el pelo. Emplea una gentileza que no deja de sorprenderme. Al parecer, Travis Anderson puede ser una especie de sedienta bestia sexual y, a la vez, comportarse como un caballero. Y ese pensamiento solo consigue volverme aún más loca.

Apoyo la cabeza en su hombro y cierro los ojos. A pesar del vapor y de lo caliente que está el agua, la sensación de sus dedos hundidos en mi melena, masajeándola para conseguir espuma, me eriza la piel y convierte ese instante en algo mucho más íntimo y personal que todo lo que hemos hecho hasta el momento.

Está claro que Travis tiene más de una cara y empiezo a comprender que la que estoy viendo ahora no es una que suela mostrar a nadie.

—Eres una caja de sorpresas, Anderson —le digo mientras él se afana en aclarar el jabón de mi pelo.

No puedo evitar sonreír, y es probable que sea la sonrisa más sincera que le he brindado desde que nos conocemos. De repente parecemos compartir una complicidad que no se parece a nada que haya experimentado con ningún otro tío hasta ahora.

—¿En el buen o en el mal sentido? —replica, burlón, aunque en cierta forma suena también… desamparado. Ahora mismo, no queda nada en él de ese Travis al que el mundo entero parece no importarle en absoluto.

Aparta mi melena húmeda a un lado para dejar al descubierto mi nuca. Lame las gotas de agua que cubren la zona y luego la besa con mimo mientras espera mi respuesta.

—No lo tengo decidido aún.

—Ah, ¿no? Ya veo —replica con los labios sobre mi piel—. Entonces supongo que tendré que esforzarme más para convencerte.

—¿De qué? ¿Del sentido en el que me lo dices?

Sus manos regresan a mis caderas y me hace girar. Ambos estamos bajo el chorro de agua ahora y es difícil mantener los ojos abiertos, pero no se me ocurre cerrarlos ni por un momento. Y, aunque sigo sin ser capaz de imaginar qué se le pasa por la cabeza, soy muy consciente de la cantidad de emociones que se agolpan en su mirada. También él me observa como si tratara de echar un vistazo más allá de mis muros, porque, a decir verdad, Travis no es el único que ha levantado barreras para mantenerme alejada; todos tememos que nos hagan daño, y de algún modo sé que él podría hacérmelo.

—En el peor de los sentidos —responde, y se inclina y me da otro de esos besos suaves que me dejan con ganas de más—. Siempre en el peor.

A lo mejor es una advertencia. Quizá está tratando de avisarme precisamente de que lo que sea que haya entre nosotros no puede salir bien de ninguna de las maneras, pero, cualquiera que sea el sentido que quiere darle a sus palabras, me olvido de todo cuando vuelve a besarme. En esta ocasión, no hay nada tentativo ni sutil en su toque. Es demandante. Exigente. Feroz. Tanto que resulta imposible no rendirse al maldito Travis Anderson.

Al retirarse, ambos estamos sin apenas aliento y él sonríe con tanta arrogancia que me dan ganas de abofetearlo y también de comérmelo a besos. No sé cuál de las dos opciones es más preocupante. Solo que no me da tiempo a decidirme antes de que empiece a moverse de nuevo. Desciende por mi cuerpo, su boca depositando un beso tras otro. Se detiene brevemente en mi pecho y me lame el pezón. El roce del metal de su lengua me hace sisear, algo que a él parece divertirle.

—Qué sensible —se burla, mirándome entre esas espesas pestañas del tono de la miel, pero luego baja la cabeza de nuevo.

Repasa la curva inferior de mi pecho con la punta de la nariz y, acto seguido, me da un pequeño mordisco. Succiona con fuerza y luego vuelve a lamerme, suavizando el ligero escozor que él mismo ha provocado.

—Travis —reclamo, aunque no sé si para pedirle que se detenga o que no lo haga en absoluto.

—No puedo mantener las manos apartadas de ti —murmura, muy bajito, y creo que ni siquiera está hablando conmigo en realidad.

Le enredo los dedos en el pelo, pero él prosigue descendiendo más y más abajo hasta quedar arrodillado frente a mí. Besa, lame y mordisquea de forma alternativa, y consigue que el deseo resurja con tanta fuerza como esta tarde en la playa.

Cuando sus labios alcanzan la parte baja de mi estómago, siento el suave roce de sus dedos entre los muslos. Dejo escapar otro siseo y él vuelve a levantar la mirada.

—¿Estás dolorida? Antes he sido un poco brusco… —titubea, pero otra sonrisa, de esas que antes solía vender tan caras pero que ahora parece no temer regalarme, le curva las comisuras—. Nena, sé exactamente lo que necesitas.

Y, sin darme opción a contestar siquiera, su boca ocupa el lugar de sus dedos entre mis muslos.

—Joder, Travis —maldigo con la primera pasada de su lengua.

Se toma su tiempo, mucho tiempo, para llevarme de vuelta al borde del precipicio. Es meticuloso y delicado, y hace toda clase de cosas deliciosas con el piercing de su lengua.

—Tan suave y húmeda. Exquisita —gime, y el tono grave de su voz consigue hacerme vibrar contra su lengua—. Toda para mí —añade con un gruñido, y de repente comprendo que no hay manera alguna de que pueda ser capaz de negarlo.

Las piernas comienzan a temblarme y me veo obligada a apoyar una mano en la pared para mantenerme en pie. Enredo la otra en los mechones sedosos de su pelo, cierro los ojos y me dejo llevar. No hay otra cosa que pueda hacer salvo sentirlo, no con Travis de rodillas a mis pies saboreándome, totalmente concentrado en mí y en mi placer.

—Travis. Oh, Dios. No puedo —balbuceo, sobrepasada, cuando presiona el punto exacto con su lengua y hunde dos dedos en mi interior.

Mis rodillas ceden, pero Travis se apresura a sostenerme.

—Te tengo. Dámelo, nena. Dámelo todo.

Y a pesar de que sé que probablemente es una idea terrible, y de que me repito una y otra vez que esto solo es pura lujuria, se lo doy.

Todo.

Absolutamente todo.

Travis

No puedo mantener las manos alejadas de Tara. Es un hecho. No puedo evitar provocarla, acariciarla, besarla. Como tampoco la avalancha de emociones que despierta en mí. La quiero cerca, en mi cama, debajo de mí. O encima. No importa. Contra la puerta o la pared, en el suelo. Diablos, la quiero de todas las formas posibles, incluso durmiendo y acurrucada contra mi cuerpo.

Cada vez que gime o susurra mi nombre entre dientes, algo se retuerce en mi pecho. Nunca me he permitido mantener a nadie demasiado cerca de mí... Demasiado dolor, demasiados sueños estúpidos que luego se convierten en pedazos rotos y heridas muy profundas. Tener unos padres que no son capaces de mirarse, que se han hecho todo el daño que han podido y han arrastrado a sus hijos durante el proceso, no es la única razón por la que hace ya tiempo que decidí no volver a preocuparme nunca por nadie. Ojalá solo se tratase de mis padres.

Ojalá.

Contemplo a Tara mientras duerme a mi lado. Después de conseguir que se corriera en la ducha, y luego volver a hacerlo en mi cama, sigo sin estar satisfecho, aunque no es que no haya sido placentero. Muy muy placentero, en realidad.

La cuestión es que no tengo ni idea de qué hacer conmigo mismo en este momento. No soy capaz de confiar en nadie, salvo en Blake, quizá, y ni siquiera él sabe en realidad por qué me comporto como lo hago; no creo que conozca todos los detalles, al menos, aunque nunca he tenido claro cuánto sabe de lo que pasó y lo que supuso para mí.

Durante un momento, en la playa, estuve a punto de contárselo a Tara. A pesar de las pullas y de nuestro constante tira y afloja, hubo un instante en el que deseé poder abrirme con ella. Y aún no puedo creer del todo que me sintiera así. ¿Para qué? ¿Para que me compadezca? Dios, no soportaría que me mirase con lástima; prefiero que me odie, el odio es más fácil de manejar que cualquier otro tipo de emoción.

«Solo estáis follando», me digo, porque eso es todo lo que pienso permitirme sentir. Sin embargo, antes de deslizarme fuera de la cama en busca de un poco de distancia, no puedo evitar trazar el contorno de su rostro con la punta de los dedos. Cubro su cuerpo desnudo con la sábana y, tras un último vistazo, salgo de la habitación. Cierro la puerta tras de mí y me apoyo en ella. Durante unos pocos segundos entorno los ojos, me concentro en respirar y en devolver a su sitio tanto mis propias emociones como la máscara tras la cual las escondo habitualmente.

Cuando me aseguro de que vuelvo a ser dueño de mí mismo, me dirijo hacia la cocina. Cojo una botella de agua del frigorífico y me bebo la mitad de un tirón.

—¿Qué demonios estás haciendo, Travis?

Doy media vuelta y me encuentro a Blake en el umbral que comunica la estancia con el salón. Ni siquiera lo he oído llegar.

—Tenía sed —le digo, aunque sé que no se refiere a eso.

—Con Tara. ¿A qué estás jugando con ella?

—No estoy jugando, y creo que ambos somos mayorcitos para necesitar de tu supervisión.

Apoya el hombro contra el marco de la puerta y se cruza de brazos. Está claro que se avecina un sermón y no estoy seguro de que vaya a ser capaz de soportarlo; no estoy de humor. Apenas si puedo mantener mis emociones bajo control ahora mismo.

—Tara es la mejor amiga de Raylee y es una buena chica, me preocupo por ella. Además, tú no te has interesado por nadie desde…

—No tienes ni puta idea, Blake, así que no sigas por ahí.

Mi hermano resopla. Parece estar armándose de paciencia, pero nadie le ha pedido que meta las narices en mis asuntos.

—También me preocupo por ti.

Pese a todo, parece sincero, y eso hace que me duela un poco más, porque seguramente se preocupa por los motivos equivocados, al menos en lo que a mí respecta.

—Sigues sin tener ni puta idea, pero no tienes de qué preocuparte. Estoy bien y Tara también va a estar bien. Solo nos estamos divirtiendo —afirmo, y puede que esté tratando de convencerme más a mí mismo que a él.

—Aquello… no acabó precisamente bien.

Dejo escapar una carcajada, aunque no hay humor alguno en ella.

—No, no lo hizo, pero…

—¿Pero? —me anima. Al ver que no continúo hablando, descruza los brazos y se acerca hasta donde estoy—. Pero ¿qué, Travis? ¡Habla conmigo, joder! Nunca has querido explicarme de verdad lo que pasó. Tú solo… te pusiste como loco con ella y no la dejabas ni a sol ni a sombra…

—Para —lo corto con un gruñido. No hay manera de que quiera recordar nada de aquello. De lo que pasó, de lo que pudo haber sido y no fue—. No voy a hablar de eso contigo.

Blake alza los brazos, evidenciando su frustración. Se pasa la mano por la cara y vuelve a resoplar.

—¡Ni conmigo ni con nadie! ¡Ese es el puto problema! ¡Que nunca has querido hablar con nadie y no dejas que la gente se te acerque, maldita sea! —Durante un momento me da por pensar que va a dar media vuelta y largarse, pero entonces retoma su discurso—: Y sigues metiéndote en líos, ¿crees que no lo sé? ¿De verdad piensas que soy tan estúpido como para no saber de dónde veníais Tara y tú aquella mañana de hace un par de semanas? ¡La llevaste contigo, joder! La estás poniendo en peligro solo porque no eres capaz de dejar de correr —sentencia, acusador, y sé que con «correr» no solo se está refiriendo a mi participación en competiciones ilegales.

Aprieto los dientes, furioso, a pesar de que una parte de mí es consciente de que tiene razón.

—No estoy corriendo.

—Sí, sí que lo estás haciendo. No haces más que escapar, y ni siquiera eres lo suficientemente valiente como para permitir que alguien te acompañe.

—¿En qué quedamos? ¿Prefieres que lleve a Tara conmigo o que no lo haga? —replico, en un intento de burla, pero Blake no está dispuesto a dejarlo pasar.

—No me vaciles, Travis. No te atrevas a tratarme como a un imbécil. —Hace una pausa y, cuando vuelve a hablar, su tono es mucho más conciliador—. No quiero que vuelvas a participar en ninguna carrera, pero, si lo haces, llévate a Tara contigo, por favor.

Me pilla tan desprevenido que tengo que esforzarme para que la sorpresa no se refleje en mi rostro.

—¿Por qué querrías que hiciera eso?

—Porque a lo mejor así te das cuenta de una puta vez de que no tienes que estar solo.

No dice una palabra más, ni siquiera espera una respuesta. Se da media vuelta y sale de la cocina de inmediato, casi como si no soportara seguir hablando conmigo. Como si, pese a todo, él también estuviera sufriendo.

—Ey, rubia, despierta.

Ni siquiera ha amanecido y es probable que Tara me odie un poco más por sacarla de la cama tan temprano, pero no he podido volver a dormirme después de la charla con Blake. Estoy inquieto, demasiado nervioso para conciliar el sueño a pesar de que tener a Tara tumbada en mi cama es un gran aliciente.

—Vamos, tenemos que irnos —insisto, inclinado sobre ella, mientras dejo que mis dedos se deslicen por la curva de su cadera.

—Déjame en paz, Travis —farfulla, aún medio dormida.

Acuno uno de sus pechos con la mano y froto despacio el pezón. Tara gime y arquea la espalda, y su culo acaba apretado contra mi entrepierna de tal modo que mi polla empieza a endurecerse. Esta chica tiene un don para ponerme cachondo, pero me obligo a no ceder al impulso de tumbarla de espaldas y acomodarme entre sus muslos para una nueva ronda.

—Deja de provocarme y saca ese precioso culito de la cama. Ahora.

—Vete a la mierda.

Con un gruñido muy poco femenino, tira de la almohada y se tapa la cara con ella, lo cual solo consigue hacerme sonreír.

—Hay café preparado. —Lanzo la sábana por el borde del colchón y la almohada se va tras ella. En cuanto mis ojos se posan sobre su cuerpo desnudo, soy yo el que está gruñendo—. Mierda, nena. O te levantas ahora mismo y te pones algo de ropa, o te juro que voy a follarte tan duro que vas a estar sintiéndome durante una puta semana.

Genial, ahora ya estoy duro del todo.

El cambio en mi tono, y supongo que también la amenaza, consigue que abra los ojos por fin. Al principio me mira muy seria, pero luego sus comisuras se curvan ligeramente. Es preciosa incluso con el pelo hecho un lío y expresión somnolienta, y juro que esa sonrisa va a ser mi muerte algún día.

—No hagas promesas que no puedes cumplir, Anderson —replica, con la voz aún tomada por el sueño.

Acto seguido, suelta una carcajada y me da un empujón, pero no hay manera de que me mueva. Clavo los dedos en su cadera y la pego aún más a mí. Es una pena que ya esté vestido, porque me encantaría empezar a frotarme contra ella como un perro en celo. Al parecer, eso es lo que soy últimamente cuando Tara está cerca.

Sin embargo, ella ignora mis caricias y extiende la mano para coger el móvil de la mesilla.

—¡Por Dios, Trav, son las cinco y media de la mañana! —Tara es muy lista, así que no me extraña demasiado cuando, tras un breve instante, añade—: Vas a correr.

—Algo así —repongo de forma distraída, porque ahora estoy demasiado concentrado en la sensación exquisita de su piel bajo mis manos.

Tiro de ella y la coloco encima de mí, y la presión de su cuerpo sobre el mío es… una puta delicia. Para evitar distraerme aún más y que acabemos de nuevo enredados, me obligo a llevar mis manos hasta su cara.

—Venga, sal de la cama.

Me cuesta otros cinco minutos convencerla, tiempo que no dudo en aprovechar también para torturarla, y torturarme, besándola. Le concedo un momento para una ducha rápida y hago mi mejor esfuerzo para no desvestirme y meterme en el baño con ella, porque está claro que eso no va a ayudar en nada a que lleguemos a tiempo. Tras un café rápido y la promesa de invitarla a desayunar más tarde, consigo por fin sacarla del apartamento. Me alegra que Blake haya regresado al piso superior y aún siga durmiendo; no sé si estoy preparado para otro encontronazo con mi hermano.

—Te dije que no quería acompañarte a ninguna otra carrera —me recuerda Tara una vez que estamos ya en el ascensor.

Yo me limito a sonreír. Ni siquiera sé muy bien de dónde viene mi buen humor teniendo en cuenta la bronca con Blake y mis dudas sobre mi relación con Tara, pero por primera vez en mucho tiempo siento una extraña ilusión a la que no atino a ponerle nombre, e incluso me encuentro anhelando mostrarle a alguien —a Tara— aspectos de mi vida que hasta entonces no he compartido con nadie más, y ahora no me estoy refiriendo al hecho de que me dedique a participar en carreras ilegales.

—El garaje está por ahí —dice Tara, poniendo los ojos en blanco, cuando salimos a la calle y la dirijo en dirección contraria.

—Sé que piensas que soy un gilipollas, pero no lo soy tanto como para no saber dónde aparco el coche.

—Entonces, admites que sí lo eres al menos un poco —se burla con esa mordacidad que me vuelve loco, aunque me deja llevarla calle abajo.

Parece realmente encantada riéndose de mí. Hasta que me detengo, suelto su mano y se da cuenta de lo que hay justo frente a nosotros. Sus cejas salen disparadas hacia arriba de una forma cómica, y puede que disfrute de más cuando percibo el modo en el que me mira cuando mis dedos recorren las curvas de una de mis más preciosas posesiones junto con mi coche.

Aferro su cintura y, de un tirón, la atraigo contra mi pecho.

—Tara —susurro en su oído, y puedo percibir cómo se estremece cuando pronuncio su nombre—, ahora vas a comprobar lo bien que se me da montar.

Tara

—Ni de coña.

Travis se limita a brindarme una media sonrisa sexy como el maldito infierno. No puedo creer que me afecte tanto ver sonreír a alguien, pero supongo que el modo en el que se le iluminan esos preciosos ojos y cómo se transforma su expresión lo convierte todo en algo más que una simple sonrisa. No sé en qué momento de esta locura he empezado a desear con tanta fuerza ver sus labios curvarse.

—No querías acompañarme a la carrera. Bueno, pues no voy a ir —replica, con evidente diversión—, pero vas a montar conmigo en esta maravilla.

Le da una palmada a la moto, preciosa y potencialmente mortal.

Ni siquiera sabía que tuviera moto.

—Estás loco, Anderson.

—Puede —dice, acercándose a mí con ese andar decidido que solo lo hace parecer aún más atractivo.

Su actitud juguetona me descoloca casi tanto como lo demás, y me obligo a recordar que esto es solo eso, un juego. Sin embargo, no puedo evitar plantearme qué otras sorpresas esconde Travis Anderson y cuánto estoy dispuesta a arriesgar para descubrirlas.

—Ni siquiera tenemos cascos —señalo, solo por oponer un poco de resistencia.

La verdad es que me muero de ganas de subirme a la moto. Es preciosa: deportiva, negra y con cromados en plata que relucen bajo la luz de las farolas; sabiendo lo que sé de Travis, es probable que esté modificada y que alcance una velocidad infernal.

—No pienso arriesgar esa cabecita tuya. Tengo dos cascos en el maletero del coche, pasaremos a buscarlos. Vamos —ronronea en mi oído—, lo estás deseando. Por favor...

Ver a Travis suplicando es algo nuevo y demasiado tentador. Se me escapa una carcajada al comprobar que incluso amaga un puchero. Resulta adorable, y ese es un adjetivo que jamás pensé que fuera a emplear para referirme a él.

—¿Quién eres tú y qué has hecho con Gilipollas Anderson?

—¿Qué pasa? Ya te he dicho que puedo ser amable y pedir las cosas por favor cuando quiero.

Arqueo las cejas.

—La cuestión es que no sueles querer.

Pone los ojos en blanco. Rodea la moto y se sube a ella con la elegancia y destreza del que lo ha hecho cientos de veces, y tengo que decir que disfruto demasiado con la imagen de él pasando la pierna por encima del chasis, sujetando con ambas manos el manillar y acomodando su espectacular trasero en el asiento.

Me lanza una mirada desafiante, esperando, mientras juguetea con el piercing de su lengua. Este tipo es pura lujuria y yo no soy lo bastante fuerte como para resistirme, eso está claro.

—¿Y bien? ¿Vas a montar conmigo, preciosa? —Ahogo un gemido. ¿Por qué demonios todo lo que dice suena tan sucio?—. Prometo que me comportaré.

Si hay algo que tengo claro es que a Travis le encanta la velocidad; no soy tan ingenua como para creer que va a darme un paseo tranquilo y, desde luego, dudo que sepa cómo portarse bien.

—Además —añade—, es la única manera de que te lleve de vuelta al campus. Hoy no me apetece coger el coche.

—Eres un cabrón.

El insulto pierde fuerza cuando me doy cuenta de que le estoy sonriendo. Ahora soy yo la que pone los ojos en blanco. A regañadientes, tomo la mano que me ofrece y me subo tras él. No me suelta cuando ya estoy sentada, sino que arrastra mi mano por su costado y se la coloca sobre el abdomen. La tela fina de la camiseta que lo cubre no es impedimento para que perciba sus músculos firmes bajo mis dedos. Músculos duros y deliciosos. Un verdadero pecado.

—Vas a tener que abrazarme.

—Podrías fingir al menos que no estás disfrutando con esto.

—Pero es que lo estoy disfrutando, Tara. Mucho. Pégate a mí —exige a continuación—, y no te sueltes pase lo que pase.

Ese «pase lo que pase» no ha sonado demasiado bien, pero al infierno con la sensatez. Empiezo a darme cuenta de que la cautela no sirve de nada cuando se trata de Travis. Es inútil intentarlo siquiera.

Pone el motor en marcha y enseguida me veo empujada hacia atrás, lo que me obliga a apretar el pecho contra su espalda y aferrarme a él como si me fuera la vida en ello; probablemente, así sea. Aunque, para qué negarlo, yo también estoy disfrutando más de la cuenta.

Pasamos por el garaje para recoger los cascos. Travis me entrega uno que, en apariencia, es completamente nuevo. No voy a hacerme ilusiones, no creo que lo haya comprado para mí, pero lo cierto es que tampoco creo que Travis invite a mucha gente a dar una vuelta con él, y que lo haya hecho conmigo me hace sentir un cosquilleo agradable en el estómago. Agradable y absurdo.

Cuando ya estamos listos para ponernos en marcha, se levanta la visera del casco y me mira por encima del hombro.

—¿Exactamente a qué hora has de estar en el campus? ¿Tienes tiempo para una… visita y un desayuno?

—¿Qué tipo de visita?

Él se limita a sonreír, algo que a estas alturas no sé si debería hacerme sentir tan bien. Pero el cosquilleo en mi estómago parece haberse instalado de forma permanente y, si soy sincera conmigo misma, ya no tengo fuerzas para resistirme.

—¿Tienes tiempo? —insiste, sin desvelar nada de lo que ha planeado.

Todavía queda un rato para que amanezca, pero a punto estoy de comentarle que no creo probable llegar a tiempo a mi primera clase si nos entretenemos demasiado; sin embargo, el matiz esperanzado de su voz y la luz brillante que desprenden sus ojos consiguen convencerme para decir justo lo contrario.

—Tengo margen de sobra.

Parece tan feliz, tan resuelto y vibrante que no quiero ser yo quien lo haga cambiar de actitud. Es raro verlo tan lejos de su inexpresividad habitual; no puedo negar lo atractivo que eso me resulta.

—Bien, rubia. Muy bien.

Salimos del garaje apenas unos segundos después y recorremos las calles de Los Ángeles. El cielo está completamente despejado y la temperatura es alta, por lo que llevar puesta la misma ropa que ayer —una falda ahora bastante arrugada— resultaría una buena idea si no fuera porque tengo que hacer malabarismos para no enseñar las bragas.

Los dedos diestros de Travis me acarician la rodilla con suavidad cada vez que se ve obligado a pararse en un semáforo o por cuestiones del tráfico, y cada toque envía una pequeña descarga desde mi pierna a todo mi cuerpo. Ni siquiera sé si él se da cuenta de lo que hace, de cómo busca mi piel de tanto en tanto, ni de lo tiernos que resultan sus roces descuidados.

Tampoco yo quiero pensar en por qué me gusta tanto que no pueda mantener las manos alejadas de mí y el modo en que ese detalle pone una sonrisa en mis labios.

Tras un buen rato de trayecto, terminamos en el barrio de Mid-Wilshire; en realidad, no muy lejos del campus de la UCLA. Cuando Travis detiene por fin la moto, no puedo más que admirar el edificio que hay frente a nosotros. A pasar de ser lo más original que he visto en mucho tiempo, y de la cercanía a la universidad, no había estado aquí nunca. Una especie de enormes cintas de acero retorcidas recubren toda la estructura de color rojo de la construcción.

—¿Qué es este sitio?

—El Museo del Automóvil Petersen —contesta él al tiempo que se deshace de su casco y yo me bajo de la moto sin apartar la vista del edificio—. A esta hora aún está cerrado, pero podríamos ir a desayunar mientras esperamos que abra.

Me vuelvo para mirar a Travis. No puedo decir que me sorprenda que me haya traído a un lugar relacionado con el mundo del motor, pero tiene que haber una razón en concreto por la que estamos aquí. Quiero preguntarle, de verdad que quiero; no obstante, termino reprimiendo mi curiosidad porque creo que acabará contándome de qué va todo esto cuando esté preparado para hacerlo.

—Unas tortitas estarían bien.

Me guiña un ojo ante la sugerencia, y luce tan relajado que cada vez se me hace más difícil no saltar sobre él y dejarme atrapar de nuevo por el sabor de sus besos. Está claro que el Travis real, ese que se esconde tras su perfecta e impasible máscara, es mucho más interesante que el gruñón que vive en lo alto de una torre y se mantiene apartado del resto del mundo.

Me agarra de la mano y atravesamos el aparcamiento juntos. Tardamos un poco en encontrar una cafetería que sirva tortitas. Parece que Travis se ha tomado al pie de la letra mi necesidad de ellas, porque ha desechado otros dos establecimientos antes de entrar en el tercero. Una vez sentados y tras pedir la comida, me doy cuenta de que se muestra ligeramente ansioso.

Algo me dice que estoy a punto de descubrir por qué me ha traído aquí.

—He visitado este museo una y otra vez durante años —comienza a explicarme mientras juguetea con los cubiertos de forma distraída; sus ojos lejos de mi mirada—. A veces incluso me largaba del instituto a media mañana para echar un vistazo a los coches de la exposición. Admiraba las líneas elegantes y clásicas de algunos, la complejidad moderna de otros... Podía pasar horas ahí dentro desgranando cada detalle. Supongo que era mejor que regresar a casa.

Su voz disminuye de volumen conforme la explicación avanza, incluso cuando su atención no está puesta en mí. Más bien parece encontrarse en otro lugar, muy lejos, tal vez evocando los recuerdos de esa parte de su vida. Yo me mantengo en silencio y le doy tiempo para continuar, sin presiones ni ninguna pregunta que lo haga retroceder y volver a encerrarse tras sus muros.

Poco después, cuando el camarero nos ha servido ya dos platos con sendas pilas de tortitas, por fin parece dispuesto a continuar.

—Mis padres nunca pasaban demasiado tiempo en casa, aunque tal vez eso fue una bendición después de todo. —Es triste que piense así, pero tampoco entonces digo nada—. Durante años nos emplearon a Blake y a mí como armas arrojadizas con las que hacerse daño mutuamente. Por eso siempre trataba de no estar en la mansión, a pesar de que contara con espacio suficiente como para no tener que encontrármelos si no quería. Pero al final siempre tenía que volver...

—Lo siento, Travis —le digo, porque no sé qué otra cosa decir.

Mi familia no se parece en nada a la suya. Nosotros vivíamos en una casita minúscula y teníamos lo justo para llegar a fin de mes, pero entre mis padres sobraba cariño y eso también se extendía a mi hermano y a mí. No puedo imaginar lo que debe de ser tener a tus dos padres pero no poder contar con ellos para nada. Supongo que el mundo está lleno de injusticias de ese tipo. Travis debería haberlo tenido todo y, sin embargo, no tuvo nada.

Él agita la cabeza. Ya no sonríe y su expresión está otra vez en blanco.

—Tranquila, hace mucho que asumí que esa casa nunca ha sido un hogar para mí. Hay un montón de... mierda tras esos muros de apariencia tan elegante. Por suerte, poco después de irme a la universidad, conseguí dinero suficiente para independizarme y no tener que rendirles cuentas.

Ah, ahí está...

—Las carreras —señalo, y él asiente.

—Se me da bien la velocidad —bromea ahora, aunque hay un destello de tristeza en sus ojos que desaparece casi tan rápido como ha aparecido—. Conocí a Parker y me habló de ellas. Aunque antes te dije que no corría por dinero, no es del todo cierto. Al principio ese era mi único objetivo: ganar pasta de forma rápida y fácil. Te sorprendería cuántos universitarios están dispuestos a rascarse el bolsillo solo para demostrar que la tienen más larga que ningún otro tío.

No puedo evitar reírme. Sí, sí que puedo imaginarlo; conozco a esa clase de tipos, hay un montón en el campus.

—¿También tú te incluyes en esa categoría? —me burlo, quizá buscando que pierda algo del tono melancólico que envuelve sus palabras.

—Rubia... Yo sé lo larga que la tengo.

Le doy una patada por debajo de la mesa y él también se echa a reír. Misión cumplida, supongo, aunque me pregunto desde cuándo es tan importante para mí hacer reír a Travis Anderson.

Cuando las risas cesan, corta un trozo de tortita y se lo mete en la boca mientras se encoge de hombros.

—En cuestión de unos pocos meses tenía dinero suficiente para pagarme mis estudios y no tener que depender de mis padres para ello.

Eso es mucho dinero. Yo mejor que nadie sé lo mucho que cuesta estudiar en la UCLA; tengo un montón de préstamos universitarios que dan buena fe de ello.

—Pero sigues corriendo a pesar de que ya estás trabajando.

—Supongo que hay algo adictivo en la velocidad y en esa forma de estar siempre a décimas de segundo de tomar una mala decisión y estamparte en una curva. Además, correr no es lo único potencialmente peligroso a lo que me resulta difícil renunciar...

Por el modo en que lo dice y la mirada que me lanza desde el otro lado de la mesa, no estoy segura de que sigamos hablando de carreras. ¿Se refiere a mí? No hay duda de que yo podría considerarlo a él extremadamente peligroso; lo es, eso lo tengo claro. A lo mejor él también es consciente de lo explosivo que resulta lo nuestro. A ratos solo quiero sacarle los ojos y en otros lo devoraría entero. La idea de que sea igual para Travis...

Un suspiro me devuelve a la conversación, y cuando miro a Travis lo encuentro observándome con la cabeza ladeada y esos ojos que parecen ver mucho más de lo que hay a simple vista clavados en mi rostro. Juguetea con el piercing de su lengua con un descaro que deja entrever la clase de pensamientos que están pasándole por la mente, y a mí se me calientan las mejillas como si fuera una quinceañera a la que el chico que le gusta mira por primera vez.

Decir que lo mío con Travis está descontrolado se queda muy corto, y no tengo ni idea de qué hacer con el agradable calor que se extiende por mi pecho mientras él continúa observándome en silencio.

Me aclaro la garganta para recuperar la voz antes de hablar de nuevo.

—¿Puedo hacerte una pregunta? —Travis frunce ligeramente en ceño, pero termina asintiendo—. No te gusta demasiado la gente, ¿verdad?

Quizá esté metiendo la pata. Después de lo que me ha contado sobre sus padres, no me extraña que quiera mantener alejado a todo el mundo. Si las personas que deberían cuidarte y darte amor y cariño no solo se han desentendido de ti, sino que te han utilizado para sus propias batallas personales, tiene que costar muchísimo confiar en que cualquier extraño no haga lo mismo.

Pero no puedo evitar preguntar. Hay una pieza que no termina de encajar del todo en la visión que Travis ofrece a los demás. También Blake pasó por lo mismo y no se ha aislado como él, aunque es obvio que cada uno podría haber elegido una forma diferente de hacer frente a sus demonios.

Travis tarda tanto en contestar que no estoy segura de que vaya a hacerlo. Tal vez sí que he sobrepasado la débil muestra de confianza que me estaba ofreciendo.

—No me gusta el modo en el que muchas personas tienden a emplear las emociones de los demás contra ellos. Cómo se aprovechan de esos sentimientos para sus propios fines y cómo, cuando ya han logrado lo que querían, te desechan y te apartan a un lado sin que les importe lo más mínimo el desastre que dejan a su paso.

Siento el deseo de extender la mano y tomar la suya, pero algo me dice que ese gesto podría espantarlo de tal manera que terminaría por darme una patada en el culo y lanzarme al otro lado de sus barreras. Así que decido sonreírle sin artificios ni maldad, solo una leve sonrisa de aliento que no muestre compasión o tristeza por él.

—No todo el mundo quiere aprovecharse de ti, Travis Anderson. Algunos solos queremos cerrarte esa bocaza de idiota y demostrarte lo equivocado que puedes llegar a estar. Pero —añado con rapidez—, si te portas bien, consideraré cambiar tu apodo de Gilipollas Anderson de la lista de contactos de mi teléfono por algo un poco menos ofensivo.

Travis se queda inmóvil con el tenedor a medio camino de su boca, y me satisface descubrir que parece más divertido que otra cosa.

—¿De verdad me tienes guardado como Gilipollas Anderson?

Se me escapa una carcajada sin que pueda hacer nada por evitarlo y Travis me lanza a la cara una servilleta hecha una bola. Como eso no consigue acallar mi risa, el muy idiota aprovecha para robarme una tortita del plato, doblarla una y otra vez sobre sí misma y metérsela en la boca antes de que yo consiga reaccionar.

—¡Eh! ¡Ladrón de tortitas! Ese es mi sustento para el largo día de clases que tengo por delante.

Todo lo que recibo como respuesta es un nuevo encogimiento de hombros y la sonrisa más inocente que alguien como Travis Anderson podría ser capaz de conjurar.

Sinceramente, puede que esté un poco enamorada de esa sonrisa, y eso solo significa que estoy metida en graves problemas.

Travis

Cuando me subí esta mañana a la moto, puede que hubiera planeado traer a Tara al museo que ha sido mi refugio particular durante años, pero lo que desde luego no entraba en mis planes era hablarle con tanta franqueza de mi familia y de mis sentimientos respecto a mis padres. No es que le haya contado la mitad de la mierda que escondo, pero es un comienzo.

Mientras terminamos el desayuno y luego hacemos algo de tiempo para que el museo abra sus puertas, sigo dándole vueltas a cómo demonios ha conseguido esta chica colarse con tanta rapidez bajo mi piel y hacer que sea tan fácil hablar con ella de cosas que nunca he discutido con nadie. Tal vez sea porque no exige y solo escucha o tal vez por algo totalmente diferente. Quizá es que quiero que sepa quién soy en realidad, lo cual, a decir verdad, seguramente es mucho más inquietante que cualquiera de las alternativas.

Pasamos parte de la mañana entre decenas de coches, antiguos y modernos, incluso algunos que han formado parte de rodajes de películas famosas. Aunque por norma general suelo guardar silencio y no me dedico a hablar por hablar, en esta ocasión me descubro vomitando detalles y más detalles sobre cada uno de los automóviles como si fuera un guía del propio museo; podría serlo, lo conozco como la palma de mi mano.

—Joder, vaya chapa te estoy dando —le digo, algo avergonzado cuando me doy cuenta de ello. Tara sonríe de una forma peculiar, como si supiera un secreto que yo ignorase por completo—. ¿Qué? ¿De qué te ríes?

Ella gira sobre sí misma con los brazos abiertos. La falda que lleva puesta ondula sobre sus piernas, acariciándole la piel, y yo no puedo evitar pensar en lo preciosa que está y en lo mucho que me está costando no agarrarla de la nuca y plantarle un beso en los labios, algo que no ha dejado de apetecerme desde que se subió a la moto detrás de mí hace ya unas horas.

—De verdad te apasionan los coches —me dice cuando vuelve a quedar frente a mí.

Tiene las mejillas levemente encendidas y casi luce como una chiquilla; esta es una parte de Tara que no he visto nunca y me agrada más de lo que debería que haya decidido mostrármela. A lo mejor yo no soy el único que se está lanzando de cabeza a lo que quiera que hay entre nosotros.

—Bueno, soy ingeniero mecánico. Algo tendrían que gustarme, ¿no?

Ella niega.

—No, no es eso. Acabo de descubrir que… Travis Anderson es capaz de sentir pasión por algo.

Lo dice como si fuera el descubrimiento del siglo, y solo entonces puede que sea consciente de la imagen de mierda que he debido de darle desde que nos conocimos. Por alguna razón esa revelación me hace enrojecer de vergüenza, algo que no me ocurre a menudo. Para evitar que se dé cuenta y termine burlándose de mí, la agarro de la mano, tiro de ella y cedo por fin al impulso que llevo todo el día reprimiendo.

Atrapo sus labios mientras ella ya parece dispuesta a protestar. La queja muere en algún punto de su garganta y acaba convertida en uno de sus provocadores gemiditos. Dado que estamos en un maldito museo, no puedo alargar el beso todo lo que desearía ni tampoco dejar que mis manos resbalen por sus caderas o, mejor aún, bajo su falda, pero el roce suave de mi lengua contra la suya es suficiente para conseguir que se le acelere la respiración y, al retirarme, también soy consciente de que he logrado que pierda el aire de suficiencia.

—Eres una listilla, ¿no es así?

—Soy muchas cosas, Anderson —tararea sin esconder la diversión.

Sin comprender del todo lo que hago, apoyo la frente contra la suya y le rozo la mejilla con el pulgar, y en algún punto del interior de mi pecho una parte de mí largamente dormida parece cobrar vida e iluminarse como si se tratase del cielo el puto 4 de Julio.

—Y yo estoy deseando descubrirlas todas —me sorprendo diciendo más para mí mismo que para que ella lo oiga.

La beso de nuevo antes de que se le ocurra una réplica mordaz; conociéndola, estoy seguro de que me amenazaría o soltaría uno de sus sarcasmos, y entonces tendría que besarla aún con más ímpetu para hacerla callar. No es que no sea partidario de ello, pero, de nuevo, estamos en un lugar público. Así que…

—Vamos, aún quedan más cosas que quiero enseñarte.

Con su persistente sabor sobre mi lengua, tiro de ella para arrastrarla conmigo y Tara se deja llevar, todo un logro que no pienso desaprovechar ni por un momento.

Además de charlar sobre coches, lo hacemos también sobre mi trabajo y sus clases en la universidad, y la conversación es tan fluida que más de una vez se me escapa una sonrisa por esta nueva dinámica que se ha establecido entre nosotros. Para cuando finalizamos el recorrido, estoy bastante seguro de que Tara ya llega tarde a clase. No ha dicho ni una palabra al respecto y espero que sea porque se lo está pasando bien conmigo y no la he estado matando de aburrimiento. Sentirme inseguro no es algo habitual para mí; otro punto a añadir en la larga lista de cosas que Tara hace conmigo.

Salimos y caminamos hasta donde he aparcado la moto.

—Bueno, creo que es hora de que te lleve al campus —murmuro, algo contrariado, porque la verdad es que no tengo ganas de dejarla marchar. Por primera vez desde hace mucho estoy disfrutando realmente de la compañía de otra persona.

Estoy a punto de ponerme el casco, pero Tara me sujeta el brazo y me detiene. Alzo la mirada hasta su rostro y ella se pone de puntillas para alcanzar mis labios. No me da más que un beso suave, algo que apenas llega a un breve roce de su boca contra la mía.

—Gracias por enseñarme todo esto —me dice al retirarse—. Me ha encantado.

Sinceramente, no creo que de repente se haya declarado una ferviente apasionada de los automóviles por arte de magia. Por el modo en que me observa, casi me inclino a creer que no se refiere al museo, sino a enseñarle más de mí. Y puede que me guste que sea así. Puede que me guste mucho.

Puede que Tara me guste mucho.

No, olvidad eso, nada de «puede». Estoy seguro de que me gusta mucho. Y ya no se trata solo de que me muera por tumbarla en cada ocasión sobre la primera superficie horizontal que encuentre. Es algo más que pura atracción y sexo satisfactorio.

Lo que es seguro es que esa certeza no podría acojonarme más.

—¿Quieres subir? —pregunta Tara, en un tono levemente titubeante una vez que estaciono la moto frente al portal de su edificio.

Se desliza hasta la acera y se quita el casco, pero lo aferra contra su pecho como si creyese que voy a arrancárselo de las manos de un momento a otro, lo cual resulta irónico porque lo compré hace unos días y el único motivo de esa adquisición fue la esperanza de tener una oportunidad para llevarla en la moto conmigo.

—Pensaba que tenías clase.

—Vamos, ambos sabemos que ese barco zarpó hace un par de horas.

Me deshago de mi propio casco y asiento. No sé por qué los nervios no dejan de corroerme; después de todo lo que hemos hecho juntos, cualquiera diría que ya habría superado esa fase. Pero con Tara, al parecer, las cosas no siguen nunca un patrón normal.

—Me muero de hambre —gime una vez en el ascensor.

Mis ojos se deslizan por su pecho hasta alcanzar sus largas piernas, pero no llego a verbalizar mi acuerdo con su afirmación. No creo que hablemos de la misma clase de hambre. No recuerdo la última vez que una mujer me puso tan al límite que cada palabra o sonido que saliera de su boca se transformara en una sacudida de todo mi cuerpo.

Tara debe de ser consciente del rumbo que han tomado mis pensamientos, porque me da un empujón y pone los ojos en blanco, y a mí no me queda más remedio que echarme a reír. Resulta... agradable reír de esta forma con ella.

—Vaya mente más sucia tienes, Anderson.

—Contigo —señalo—. Siempre.

Atravesamos la entrada de su piso aún riendo y nos encontramos a Raylee en cuanto accedemos al salón. La novia de mi hermano nos mira de forma alternativa, cruzada de brazos y con una expresión especulativa que deja claro todas las preguntas que se debe de estar planteando.

—Vaya, míralos. Ya pensaba que te había secuestrado —dice tras un momento, centrándose finalmente en Tara con evidente diversión—. ¿Has ido a clase hoy?

Tara niega, aunque me da la sensación de que Raylee ya sabía la respuesta antes de preguntar.

—Se nos hizo algo tarde ayer y era mejor quedarnos en la ciudad. Y... también se nos ha hecho un poco tarde esta mañana.

Raylee hace todo lo posible para no sonreír mientras escucha las explicaciones de su amiga. Yo opto por mantenerme en silencio. No estoy seguro de cuánto de lo que está sucediendo entre nosotros conoce Raylee, así que supongo que callarme es la mejor opción. Sin embargo, por algún estúpido impulso, me encuentro rodeando los hombros de Tara con el brazo y atrayéndola hacia mí.

Raylee arquea las cejas.

—Vaya… —Es todo cuanto dice antes de pasar por nuestro lado y dirigirse a la cocina.

Tara resopla, se deshace de mi brazo y se encamina hacia su habitación, y yo me siento como si hubiera cometido alguna clase de desastroso error, aunque no tenga ni idea de cuál.

La agarro por la muñeca antes de que pueda alejarse.

—Ey, ¿estás bien?

Se queda mirando mis dedos sobre su piel, pero no parece enfadada, más bien desconcertada.

—Sí. Todo bien. Solo… —Se encoge de hombros. Creo que ni siquiera ella sabe cómo se siente y la verdad es que no la culpo; yo tampoco tengo ni puta idea de lo que estoy haciendo—. Voy a darme una ducha rápida y a cambiarme de ropa. ¿Te quedas a comer?

Rehúye mi mirada al hacer la pregunta y se muestra más tímida de lo que jamás se haya comportado conmigo. No tengo muy claro cómo tomármelo, pero de todas formas hago un leve asentimiento.

—Si quieres que me quede… —me aventuro a decir, y me esfuerzo por dotar a mi voz de un tono burlón—. También puedo ducharme contigo. Ahorraríamos agua.

Cuando levanta la vista para mirarme, le dedico un guiño a pesar de que ni siquiera lo he dicho esperando que acepte la proposición. Lo único que quiero ahora mismo es que las cosas no se pongan raras. Hasta ahora todo ha sido tan fácil entre nosotros…, incluso cuando parecía que me odiaba.

Tara me sonríe con ese desdén suyo tan característico, así que supongo que lo he conseguido al menos en parte.

—Más quisieras, idiota.

—No lo sabes tú bien.

Cuando echa a andar de nuevo hacia su habitación, aprovecho que ya no está mirándome para darle un apretón en el trasero y me escabullo hacia la cocina antes de que pueda protestar. Es tan raro encontrarme haciendo esta clase de cosas que, mientras accedo a la estancia contigua, me encuentro agitando la cabeza.

—¿Y bien? —me asalta Raylee en cuanto comprueba que Tara no viene tras de mí.

—Y bien ¿qué?

Ladea la cabeza y me lanza su mejor mirada de «sabes perfectamente a qué me refiero». Raylee es bajita y tiene un aspecto bastante dulce, pero en realidad es un auténtico terremoto. No imagináis lo mucho que disfruto viendo cómo vuelve loco a mi hermano.

—Tara y tú —señala al ver que no digo nada—. ¿Qué está pasando entre vosotros?

Durante un momento me planteo encogerme de hombros y darle una evasiva, que es lo que normalmente haría con cualquiera. Sin embargo, suspiro y termino confesando:

—No tengo la más mínima idea.

Me apoyo en la encimera, junto a ella, y trato de no dar muestra de lo extraño que me hace sentir todo este lío con Tara.

—Pero ¿estáis liados?

—Supuse que tú sabrías ya la respuesta a esa pregunta.

—¿Porque somos chicas que cotillean acerca de todo lo que les pasa? —replica, con cierto retintín.

—Vaya, qué susceptible. Más bien porque sois muy buenas amigas y tenéis confianza para contaros esa clase de cosas.

Había supuesto que, a estas alturas, Tara ya le habría contado a su mejor amiga lo que está pasando entre nosotros. No es que yo lo haya comentado con Blake. Pero mi hermano y yo no estamos en los mejores términos ahora mismo, lo cual resulta… triste.

Es el turno de Raylee para suspirar.

—No me ha contado nada. —Se gira un poco y me mira.
Alzo las manos.

—A mí no me mires, soy todo un caballero.

—Bueno, más te vale. Te patearé el culo si no te comportas.

Resulta bastante obvio que Raylee se preocupa por Tara, así que no me tomo a mal la amenaza, incluso me alegra que Tara tenga a alguien dispuesta a patear culos por ella. Eso me hace pensar de nuevo en Blake y en el modo en el que he mantenido la distancia con mi hermano durante tanto tiempo. No es solo con Tara con quien me he comportado como un verdadero capullo.

—¿Vas a quedarte a comer, ¿no? —Cuando asiento, Raylee esboza una sonrisita—. ¿También a dormir?

—En realidad, debería acercarme a la oficina y hacer acto de presencia. Mis jefes son flexibles, pero tienen sus límites.

Lo que me callo es que no estoy seguro de que Tara quiera que me quede aquí esta noche y que, si fuera así, a mí no me importaría en absoluto. Me he perdido la carrera a la que Parker me había emplazado y ni siquiera he pensado en ello durante toda la mañana, y de repente soy consciente de que la única culpable es la chica que se refiere a mí como Gilipollas Anderson.

Tara

Travis no es un imbécil y no sé muy bien cómo asumir esa revelación. Peor aún, no tengo ni idea de cómo aceptar que me gusta; me gusta de verdad. Mucho. Lleva toda la semana apareciendo aquí y allá, en el campus o en casa, y también hemos estado enviándonos mensajes, audios y hasta *gifs* y memes con las más variadas chorradas. Jamás hubiera imaginado a Travis Anderson enviando memes, por Dios.

Y, por si eso no fuera bastante perturbador, la tumultuosa atracción que hay entre nosotros no ha hecho más que crecer. De algún modo esperaba que fuera disminuyendo con el paso de los días, pero no ha sido así para nada. El maldito tipo es como una droga, y yo, una completa adicta. Y no importa si se abalanza sobre mí y me folla contra la puerta de entrada en cuanto le abro o, por el contrario, me desnuda con infinita paciencia y reparte besos por todo mi cuerpo durante horas antes de hundirse en mí; de cualquier manera en que me toque, Travis simplemente consigue hacerme… vibrar.

Sus manos encajan en mis curvas y sus labios en mi boca a la perfección, y siempre termina haciéndome suplicar de una forma vergonzosa, aunque no puedo decir que llegar hasta ese punto no sea de lo más divertido.

Y placentero.

—Bueno, supongo que compartiréis habitación en Las Vegas —señala Raylee, risueña.

Ahora que sabe que Travis y yo estamos liados, parece más que encantada con la situación. Se lo conté todo hace unos días, aunque en realidad era un secreto a voces. También tuve que admitir que mi silencio sobre lo que ocurrió en la boda de Thomas obedeció más a mi orgullo herido que a cualquier otro motivo. Todavía sigo dándole vueltas a qué llevó a Travis a deshacerse de mí con tanta rapidez; quizá no quería que Blake supiera lo que había sucedido o tal vez solo se tratase de una más de sus rarezas, quién sabe.

—Supongo —replico con la boca pequeña desde el otro lado de la mesa.

No estoy muy segura aún sobre qué esperar de Travis. A pesar de su aparente entrega a lo que sea que tengamos, y que va dejando entrever cada vez más esa preciosa sonrisa que tiene, continúa mostrándose evasivo.

—Bien —dice mi mejor amiga justo en el momento en el que Kayden se desploma en el asiento que hay libre a su lado.

Raylee y yo hemos quedado hoy para comer en una cafetería del campus de la que Kay y yo somos habituales, así que no me extraña demasiado que haya aparecido. De inmediato, su presencia despierta el interés de las otras chicas del local y también de parte de los chicos. Kayden saluda con un gesto a un grupo de ellos a varias mesas de distancia; si no me equivoco, son algunos de sus compañeros del equipo de natación de la universidad.

—Necesito carbohidratos —murmura sin quitarse las gafas de sol—. Y un analgésico.

Me echo a reír. Su resaca es bastante evidente, lo cual no deja de resultar raro porque Kayden suele contenerse bastante entre semana. El entrenador es muy exigente con ellos; si se entera de que han estado de fiesta un jueves por la noche, les va a caer una buena bronca.

—Pensaba que solo te permitías esta clase de deslices los sábados por la noche —señalo, y le arranco de un tirón las gafas—. Oh, vaya…

Kayden me las arrebata enseguida, pero no vuelve a ponérselas. Las coloca sobre la mesa, junto a sus libros, y se frota el puente de la nariz. Tiene los ojos vidriosos por la falta de sueño y el aspecto de alguien que se ha pasado de largo todos los límites en lo que respecta al alcohol. Raylee se apiada de él y, tras rebuscar en su bolso, le tiende un par de pastillas que Kayden se traga sin siquiera molestarse en beber un poco de agua.

—Estás hecho un desastre, Kay —comenta ella, pero él se limita a sonreírle.

—Créeme, el sacrificio mereció la pena.

—¿Por qué me da la sensación de que ese sacrificio tiene nombre y apellidos? —me río, y la sonrisa de Kayden se hace aún más amplia.

Si hubiera un ranking para los tipos que persiguen faldas en la UCLA, posiblemente a mi amigo le darían el primer puesto. Aunque, pensándolo mejor, suele ser él el perseguido. Posee esa sonrisa resplandeciente y un aura de chico malo encantador que hipnotiza a las mujeres a su paso.

—Podría preguntarte lo mismo. ¿Cuántas veces te ha recogido esta semana el tipo del cochazo negro que me mira como si quisiera arrancarme la cabeza?

—Se llama Travis —comenta Raylee, antes de que yo pueda decir nada—, y no creo que quiera arrancarte la cabeza a ti en particular.

Kayden enarca las cejas y aprovecha para robarme un puñado de patatas fritas del plato.

—Bueno es saberlo. ¿Y bien, Tara? ¿Vas a decirme que ya no tengo posibilidades contigo?

Le aparto los dedos de mi comida de un manotazo.

—Tú nunca has tenido posibilidades conmigo —me burlo, y él amaga un puchero de lo más adorable.

—Están saliendo —ríe Raylee a su vez, pero yo me apresuro a negarlo.

—Ni siquiera hemos hablado de eso.

—Podemos hablarlo cuando quieras —dice una voz masculina de sobra conocida a mi espalda.

Pero ¿qué demonios…?

Un vistazo por encima del hombro me basta para descubrir a Travis plantado detrás de mi asiento. Tiene esa sonrisita de suficiencia que me saca de quicio y, a la vez, me hace desear agarrarlo de la camiseta y comérmelo a besos. Que lleve una camiseta negra que se le pega al pecho como una segunda piel y unos vaqueros también negros peligrosamente bajos sobre las caderas tampoco ayuda en nada.

Cuando mi mirada se encuentra con la suya, sus ojos verdes adquieren un brillo perverso y la balanza se inclina definitivamente hacia la opción de los besos, pero me obligo a permanecer sentada.

—No te hacía de los que escuchan conversaciones ajenas a escondidas, Anderson.

—Y yo no te hacía de las que evade una conversación, rubia —repone él. Acto seguido, se inclina sobre mí y me pasa la yema de los dedos por la mejilla—. ¿Puedo?

Tardo un momento en darme cuenta de que me está pidiendo permiso para besarme, y puede que ese detalle haga que mi pobre corazoncito se salte unos cuantos latidos. No sé cómo lo hace, pero su actitud siempre consigue desconcertarme.

Asiento con una timidez impropia en mí y juro que escucho a Kayden soltar una risita mientras los labios de Travis se mueven con suavidad contra los míos y convierten todos mis pensamientos en papilla.

Al separarme, fulmino a Kay con la mirada.

—Eres un idiota.

—Me alegra saber que no soy el único al que te refieres así —tercia Travis mientras se sienta junto a mí.

Raylee casi parece dispuesta a empezar a aplaudir tras la muestra pública de afecto de Travis, pero se limita a alternar la vista entre él y yo como si fuésemos dignos de una sesión de palomitas. Gracias a Dios, no dice nada al respecto.

—Bueno, Tara, ¿algo de lo que quieras hablar conmigo? —prosigue Travis una vez sentado.

—Tú también eres idiota —respondo, echándome a reír.

Ni siquiera trata de defenderse, solo me mira con esa intensidad tan suya, como si el resto de la gente del local hubiera desaparecido y no existiésemos más que nosotros dos en este momento y lugar. Viéndolo ahora, no sé cómo una vez fui capaz de pensar de él que era incapaz de transmitir ningún tipo de emoción. Hay un montón de sentimientos ocultos en las líneas de su rostro, el brillo de sus ojos, su postura... Solo hace falta aprender a interpretarlos.

Travis deja pasar mi evasiva y la charla se reanuda de forma normal pasados unos minutos. Kayden se queja de que tiene otro durísimo entrenamiento al que enfrentarse en unas horas y al que va a tener que acudir con resaca. Para mi sorpresa, Travis se interesa por sus rutinas y las competiciones a las que asiste con el equipo y se ponen a hablar entre ellos mientras continuamos almorzando. No sé si está haciendo un esfuerzo porque sabe que Kayden es mi amigo o es que de verdad le interesa el tema, pero, sea como sea, contemplarlo mientras mantiene una charla tranquila y banal con alguien hace que algo se apriete un poco en mi pecho.

Raylee me da una patadita disimulada por debajo de la mesa.

—Se te está cayendo la baba —vocaliza muy bajo para que solo yo pueda oírla.

—¿Tanto se me nota? —gimo también en un susurro.

Raylee asiente, pero no tarda en añadir:

—También se le nota a él. Así que, si me lo preguntas, definitivamente Travis va a por todas contigo. Y te aviso de que los chicos Anderson no hacen nada a medias.

La advertencia viene acompañada de una sonrisita y un cómico e insinuante movimiento de cejas. Por suerte, Travis sigue hablando con Kayden y no se percata de nada. Tal vez sí que sea hora de mantener una conversación con él acerca de qué estamos haciendo exactamente aparte de divertirnos mucho de las formas más creativas. La idea despierta un nuevo aleteo en mi estómago y me encuentro sonriendo como una idiota.

«Después de Las Vegas», me digo, como si el viaje que tenemos programado para dentro de unos días tuviera que convertirse en algún tipo de punto de inflexión en lo nuestro. La verdad es que solo lo estoy retrasando y no entiendo del todo por qué tanto recelo cuando se trata de Travis, algo que no me ha sucedido con otros tipos con los que he salido. No estoy segura de querer saber lo que significa que me preocupe tanto por ello. O tal vez sí que lo sé...

Al acabar el almuerzo, mientras nos dirigimos al exterior, Travis se coloca a mi lado. Me pasa un brazo por la cintura con tanta naturalidad que parece que llevara haciéndolo toda la vida, y yo siento más de esas vergonzosas mariposas en el estómago que dejan claro lo mucho que me afecta el más mínimo roce de sus manos.

—¿Damos una vuelta? —me pregunta, inclinado sobre mi oído, con un tono ronco que me pone los pelos de punta, pero de una forma buena. Demasiado buena.

Es posible que me haya convertido de nuevo en una quinceañera con las hormonas desbordadas. El simple hecho de sentir su aliento contra la piel de mi cuello hace cosas rarísimas y deliciosas con mi estado de ánimo. A veces juro que no sé muy bien qué hacer con sus coqueteos y atenciones.

—¿Algún plan en concreto?

No llega a responderme. Su móvil comienza a sonar y se lo saca del bolsillo. Apenas le lanza un vistazo rápido a la pantalla antes de rechazar la llamada y volver a guardarlo, pero me da tiempo a ver el nombre que aparece en ella: Vivian Anderson.

Teniendo en cuenta que no tiene ninguna hermana, supongo que podría tratarse de su madre. Travis no suele hablar nunca de sus padres, aunque eso no es raro, tampoco Blake se muestra nunca muy comunicativo sobre ellos.

El móvil vuelve a sonar casi de inmediato y Travis repite la operación, pero en esta ocasión también lo pone en silencio antes de volver a guardárselo.

—¿Tu madre? —me aventuro a decir—. No es que esté cotilleando...

Travis esboza una mueca que dista mucho de ser una sonrisa sincera. De repente parece mucho más tenso que hace un momento. Asiente con la cabeza, pero no da ninguna explicación. Tampoco yo se la pido. Sé que el tema de la familia es un punto oscuro para los hermanos Anderson; ni siquiera puedo imaginar cómo debe de haber sido para ellos crecer sin el apoyo y el cariño de sus padres. En mi caso, tuve mucho de ambas cosas.

Y entonces se me ocurre una idea. Es un poco locura, pero...

—¿Te apetece acompañarme a un sitio? Quiero ir a visitar a mi padre.

La expresión de Travis pasa de ser rígida a sorprendida en cuestión de segundos. No creo que esperase que le propusiera algo así, aunque tampoco yo pensaba que fuera a querer presentarle a mi padre. No suelo llevar a ninguno de mis ligues a casa de mi familia, pero ya es hora de admitir que Travis es algo más, por mucho que aún no sepa muy bien el qué.

—Es... Bueno... No sé... —tartamudea, repentinamente nervioso, y yo me echo a reír.

En ese mismo momento, es el teléfono de Raylee el que suena. A pocos pasos por delante de nosotros, se lleva el móvil a la oreja mientras yo trato de no dejarme arrastrar por lo encantador que resulta un Travis desconcertado. Es adorable; un adjetivo que tampoco había pensado nunca en aplicarle.

Pero entonces Raylee se detiene de forma tan brusca que a punto estamos de llevárnosla por delante.

—Está bien. Se lo digo ahora mismo. ¿Vienes a buscarme? No, déjalo, mejor vete directo. Yo iré con Travis —murmura mi amiga, con tono serio y preocupado.

Está claro que ha pasado algo. Algo malo.

Permanecemos todos alrededor de Raylee esperando a que cuelgue. Travis mantiene sus ojos fijos en ella y de nuevo parece haber dejado caer sobre su rostro su ensayada máscara libre de cualquier expresión. Sin pensarlo, le agarro la mano y entrelazo los dedos con los suyos.

—¿Qué ocurre? —interroga él a Raylee en cuanto esta termina la llamada.

—A tu padre le ha dado un ataque. Blake no sabe mucho más, salvo que no ha querido moverse de casa y hay un médico allí asistiéndolo.

—Tiene su propio médico personal —replica Travis con la voz plana.

Todos nos quedamos en silencio, pero él no dice nada más. Así que soy yo la que intervengo.

—¿Quieres que vaya contigo?

—No sé si yo mismo quiero… —dice Travis, tras unos segundos eternos.

—Blake me ha dicho que quiere que vayas.

Con esa sencilla frase, y aunque no lo dice de forma explícita, da la sensación de que Raylee le está dejando claro a Travis que su hermano lo necesita junto a él. Los ojos suplicantes de mi mejor amiga no dejan lugar a dudas.

Durante un breve instante casi parece que Travis vaya a negarse. No puedo creer que sea así. A pesar de todas las tensiones y las disputas con Blake, sé que hay cariño entre ellos y estoy segura de que Travis haría cualquier cosa por su hermano. Por mucho que se esfuerce por alejar a todo el mundo de él, las últimas semanas me han demostrado que no es más que alguien dolido que intenta esquivar todo lo que cree que podría hacerle daño. ¿La razón? No la tengo demasiado clara, pero no creo que vaya a dejar colgado a Blake.

—Está bien —dice finalmente, y todos, incluido un silencioso Kayden, soltamos el aire que hemos estado conteniendo mientras se lo pensaba. Travis me aprieta la mano y me mira—. ¿Vienes conmigo?

Yo asiento. No solo porque ya me he ofrecido previamente, sino porque su expresión está ahora cargada de angustia y tiene un aspecto tan vulnerable que no podría negarme a acompañarlo aunque quisiera.

Me pregunto si estoy a punto de descubrir el motivo por el que Travis Anderson se empeña tanto en que los que le rodean crean que todo, absolutamente todo, le importa una mierda.

Travis

No quiero estar en esta casa. No quiero ver a mi madre y, mucho menos, ejercer de hijo preocupado con el maldito William H. Anderson-Jekkings. Sí, ese imbécil tiene un puñetero y pomposo apellido compuesto que ni Blake ni yo usamos; eso nos convertiría en el foco de una atención que ninguno de los dos desea.

No, no quiero nada de esto y, sin embargo, aquí estoy.

«Lo haces por Blake. Solo por él», me recuerdo.

Mantengo mi semblante inexpresivo y evito mirar a Tara. No quiero arriesgarme a que mi perfecta fachada se derrumbe si pongo mis ojos sobre ella. No debería haberla traído a la mansión de mi familia y es probable que Blake, en algún lugar del interior de esta monstruosidad, esté pensando lo mismo sobre Raylee, aunque por motivos diferentes. Por lo que sé, ella ni siquiera conoce a mis padres, y no puedo culpar a mi hermano por retrasar todo lo posible ese trance. No lo culparía siquiera si no se la presenta nunca.

Tara reclama mi atención con un pequeño tirón de la mano. No la he soltado prácticamente desde que nos hemos bajado del coche.

—Ey —susurra, buscando mi mirada.

Aunque soy muy consciente de que quiere preguntarme si estoy bien, no lo hace. Y no puedo estar más agradecido por ello, porque no hay manera de que vomite en este momento todo lo que me hace sentir estar plantado en la puerta de este sitio.

Ni siquiera trato de brindarle una sonrisa tranquilizadora. Quizá, si no fuera un capullo, intentaría hacerlo. Pero supongo que no quiero mentirle, así que es más fácil que no halle ninguna emoción en mi rostro; siempre es lo más fácil, aunque algo me dice que solo estoy siendo un maldito cobarde con ella.

Raylee, aparentemente inquieta y ansiosa por reunirse con Blake, se balancea de un lado a otro a la espera de que llame a la puerta. No me molesto en decirle que ya se encargará alguien del servicio de abrirla sin que tengamos que hacer nada. En cuanto hemos atravesado la verja de acceso a la propiedad, seguridad habrá enviado a alguien para recibir al hijo pródigo.

Un, dos, tres, cuatro…

La puerta se abre y casi siento deseos de echarme a reír. Nada en este sitio ha cambiado una puta mierda.

No reconozco a la mujer que nos abre, pero ella sabe perfectamente quién soy.

—Bienvenido, señor Anderson.

—Travis. Es Travis —la corrijo, y hago un esfuerzo por limitar mi tono brusco—. El señor Anderson es… mi padre.

Ella tan solo inclina la cabeza en un gesto servicial y empuja la puerta para permitirnos entrar. Durante unos pocos segundos interminables no me muevo, hasta que los dedos de Tara presionan los míos con suavidad, pero también con firmeza, y eso es lo único que consigue hacer que eche a andar y me interne en el enorme recibidor de la mansión.

La grandeza y el lujo de la casa siguen golpeándome incluso ahora a pesar de que crecí aquí. También deben de deslumbrar a mis acompañantes, porque puedo escuchar murmullos de sorpresa a mi espalda.

—Su hermano está… —comienza a decir la mujer.

—Estoy aquí.

Levanto la vista hacia la parte superior de las escaleras dobles que ascienden hasta la primera planta, pero Blake ya está bajando por ellas y no tarda en alcanzarnos. Aunque espero que se lance sobre Raylee, como es habitual en él, mi hermano se detiene frente a mí. Luce mucho más serio que de costumbre. No hay rastro de su habitual sonrisa y su pelo está aplastado hacia atrás, como si se hubiera pasado la mano por él una y otra vez en las últimas horas.

—Gracias —me dice, y yo tan solo asiento.

No debería verse obligado a agradecerme que esté aquí dadas las circunstancias, pero supongo que es más consciente de lo que siento por este lugar de lo que creía. Joder, posiblemente soy una mierda de hermano, porque es él quien está preocupado por mis sentimientos incluso cuando tiene aspecto de estarse consumiendo por la inquietud. También yo debería estarlo, supongo…

—¿Cómo está?

—Sube a verlo —sugiere él, pero yo niego.

—Créeme, verme no va a mejorar la mierda que tenga encima. —En cuanto termino de decirlo, deseo con todas mis fuerzas tragarme las palabras de vuelta.

Ni Raylee ni Tara dicen nada, aunque la mano de esta última, aún enlazada con la mía, es un cálido recordatorio que se siente casi como un ancla; un punto de apoyo sin el que el mundo estaría ahora mismo girando y girando.

No me da tiempo a interpretar ese extraño pensamiento. Blake frunce el ceño.

—Le gustará que hayas venido —insiste mi hermano.

Esta vez me trago la amargura junto con un pesado suspiro que no llega a abandonar mis labios.

—¿Travis? Estás aquí…

Mi vista vuela de nuevo hacia las escaleras. Oh, genial. La reunión familiar perfecta.

—Vivian —murmuro, como único saludo a mi madre.

Aun habiendo pasado los cincuenta, Vivian Anderson-Jekkings continúa luciendo como una mujer hermosa y mucho más joven;

claro que los retoques estéticos son una rutina habitual para ella, sufragados con parte de la fortuna familiar. Va vestida a la última moda con una falda de tubo y una blusa de seda que deben de costar más que mi coche, y su melena rubia está peinada sin un solo cabello fuera de lugar. No parece que el ataque que ha sufrido su marido le haya afectado demasiado, aunque siempre ha sido una experta en guardar las apariencias. Puede que sea de ella de quien haya aprendido a mantenerme tan sereno y distante.

Desciende por las escaleras y se acerca a mí. No me pasa desapercibido que su mirada se posa brevemente sobre la mano que Tara mantiene enredada en la mía, pero su expresión luce imperturbable. Tara es la primera chica que traigo a esta casa desde… Desde ella. Y aquello ya sabemos que no acabó bien.

—¿Nos presentas, cariño?

Hago una mueca al escucharla. En realidad, no hay nada en su tono que sugiera que existe un aprecio real entre nosotros.

—No. —Sus cejas se arquean con elegancia, pero me niego a añadir una palabra más al respecto. No tengo ninguna intención de permanecer aquí por más tiempo del necesario y mucho menos voy a dejar que mis padres se acerquen a Tara—. Solo estoy aquí por Blake.

—Tu hermano está bien. Es tu padre quien ha sufrido una pequeña indisposición —replica ella antes de que Blake pueda intervenir.

—Estoy aquí por Blake —repito, dejando clara mi postura. Apoyar a mi hermano es lo único que evita que dé media vuelta y salga de la casa en este mismo momento.

—Travis… —comienza a decir él, pero yo niego con la cabeza.

No hay mucho más que añadir. No voy a esforzarme en fingir que mis motivos para haber acudido son diferentes, y sé que Tara, incluso puede que también Raylee, me preguntarán luego al respecto. Joder, incluso Blake cuestionará mi actitud, pero no pienso cambiar de opinión.

Mi madre intenta mostrarse como la anfitriona perfecta. Nos hace pasar a uno de los múltiples salones de la planta baja y le ordena a una de las chicas del servicio que nos sirva un pequeño aperitivo y bebidas. Yo ni siquiera tomo asiento, pero le indico a Tara que lo haga. Está extrañamente callada, igual que Raylee, aunque puedo comprenderlo. La situación no podría ser más incómoda.

Con expresión ligeramente culpable, Blake explica entonces que el médico ha dicho que el desmayo sufrido por mi padre no es nada grave; seguramente, ha sido tan solo un bajón de tensión debido al estrés.

—Siento haberte hecho venir —murmura Blake en voz baja, aunque todos en la sala lo oyen, incluida mi madre.

—Está bien que estés aquí, cielo. Hay un evento la semana que viene y Blake y tú podríais…

—No voy a acudir a ningún evento, madre —la interrumpo.

Quizá algún día se canse de pedirnos que asistamos a sus mierdas elitistas. O no. Su disgusto se hace evidente a pesar de que ya debería estar acostumbrada. Cuando abre la boca para protestar, es Blake quien toma la palabra.

—No vamos a ir, mamá. Hicimos un trato.

Vivian ladea la cabeza y sus ojos regresan a mí.

—Pero tú sigues metido en esas… competiciones —señala, y el desprecio es patente en su voz. Ni siquiera puedo decir que me sorprenda que esté al tanto de mis actividades ilícitas. Que mis padres se mantengan al margen de la vida de Blake y la mía sería mucho pedir—. Comprometes la reputación de nuestra familia y no fue eso lo que acordamos.

Se me escapa una carcajada y, por el rabillo del ojo, soy muy consciente del modo en el que Tara se encoge un poco al escucharme.

No tengo ni idea de lo que piensa de esta situación. Joder, no debería estar aquí ni presenciar nada de esto.

—La reputación de esta familia —repito, sin disimular el desdén—. Tiene gracia, mamá. Lo que yo hago apenas alcanza a competir con toda la mierda que papá y tú os habéis esforzado tanto por ocultar.

—Travis, compórtate —exige ella, supongo que preocupada por la presencia de Tara y Raylee.

Agito la cabeza, dispuesto a replicar, pero Blake se adelanta y se sitúa entre ambos con la intención de mediar y calmar los ánimos. Mi hermano ha ejercido de amortiguador entre mis padres y yo desde siempre. No puedo culparlo, no tiene ni idea...

—Seamos claros —hablo yo, antes de que él pueda decir nada—. A William no le importa una mierda que yo esté aquí. Tal vez ha llegado el momento de que Blake sepa por qué.

El rostro de mi madre palidece. La verdad es que ni siquiera tenía intención de hablar de ello, pero estoy cansado..., muy muy cansado de fingir, de reprimir la amargura que siento y de ser alguien que no soy. Quizá si Blake lo supiera podría llegar a comprenderlo todo...

—¡Travis Anderson-Jekkings! —exclama mi madre, lívida.

Le echo una rápida mirada a Blake, que ahora mismo luce desconcertado y totalmente perdido. Es un buen tipo, no hay más que ver que ha venido corriendo en cuanto mi madre lo ha llamado incluso cuando estoy seguro de que ella sabía que no se trataba de nada grave. No es la primera vez que inventa una excusa para que acudamos y tener ocasión de manipularnos. Se habrá enterado de que Blake está saliendo con alguien y esta es su forma de interrogarlo al respecto.

—¿De qué estás hablado, Trav? —interviene él, alternando la mirada entre Vivian y yo.

—¿Se lo cuentas tú o lo hago yo, madre?

Ella se yergue y adopta su pose más orgullosa. Dios, qué cínica.

—No hay nada que contar.

—Hay mucho que contar, pero me voy a limitar a la parte en la que mi padre no es mi padre de verdad —suelto sin apartar los ojos de ella— y también a que tú no tienes ni idea de cuál de tus numerosas aventuras me engendró.

El silencio posterior a mi revelación solo se ve interrumpido por un leve jadeo de sorpresa que no sé si proviene de Tara o de Raylee. Hacer esto en su presencia posiblemente haya sido una pésima idea, pero tampoco es que lo haya planeado así. A lo mejor lo único que quiero es que mi hermano deje de pensar que todo me importa una mierda. O que Tara lo haga.

—¿Qué diablos…? —exclama Blake.

—Sí, supongo que eso lo resume bastante bien, ¿verdad, *mamá*?

Raylee se pone en pie y le hace un gesto a Tara, señalándole la puerta del salón. Ambas lucen incómodas, lo cual es bastante lógico en realidad. Sin embargo, Tara no se mueve, sino que me mira. Sus ojos están repletos de una cálida preocupación y casi parecen estar preguntándome qué quiero que haga. Aunque por norma general jamás me pediría permiso para nada, parece dispuesta a quedarse aquí sentada si es eso lo que yo deseo, y no puedo evitar sentirme reconfortado. Cuando, además, Blake se sitúa a mi lado y encara a mi madre, el calor en mi pecho se extiende y consigue eliminar parte del entumecimiento que se ha apropiado de mí desde que Raylee recibió la llamada de Blake.

—Papá está bien —dice él, tomando la palabra, ya que parece que el resto no somos capaces—, así que vamos a marcharnos ahora. Hablaremos en otro momento.

—Blake, no es como crees. No tienes que… —repone ella de forma apresurada, pero él hace un gesto con la mano para silenciarla.

Quizá sea una estupidez, pero que mi hermano no haga más preguntas, que no trate de pedir más explicaciones y lo único en lo que haya pensado sea en sacarme de esta maldita casa lo más rápido posible hace que toda esta mierda no sea tan mala.

Tal vez, solo tal vez, debería hacerle saber que esto ni siquiera es lo peor de todo. En realidad, ya hace demasiado tiempo que asumí que el que se hace llamar mi padre no lo es, eso no cambia nada en absoluto para mí.

Tara

Al acompañar a Travis a la casa de su infancia esperaba cierta tensión, tal vez incluso alguna pequeña discusión entre sus padres y él, pero esto…, esto no estaba ni de coña en el orden del día. ¿Descubrir que Travis no es el hijo de su padre? ¿Que, en realidad, es el hermanastro de Blake? Comprender que Travis ha estado al tanto de ello quién sabe por cuánto tiempo y se lo ha guardado para sí mismo… Dios, ni siquiera puedo imaginar lo que debe de haber estado sintiendo.

Lo que sí sé es que ahora no está bien. A pesar de la máscara de indiferencia que luce, en algún momento he aprendido a leer más allá de su ausencia de expresión y resulta evidente lo agitado y angustiado que está. Rehúye mi mirada, como si temiera lo que puedo llegar a vislumbrar a través de su fingido desinterés, y se limita a caminar en dirección a la salida lo más rápido posible sin echar a correr, arrastrándome con él en el proceso.

Blake no ha dicho una palabra, pero el sonido de sus pasos y los de Raylee resuenan a nuestra espalda, por lo que es evidente que vienen justo detrás de nosotros.

Al traspasar el umbral de la puerta principal, casi parece que Travis por fin consiguiera llevar algo de aire a sus pulmones y exhala un suspiro entrecortado. No se detiene. Desciende los pocos escalones de la entrada y se dirige con el mismo paso apresurado y decidido hacia la zona donde está aparcado tanto su coche como el de su hermano. De repente, el maravilloso jardín que minutos atrás se me antojaba espectacular luce ahora… frío y carente de vida, por muy cuidado que esté o el denso olor a jazmín que desprenda.

Cuando Travis me suelta la mano, contengo un escalofrío y me obligo a mantener cierta serenidad, aunque solo sea para no alterarlo aún más.

—¿Puedes llevar tú a Tara? —suelta él, sin molestarse en volverse hacia Blake.

Ni siquiera le doy margen para que responda.

—No. Ni de coña vas a deshacerte de mí.

Tal vez debería dejarlo que se calme, pero no estoy dispuesta a que Travis se suba a esa máquina infernal que tiene por coche en el estado en el que se encuentra y se le ocurra olvidar que no está en una de esas malditas carreras ilegales.

—Vamos, Trav —tercia Blake, adelantándose, con la voz cargada de preocupación.

Travis ya está junto a su coche con la llave en mano y la vista baja. La tensión en sus hombros es evidente, al menos para mí, y también el hecho de que parece estar luchando consigo mismo a saber en qué clase de batalla interna.

—Háblame, Travis —añade su hermano, y juraría que él se estremece ante la petición.

—Voy a… dar una vuelta —replica sin levantar la vista del suelo—. Necesito salir de aquí.

—Está bien. Voy contigo —intervengo, y rápidamente rodeo el coche hasta la puerta del copiloto.

Le lanzo a Blake una mirada que espero que resulte tranquilizadora. No tengo ni idea de si hay algo que yo pueda hacer para ofrecerle consuelo a Travis, pero la cuestión es que quiero estar ahí para él. Incluso cuando me haya cansado de proclamar frente a todos lo exasperante e idiota que pensaba que era, resulta bastante obvio que solo me he estado mintiendo a mí misma.

—Vale —cede Blake—. Hablaremos luego.

Me mira y hay una súplica en sus ojos, un «cuida de él, por favor». Raylee, a su lado, me brinda un ligero movimiento de cabeza, dándome ánimos y un apoyo silencioso que le agradezco a su vez con una mueca que no alcanza a formar una sonrisa real. En cuanto Travis desbloquea las puertas del coche entro en él, me deslizo en el asiento y me abrocho el cinturón de seguridad. A pesar de las prisas, él tarda aún un momento en situarse tras el volante. No me mira, no dice nada. Se limita a poner el motor en marcha y a abandonar la propiedad de sus padres inmerso en una actitud sombría y asfixiante.

—Conduce con cuidado —digo, con voz suave, rezando para que me tome en serio.

Aunque no dice una palabra, me tranquiliza un poco que asienta y no dé muestras de enfado ante la petición. Sin embargo, la tensión emana de él en oleadas cada vez más intensas y estoy bastante segura de que en algún momento todas esas emociones que ha estado acumulando durante tanto tiempo van a desbordarse y no habrá forma de contenerlo.

—Trav, deberías parar…

—Necesito respirar —repite sin apartar la mirada de la carretera, y no puedo evitar pensar que podría estar sufriendo un ataque de ansiedad.

—Puedes hacerlo, pero tienes que parar.

Estoy acostumbrada al Travis resuelto y seguro de sí mismo, ese al que nada parece afectarle. No sé muy bien cómo lidiar con este otro Travis o qué hacer para no empeorar las cosas. Ni siquiera tengo claro que él sepa a dónde va en realidad.

—Está bien —digo finalmente—. Ve al mirador al que me llevaste después de la carrera. Era bonito…

«Sí, muy bien, Tara, porque seguro que lo que necesita es admirar las vistas», me lamento. Pero, para mi sorpresa, Travis vuelve a asentir y sus músculos parecen aflojarse ligeramente, como si el hecho de tener claro su destino le concediera alguna clase de tregua.

Desde la mansión de los Anderson-Jekkings no tardamos demasiado en tomar la carretera de la costa. Por una vez me alegro de lo caótico que es siempre el tráfico en Los Ángeles, porque la cantidad de coches que ocupan la calzada evita que Travis ceda al impulso de pisar el acelerador más allá del límite de velocidad.

Cuando por fin nos detenemos en el mirador, agradezco que no haya otros coches allí. Echo un vistazo rápido alrededor; no es que la otra vez pudiera ver exactamente cómo era el lugar. No es más que un pequeño apartadero en la mitad de la colina, pero las vistas son agradables incluso desde el interior del coche. El mar se extiende frente a nosotros, brillante y en calma, como un charco infinito sobre el que alguien hubiera derramado cantidades ingentes de purpurina, y el aroma a sal se cuela a través de las ventanillas bajadas.

Antes de que pueda encontrar algo que decir —algo que no suene a consuelo vano o a tópico estúpido—, el móvil de Travis vibra un par de veces con la entrada de varios mensajes. Él lo coge enseguida del hueco entre los asientos y sus dedos vuelan sobre la pantalla tras apenas unos pocos segundos.

Cuando vuelve a dejarlo a un lado, sus ojos se desvían al frente, más allá del parabrisas, aunque no me creo ni por un momento que esté admirando la idílica estampa.

—Vas a correr —le digo, y ni siquiera me molesto en hacerlo sonar como una pregunta.

El mensaje podría ser de cualquiera; tal vez sea trabajo o algún amigo, pero me da la sensación de que no es así. Y, si quien se lo ha enviado no fuera Parker, igualmente ese mensaje llegará más tarde o más temprano y, en esta ocasión, dudo que Travis lo ignore.

—¿Travis? —insisto cuando él no dice nada. Ladea la cabeza y sus ojos se posan sobre mí. Fuerza una sonrisa que no alcanza su mirada—. No hagas eso conmigo.

—Hacer ¿qué? —replica, aún con los labios curvados con una malicia que apenas soy capaz de reconocer.

Después de pasar las últimas semanas ansiando precisamente verlo sonreír, en este momento odio la mueca que mantiene en su rostro.

—No finjas de esa forma. Lo odio. No tienes que hacerme sentir mejor ni tampoco guardártelo todo dentro, Trav. No conmigo.

Sus manos continúan sobre el volante, y soy perfectamente consciente de cómo se curvan sus dedos y sus nudillos palidecen cuando lo aprieta con fuerza. Es curioso que esté tratando de mostrar una entereza que dudo que sienta cuando al conocerlo parecía empeñado en transmitir un gran «que te jodan, mundo» a todo el que se acercaba como si no le costara ningún esfuerzo.

—No pasa nada por estar enfadado o jodido y demostrarlo, ¿sabes? Y tampoco por permitir que la gente que te quiere te apoye.

Su mirada vuela de nuevo hasta mis ojos y la intensidad con la que me observa resulta casi intimidante. Pero no retrocedo ni retiro mis palabras. Travis necesita saber que tiene gente a la que le importa si está bien o no y también que no hay nada de malo en mostrar sus emociones.

—Así que por fin vas a admitir que te preocupas por mí, rubia —trata de bromear. Dios nos libre de que el idiota de Travis Anderson admita que algo le duele.

Por eso soy yo la que por fin digo en voz alta algo que nunca pensé que admitiría.

—Sí, me preocupo por ti —afirmo, y no hay rastro de burla en mi voz ni nada de nuestra hostilidad acostumbrada.

Travis se queda mirándome y luce casi… confuso. Más vulnerable de lo que lo haya visto jamás. Y de repente ya no parece capaz de ocultar nada; su expresión se inunda de tantas y tantas emociones que no puedo evitar estremecerme. Alargo la mano y la extiendo sobre su mejilla, y se me parte el corazón al ver el modo en el que reacciona empujando la cara contra mi palma, como si realmente necesitara el contacto suave de esa caricia.

—Travis...

—Estoy bien.

—No, no estás bien, pero no pasa nada —susurro, inclinándome para cubrir el espacio entre los asientos.

Cierra los ojos incluso antes de que le roce los labios con los míos y mentiría si dijera que este no es el beso más íntimo que nos hemos dado. Es tan diferente a todo lo que hemos compartido que me pregunto si no estoy por fin ante el verdadero Travis Anderson. Quizá, después de todo, me esté permitiendo ver en su interior, detrás de todos los muros de los que se rodea a diario.

Vuelvo a besarlo muy despacio. Sus labios se entreabren y, con la punta de la lengua, lame mi boca con timidez. Enseguida lleva una mano a mi nuca y me empuja contra él. A pesar de la intensidad del beso, de la caricia ardiente de su lengua y la presión de sus dedos sobre mi cuello, hay una extraña vulnerabilidad en sus movimientos. Y, cuando su suavidad y ternura se van transformando en una angustiosa necesidad de tomar y poseer, no me resisto en absoluto. Le cedo el control y le permito saquear mi boca, y seguramente también le doy más de lo que le haya dado a nadie nunca.

El beso se alarga durante no sé cuánto tiempo. Lame y mordisquea mis labios y luego, cuando se aparta, empuja mi cabeza hacia atrás para pasar a devorar mi garganta y la línea de mi clavícula. Un escalofrío sacude mi cuerpo cuando sus manos comienzan a moverse por mis costados y tira de mí hasta conseguir que quede a horcajadas sobre él. Solo hace una pausa para inclinarse un poco y meter la mano bajo el asiento; un instante después, el espacio entre mi espalda y el volante se amplía y el respaldo cae hacia atrás.

Arqueo las cejas y me permito esbozar una sonrisa suspicaz al encontrarme casi tumbada sobre él. Pero Travis no se detiene, sus manos caen hasta mi trasero y me empuja más hacia él, y no hay modo de que no me dé cuenta de lo duro que está. No estoy segura de que sea ni el momento ni el lugar para esto, sobre todo porque sé que Travis no está bien. Pero entonces, como si fuera consciente de mis dudas, él lleva la boca hasta mi oído y murmura:

—Por favor… Lo necesito. Por favor, Tara.

Mi nombre en sus labios, susurrado con devoción y ese tono anhelante tan particular que suele emplear, es más de lo que soy capaz de resistir. ¿Cómo podría negarme cuando prácticamente está suplicando? Tal vez todo lo que necesita es sentir la calidez de la piel bajo las palmas de las manos, o sentir otro cuerpo contra el suyo. Puede que esta sea su forma de no ahogarse en su soledad autoimpuesta.

Sin contestar en voz alta a su ruego, llevo mis manos hasta su cinturón y comienzo a desabrocharlo con una torpeza que me sorprende incluso a mí, mientras deposito suaves besos sobre su boca. De algún modo, esto parece diferente a las otras veces que hemos estado juntos; no sé cómo o en qué medida, pero se siente muy distinto. Como si estuviésemos traspasando una línea tras la que ya no hubiera regreso posible.

Parece más definitivo. Y no puedo evitar preguntarme si voy a admitir por fin que… me estoy enamorando de Travis Anderson.

Travis

—Sí, joder, nena. Eso es —farfullo entre dientes, perdido en la visión de Tara moviéndose sobre mí.

Dudo mucho que esté cómoda por muy magnífico que sea mi coche, pero no parece importarle. Tras apartar a duras penas la ropa de por medio y ponerme un condón a toda prisa, se ha dejado caer sobre mí tan lentamente que he creído que iba a perder la puta cabeza. Y ahora me está montando como si le fuera la vida en ello.

Probablemente es una locura estar follando a pleno día en este sitio. Puede que se encuentre bastante apartado y no venga mucha gente por aquí, pero podría aparecer alguien en cualquier momento. Y aun sabiéndolo no hay forma de que la detenga ni de detenerme yo. Ni siquiera soy capaz de explicar por qué lo necesito tanto, pero lo hago. Necesito esto de una forma cruda y desesperada.

La necesito.

Me digo que solo es una manera de distraerme, sentir otro cuerpo enredándose con el mío, aunque en el fondo sé perfectamente que no se trata de un cuerpo cualquiera. No. Es por ella. Por Tara. Porque de alguna forma que no alcanzo a comprender consigue rellenar al menos en parte el hueco de mi pecho y hacerme olvidar la mierda que hay en mi vida.

Olvidarlo todo.

—Maldita sea, Tara. No pares, por favor. —Ya ni siquiera me molesto en fingir que no estoy suplicando—. Dios, eres increíble. Se siente tan bien.

Anclo una mano en su nuca y la acerco para apropiarme de su boca. Me bebo sus jadeos mientras mi otra mano se aferra a su cadera y la ayudo a balancearse sobre mí. Cada golpe, cada empujón, cada embestida más y más profunda. Cálida y apretada, rodeándome y ciñendo mi polla de tal forma que me pongo aún más duro, si es que eso es posible.

Dejo caer la cabeza hacia atrás y la observo. Sus mejillas encendidas, los labios ahora entreabiertos para dejar escapar esos pequeños ruiditos que me vuelven loco y sus ojos clavados en los míos. No muestra ningún tipo de pudor, y eso me encanta casi más que cualquier otra cosa.

—Joder. Eres realmente preciosa. —El comentario sale de mi boca con una vehemencia tal que debería hacerme sentir avergonzado, pero supongo que he perdido la capacidad para ello cuando le he suplicado hace un momento.

Tara esboza una sonrisa maliciosa mientras se eleva y vuelve a caer sobre mí, y la descarga de placer que me sacude me arranca un jadeo involuntario. La imagen de ella alzándose por encima de mi cuerpo, moviéndose con una sensualidad exquisita, resulta provocadora incluso cuando estamos totalmente vestidos.

Por un momento me olvido de mis convicciones. Me olvido de no sentir, de no expresar emociones. De no dejarme arrastrar por nada ni nadie. Me olvido de la firme determinación de no perder nunca el control.

Y me abandono a ella. Al tacto cálido de su piel y sus labios y a la manera en la que me acoge en su interior como si no hubiera otra cosa que pudiera hacer. Como si estuviera hecha para mí. O como si fuera yo el que estoy hecho justo a su medida.

Un hormigueo se desata a lo largo de la parte baja de mi espalda en el momento exacto en el que ese pensamiento se apropia de mi mente. Tiro de Tara para tumbarla sobre mí, ansioso por saborearla. Necesitado de más de sus besos. Y ella me lo permite.

—Me vuelves loco —le digo entre asalto y asalto—. Me... Oh, joder. Estoy... Estoy muy cerca —continúo balbuceando, y me obligo a sujetar sus caderas para detenerla—. Espera, no..., no quiero que termine aún.

Durante un momento nos quedamos quietos; su pecho contra el mío y nuestros labios rozándose apenas. Me arqueo un poco y el movimiento me lleva aún más profundo en su interior, y la sensación es tan deliciosa que no puedo evitar maldecir por lo bajo. Y tal vez sea precisamente el hecho de desear alargar este momento el que me hace comprender que no es solo el placer y la inmediatez de un orgasmo lo que estoy buscando.

—No quiero correrme todavía —añado en voz baja, porque no sé qué otra cosa decir.

Llevamos tanto tiempo jugando al gato y al ratón que ahora no sé cómo afrontar que lo que sea que haya entre Tara y yo no se limita solo al sexo. Incluso cuando haya rogado, incluso cuando parezca tan desesperado por echar un polvo como para exponernos a cometer un delito de escándalo público, hay algo en esa sensación de calidez en mi pecho que no tiene absolutamente nada que ver con el placer físico ni con mi inminente clímax.

Acuno la cara de Tara entre las manos y busco en su mirada la respuesta a una pregunta que no sé si me atrevo a formular. En un impulso que no sé muy bien de dónde viene, le rozo la mejilla con la punta de mi nariz y voy dejando suaves besos sobre su piel hasta alcanzar la comisura de sus labios.

—Trav..., ¿estás bien? —pregunta, y casi parece sorprendida por la ternura con la que mi boca cubre la suya.

—No tengo ni la más mínima idea.

Sonrío aún con los labios contra los suyos, muy consciente de que estoy actuando como un loco. Lo más preocupante es que me importa una mierda que sea así. Me da igual que Tara vea partes de mí que no le muestro a nadie más.

Quiero que las vea. Lo he querido desde el principio.

—¿Vas a preguntarme por fin qué somos? —le digo cuando se retira para tomar aire, y si antes ya estaba confundida por mi respuesta ahora luce totalmente perdida.

—¿De verdad crees que es el momento adecuado para tener esta conversación?

Sí, lo creo, porque de repente necesito saber que esto es algo más que un par de revolcones y diversión para ella, y también que no está viendo a otros tíos...

—Un momento, ¿tú no...? No has estado con ningún otro tipo mientras nosotros... —¿Por qué demonios de pronto estoy balbuceando y sueno como si fuera la primera chica con la que me acuesto?

Su expresión perpleja se desvanece y la sustituye otra completamente diferente. Casi... cariñosa.

—Eres un idiota, Travis Anderson.

—No era eso lo que esperaba escuchar —replico, tratando de recuperar parte de mi soltura habitual.

Quiero ser solo yo para Tara. Y no solo eso. La quiero cerca, conmigo. Y darme cuenta de ello hace que algo se agite en mi estómago. Hace demasiado tiempo que no necesito a alguien de esta forma.

—¿Somos exclusivos? Somos exclusivos —me apresuro a confirmar sin dejarla contestar.

Tiro de sus caderas para hundirme más en ella, ansioso por sentirla. El movimiento repentino la coge desprevenida y la embestida hace que se le cierren los ojos. No puedo evitar sonreír. Pero entonces ella retoma ese balanceo furioso y sexy con el que no ha dejado de torturarme, y soy yo el que no es capaz de ahogar los jadeos.

—Joder, nena. Me vas a matar. Dios...

Cierro los ojos y aprieto con fuerza los párpados mientras me hundo en ella, porque si la miro un segundo más no creo que pueda retener mi orgasmo.

—Me encanta verte perder el control —afirma, inclinándose sobre mí de nuevo para a continuación susurrar en oído—: Está bien, Trav. Somos exclusivos —dice, y se agarra a mis hombros para continuar danzando de esa forma tan sensual sobre mi regazo—. Pero promete que serás menos ese Travis idiota que tiene un palo metido por el culo y mira a los demás por encima del hombro.

Abro los ojos.

—Solo si tú me prometes algo a cambio. —Una de sus cejas se arquea, tan suspicaz como de costumbre—. No dejes nunca de decirme exactamente lo que piensas.

Me gusta que no quiera callarse. Que me desafíe continuamente. Que no deje de provocarme para sacar más y más de mí. Me gusta que me vuelva loco y que me haga... sentir.

Tara se echa a reír, y sus carcajadas consiguen llevarme de nuevo al límite. No solo porque los músculos de su sexo se aprietan a mi alrededor hasta casi hacerme explotar, sino porque el sonido de su risa resulta intoxicante. Y, cuando susurra un «trato hecho» envuelto en más de esas risas y sus labios buscan los míos, soy muy consciente de que ya no hay nada que pueda retenerme.

Mis dedos se clavan en sus nalgas con tanta fuerza que es posible que termine dejándole marcas. Tara acelera el ritmo y yo empujo desde abajo a la vez para encontrarnos a medio camino. Ya ni siquiera prestamos atención a lo que nos rodea. Todo se vuelve salvaje y urgente, y el coche se llena con el sonido de nuestros cuerpos chocando, sus gemidos y las maldiciones que brotan sin pausa de mis labios.

—Trav... —gimotea ella.

—Córrete para mí, Tara. Vamos, dámelo, nena.

«Dámelo todo», pienso para mí, pero no lo digo en voz alta porque..., sinceramente, ese «todo» significa mucho para mí y me acojona tanto que no tengo ni idea de lo que hacer con él.

Tara se mueve aferrada a mí, gimiendo. Y todo resulta abrumador. Intenso. Demasiado intenso. Tanto que por un momento siento que me romperé bajo su cuerpo. Así que cierro los ojos y me dejo llevar. Me limito a sentir, sin preocuparme de lo que esté reflejando mi expresión. Sin contenerme. Y, cuando ella empieza a murmurar mi nombre y todo su cuerpo se estremece, mi propio orgasmo me golpea con una fuerza devastadora.

Tara se desploma sobre mí y esconde la cara en el hueco de mi cuello mientras mis brazos se enredan alrededor de su espalda. La sujeto contra mí incluso cuando apenas tengo las fuerzas necesarias para ello. A pesar de que no creo que ninguno de los dos estemos cómodos en absoluto, no quiero que vuelva a su asiento. Necesito… respirarla durante un momento más.

Sentirla.

Porque en este instante me da igual tener un padre que no es mi padre y una madre a la que no le importa lo que haga con mi vida mientras mantenga las apariencias. Incluso logro olvidarme de esa herida fruto de una dolorosa traición que aún continúa doliendo. Y, sobre todo, siento que no tengo que seguir corriendo hacia delante sin rumbo. Que no tengo que escapar de mí mismo ni de los demás.

Los dedos de Tara se enredan en mi pelo y juguetea con los mechones de forma distraída. No puedo evitar sonreír. Su aliento me hace cosquillas sobre la piel del cuello. El peso de su cuerpo resulta reconfortante y, aunque sé que de un momento a otro voy a tener que salir de su interior, ahora mismo lo único que quiero hacer es abrazarla.

Abrazarla…, joder. Estoy acurrucado con una chica en un coche en mitad de la nada.

Se me escapa una carcajada porque no sé qué otra mierda hacer conmigo mismo en esta situación.

Tara intenta erguirse, pero la sujeto para que no se mueva. Necesito hacerle saber aunque solo sea una pequeña parte de cómo me siento, pero no estoy seguro de poder hacerlo con sus ojos sobre mi rostro.

—Eres… increíble, Tara.

Está claro que no estoy especialmente locuaz. Dejo que mi mano ascienda lentamente por su espalda hasta alcanzar su nuca y le beso la sien. Y, aunque no tengo ni idea de cómo lidiar con lo que está sucediendo entre nosotros, espero que ella comprenda de algún modo que esto, lo que ella me hace, es importante para mí.

—Me lo dicen todo el tiempo —bromea, y casi lo agradezco, pero luego el volumen de su voz se suaviza al añadir—: ¿Estás bien?

Cuando no contesto, Tara exhala un suspiro y me brinda una sonrisa suave y triste.

—¿Sabes? Cuando mi madre murió —comienza a decir muy bajito y en un tono que evidencia que no le resulta fácil hablar de ello—, me cerré por completo. Supongo que cada persona se enfrenta al duelo de una forma diferente. Yo opté por esconderme de todo el mundo en mi habitación. No quería hablar con nadie ni ir a ningún lado, ni siquiera comía. Estaba furiosa, triste, decepcionada, angustiada… Sentía tantas cosas a la vez que no encontraba la manera de gestionarlo. Pero, sobre todo, creía que era injusto. ¿Por qué tenía yo que perder a mi madre? —Inspira y su pecho se eleva y presiona contra el mío—. Lo que no comprendía era que yo no era la única que la había perdido.

»Mis padres se adoraban, no imaginas de qué manera. Tenían uno de esos amores de película, intenso, devoto y también real. Incluso cuando discutían lo hacían… amándose. Creo que el día que murió mamá, también papá lo hizo un poco con ella. Aun así, a pesar de su propio dolor, un día mi padre entró en mi habitación y se sentó junto a mí en la cama. Creí que señalaría lo disgustada que hubiera estado mi madre de haberme visto así; sin embargo, me dijo que estaba bien que me enfadara, que llorara por ella y que estuviera triste, pero que no podía dejarlos fuera. Ni a él ni a mi hermano. «¿De qué va a servirte eso? ¿Crees que ayudará en algo o nos la devolverá?», me preguntó. Y tuve que darle la razón.

Se le quiebra la voz y enmudece. Así que cubro su mejilla con la palma de la mano y, aunque estoy deseando mirarla a los ojos, le permito que continúe escondida en el hueco de mi cuello. Durante unos pocos segundos, no dice nada más. Y yo solo espero.

—Sé que a veces dejar a los demás al margen parece lo más sencillo de hacer, pero en realidad es mucho más duro que cualquier otra cosa, sea cual sea la situación, y no conduce a ninguna parte. Al final, solo acabas perdiendo aún más… —Solo entonces, Tara ladea la cabeza y levanta la barbilla para mirarme. Hay humedad en sus ojos, pero también un destello de desafío que grita: «Atrévete, ¿qué tienes que perder?».

Sé que me ha hablado de su madre por lo que ha sucedido hace un rato con la mía; sin embargo, mi situación familiar no es algo nuevo para mí. Supongo que duele, pero he aprendido a convivir con ese dolor. Sea como sea, sí que hay algo en lo que tiene razón.

—Debería ir a hablar con Blake.

Mi hermano seguramente sea la única persona que, incluso cuando no he dejado de cometer estupideces, ha seguido estando ahí para mí. Y me da igual que sea solo mi medio hermano, nunca me ha importado; tampoco me importaría que no fuera mi hermano en absoluto. Al final, supongo que la verdadera familia es algo más que lazos de sangre o genes que se heredan. Y a Blake le debo una explicación, si es que quiere escucharla. Solo espero que a él no le duela demasiado la verdad sobre nuestra familia.

—Deberías —coincide Tara.

Con las manos sobre mi pecho, empuja ligeramente para ganar espacio. Se retira y hay un breve momento de torpeza mientras me deshago del preservativo, nos arreglamos la ropa y ella vuelve a su asiento. Y ese instante se asemeja tanto a cuando atravieso la línea de meta en una carrera y el mundo real me alcanza de nuevo que no puedo evitar estremecerme.

Sin embargo, al girar la cabeza para mirarla y contemplar el sonrojo de sus mejillas, sus rizos totalmente desordenados y la sombra de una sonrisa en sus labios, lo único en lo que puedo pensar es en que tal vez el mundo real no sea tan malo esta vez.

Y en que quiero volver a besarla, eso también. Quiero besarla todo el puto tiempo.

—Blake te quiere y se preocupa por ti —dice entonces.

—Lo sé.

—Pues entonces ve y habla con él. Y no te lo guardes todo dentro, Trav. No es sano ni bueno. A veces las personas que nos quieren necesitan que les digamos que nos importan y que… también nosotros los queremos a ellos.

Extiendo la mano y recorro la línea de su mandíbula con la punta de los dedos, y de repente se me amontonan en los labios palabras que no alcanzo a pronunciar.

«Te deseo. Me gustas. Me importas mucho, Tara. Y creo… creo que me…».

Corto el pensamiento antes de que llegue a tomar forma en mi cabeza y me limito a robarle un beso.

Eso tendrá que bastar.

Llevo a Tara de vuelta al campus y, cuando voy a despedirme de ella, me siento muy tentado de no dejarla ir. O más bien de no irme yo. Lo único que en realidad me apetece ahora mismo es quedarme junto a ella, tumbarnos en su cama abrazados y olvidarme de que el mundo continúa girando.

—¿Estás bien? —Esta vez soy yo el que le pregunta a ella.

Tara asiente y sonríe.

Aunque el camino de vuelta ha sido silencioso, de nuevo parece la chica desesperante que en las últimas semanas se me ha ido metiendo bajo la piel. La que nunca se calla y tiene una respuesta a punto para cualquiera de mis tonterías. No puedo creer que me comportara como un capullo con ella en la boda de Thomas; he sido un verdadero gilipollas. Supongo que llevo siéndolo durante mucho tiempo.

Yo también le sonrío. Una sonrisa genuina, amplia y sincera, aunque permita además que asome parte de mi inquietud y de mi dolor; quizá eso, después de todo, es lo que la hace más auténtica. Más real.

Me inclino sobre ella, la agarro de las caderas y tiro hasta que sus pies se despegan del suelo. Tara suelta una carcajada y lucha por liberarse, pero la mantengo apretada contra mi pecho. Al final se rinde y enreda los brazos alrededor de mi cuello.

—Las Vegas. Este fin de semana —le susurro al oído—. Tú y yo en la ciudad del pecado. Mmm...

—Como si necesitaras una ciudad en concreto para eso, Anderson.

Le mordisqueo el lóbulo de la oreja y luego desciendo por su cuello dejando un rastro de besos. Mi piercing se desliza por su piel y ella se estremece.

Dios, huele la hostia de bien.

—No subestimes esa ciudad. El domingo podríamos amanecer con una resaca brutal y casados. O con un tigre encerrado en el baño, como en *Resacón en Las Vegas*.

Aunque se está riendo, Tara vuelve a patalear para que la suelte. La pongo en el suelo, pero eso es todo lo lejos que estoy dispuesto a dejarla ir ahora mismo.

—Te odio, idiota —asegura, aunque incluso para mí resulta obvio que no es así como se siente—. Ni borracha conseguirías que me casara contigo.

—Puede que no, pero voy a hacerte mía en cada rincón de ese casino y conseguiré que admitas por fin que no solo no me odias, sino que estás loca por mí.

La mirada que me devuelve es desafiante, una clara invitación a intentarlo. Sinceramente, no esperaba menos de ella. Y me encanta que me rete a esforzarme, porque no hay duda de que he estado corriendo sin un destino fijo y Tara ha logrado que, por una vez, me detenga y mire a mi alrededor.

Con un beso largo y profundo y una última caricia que termina con mi mano en la parte baja de su espalda, permito que se marche a regañadientes y me digo que es hora de hablar con mi hermano y de dejar de escapar de una vez por todas.

Saco el móvil del bolsillo y le envío a Parker un mensaje: «No voy a correr. Tengo algo más importante que hacer».

De vuelta a la ciudad, me encuentro el coche de Blake aparcado frente al edificio, así que supongo que no ha regresado a la oficina después de la visita a nuestros padres. Yo no soy el único que a veces trabaja desde casa, pero dudo que sea eso lo que esté haciendo. No debería haberle soltado una bomba así y salir corriendo. Joder, llevo demasiado tiempo haciéndolo todo mal con él. No me extrañaría si esta vez decide ponerme de patitas en la calle. Lo conozco y sé que no me dejaría tirado si de verdad no tuviera a dónde ir, pero Blake es muy consciente de que mi sueldo no es precisamente irrisorio y de que, si estoy viviendo con él, no se debe a que me falten opciones.

Cuando entro en el piso y me lo encuentro de pie frente a la enorme cristalera, contemplando en silencio las vistas de Los Ángeles, no puedo evitar pensar en Tara frente a esa misma ventana. Y de algún modo ese recuerdo hace saltar otros muchos dentro de mí.

Blake gira sobre mí mismo y se queda mirándome sin decir nada. Y yo, en lugar de contarle que ya hace mucho tiempo que sé que su padre no es el mío y explicarle por qué nunca le he dicho nada, apoyo la espalda en la puerta, me dejo caer hasta el suelo y reúno el valor para confesar algo de lo que nunca creí que hablaría con nadie:

—Lo que pasó con ella... Con Sasha —me obligo a decir, y no se me escapa el destello de sorpresa que asoma a su expresión—. No fue como tú crees.

Tara

La sonrisa de Raylee es la más parecida a la del gato de Cheshire que he visto en mi vida. No es que el drama que se ha desatado en torno a la familia de su novio le divierta; me ha interrogado durante una larga hora sobre Travis y lo que ha sucedido cuando nos hemos marchado de la casa de sus padres. La razón de su entusiasmo desbordante es lo que acabo de soltar hace unos pocos segundos:

—Creo que estoy… colgada del idiota de Travis.

No es la declaración de amor más bonita de la historia, eso seguro, y es posible que no fuera a emplear la palabra «colgada» en realidad. Pero a Raylee no parece importarle y, en honor a la verdad, tengo que admitir que a mí tampoco.

—¡Ja! ¡Lo sabía!

Pongo los ojos en blanco, pero eso solo consigue aumentar su molesta felicidad. Agita el dedo delante de mi cara y yo lo aparto de un manotazo.

—No entiendo por qué estabas tan convencida de todo esto…

—Tú no has visto lo que yo. Te conozco. Si de verdad hubieras odiado tanto a Travis, lo hubieras apartado a un lado desde el principio y hubieras seguido adelante —explica, como si fuera algo tan obvio que incluso yo debería haberme dado cuenta—. Lo hiciste con Mark. Normalmente, eres muy decidida y siempre tomas el camino más corto entre dos puntos. Peeero… —canturrea, y sé que está disfrutando mucho con esto— con Trav no tienes ni idea de lo que estás haciendo. —Se ríe—. Y él… Tendrías que ver cómo te mira. Está totalmente fascinado contigo y, créeme, hay pocas cosas que fascinen a Travis Anderson.

Agito la cabeza, negando, pero de todas formas se me escapa una sonrisita estúpida y las mariposas de mi estómago se empeñan en revolotear de un lado a otro al escucharla.

Es oficial. Tengo quince años de nuevo y estoy totalmente colada por Travis Anderson.

—Le gustas. Le gustas muchísimo, Tara.

Raylee se encoge de hombros y se estira sobre nuestro sofá compartido, donde hemos estado charlando desde que Travis me dejó en el portal y se marchó a hablar con Blake. Ojalá esa conversación vaya bien. Creo que Travis necesita de verdad empezar a confiar en su hermano y no continuar guardándoselo todo; no puedo ni imaginar lo que ha significado para él vivir ocultando un secreto así y, sinceramente, dudo que el comportamiento de su madre haya ayudado mucho.

—¿Cómo se ha tomado Blake...? —No concluyo la frase. Imagino que no es necesario.

Raylee tuerce el gesto y emite un pequeño suspiro, y sus ojos pierden el brillo burlón de hace un instante. Blake y ella llevan solo un puñado de meses saliendo, pero al verlos juntos resulta evidente que lo suyo va para largo. Blake la mira con una adoración que he visto pocas veces en el rostro de un tío, como si ella fuera el centro de su mundo. Y para Raylee no es muy diferente. No tiene nada que ver con el encaprichamiento que ha tenido por él durante años, es algo mucho más profundo. En cierto modo, me recuerdan a la forma en que mis padres gravitaban el uno en torno al otro, al modo de buscarse y tocarse continuamente y sonreír al escuchar su voz. Raylee no me ha comentado nada, pero estoy bastante segura de que, cuando se gradúe, no tardarán en irse a vivir juntos.

—Está muy afectado y también enfadado —replica, y echa un rápido vistazo a la pantalla de su móvil. Debe de estar esperando que la llame—. No es que le importe que Travis sea su hermanastro, eso es una chorrada. Para él no ha cambiado nada y sigue siendo su hermano, y no es como si la relación con sus padres hubiera sido demasiado buena nunca. Pero…

—Le hubiera gustado saberlo antes —completo por ella.

Raylee asiente.

—Blake lo quiere y quiere que sea feliz. Quizá ahora sea más fácil para él comprender por qué Trav actúa así. Tal vez esto los ayude de verdad.

Empiezo a pensar que, a pesar de que la primera impresión que obtuve sobre Travis fue que nada le importaba una mierda, en realidad solo ha estado tratando por todos los medios de que no le importase, recluyendo sus emociones lo más lejos posible de la superficie. Aun así, sigo pensando que hay algo que se me escapa, que esa empecinada huida hacia delante, esa insistencia en correr más que el resto del mundo y dejarlo todo atrás, tiene que venir de alguna otra parte. Es como si no quisiera arriesgarse a estar demasiado cerca de nadie.

—Espero que así sea.

Nos quedamos un rato calladas, cada una perdida en sus pensamientos. Nunca me han incomodado los silencios entre Raylee y yo y creo que a ella tampoco, así que no hay necesidad de rellenarlos con ningún tipo de charla irrelevante. Y lo que más me sorprende es darme cuenta de que con Travis me sucede algo similar. A lo mejor es porque los silencios de Travis dicen mucho más de él de lo que calla.

—Así que ahora eres la novia de Gilipollas Anderson —se burla Raylee un rato después, girándose hacia mí. A saber qué relación de ideas la ha llevado hasta ese pensamiento.

Agarro un cojín y se lo estampo en la cara. Y me relajo un poco gracias a su broma, aunque sigo preocupada por Travis. Lo único que me queda es esperar y… confiar, supongo.

—Te he echado de menos.

A pesar de estar intentando no sonreír como una imbécil, no puedo evitar que mis labios se arqueen; eso es lo que pasa cuando un tío como Travis —un tipo alto, terriblemente atractivo, con ojos de un verde precioso, cubierto de tatuajes y con un delicioso piercing en la lengua— te dice que te ha echado de menos mientras sostiene tu rostro entre las manos después de haberte dado un beso tan dulce, largo e intenso que se te olvida incluso cómo respirar. No recuerdo haberme sentido nunca de esta forma, con las sensaciones tan a flor de piel y esta extraña y continua necesidad de obtener más de él. Como si nunca resultara suficiente.

Tampoco me acostumbro a ello.

—Yo no. Solo han pasado dos días —me burlo, aunque es mentira. Sí que lo he echado de menos. Mucho. Demasiado.

De una forma vergonzosa.

Echo un rápido vistazo a Blake y luego devuelvo mi atención a Travis. Parecen… tranquilos, aunque tampoco es que vaya a saber con una sola mirada cómo están las cosas ahora entre ellos.

—Mentirosa —susurra Travis en mi oído.

Sus manos descienden hasta la parte alta de mi culo y me aprieta de tal forma que soy muy consciente de lo mucho que me ha echado de menos. O al menos de cuánto lo ha hecho su cuerpo. Es un poco preocupante lo compatible que somos Travis y yo en el sentido sexual y lo poco que necesitamos para excitarnos el uno al otro. Le basta emplear su tono ronco y darme un mordisquito en el cuello para que mi propio cuerpo reaccione con tanto entusiasmo como el suyo.

—Admítelo. Te morías de ganar de verme —continúa susurrando. Acto seguido, aspira profundamente contra la piel de mi cuello y hace un ruidito obsceno con la garganta—. ¿Por qué demonios hueles siempre tan bien, rubia?

Alguien carraspea en algún punto cercano y es entonces cuando recuerdo que Raylee y Blake están también aquí. Empujo a Travis y giro la cabeza, y me encuentro con la deslumbrante sonrisa de mi amiga y la mueca perpleja de Blake. Él ya nos pilló una vez en pleno frenesí sexual, así que no tendría que escandalizarse tanto, pero comprendo que ahora mismo Travis y yo tenemos el aspecto de una de esas parejitas que…

Doy un salto hacia atrás para ganar distancia, lo cual resulta ridículo porque en realidad somos una pareja, ¿no?

Travis suelta una carcajada y lo fulmino con la mirada por inercia, pero tardo apenas un par de segundos en procesar la imagen de él riendo… Riendo de verdad. A carcajadas. Y es completamente cautivador.

Mierda.

De verdad estoy perdida.

Enamorada de él.

Trago saliva. No sé por qué me pone tan nerviosa, pero lo hace. Travis me altera a todos los niveles y de una forma tan evidente que resulta bochornoso.

—Ven aquí —exige, pero ya está tirando de mí.

Me encuentro estampada contra su pecho antes siquiera de que se me ocurra oponer resistencia. Me envuelve con los brazos para que no tenga modo de escapar. Se apropia de mi boca y, cuando el piercing de su lengua se desliza entre mis labios, sé que no tengo nada que hacer.

—Si mi hermano no estuviera mirándonos y a punto de sufrir un derrame cerebral, te metería en el coche y te follaría de nuevo en el asiento.

No estoy segura de que haya dicho eso lo suficientemente bajo como para que Blake y Raylee no lo hayan escuchado.

—Por nosotros no os cortéis —ríe entonces Blake, y es obvio que lo ha oído todo.

—Para, Trav —murmuro, pero agarro su camiseta y le doy un último beso en los labios antes de retirarme.

Al dar un paso atrás, me lanza una sonrisa a juego con una mirada que promete mucho más. Estaba un poco preocupada por si, cuando volviéramos a vernos, se comportaba de nuevo como el Travis idiota, pero no hay ni rastro de él.

Mi maleta reposa olvidada sobre la acera. Enredo los dedos en el asa para empujarla hacia él porque no tengo ni idea de qué otra cosa hacer. La sonrisa sexy de Travis se convierte en una burlona, como si supiera lo nerviosa que estoy, aunque por mi comportamiento errático seguramente resulta bastante evidente.

Rodeo el coche y lo acompaño hasta el maletero en el que Raylee ya ha metido su equipaje.

—¿Qué pasa? —me pregunta mientras acomoda mi *trolley* entre el resto de las maletas.

—¿Eh?

Apoya la cadera contra el chasis y se cruza de brazos.

—¿Por qué parece que tengas bajo la ropa un montón de hormigas corriéndote por la piel? —Lanza su mano hacia mí y detiene el golpear rítmico de mis dedos sobre mi muslo—. ¿Nerviosa?

—¿Yo? ¿Por qué iba a estarlo?

«Porque no puedes dejar de pensar en que realmente estás enamorada de él».

Llevo dos días dándole vueltas y más vueltas. Por fin entiendo cómo se sentía Raylee en la boda de Thomas y por qué se dedicaba a negar lo que resultaba bastante obvio. ¿Lo peor? Que también comprendo que es la primera vez en mi vida que me siento así.

Me he colgado antes por un tío, pero nunca de esta forma. Y a veces aún tengo ganas de abofetear a Travis, como ahora, mientras me mira con una ceja enarcada, una curiosidad insana en los ojos y la típica expresión burlona que tanto me saca de quicio.

Pero también tengo ganas de volver a besarlo.

—¿Nos vamos de una vez? —grita Blake desde dentro del coche.

Haciendo caso omiso a su hermano, Travis repasa con el pulgar la curva de mi labio inferior y su mirada persigue el movimiento de su dedo. Luego se inclina y me da un beso suave y tierno. Y yo me derrito contra él sin remedio.

A lo mejor yo también tengo una Tara a la que no conozco, y resulta que a esa parte de mí le gusta más de lo debido este Travis atento y cariñoso. Tanto como el Travis idiota, diga lo que diga eso de mí.

—No tienes de qué preocuparte, lo que pasa en Las Vegas se queda en Las Vegas.

—Eso no me tranquiliza en absoluto —replico, pero doy media vuelta para meterme en el coche.

Travis me da una palmada en el trasero y vuelve a reír cuando protesto. Blake, asomado por la ventana del conductor, nos observa como si estuviera deseando sacar el móvil e inmortalizar el momento. Luego agita la cabeza y se endereza en el asiento.

—¿Vas a dejar que Blake conduzca tu coche? —le pregunto a Travis mientras me deslizo en el asiento trasero.

Él se encoge de hombros y se acomoda a mi lado. Tenemos alrededor de cinco horas de viaje por carretera hasta Las Vegas y hemos quedado en que iríamos todos juntos en un coche, pero estaba convencida de que Travis no le cedería a nadie su puesto tras el volante.

—¿Quieres hacerlo tú? —pregunta, pero yo niego.

Lo que quiero es echar una cabezadita, así que no me resisto cuando Travis me pasa el brazo por los hombros y me aprieta contra su costado. Se le ve relajado, incluso feliz, y eso ayuda a que yo también me relaje. Sus dedos comienzan a trazar círculos sobre mi hombro, pero su mirada ha descendido hasta mis piernas. Se queda un momento contemplando el límite que la tela de mi vestido marca sobre mis muslos y luego levanta la vista hasta mis ojos.

—Llevas falda —murmura, como si no fuera una obviedad, y luego añade—: Últimamente siempre llevas falda.

Se humedece los labios con la punta de la lengua y luego las comisuras de sus labios se van curvando muy poco a poco. Su mirada se torna hambrienta mientras juguetea con el dobladillo del vestido. Le doy un empujoncito, porque está claro que se ha fijado mucho más de lo que esperaba y me avergüenza admitir que mis elecciones recientes en cuestión de ropa no han sido para nada fruto de la casualidad.

—Me gusta —señala, y le da un pequeño tirón hacia abajo a la tela.

Sus nudillos me rozan el muslo y la piel se me eriza en respuesta al toque.

—Por Dios, ¿podríais mantener las manos quietecitas al menos durante un rato? Ya he visto suficiente de vosotros dos —nos sermonea Blake, quien al parecer no está tan atento al tráfico como debería.

Pero entonces Raylee se inclina sobre él a través del hueco entre los asientos delanteros y le susurra algo al oído. Lo que sea que le diga no debe de ser apto para todos los públicos, porque Blake se revuelve en el asiento, carraspea para aclararse la garganta y le aprieta a Raylee la mano que ella mantiene sobre su muslo.

A partir de ese momento, Blake comienza a hablarnos de la inauguración del casino a la que vamos a asistir. Thomas y él, junto con el resto del estudio de arquitectos para el que trabajan, han diseñado cada palmo del edificio, que alberga también un hotel con un montón de servicios de primer nivel. Hay spa, gimnasio, una piscina, una boutique de lujo y también varios restaurantes. Jordan West, el propietario, no ha escatimado en recursos para poner en marcha el establecimiento, y la fiesta que se celebrará mañana, y a la que estamos invitados, va a contar con un montón de celebridades. A Raylee y a mí nos ha costado un buen quebradero de cabeza elegir un vestido, lo que ahora me hace plantearme...

—¿Vas a ponerte un esmoquin?

El teléfono de Travis comienza a sonar y, tras una rápida mirada a la pantalla, se lo lleva al oído y contesta con un «Anderson» tan formal que a punto estoy de echarme a reír.

—No, aún no está listo —contesta a lo que sea que le hayan dicho, manteniendo el tono profesional—. No me importa lo que Andrew tenga que esperar. He dicho que el prototipo no está listo y no va a estarlo porque él se empeñe en meterme prisa. Dile que, si quiere algo realmente bueno, le toca tener paciencia. —Se calla un momento y luego suelta una carcajada y añade—: Por eso mismo me contrató.

La conversación continúa durante un par de minutos más y no puedo evitar contemplar a Travis mientras habla. Ya sabía que tiene un trabajo, uno que Blake dejó claro que en realidad le apasiona, pero esta es otra versión de Travis en la que nunca me había parado a pensar. Y también me gusta.

Por Dios, me gusta todo de él.

Cuando por fin cuelga, ladea la cabeza hacia mí.

—¿Qué?

—Nada —respondo demasiado rápido.

—Seguías creyendo que el chico de los tatuajes y el piercing no hace una mierda para ganarse la vida, ¿no? —dice con cierta resignación, y le da un suave tirón a uno de mis rizos—. Estás llena de prejuicios, rubia. Hay..., hay cosas que aún no sabes de mí —añade con un titubeo.

Y, aunque solo parece estar haciéndose el interesante —muy típico de Travis—, algo me dice que hay mucho más detrás de esa broma aparente.

—Sí.

—Sí ¿qué? —tercio yo, desconcertada.

—Sí voy a llevar esmoquin, Tara.

Y, a pesar de que la imagen de un Travis vestido de etiqueta parpadea en mi mente de forma pecaminosa, no consigue evitar que me dé cuenta de que solo ha sido una maniobra de distracción.

¿Qué más podría estar escondiendo Travis Anderson?

Travis

Estoy como una puta piedra.

No tendría que suponer un problema si no fuera porque llevamos horas metidos en el coche. Y, cuando digo «llevamos», me refiero a mi hermano, su novia, Tara y yo.

Tara.

Dos días sin verla y el estómago me ha dado un vuelco en cuanto la he descubierto esperando de pie en la acera con su maleta. Han sido dos días raros, quizá porque mi conversación con Blake sigue repitiéndose en mi mente a pesar de que me siento… liberado. Al menos en parte. Supongo que a veces los secretos que guardamos, con el tiempo, se convierten en algo demasiado pesado que llevar. Hablarle a mi hermano de lo sucedido con Sasha ha aliviado esa carga, y su escasa reacción respecto al hecho de que solo somos medio hermanos en realidad ha ayudado mucho. A Blake le da exactamente igual, todo lo que dijo fue: «No deberías haberme ocultado algo así». Claro que eso también se aplica a lo mío con Sasha.

Desecho el pensamiento en cuanto alcanzamos por fin nuestro destino. El casino y hotel de Jordan es una mole de cemento y cristal con un diseño espectacular, cortesía del estudio de arquitectos en el que trabaja Blake. Hay una fuente en la rotonda de entrada y un montón de vegetación rodeando el edificio, y estoy seguro de que por la noche su fachada se iluminará como un maldito árbol de Navidad. Al igual que lo que le sucede a su propietario, está concebido para llamar la atención; aunque en Las

Vegas todo lo está y Jordan West nunca ha sido un tipo al que le guste pasar desapercibido en ningún aspecto de su vida.

Tara lleva un vestido verde y con vuelo y, cuando sale del coche, los ojos se me van a la parte de atrás de sus muslos. Me veo obligado a recolocar la maldita erección que, al parecer, se ha convertido en una constante cuando estoy cerca de ella. A veces pienso que le basta con respirar a mi lado para que se me ponga dura.

Raylee y Tara dan saltitos en la entrada a pesar de que la novia de mi hermano ha pasado la mitad del trayecto mareada y preguntando cuándo íbamos a llegar. No puedo evitar sonreír al observarlas. Blake rodea el vehículo después de sacar nuestras cosas del maletero y entregarle las llaves al aparcacoches y se coloca a mi lado. Mientras miramos a las chicas, me pregunto cómo demonios he llegado hasta aquí. Y no me refiero a Las Vegas, claro está, sino a este instante; observar a una mujer como Tara con una extraña sensación en el pecho, una sonrisa en los labios y la polla formando una tienda de campaña. No tengo muy claro si quiero follármela o abrazarla solo para sentirla cerca.

—¿Todo bien? —pregunta Blake, algo que he escuchado mucho en las últimas cuarenta y ocho horas.

Reprimo un gruñido. Estoy aprendiendo a dejar que mi hermano se preocupe por mí; por ahora, la cosa va un poco lenta. No estoy acostumbrado a exponer mis emociones, pero Tara ha conseguido desbaratar todo el control que pudiera tener sobre ellas.

—No tengo ni idea.

Blake arquea las cejas y su mirada oscila entre su novia, mi novia y yo.

«Mi novia».

Juro que no pensé que emplearía nunca esas dos palabras juntas, pero aquí estoy.

—¿Sabes? Esto es más divertido de lo que esperaba —señala Blake, y sé que no se está refiriendo a nuestro viaje a la ciudad del pecado.

No. En realidad, habla de lo mío con Tara.

—Capullo.

Blake se ríe y no lo culpo, porque después de su numerito con Raylee en la boda de Thomas puede que yo también me burlara un poco de él. Pero entonces se gira hacia mí y se cruza de brazos.

—Te gusta mucho, ¿no es así? —No llego a contestar, aunque creo que es innecesario dar una respuesta—. Si me permites el consejo, deberías contárselo todo...

Niego incluso antes de que haya terminado la frase. Hay cosas que Tara no necesita saber. Lo que pasó pasó. No va a afectar a lo que tengo con Tara y no tiene nada que ver con ella.

Blake no parece contento con mi negativa, pero, aun así, añade:

—Bien, es cosa tuya. Pero ayudaría a que entendiera tu falta de... confianza.

—Confío en Tara. Esto no tiene nada que ver con ella —me reafirmo.

No hay tiempo para continuar. Raylee se acerca y se lanza en brazos de mi hermano para reclamar su boca, y yo aparto la mirada y me centro en Tara. Ella avanza hacia mí un poco más despacio que su amiga; sus caderas se contonean de forma sensual y en sus labios revolotea una sonrisa lujuriosa que me recuerda mis planes para nuestra llegada.

La agarro de la mano y tiro de ella para llevarla al interior. Gracias a West, nuestras habitaciones están ya listas para ser ocupadas; tres habitaciones, dado que Thomas y Clare no tardarán en llegar y Blake le confirmó a West hace días que yo también vendría. Interrumpo la charla que mantienen Raylee y Tara en el pasillo, algo sobre lo que pretenden hacer durante el resto de la tarde, y empujo a mi novia al interior de lo que parece una lujosa suite. El cabrón de West también ha hecho un buen trabajo con la decoración.

—Nena —gimo, atrapando su cuerpo entre el mío y la puerta.

—Alguien está un poco desesperado.

No me importa si se ríe de mí. Sinceramente, sí, estoy muy cachondo después del largo viaje por carretera. Diría que ahora que he arreglado ciertos aspectos de mi vida las cosas son distintas para mí, pero mi polla ha estado prestando mucha atención a Tara desde el momento en el que la vi por primera vez. A pesar de que había creído que, tras un par de revolcones perdería interés, la atracción que siento por ella no ha hecho más que crecer y crecer.

—Joder, me tienes duro todo el puto tiempo —farfullo, encajando mis caderas contra las suyas.

Sus labios se entreabren, su mirada se torna vidriosa y su respiración se acelera. Y que responda tan bien a mis provocaciones solo lo hace todo aún mejor. La hago girar para que apoye las manos contra la madera y le subo la parte trasera del vestido. Todo se vuelve más y más frenético a cada segundo que pasa. Mi pulso, su respiración, los ruiditos obscenos y deliciosos que atraviesan sus labios mientras deslizo la mano dentro de sus bragas.

—Estás empapada —murmuro, aún más excitado por el descubrimiento—. Me encanta que siempre estés lista para mí.

—No te lo creas tanto, Anderson —replica, porque…, bueno, es Tara y le es imposible no replicar.

—Así que no estás deseando que te folle, ¿verdad?

La mantengo apretada contra la puerta. Lamo su cuello, dejando que mi piercing se arrastre por su piel, y hundo un dedo de golpe en su interior solo para provocarla. Las paredes de su coño se aprietan alrededor y emite un quejido que viaja directo a mi polla.

—O que te lama hasta que te corras en mi boca.

—Travis, joder.

Me río en su oído, aunque mi necesidad es posiblemente mayor aún que la de ella. A duras penas consigo abrirme la cremallera de los vaqueros, sacar un condón y ponérmelo, todo ello sin dejar de besar su cuello, sus hombros y toda la piel expuesta que encuentro a mi paso. Ni siquiera me molesto en quitarle las bragas, solo las bajo lo suficiente como para despejar el camino.

Con una embestida, me hundo en su interior y los dos gemimos. De alivio, de placer. De ganas acumuladas. De puto delirio.

Dos días sin ella y me da la sensación de estar a punto de explotar.

—Acabo de metértela y ya me tienes al límite.

—Vaya resistencia de mierda que tienes —se burla ella, pero me retiro y empujo de nuevo, y entonces ya no se ríe. Está apretada y caliente y húmeda, y se siente demasiado bien. Y es preciosa, joder. Además de divertida, sarcástica e inteligente…—. Y deja de ser… —ahoga un jadeo cuando mis dedos se hunden en la carne de sus caderas y me clavo en ella hasta el fondo— tan romántico.

Me echo a reír. En otro momento me pararía a pensar en lo fácil que me resulta dejar salir las carcajadas, en lo diferente que es incluso el sexo con Tara. Hasta ahora no era más que una forma de cubrir una necesidad, pero de repente, además de muy muy placentero, es… divertido.

La rodeo con los brazos de forma que queda apoyada contra mi pecho, y ella arquea la espalda y levanta las caderas para recibirme. Acuno una de sus tetas con la mano y le pellizco un pezón a través de la fina tela del vestido.

—La próxima vez te quiero desnuda.

—No soy yo la que parece ser incapaz de esperar a que nos quitemos la ropa.

Empiezo a moverme más rápido mientras llevo mi otra mano entre sus piernas. Se le doblan las rodillas en cuanto comienzo a dibujar círculos en torno a su clítoris con la punta de los dedos y tengo que sostenerla para que no terminemos en el suelo.

—Me pones cachondo, no puedo evitarlo. Eres demasiado sexy para mi propio bien. —¿De verdad acaba de resoplar?—. Aunque no debo de estar haciéndolo demasiado bien si aún tienes ganas de rebatir cada una de mis palabras.

A pesar de lo cerca que está de correrse, y de lo al límite que estoy yo, salgo de ella. Otra protesta abandona sus labios, pero ni siquiera me molesto en replicarle. La cojo en brazos y atravieso el salón de la suite para meterme en la habitación. La llevo hasta la enorme cama *king size* que preside la estancia, la lanzo sobre el colchón y me tumbo enseguida sobre ella.

—He perdido las bragas por el camino —se ríe mientras empuja hacia arriba con las caderas para frotarse contra mí.

—No las necesitas. No vas a necesitarlas durante todo el fin de semana.

—Estamos en Las Vegas. No pienso quedarme en la habitación todo el tiempo.

Busco su entrada y guío mi erección hasta ella. Esta vez me deslizo muy despacio en su interior. Torturándola y torturándome a mí mismo en el proceso. Su espalda se arquea y cierra los ojos. Joder, no me importaría contemplarla cada día así, excitada y abrumada por el placer. Abandonándose a él.

Abandonándose a mí.

—¿Quién ha dicho que tengamos que quedarnos aquí? —Me retiro y la embisto de nuevo. Lentamente. Más y más profundo cada vez. Y lo que era un polvo rápido se convierte en algo más.

Meto un brazo bajo su cuerpo y llevo mi otra mano hasta su nuca. Sus rizos caen en cascada cuando la levanto hacia mí. Y me doy cuenta de que quiero más. Más de ella. Todo el puto tiempo. Y eso debería acojonarme. En realidad, sí que lo hace, pero supongo que ya es tarde para dar marcha atrás.

—Trav —susurra con un ligero temblor. Sus párpados se elevan y yo no puedo evitar sonreírle.

—¿Sí, Tara?

—No pares.

—No tengo pensado hacerlo.

«Nunca», añado mentalmente, pero me lo guardo para mí.

Por ahora.

Solo por ahora.

Tara

—Ha estado bien.

—¿Solo bien?

Estamos tumbados sobre la cama, exhaustos pero satisfechos. Muy satisfechos en realidad. Travis me empuja con la mano que mantiene sobre mi costado y acabo casi encima de él; cuela un muslo entre los míos y, aunque no estamos desnudos, la posición es… íntima. Tanto como lo que acabamos de hacer.

No se ha parecido en nada a un polvo y mucho a hacer el amor, y no puedo decir que me disguste.

—No necesitas que te alimente el ego.

—Pero mi ego está hambriento —bromea él mientras juguetea con uno de mis rizos. Lo estira, permite que recupere su forma y luego vuelta a empezar—. Muy muy hambriento. Necesita halagos…

Riendo, hunde la cara en mi cuello y me da un mordisquito.

Dios, puede que me esté enamorando un poco de este Travis dulce y juguetón. No, me corrijo: sé que ya estoy enamorada de él.

—Creo que llevaba mucho tiempo sin sentirme tan bien —añade, aún con el rostro escondido en el hueco de mi cuello.

No sé por qué, pero no creo que se refiera solo al sexo. Así que, cuando se retira y exhala un suspiro, ladeo la cabeza para mirarlo. Me mata cargarme este momento, pero tengo que preguntar. Necesito saberlo.

—¿Estás bien? ¿Todo bien con Blake?

Durante el viaje en coche no he notado nada extraño entre ellos. No ha habido tensión, miradas raras o ningún tipo de comentario que me llevase a pensar que su relación ha sufrido tras la revelación de Travis. Sin embargo, es un verdadero experto a la hora de fingir indiferencia.

No aparto los ojos mientras espero una respuesta, dispuesta a no pasar por alto ninguna señal, por mínima que sea, de si está siendo sincero conmigo.

—Todo está bien con Blake, Tara —me dice, sin rastro de sonrisa, pero tampoco de ninguna emoción negativa.

Durante un momento no dice nada más, solo me mira, y empiezo a pensar que va a continuar guardándoselo todo como ha hecho hasta ahora. Pero entonces se yergue hasta quedar apoyado sobre un codo y me aparta un mechón de pelo de la cara antes de comenzar a hablar de nuevo.

—Tenía quince años cuando un día, en el despacho de mi padre, me echó la bronca por algo que ni siquiera recuerdo. Lo que no soy capaz de olvidar fue el desprecio con el que me gritó que era «un puto bastardo que no podía mantenerse alejado de los problemas». —Contengo el aliento. Hay un profundo dolor en las palabras de Travis, no importa que diga que sucedió hace mucho tiempo y lo tiene asumido—. Poco después, lo remató con un «ni siquiera eres mi hijo, por el amor de Dios». Era evidente que no hablaba por hablar.

—Joder, Trav. Lo siento mucho. —Enredo mis dedos en torno a su mano y le doy un apretón—. No tienes que hablar de ello conmigo si no quieres.

Travis no se detiene. Solo cierra los ojos un instante y empuja la cabeza contra la almohada, pero luego sus ojos están de nuevo sobre mí, turbios y dolidos.

—Salí del despacho en shock. No podía creérmelo. Gracias a Dios, Blake no estaba en casa. De haber estado es probable que no hubiera podido ocultárselo. —Su voz se quiebra y hace una pausa—. Lo mejor fue que mi mente trataba de convencerme de que mi padre solo estaba siendo cruel, algo bastante común en él. Pero mi madre se encontraba en el pasillo y… Joder, me bastó una mirada a su rostro para saber que todo era cierto.

—¿Qué te dijo ella?

—Trató de explicarse, pero lo único que yo quería saber era si mi padre se refería a que era adoptado y tampoco ella era en realidad mi madre. Cuando me dijo que sí lo era, no la dejé continuar. Me largué de casa. Tardé meses en reunir el valor para dejar de evitar encontrármela por la casa y enfrentarme a ella para exigirle la historia completa. El resumen es que se quedó embarazada de uno de sus amantes. Dijo que no tenía ni idea de cuál, aunque yo siempre he creído que lo sabe perfectamente.

Travis, con los dedos hundidos en mi pelo, no ha dejado de acariciarme mientras hablaba. Como si fuese yo la que necesitase consuelo. Su rostro se ha cubierto de nuevo de esa máscara inexpresiva que ahora comprendo que solo es un mecanismo de defensa y no indiferencia.

—¿No quieres saber quién es?

Travis niega.

—¿Sinceramente? Sería difícil que fuera aún peor padre que el que he conocido, pero no tengo ningún interés por descubrirlo. No lo necesito.

Suelto el aire que ni siquiera sabía que estaba conteniendo. Le cubro una mejilla con la palma de la mano y le doy un beso suave en los labios; nada sexual, solo tierno y consolador. Un «estoy aquí contigo. Yo sí te necesito. Y te quiero, solo que no tengo ni idea de cómo decírtelo».

—No eres un idiota —suelto, abrumada, y Travis se echa entonces a reír. Su risa no es del todo alegre, pero sí algo más ligera—. No, no. Escúchame. Te odié; después de esa primera noche en la boda de Thomas, me empeñé en odiarte. Y creo que en realidad no fue porque me rechazaras, sino porque…, porque lo hiciste

289

después de… tocarme. Fue como si me probaras y decidieras que no valía la pena.

—Por Dios, Tara. Es por ese imbécil, ¿no? Blake me lo contó, lo de tu ex.

Supongo que lo de Mark podría asemejarse de cierta forma retorcida. También él probó lo que había y luego decidió cambiarme por otra. Así que es probable que me empeñara en odiar a Travis solo para compensarlo.

Y yo que siempre he presumido de ser franca y directa…

—A la mierda con Mark —digo de todas formas, porque no es importante en este momento. Ni nunca más—. No te odio, Travis Anderson.

Nos quedamos mirándonos de una forma rara. Intensa, cómplice e íntima, y estoy bastante segura de que está entendiendo perfectamente lo que trato de decir. No sé por qué me cuesta tanto pronunciar las malditas palabras. A lo mejor es que yo también le tengo miedo ahora a mis propias emociones.

O que no quiero que me hagan daño.

—Yo tampoco te odio, Tara —replica él un momento después, y sella la declaración con una sonrisa enternecedora y un beso aún más tierno.

Y a lo mejor sí que lo ha entendido.

A lo mejor yo también lo he entendido a él.

Alguien llama a la puerta de la suite. Se oyen golpes y, a continuación, la voz de Blake.

Estamos hechos un desastre, con la ropa arrugada, el pelo alborotado y probablemente también con una o dos marcas sobre la piel… Emocionalmente, creo que la cosa es aún peor. O mejor, depende de por dónde se mire. Travis parece tranquilo, como si se hubiese quitado por fin un peso de los hombros, aunque también luce cansado.

—¡Sabemos que estáis ahí! —Escucho decir a gritos, y esta vez se trata de Raylee.

—¿Quieres que salga y los mande de vuelta a su habitación? —me ofrezco, porque es bastante probable que necesite un rato para recomponerse.

Se lo piensa un momento, pero termina negando.

—No, está bien. Estoy bien, de verdad.

Le doy un último beso y me pongo en pie. Travis también se levanta. Está obscenamente atractivo con el pelo hecho un lío y el tatuaje que asciende desde debajo del cuello de su camiseta. No me resisto a deslizar las manos bajo la tela y tantear su estómago y su pecho.

—Mmm… —murmura con una sonrisa.

Tira de mí, gira conmigo entre los brazos y me suelta sobre el colchón. Cuando ya me estoy preparando para hacer oídos sordos a la llamada de nuestros amigos y dejarme arrastrar a una segunda ronda, Travis da un paso atrás.

—Será mejor que vaya yo a abrir. —Hace un gesto con la mano hacia mis piernas, divertido—. Tú deberías ponerte las bragas. A no ser que estés dispuesta a que te acorrale en cualquier esquina del hotel…

Lo creo muy capaz. Y no es que a mí me fuera a ir muy bien si me resistiera a él. Así que decido no tentar a la suerte.

—Necesito una ducha.

Travis, a punto de atravesar el umbral del dormitorio, se detiene de forma abrupta.

—¿En serio, Tara? Ahora no voy a poder dejar de pensar en tu cuerpo desnudo y húmedo al otro lado de esa pared.

Le saco la lengua, porque al parecer ese es ahora mi nivel de madurez con él, y le lanzo una almohada. Sinceramente, me encanta que le resulte tan complicado como a mí mantener las manos quietas.

Tras su marcha, empiezo a buscar mis bragas. Hasta que me doy cuenta de que deben de estar en algún lugar del salón. En ese momento, Travis se asoma a la puerta con ellas colgando de un dedo. Las balancea de un lado a otro y sonríe.

—No creo que quieras que mi hermano y tu mejor amiga vean esto.

Está partiéndose de risa el muy cabrón. Pero no me importa en absoluto. He decidido que ver reír a Travis es mi nuevo pasatiempo favorito.

Ya está dicho.

—Idiota.

—Preciosa —replica él, y durante unos segundos estoy bastante segura de que no pienso dejarlo salir de este dormitorio. Hasta que me lanza las bragas a la cara y vuelve a echarse a reír—. Adorable —murmura, largándose de nuevo en dirección a la puerta.

Ni siquiera creo que lo haya dicho esperando que yo lo oyera.

Me meto en el baño y se me escapa un gemido al contemplar el lujo decadente de la estancia. Todo tiene ese brillo intenso típico de las cosas que jamás se han usado, aunque dudo mucho que eso vaya a cambiar con el paso de los días en un sitio como este. Hay una bañera enorme de mármol negro con un montón de grifos dispuestos en todas direcciones; tras ella, una cristalera ocupa la pared por completo. Puedes contemplar la mitad de Las Vegas mientras te das un baño relajante.

También hay una ducha, lo cual resulta un poco excesivo dado el tamaño de la bañera, y un lavabo doble con un espejo enorme. Me quedo mirándome en él un momento y me sorprende el buen aspecto que tengo a pesar del viaje en coche y de que mi pelo es un puro nudo. A lo mejor tiene algo que ver la estúpida sonrisa que se ha adueñado de mi cara o el brillo de mis ojos. Me siento como aquella primera vez que Peter Johanson me cogió de la mano en sexto curso, lo cual es ridículo porque he pasado por muchas cosas desde entonces y Travis ha hecho mucho más que darme la mano.

Mataría por sumergirme ahora mismo en un baño con algunas de esas sales que hay en un estante junto a un montón de botecitos de gel y champú de aspecto carísimo, pero al final me deshago de la ropa y me meto en la ducha. Espero que Blake y Thomas hayan diseñado las cristaleras del edificio para que el interior sea invisible desde fuera; es un poco raro e inquietante estar aquí desnuda contemplando los edificios de los alrededores y pensar en que alguien me esté viendo.

Después de a saber cuánto tiempo bajo el agua caliente, mis músculos han dejado de protestar y estoy más que lista para asaltar Las Vegas de la mano de mis amigos. La fiesta de inauguración no es hasta mañana por la tarde, así que la idea es aprovechar el resto del día para dar una vuelta por el Strip y, cómo no, contemplar el espectáculo de luz y sonido del Bellagio. Raylee quiere una foto de todos bajo el famoso cartel de BIENVENIDO A LAS VEGAS y sé que Blake tenía una reserva en el restaurante del Stratosphere; sin embargo, nos ha dicho que la ha cancelado porque Jordan ha insistido en que cenemos esta noche en uno de los restaurantes del hotel. Teniendo en cuenta que está pagando nuestra estancia aquí y que la cena también corre de su cuenta, no podemos decirle que no. Además, ha dicho que es probable que saque un hueco y se una a nosotros.

Un silbido bajo me hace abrir los ojos. Travis está apoyado en la puerta. Se ha quitado la camiseta y ahora luce el pecho desnudo y el pantalón tan bajo sobre sus caderas que es inevitable que mi vista descienda y se pierda en el rastro de fino vello rubio que se extiende bajo su ombligo. Juro que a veces me olvido de lo impresionante que es. Lo delicioso de la tinta sobre su piel dorada, de su torso atlético y los músculos de sus brazos que ahora mantiene cruzados sobre el pecho.

Sus ojos verdes se pasean a su vez sobre mi cuerpo y la bolita de metal de su lengua asoma entre sus labios cuando se relame en un acto totalmente premeditado. Es jodidamente sexy; mucho más de lo que me pareció la primera vez que lo vi en la boda de Thomas, y supongo que eso tiene mucho que ver con el hecho de que ahora esté totalmente colgada de él.

Enamorada de él.

—Me lo estás poniendo muy difícil.

—¿Eh? —replico, aturdida.

Estoy segura de que he convertido el quedarme mirando embobada a Travis Anderson en deporte nacional.

—Salir de la habitación —señala, acercándose, y sus dedos se enredan en la cinturilla de su pantalón.

Si se desnuda y se mete en la ducha conmigo, vamos a tener problemas de verdad para marcharnos de aquí, lo cual podría resultar un inconveniente porque puedo escuchar las voces de Raylee y Blake en el salón de nuestra suite.

—Tienes que dejar de resultar tan deliciosamente tentadora —añade, y tira de su pantalón un poco hacia abajo.

—Travis —le advierto.

Él se mordisquea el labio. Tiene esa mirada algo salvaje y hambrienta, la misma con la que lo recuerdo observándome el día que me pilló saliendo del baño con tan solo una toalla en casa de Blake. Nunca nadie me había mirado con esa intensidad. Con esa necesidad cruda.

—Tara —replica, y mi nombre se derrama de sus labios con tanta dulzura como deseo.

Salgo chorreando de la ducha, porque, si se mete él, no seré yo la que imponga un poco de cordura. Envuelvo su cuello con los brazos y las manos de Travis vuelan hasta mi cintura. Incluso cuando todo lo que quiero es apropiarme de su boca, y de todo lo demás, mantengo una distancia prudente entre nuestros cuerpos.

—Dúchate y salgamos a dar un paseo con nuestros amigos —le digo, y él extiende los dedos sobre la curva de mi espalda. No hace ningún otro movimiento, solo los deja contra mi piel húmeda—. Tenemos toda la noche.

«Toda la semana. El mes. El año…», añado mentalmente.

Y por primera vez me doy cuenta de que quiero un montón de momentos más así con Travis. No una aventura. No algo temporal que podría acabar la semana que viene o dentro de unos meses. Me doy cuenta de que, a pesar de todos sus muros y su contención, de la indiferencia y esa forma de empujar a todos lejos, no quiero permitirle huir más.

La atmósfera, antes cargada de excitación, se transforma en algo más íntimo y profundo. La mirada de Travis está fija en mi rostro y no se esconde. Esta vez no. Hay cariño y adoración aflorando a su expresión, y no puedo evitar cierta sensación de pertenencia; no como algo posesivo, sino como una forma de ser parte de algo.

De alguien.

—Ahora entiendo a mi hermano —murmura para sí mismo, sin apartar los ojos de mí.

Desliza las manos muy despacio hasta mis caderas, se inclina sobre mí y me besa en la mejilla. Luego su boca se traslada hasta mi oído.

—No te vayas.

Cualquiera podría pensar que quiere que me quede en la ducha con él, pero el tono que emplea, un poco dulce, un poco angustiado, como si creyera que voy a desaparecer de un momento a otro, me dice que no es eso a lo que se está refiriendo. Y me duele un poco el pecho al pensar en las veces que ha necesitado a alguien a su lado y no lo ha tenido.

No hay momento en el que haya sido más consciente de todo lo que he dado por sentado respecto a mi familia y amigos. Ahora comprendo mejor que nunca a lo que se refería mi padre cuando, tras la muerte de mi madre, me recordó que él y mi hermano seguían estando conmigo, que seguían necesitándome.

—Estoy aquí y voy a seguir estándolo, Trav.

Se le escapa un suspiro que parece llevarse mucho más que el aire de sus pulmones.

—No sé cómo… gestionar nada de esto —admite, y que sea capaz de confesar que no tiene ni idea de lo que está haciendo es toda una sorpresa. No hay rastro del Travis arrogante y pagado de sí mismo—. Pero me gusta cómo me haces sentir. Me gusta que me hagas sentir.

En la última parte, su tono se aligera y suena casi como si yo estuviera obligándolo a hacer algo totalmente impensable. Sé que solo trata de restarle algo de solemnidad a la confesión, pero no por eso voy a tomármelo a la ligera. Me siento como si hubiera ganado una batalla decisiva y, en retrospectiva, la verdad es que Travis no podría estar comportándose de una manera más diferente a aquel hombre que conocí meses atrás, así que supongo que sí que es una gran victoria.

Mi sonrisa se hace tan amplia que me duelen un poco las mejillas, y mis labios se estiran incluso un poco más cuando él resopla y me pone los ojos en blanco.

—Travis Anderson, cuando quieres puedes ser realmente encantador —le digo pese a todo—, y te aseguro que eso es algo que nunca pensé que diría.

Por toda respuesta, me toma de la cintura y me alza en vilo para luego girar hacia la puerta y volver a dejarme en el suelo. Acto seguido, coge una toalla enorme y me envuelve con ella.

—Sal de aquí antes de que te meta de nuevo dentro de la ducha y te folle contra los azulejos.

La idea no podría resultarme más atractiva, pero él deposita otro de esos besos suaves en mi sien y me da un leve empujoncito hacia la puerta. Me obligo a salir del baño solo porque entre nuestros amigos y nosotros media una pared, aunque ellos se lo hayan montado muchísimas veces estando yo en la habitación de al lado.

Cuando estoy a punto de atravesar el umbral, Travis me llama:

—Tara… —Está encorvado junto a la ducha y ya ha empezado a bajarse los vaqueros, pero se ha quedado quieto.

Espero a que diga algo y, cuando no lo hace, enarco las cejas. Hay algo… perturbador en la forma en la que me está mirando, y sus ojos parecen ahora mucho más tormentosos que un momento antes. Y no en el buen sentido.

—¿Sí? —me aventuro a preguntar, porque parece como si no pudiera decidirse a continuar hablando.

Tras un pequeño titubeo, baja la cabeza y continúa desvistiéndose. En otro momento la visión de su cuerpo casi desnudo bastaría para hacerme olvidar cualquier otra cosa, pero en este instante solo consigue ponerme nerviosa. Se me hace un nudo en la garganta, aunque no tengo ni idea de por qué de repente parece haber levantado otra vez sus muros.

—Saldré enseguida —se limita a decir.

Y creo que ambos sabemos que no era eso lo que iba a decir.

Travis

Por muy tentado que me haya sentido por la idea de encerrar a Tara en la habitación y no dejarla salir en todo el fin de semana, tengo que reconocer que me lo estoy pasando bien. Clare y Thomas se han unido a nosotros y hemos dado una vuelta por el Strip como cualquier otro grupo de turistas. No es mi primera vez en Las Vegas, tampoco la de Blake y Thomas, que han acudido a la ciudad en varias ocasiones para controlar el avance de las obras del casino de West, pero las chicas nunca habían estado aquí. Así que hacemos un tour completo, incluyendo Fremont Street, en la parte más antigua. En realidad, todo resulta más espectacular tras la caída del sol, pero tenemos que volver al hotel para cenar con Jordan.

Decidimos regresar con tiempo suficiente para cambiarnos y ponernos algo más formal. Dado que conocí a West en un momento en el que todo lo que tenía era un coche que corría lo suficiente y más pelotas que cualquier tipo al que me hubiera enfrentado antes en una carrera, no siento ninguna inclinación a impresionarlo, pero para Blake y Thomas es un cliente, y uno muy importante. Así que decido no protestar por una vez y hacer lo que me dicen. Escojo unos pantalones de pinza negros y una camisa de color gris humo; ese es todo el esfuerzo que hago, porque me dejo abiertos los dos botones superiores y me remango las mangas hasta los codos.

De cualquier manera, si alguien me hubiera dicho hace un mes que iba a estar preocupándome por contentar a los demás, me hubiera reído en su cara. Supongo que no contaba en absoluto con Tara. No solo ha conseguido que la desee como nunca he deseado a nadie antes, sino que ha abierto la caja de truenos de mis emociones. De repente, quiero ser parte de esta pequeña familia que son sus amigos. Nuestros amigos. Quiero tener un hermano, uno de verdad, y no me refiero a la sangre…, sino al sentimiento. A la unión y la cercanía. Me gusta la idea de tenerlos a todos en mi vida.

Y más aún de tenerla a ella.

Así que, mientras accedemos al hotel a través de la inmensa y ostentosa recepción de la entrada, mientras contemplo a Tara caminar por delante de mí en dirección a los ascensores y trato de no mirarle el culo —algo extremadamente difícil, porque tiene un culo increíble—, no puedo evitar pensar en lo mucho que me gusta la idea de irme a dormir esta noche con ella en mi cama y saber que mañana despertará a mi lado, y que sucederá lo mismo la noche siguiente.

En algún momento empiezo a pensar en que sería mejor aún tenerla todas las noches en mi cama. ¿Lo peor? Que el pensamiento ni siquiera es algo sexual, es más la sensación de saber que está ahí. Junto a mí. Y que no tiene intención de marcharse.

Hubo una vez en la que pensé que tendría a alguien siempre conmigo. Toda una vida. No creí ser capaz de anhelar algo así de nuevo…

El vértigo que me provoca ese pensamiento me sacude con tanta fuerza que a punto estoy de tropezar. Me recupero lo suficientemente rápido como para que nadie lo note. O eso es lo que creo hasta que descubro a Blake a mi lado, observándome.

—¿Estás bien? —inquiere, y sé que no me está preguntando por el absurdo tropiezo.

Su mirada se desliza hasta las chicas, que ya están frente a los ascensores, y vuelve a mí un segundo después.

Asiento, pero, por una vez, no me obligo a permanecer impasible. Respiro hondo y respondo:

—Estoy acojonado.

Blake, el muy capullo, se ríe.

—Bienvenido al club, hermanito —se burla, pero enseguida su expresión adquiere un tinte de preocupación. Sé lo que está pensando—. Tara no es así. Tienes que aprender a confiar en ella. Nunca te haría esa clase de daño, Trav.

—Lo sé. Es solo…

No digo nada más. ¿Qué demonios puedo añadir? Pero luego me doy cuenta de que no tengo por qué decir nada. Blake lo sabe. Él conoce ahora la historia y lo entiende. Incluso sé que hay una parte de toda la mierda que también le afecta a él, porque, mientras hablábamos en su apartamento sobre Sasha y se lo contaba todo, pudo imaginarse lo distintas que serían las cosas para nosotros.

Tampoco ha ayudado a aumentar el escaso cariño que le tiene a nuestra madre, pero supongo que ese es ya un caso perdido para ambos.

—Está bien —me dice, deteniéndose un poco antes de llegar hasta los demás para evitar que nos escuchen—. Todo va a ir bien. Estoy contigo.

Y esas palabras, las mismas que dijo antes Tara en el baño de la habitación, consiguen calmar parte de mi angustia. Tener a alguien en el que apoyarme es algo nuevo para mí, incluso cuando ahora sé que podría haber contado desde siempre con Blake si hubiese querido. Y de repente siento mis ojos húmedos y una presión en la garganta que me hace difícil respirar.

Le doy la espalda al resto del grupo para evitar que se percaten de mi estado. No quiero enturbiar el ambiente festivo de nuestra escapada y tampoco sabría explicarles lo mucho que significa para mí estar aquí con ellos. Pero Blake lo sabe y creo que Tara también; eso es suficiente.

—Solo procura no emborracharte y terminar casado —bromea, en un intento de aligerar la emoción que flota en torno a nosotros.

Funciona, y acabo echándome a reír.

—¿Debería decirte lo mismo?

—Seguramente. Raylee y yo no somos las personas más sensatas del mundo —ríe también. Se frota la nuca, y ahora parece él el que está emocionado—. Aunque su madre nos mataría si se nos ocurre casarnos sin ella y…

Aparta la vista y a mí se me abren los ojos como platos. Puede que mi expresión ahora mismo sea lo más lejos que he estado nunca de parecer indiferente.

—Oh, mierda. Se lo vas a pedir, ¿no? —Las puertas del ascensor se abren. Todos entran y Thomas permanece en medio a la espera de que los acompañemos.

Tiro de Blake y lo empujo al interior, luchando con una burbujeante risa que se niega a permanecer en mi garganta. Al final, se me escapa una carcajada.

—¿Qué es tan gracioso, Trav? —pregunta Raylee.

Tara no cuestiona mi extraño comportamiento, solo me contempla desde el fondo del ascensor. Brilla como una puta estrella en el momento más oscuro de la noche. Preciosa y toda mía, y el pensamiento resulta tan reconfortante que por un momento me olvido de que mi hermano planea pedirle matrimonio a su novia.

—¿Cuándo? —le pregunto a Blake, ignorando deliberadamente la expresión curiosa del resto.

Blake se encoge de hombros.

—Pronto. —Es todo lo que dice.

Luego, sonríe. Y yo continúo riendo. Porque sé que es feliz y eso…, eso es suficiente para mí.

—Creo que ella es demasiado para un capullo como tú —me susurra Jordan durante la cena, inclinándose hacia mí, pero mirando a Tara.

West está sentado en la cabecera de una larga mesa de madera maciza, en un reservado exclusivo de su propio restaurante aún más exclusivo. Las paredes están pintadas en tonos rojizos y los manteles hacen juego con ellas; los muebles, la decoración, las fastuosas lámparas que cuelgan del techo… Todos los detalles están cuidadosamente escogidos para invitar a los clientes al despilfarro y los excesos. Claro que ese es el gran reclamo de esta ciudad.

Lujo, poder, lujuria, dinero, sexo… Esto es Las Vegas.

—¿Celoso, West?

Lo comprendo. Por una vez soy realmente consciente de lo que representa ese sentimiento, porque yo también albergaría una envidia malsana si fuera él quien estuviera con Tara. Y sigo sin comprender por qué ella ha elegido aguantar mis gilipolleces, pero no dejaré de dar gracias por ello.

—Sabes muy bien que lo mío no son las relaciones, pero reconozco que no me importaría… —Le doy una patada por debajo de la mesa para que no termine la frase.

Puede que Jordan ahora sea un tipo inmensamente rico con un montón de negocios lucrativos y la reputación de ser implacable, pero yo sigo viendo al idiota con el que competía y luego me emborrachaba años atrás. Supongo que a él le pasa lo mismo conmigo.

—Te veo bien —dice entonces—. ¿Sigues corriendo?

«Intento no hacerlo», pienso para mí, aunque sé que no es eso a lo que se refiere. Me reclino en la silla. Raylee y Tara mantienen las cabezas juntas y están cuchicheando. Llevan así toda la cena, y ahora me arrepiento de no haberme sentado al lado de ellas. Tara parece inquieta, muy preocupada. Y ambas están demasiado serias teniendo en cuenta las ganas con las que han esperado este viaje. Miro el plato de Tara y descubro que apenas ha probado la comida. A Raylee no parece irle mucho mejor.

Desvío la vista hacia Blake, pero está hablando con Clare y Thomas y no creo que se haya dado cuenta de nada.

Jordan me devuelve la patada para reclamar mi atención.

—¿Qué? —farfullo. Parece esperar una respuesta y no recuerdo lo que me ha preguntado.

—¿Sigues dentro? —Niego. O asiento. No estoy seguro, estoy demasiado pendiente de Tara—. ¿Has traído tu coche?

Eso llama mi atención. Jordan no es de los que hace preguntas al azar ni mantiene charlas insustanciales; siempre ha sido un tipo directo, como yo, quizá por eso congeniamos enseguida cuando nos conocimos.

—¿Por qué?

—He recibido un llamamiento para mañana por la noche.

Arqueo las cejas. Suponía que Jordan había dejado toda esa mierda atrás. Es más, juraría que cuando nos vimos en el Hell & Heaven me dijo que hacía mucho que no competía. Al menos sé que no está participando en ninguna carrera en Los Ángeles; habríamos coincidido en alguna de ser así. Pero, si ha estado en Las Vegas supervisando todo lo referente al casino, puede que lo haya hecho aquí.

—¿Bromeas? ¿No tienes suficiente pasta que tienes que ir por ahí desplumando a conductores incautos?

No sé cómo será en Las Vegas, pero en Los Ángeles la mayoría de los que compiten son idiotas aficionados con egos demasiado grandes y carteras aún mayores. Jordan sabe lo que se hace al volante, y el último coche con el que lo vi era una puta maravilla. No es fácil vencer a un tipo que no parece tenerle miedo a perder la vida en la siguiente curva; tal vez por eso yo he ganado tantas carreras durante años.

—De vez en cuando me entra cierta nostalgia —repone. Aunque se esfuerza por sonar burlón y desinteresado, no es fácil engañar a un mentiroso.

Quizá no sea el único que ha pasado media vida huyendo y obligándose a no sentir nada.

—¿De verdad, West? —le tiro de la lengua, porque dudo mucho que sea nostalgia lo que siente.

Yo mejor que nadie sé que a veces el dinero no arregla ciertos problemas ni elimina algunas heridas. El subidón de adrenalina que se siente en ese preciso instante en el que todos los vehículos están alineados y los motores rugen con cada empujón al acelerador, la certeza de que el movimiento equivocado puede acabar con todo de un segundo al siguiente y la sensación de poder, por un corto periodo de tiempo, dejarlo todo atrás no es comparable con nada...

No, puede que eso sea mentira. Ahora..., ahora siento que el simple tacto de la piel de Tara bajo mis dedos, el sabor de su boca, el calor de su cuerpo y esa puta sonrisa exigente a veces y desafiante en otras... Bueno, quizá eso sí que sea comparable. Comparable y más que suficiente.

—Yo solo te lo digo —repone Jordan, dándole un golpecito en apariencia despreocupado a su copa de vino.

—Bien. No me interesa.

Eso parece bastarle, y la conversación toma otro rumbo en cuanto West comienza a comentar diversos detalles sobre el diseño del casino con Blake y Thomas. También se interesa por nuestras actividades de esta tarde, lo cual es una mera formalidad; estoy seguro de que le importa una mierda lo que hayamos hecho y a dónde hayamos ido. Me sorprende que se muestre tan cortés con todos y tengo que suponer que Blake y Thomas le caen realmente bien; no es demasiado dado a fingir una simpatía que no siente.

Terminamos la velada en uno de los tantos locales que hay en Las Vegas, aunque no alargamos la noche demasiado. Todos estamos cansados y, a buen seguro, la fiesta de inauguración del día siguiente dará mucho de sí. Habrá un cóctel de recepción, al que acudirán un buen número de celebridades y tipos ansiosos por desentrañar el misterio de la prosperidad en los negocios de Jordan West, tras el cual se servirá una cena en el restaurante ubicado en la última planta y desde donde es visible toda Las Vegas. Según comenta West, el estudio de mi hermano lo ha diseñado de tal manera que las vistas son realmente espectaculares, y lo han decorado con decenas de plantas que recrean el aspecto de alguna clase de selva tropical, incluyendo varios terrarios con animales exóticos y potencialmente mortales.

Sí, no hay nada que Jordan West haga a medias, eso seguro.

Travis

Llevo despierto alrededor de media hora. Tara duerme a mi lado, completamente desnuda y solo cubierta por una sábana que ha resbalado y deja a la vista uno de sus tentadores pezones rosados. Su respiración pausada y tranquila indica que no tiene mucha intención de despertarse en breve. No es de extrañar. Puede que anoche nos metiésemos en la cama relativamente pronto, pero no fue exactamente para dormir. Me es imposible tener a Tara cerca y mantener las manos apartadas de sus curvas exquisitas.

Así que ahora estoy aquí tumbado, observándola y preguntándome cómo ha podido poner mi mundo patas arribas en cuestión de semanas. Bueno, en realidad han sido algunos meses, porque creo que empezó a cambiarlo todo en el mismo instante en que se plantó frente a mí aquella noche en el exterior del bungalow que ocupaba con Raylee. Ahora me alegro de que Blake se emborrachara y se comportara como un idiota enamorado al ir a buscar a su chica de madrugada.

Le aparto un mechón de la cara, uno de esos rizos rebeldes que parecen tener vida propia y que ella no consigue domar. Deslizo los dedos por su sien y su mejilla hasta alcanzar el arco de su labio superior. Es tan condenadamente preciosa que hace que quiera quedarme aquí contemplándola todo el día.

También me aterroriza.

No mentía ni exageraba cuando le dije a Blake que estaba aterrado. Llevo tanto tiempo esforzándome para empujar lejos de mí a todo el que se acerca que nunca me he permitido disfrutar de esa cercanía. Mis relaciones después de lo ocurrido con Sasha se limitaron a revolcones de una sola noche, algo insustancial e impersonal que no dio nunca pie a ninguna clase de intimidad. Era más fácil, y también más seguro, así.

Ahora todo ha cambiado. Dejé entrar a Tara. O ella se coló a través de las grietas que se han ido abriendo en mis altas paredes.

—Me estás mirando como un pervertido —farfulla con la voz tomada por el sueño.

Alzo la mirada de la curva de su hombro desnudo y me encuentro sus ojos abiertos y clavados en mí. Hay también una sonrisa perezosa en sus labios que me invita a inclinarme y saborearla.

Y eso es justo lo que hago.

—Puede que sea un poco pervertido cuando se trata de ti —digo contra su boca.

Mi lengua se hunde y roza la suya, y Tara suelta un gemidito que me convierte definitivamente en un pervertido. Me encanta cuando no es capaz de contener esos ruiditos sexis; me encanta ser yo el que los provoca.

Pasamos un rato en la cama. Besándonos sin sentido ni pudor. Dibujándonos con la punta de los dedos. Dando y tomando el aliento el uno del otro. Resulta tan fácil perderse en ella. En la suave piel de la curva de su espalda y la caricia de sus rizos cuando se inclina sobre mí y la melena le cae alrededor del rostro para rozar mi cuello. Es dulce y sexy a la vez. Una jodida tormenta que se cuela por encima de cualquier muro que pueda erigir, para descargar luego en mitad de mi pecho con una violencia a la que no soy capaz de resistirme.

—Buenos días —digo, rato después.

Tiene los labios rojos e hinchados por mis besos, y dudo mucho que vaya a dejarla ir sin antes darle uno o dos besos más. Tal vez cinco.

O diez.

—Buenos días.

Sonríe, pero su mirada se desvía un momento hasta la mesilla donde se encuentra su móvil. Enseguida se concentra de nuevo en mi rostro. Enreda los brazos alrededor de mi cuello y tira de mí. Yo, por supuesto, no me resisto.

No podría aunque quisiera.

—Mmm… ¿Quieres algo, rubia? —murmuro, porque ha empezado a frotarse contra mi muslo. Ni siquiera estoy seguro de que sea consciente de lo que está haciendo.

—Idiota.

—Puedo hacerte un trabajito rápido —me ofrezco, mordiéndome el labio para no echarme a reír—. O no tan rápido.

—Alguien está de muy buen humor esta mañana.

Supongo que lo estoy. Es difícil no estarlo con ella en mi cama, la verdad. Aunque creo que lo dice porque ahora soy yo el que estoy presionando mi erección contra su cadera.

Hundo la cabeza en el hueco de su cuello y lamo la sensible piel tras su oreja, consciente de que es uno de sus puntos débiles. Tara se estremece y yo sonrío. Y acto seguido le doy un mordisco.

—Tengo hambre —le digo cuando trata de apartarme entre risas—, pero se me ha ocurrido una idea mejor.

Antes de que pueda objetar en contra, ya tengo la cabeza entre sus piernas. Otro pequeño mordisco en el interior de su muslo hace que deje de revolverse y levante la cabeza, interesada. Me reiría si no fuera porque planeo hacer algo mucho más satisfactorio. Recorro con las manos la curva de sus caderas, sus muslos y luego desciendo hasta alcanzar sus rodillas. Las empujo para abrirla y Tara me lo permite.

La primera pasada de mi lengua sobre su sexo desnudo la deja temblando y casi sollozando. Al parecer, no soy el único que se ha levantado de buen humor.

—Esto va a ser muy divertido.

Succiono con calma su clítoris. Una, dos, tres veces. Y luego arremeto con uno de mis dedos. Está húmeda y es tan cálida que tengo que contenerme para no dejar a un lado el *desayuno* y centrarme en el plato fuerte. Pero entonces Tara me agarra del pelo y empuja mi cabeza hacia abajo. Jadea y pide más. Y se lo doy.

Se lo doy todo porque es imposible para mí hacer otra cosa. Y paso la siguiente hora dándoselo de las más variadas formas.

A duras penas conseguimos salir de la cama antes de que mi hermano venga de nuevo a buscarnos. Pasamos la mitad del día haciendo turismo y obtenemos la tan ansiada foto con el cartel de Las Vegas. Raylee se la manda a su madre y luego nos dice que ella nos envía recuerdos a todos, incluyéndome a mí, lo cual es toda una sorpresa. Una sorpresa agradable.

Había olvidado por completo la extraña actitud de Tara en la cena de la noche anterior, pero, al descubrirla en un momento dado cuchicheando otra vez con Raylee, no puedo evitar fruncir el ceño. Vuelve a lucir alterada. ¿Debería preguntarle? Esta mañana parecía estar bien. Muy bien, a decir verdad.

—¿Crees que Tara está… rara? —le pregunto a Blake en un aparte.

Me siento un poco estúpido, tal vez solo esté imaginando cosas. A lo mejor es solo que Raylee sospecha algo sobre la petición de matrimonio de Blake y está comentándolo con su mejor amiga.

—Yo la veo bien —dice Blake, y esboza una sonrisa comprensiva.

Seguro que el muy idiota está pensando en lo nuevo que es para mí lo de preocuparme por alguien. Ahora que lo pienso, es probable que mi expresión le esté diciendo todo lo que necesita saber. Sin embargo, no voy a esconderme más. No quiero fingir; no cuando se trata de Tara.

Me da una palmada en el hombro.

—Calma, hermanito. La verdad es que parece feliz. Y tú también.

A pesar de sus intentos por tranquilizarme, me encuentro adelantándome para alcanzar a Tara. El Strip está lleno y me veo obligado a esquivar a otros turistas.

—Ey, preciosa, ¿todo bien?

Tara levanta la mirada hasta mis ojos y, más nervioso de lo que debería, me inclino y le doy un beso rápido en los labios.

Me quedó esperando una respuesta, pero es Raylee la que interviene:

—Vaya, no creí vivir para ver a Travis Anderson... así.

¿Así? Sí, así. Comportándose como un adolescente en su primera cita y repartiendo besos en público.

Como si me importase.

—Cállate, Raylee —le digo, aunque empleo un tono ligero para evitar que mi hermano venga y me arranque la cabeza por hablarle mal a su chica.

Agarro a Tara de la nuca y le doy otro beso. Pero este no es rápido ni tentativo. No, nada de eso. Y, a juzgar por los silbidos que se escuchan, todos nuestros amigos están entusiasmados por ello. Puede que también algunos turistas.

—¿Y eso? —pregunta Tara cuando la dejo ir, satisfecho por la forma en la que se le ha acelerado la respiración.

—¿Necesito un motivo para besarte?

Tara niega con la cabeza, algo aturdida. Y el modo en el que se está sonrojando me hace desear confesarle un montón de cosas que no sé si estoy preparado para decir en voz alta.

—Bien —concluyo.

Le doy una palmada en el culo y vuelvo a dejarla con Raylee. Más tarde, en la habitación, me aseguraré de que me cuente si hay algo que le preocupa.

—¿Estás lista? —grito desde el salón.

A pesar del singular entorno, y de que no creo que haya estado nunca en una situación similar, la escena me resulta tan… familiar y reconfortante que los labios se me curvan en una sonrisa. Estoy en el saloncito de la suite esperando a que Tara termine de arreglarse. En realidad, Raylee, Clare y ella nos han echado del dormitorio para vestirse juntas; Tara es la única que aún no ha terminado.

Me ajusto los puños de la camisa para que asomen bajo los del traje. Hace tanto tiempo que no uso un esmoquin —desde el último de los eventos al que consiguió arrastrarme mi madre, con toda probabilidad— que por un momento tengo que recordarme que no es una de sus encerronas a donde nos dirigimos. Siempre he odiado sus fiestas pomposas, llenas de idiotas que no saben qué hacer con todo el dinero que tienen y en las que mi madre se dedica a fingir que somos la familia ejemplar.

Mis planes para charlar con Tara y asegurarme de que todo va bien se han visto frustrados una y otra vez. Primero porque ha estado un rato desaparecida con Raylee y luego porque debíamos prepararnos para la fiesta. Seguramente no ocurra nada. Tara parece de lo más entusiasmada con lo de asistir a la inauguración oficial del casino y yo… Bueno, no quiero ser yo quien enturbie esa felicidad.

La puerta del dormitorio se abre por fin y Tara aparece en el umbral. En cuanto la miro, se me escapa todo el aire de los pulmones.

—Joder, nena —suelto cuando mi cuerpo recuerda por fin cómo hacer funcionar mis pulmones.

Raylee se ríe. O al menos creo que es ella. Y también hay silbidos y otros halagos a los que no hago ningún caso. Estoy demasiado ocupado follándome a Tara con la mirada. Y tal vez enamorándome aún más de ella…

—Joder —vuelvo a exclamar, porque no se me ocurre qué otra cosa decir.

Tara suelta una carcajada.

—Muy elocuente, Anderson. Parece que no hayas visto nunca a una chica con vestido.

Eso no es un vestido, sino una segunda piel de seda roja que abraza sus curvas de la manera en que me gustaría estar haciéndolo yo en este momento. El corpiño se le ajusta al torso y convierte su escote en la puta fantasía húmeda de cualquier tipo que tenga ojos en la cara y una polla entre las piernas.

Cuando comienza a avanzar hacia mí, la tela fluye en torno a la parte inferior de su cuerpo y una de sus piernas asoma entre la seda. El corte de la falda asciende hasta la mitad de su muslo y…, mierda, ¿acabo de gemir?

Me aclaro la garganta y tiro del cuello de la camisa. La pajarita de repente está demasiado apretada y lo mismo pasa con mis pantalones; espero que la chaqueta tape lo suficiente, porque dudo que vaya a dejar de estar duro ni un solo segundo en toda la noche.

—Estás…, estás impresionante —farfullo como un completo idiota.

Soy muy consciente de las risitas que se escuchan a mi espalda y de que es probable que vaya a ser el hazmerreír de mi grupo de amigos durante varios días. Estoy seguro de que Blake me va a recordar esto a menudo, y no hablemos ya de Raylee.

Merece la pena.

Tiro del piercing de mi lengua de forma compulsiva y hundo las manos en los bolsillos del pantalón solo para evitar hacer alguna estupidez. Es una suerte que estén todos aquí, porque de otra manera no habría forma de que Tara y yo saliésemos de esta habitación en un futuro inmediato y mucho menos de que llegásemos a tiempo a la fiesta.

Caigo en la cuenta de que llevo un rato sin decir nada, demasiado abstraído por el modo en el que la tela acuna las tetas de Tara y esa maldita curva de su cintura; podría perderme en esa curva durante horas.

—Me gusta este Travis balbuceante —se burla Tara—. Es inesperado.

Me obligo a reaccionar, porque es bastante vergonzoso el poco control que tengo ahora sobre mí mismo. Pero me yergo y le paso el brazo en torno a la cintura para colocar la palma de la mano en la parte baja de su espalda. Reprimo un nuevo gemido al descubrir que hay mucha piel expuesta también ahí; el vestido solo cuenta con dos tirantes finísimos que se cruzan sobre sus omóplatos y apenas alcanza a tapar la parte superior de su trasero.

Me inclino y rozo su sien con los labios mientras mis dedos juegan a deslizarse más allá de la piel al descubierto.

—Pareces una maldita diosa, Tara —susurro para que solo ella pueda oírme—. Quiero follarte con ese vestido. Luego —añado enseguida—, cuando la fiesta acabe, voy a traerte a esta habitación y a demostrarte lo mucho que me gusta. Voy a lamerte y a hacértelo con los dedos. Voy a llevarte al límite una y otra y otra vez, pero no dejaré que te corras. No hasta que supliques por tenerme dentro de ti. Y solo entonces me deslizaré muy muy despacio en tu interior...

A Tara se le escapa un sonido torturado y yo permito que aflore una sonrisa a mis labios. Puede que esté incluso más duro que hace un momento, pero ahora ambos sabemos cómo va a acabar la noche y estaremos esperándolo con la misma ansiedad.

—¿Bien? —pregunto por último.

Me separo un poco para poder contemplar su expresión. Tiene las mejillas encendidas y los labios entreabiertos, y es posible que luzca aún más hermosa.

—Bien —acepta ella con los ojos fijos en los míos. Así es Tara; no importa la situación ni lo mucho que la provoque, nunca aparta la mirada.

Y eso es algo que me resulta de lo más fascinante.

Busco su mano y enredo mis dedos en torno a los suyos. A pesar de que lo que de verdad deseo es llevar a Tara de vuelta al dormitorio del que acaba de salir, giro sobre mí mismo, miro a todos mis amigos y sonrío.

—¿Nos vamos?

Tara

Puede que me tiemblen un poco las piernas. También puede que esté cachonda. Y todo porque Travis es… intenso. No puedo evitar pensar en que eso mismo fue lo que me advirtió Blake hace unas semanas.

No son solo las palabras con las que no tiene problema alguno en provocarme, es esa forma de contemplarme y, sobre todo, sus malditas sonrisas; son como armas de destrucción masiva. Me hace estar constantemente en alerta, casi vibrando, aunque en el buen sentido.

En un sentido delicioso.

No sé muy bien si Blake se refería exactamente a esa parte de Travis, pero supongo que ya no importa. No cambiaría ningún aspecto de él por nada del mundo.

Camino de su brazo detrás del resto del grupo. Raylee, de la mano de Blake, me lanza una mirada por encima de su hombro y una sonrisa algo débil. Está preocupada y yo también lo estoy, aunque me haya cansado de repetir que todo va a salir bien. Nunca pensé que este viaje cambiaría tantas cosas; sabía que iba a ser una aventura, pero no hasta ese punto.

—Todo irá bien —articulo sin sonido, solo para ella.

Pero no cuento con que la atención de Travis está centrada en mí y no en el pasillo que recorremos. No se le escapa nada.

—¿Pasa algo? —me pregunta. Mira un momento a Raylee y luego sus inquisitivos ojos verdes están de vuelta en mi rostro. Sacudo la cabeza—. Puedes hablar conmigo. De lo que sea, Tara.

Ya no queda ni rastro del hambre y el deseo abrasadores con el que me observaba en la suite. Ahora puedo ver la inquietud reflejándose en su expresión. Resulta tan evidente que durante un segundo me sorprende lo mucho que ha cambiado su actitud en tan poco tiempo.

—Lo sé. No te preocupes. Disfrutemos de la fiesta.

Eso último es lo mismo que me ha dicho Raylee. Llevamos meses esperando este fin de semana, esta fiesta, así que supongo que es un buen consejo. De nada serviría arruinar esta noche, así que... lo he dejado estar y le he dicho que eso es justo lo que haríamos: vamos a pasárnoslo en grande. Mañana ya resolveremos todo este lío.

Le brindo una sonrisa sincera.

Atrapo de nuevo la mirada de Raylee y extiendo esa sonrisa para ella. Blake le está susurrando algo al oído y ella parece a punto de derretirse. Durante un momento, una imagen nítida y detallada aparece en mi cabeza, una que no esperaba que fuera a tener lugar en un futuro cercano. A punto estoy de girarme hacia Travis y empezar a confesárselo todo; en cambio, me quedo ensimismada, mordiéndome el labio y jugueteando de forma distraída con la tela fluida de mi vestido. Pensando en...

Percibo el momento exacto en el que una de las manos de Travis se extiende sobre mi abdomen. Mi mirada desciende de golpe y al ver sus dedos cubriendo mi estómago no puedo evitar estremecerme, aturdida por mis pensamientos y por ese contacto que me quema la piel.

—Ey, cariño, hay que entrar en el ascensor.

Levanto la vista lentamente y con un recelo que supongo innecesario. No sé muy bien si por escucharle llamarme «cariño» con tanta ternura y cautela, como si le diera miedo mi reacción. O tal vez sea por lo que le está transmitiendo mi expresión.

—Sí, claro.

Raylee arquea las cejas desde el fondo del ascensor y me hace un gesto con la cabeza, algo como un «¿qué demonios estás haciendo?». Entro a toda prisa para colocarme junto a ella, aunque no me arriesgo a decirle que se me ha ido la cabeza un poco durante un momento y ya estoy imaginando futuros posibles que implican a Travis Anderson con un bebé entre los brazos, mirándolo con adoración y una de esas exuberantes sonrisas curvando las comisuras de sus labios.

No. No creo que sea el momento más adecuado para eso.

—¡Vamos a apostárnoslo todo! —exclamo con un entusiasmo ridículo, poniéndome en evidencia cuando mi voz se quiebra un poco hacia el final de la frase.

Y ahora es probable que todos se pregunten qué mierda está pasando conmigo.

El cóctel, al igual que la cena posterior, se celebra en la última planta del edificio, lo cual resulta casi una contradicción porque el casino está en las dos primeras plantas. Pero la azotea se ha diseñado como un gran espacio sin apenas tabiques y una pequeña zona abierta; en la principal, de mayor tamaño, se ha dispuesto un buen número de mesas decoradas con mimo y elegancia y listas para la cena. A la izquierda está una barra frente al lugar despejado de muebles en el que tendrá lugar la recepción, mientras que en la parte que queda parcialmente al aire libre se encuentra una segunda barra más grande y una zona *chill out* con sillones y mesas bajas. Ahí, la vegetación ocupa un lugar predominante y el verde destella aquí y allá junto con el brillo de decenas de diminutas luces decorándolas. También hay urnas con animales, la mayoría repletos de escamas.

Está claro que West no hace las cosas a medias.

Los invitados ya han empezado a llegar y en el ambiente flota el eco de las distintas conversaciones mezclado con el sonido de fondo de la música. La mayoría de los hombres visten de esmoquin, mientras que las mujeres lucen una amplia variedad de vestidos brillantes de diversos colores. Todo en el lugar rezuma lujo y ostentación, y no puedo evitar sentirme un poco fuera de lugar. Pasar de moverme por un campus a un hotel-casino de Las Vegas es un cambio sustancial.

—¿Nos hacemos una foto? —propone Clare, con esa voz armoniosa y dulce tan característica de ella.

Nuestro pequeño grupo se apiña entre risas para entrar en el encuadre y Clare alarga la mano en la que sostiene el móvil para lograr que salgamos todos. Justo en el instante en que toma la primera foto, Travis me da un pellizco en el muslo y yo no puedo evitar pegar un respingo. En la segunda, pilla a Travis mirándome y riéndose, y en las siguientes Blake sale besando en la mejilla a Raylee; hay sonrisas, algún empujoncito y muecas varias. Está visto que es imposible que mantengamos la compostura durante unos pocos segundos, pero, igualmente, Clare dispara unas cuantas veces más antes de desistir.

Animados, nos dirigimos hacia la zona donde tendrá lugar el cóctel mientras Travis señala aquí y allá a algunos rostros conocidos. Hay al menos un puñado de actores y actrices, una cantante y políticos de cierta relevancia. También unos pocos tiburones de los negocios, aunque a esos no los reconozco y es Travis quien me explica algunos detalles sobre la clase de ricachones que Jordan West ha conseguido atraer a la inauguración de su casino.

La siguiente hora transcurre en un borrón, entre cócteles y bocaditos deliciosos de solo Dios sabe qué exquisitez. Blake y Thomas nos presentan al propietario del estudio en el que trabajan, un hombre de unos cincuenta con más pinta de estrella de cine que de arquitecto de renombre, y también charlamos unos minutos con West, que se acerca a nosotros para comentar una vez más con Blake y Thomas lo satisfecho que ha quedado con su trabajo. Vestido también de etiqueta y con un aspecto impecable, no parece que haya traído acompañante a pesar de que todos los hombres y mujeres de la fiesta llevan del brazo una pareja.

Tampoco se me escapa la forma en la que Travis desliza su brazo en torno a mi cintura cuando Jordan me saluda.

—Espero que estés disfrutando de tu estancia, Tara —me dice Jordan mientras continúa sosteniendo mi mano entre las suyas.

—Corta el rollo, West —interviene Travis.

Me obligo a reprimir la risa, aunque Jordan no se esfuerza en absoluto por hacer lo mismo y le dedica a Travis una sonrisa condescendiente que me hace creer que forma parte de alguna broma privada entre ellos.

Me tranquiliza que Travis le devuelva la sonrisa sin ninguna clase de hostilidad y esto no sea un burdo alarde de celos y posesividad; nunca he llevado demasiado bien ese tipo de cosas.

—¿Celoso? —lo pico pese a todo, porque siento cierta curiosidad por su respuesta.

—West solo quiere joderme. Cree que eres demasiado para mí —expone con una sinceridad que no esperaba. Me rodea la espalda con ambos brazos y me pega a su pecho, olvidándose por completo de que estamos rodeados de gente—. Y puede que lleve razón, rubia. No tengo ni idea de cómo manejarte.

—Lo estás haciendo bastante bien.

—Ah, ¿sí?

Levanto la mano y la llevo justo al punto donde la tinta de su piel asoma bajo el cuello de la camisa. La pequeña porción de tatuaje a la vista contrasta con la formalidad del atuendo, pero Travis se las arregla para que en él quede bien. Tal y como va vestido, y teniendo en cuenta que no se ha molestado en poner algo de orden en el lío de mechones rubios que es su pelo, además del piercing de su lengua, es una mezcla de perfecto caballero y golfo descarado.

—Muy muy bien —aseguro, y dejo que mi mano ascienda hasta la parte alta de su nuca.

Él me pega un poco más a su pecho y Jordan se aclara la garganta, recordándonos que sigue justo ahí. Al mirarlo, me lo encuentro con las cejas enarcadas. No puedo evitar sonrojarme un poco, pero Travis se echa a reír y me mantiene apretujada contra su pecho como si no pensara dejarme ir jamás.

—Disfrutad de la noche, parejita —se despide West finalmente para acudir a saludar a otros invitados.

A la cena le precede un discurso del empresario que todos los presentes aplauden con entusiasmo y, cuando quiero darme cuenta, Travis está de pie junto a mi silla tendiéndome la mano y amagando incluso una elegante reverencia.

—Baila conmigo, Tara.

—Ay, Dios —gime Raylee mientras su mirada alterna entre mi rostro y el de Travis.

Blake también parece sorprendido, y no puedo evitar recordar que, en la boda de Thomas, Travis permaneció en todo momento sentado, apenas habló con nadie y mucho menos se acercó a la pista de baile. Tampoco lo hizo el día que estuvimos en el local de Jordan.

—¿Sabes siquiera bailar, Anderson?

Se le curva la comisura izquierda y se lame el labio inferior con la punta de la lengua, mostrándome un pequeño destello del metal de su piercing. Juro que tiene que saber lo que ese simple gesto le hace a mi cuerpo.

—Comprobémoslo.

Después de unas cuantas canciones puedo afirmar que Travis Anderson no solo sabe bailar, sino que lo hace como un verdadero profesional. Y eso que la música no es precisamente la que pondrían en cualquiera de los locales de moda de Los Ángeles. Mientras me sostiene con una soltura envidiable y nos movemos de un lado a otro de la pista entre otras parejas, Travis me cuenta que su madre se aseguró de que tanto Blake como él tuvieran las habilidades sociales necesarias para desenvolverse de forma adecuada en los eventos a los que los obligó a asistir durante años. No se extiende demasiado hablando de ello y en ningún momento menciona a su padre (o más bien al hombre que consta como tal), pero se le ve más relajado de lo que lo haya visto en todas estas semanas, y eso hace que yo también me relaje.

Los demás se nos unen y, aunque el ambiente es más formal que al que estamos acostumbrados, es imposible que no nos divirtamos estando todos juntos. Algunos ya han dado buena cuenta del champán que se ha servido tras la cena y terminamos bailando unos con otros y en grupo sin tener muy en cuenta ni dónde ni con quién nos encontramos.

—Tengo que descansar un poco —le digo a Travis cuando atrapa mi mano para un nuevo baile—. Aunque sean preciosos, los zapatos me están matando.

Él baja la vista hasta mis pies un momento. Luego se inclina y me coloca uno de mis rizos detrás de la oreja.

—Puedo ir a buscarte otra cosa —se ofrece—. O podemos ir juntos…

—Ah, no —ríe una Clare bastante achispada—. De aquí no se va nadie. Tenemos que bajar aún al casino a probar suerte.

Travis la observa con expresión divertida.

—Dudo que la suerte esté de mi lado esta noche —replica él, estrechándome de nuevo contra su pecho—. Yo ya tengo aquí toda la que necesito.

Me guiña un ojo y, aunque sea lo más cursi y ridículo que un hombre me ha dicho jamás, puede que se me haya acelerado un poquitín el corazón al escucharlo.

—Venga, iré a buscarte algo para que te deshagas de esos tacones —me dice mientras me conduce hasta nuestra mesa.

Me asegura que volverá enseguida y se marcha en dirección a los ascensores. Cuando quiero darme cuenta, Blake aparece de la nada y toma asiento a mi lado.

—Dime qué demonios le pasa a Raylee.

Trago saliva. Me ha pillado tan desprevenida que lo único que se me ocurre es negar. Blake ladea la cabeza y entrecierra los ojos. Está claro que sabe que pasa algo y que espera que sea yo la que empiece a cantar.

—No sé a qué te refieres, Blake.

Busco a mi mejor amiga con la mirada, pero no está por ningún lado. Tengo la sensación de que la situación nos va a explotar en la cara en algún momento y se convertirá en un drama mucho peor de lo que ya es.

—No me mientas. No soy idiota, conozco a Raylee y le pasa algo.

Suspiro solo para ganar algo de tiempo, lo cual resulta una tontería porque Blake no parece dispuesto a ceder. Nunca lo había visto tan nervioso, y eso que en la boda de Thomas hubo un momento en el que parecía estar perdiendo la cabeza; claro que, desde entonces, Raylee y él han estado viviendo una especie de interminable luna de miel.

Me inclino y me froto el tobillo dolorido, tratando de encontrar una salida a este embrollo sin confesar nada comprometedor.

—¿Dónde está Raylee?

—Ha ido al servicio —replica, pero enseguida vuelve a la carga—. ¿Qué pasa, Tara? Ayer estaba bien y de repente, por la noche, empezó a mostrarse distante. Travis te lo ha contado, ¿no? Y tú has tenido que ir a decírselo a ella. Y ella no quiera saber nada de…

—¿Perdona? —Ahora sí que no tengo ni idea de lo que me está hablando.

—… casarse conmigo —concluye él.

Sonrío. No puedo hacer otra cosa. Una gran sonrisa se va extendiendo por mi cara y seguramente me haga parecer un poco desquiciada.

—Le vas a pedir matrimonio —repito, solo para asegurarme.

Blake es ocho años mayor que Raylee y solo llevan saliendo unos meses, pero se conocen desde hace mucho más. Yo mejor que nadie sé cómo se desvive Blake por ella y lo mucho que la quiere, así que supongo que no resulta tan chocante que Blake esté pensando ya en matrimonio. Pero…, ¡Dios, quiere casarse con ella!

—Sí. ¿No es… por eso?

Me quedo sin saber qué decir, porque lo que Blake me está preguntando no es algo que pueda soltarle sin más. Y no ayuda en nada que ahora parezca aún más inseguro. Es probable que crea que Raylee no quiere casarse con él y de ahí su extraño comportamiento.

Por suerte para mí, Clare y Thomas regresan de la pista de baile en ese momento y me libran de tener que contestarle. Un poco después, es Raylee la que reaparece en la mesa. Cruzo una rápida mirada con ella cuando se desploma en la silla que hay libre junto a Blake.

Me sé de alguien a la que le va a tocar hablar pronto…

Tara

—Lo estoy llamando, pero no coge el móvil. Voy a ir a buscarlo —les digo a todos.

Travis se ha marchado hace más de media hora; treinta minutos en los que una inquietante tensión se ha ido extendiendo poco a poco entre mi grupo de amigos. La mesa está demasiado silenciosa para tratarse de un evento festivo. A estas alturas, Thomas debe de haberse percatado también de que pasa algo raro y no deja de mirar de reojo a su hermana y a su mejor amigo. Lo mismo puede decirse de mí, que aún sigo asumiendo lo que me ha confesado Blake.

A lo mejor deberíamos plantearnos todos empezar a soltar las novedades y que pase lo que tenga que pasar.

—Ya voy yo —suelta Blake, con un tono brusco poco habitual en él. Sin embargo, al girarse hacia Raylee, su expresión se suaviza de inmediato—. ¿Vienes conmigo, enana?

Intento hacerle un gesto a mi amiga para que lo acompañe, porque está claro que necesitan hablar. Pero Raylee no me está prestando atención.

—Te espero aquí.

Raylee no dice nada más, y a punto estoy de levantarme y empujarla para que vaya con él. Pero no me da tiempo. Blake se marcha a toda prisa y cabreado. Muy cabreado, diría yo.

—¿Qué demonios le pasa? —pregunta Thomas.

Me da por reír al escucharlo. Esa se está convirtiendo en la cuestión de la noche, pero nadie parece dispuesto a responderla.

—Deberías ir tras él y contárselo —le digo a Raylee.

Thomas se inclina sobre la mesa en dirección a su hermana y ahora su expresión es mucho más suspicaz.

—Contarle ¿qué?

Raylee se mordisquea el labio inferior. No sé por qué tiene tanto miedo de hablar con Blake. ¡Por Dios! El tipo está loco por ella. ¡Va a proponerle matrimonio! Aunque eso Raylee no lo sabe aún, claro está.

—No creo que pueda decirlo en alto. —Raylee se derrumba bajo la acusadora mirada de su hermano.

Extiendo la mano, agarro la suya y le doy un apretón de ánimo. Ella me mira y asiente.

—Está embarazada —suelto yo.

—¡Oh! —exclama una sorprendida Clare.

Los ojos de Thomas se clavan primero en mí, pero luego se arrastran muy despacio hacia su hermana. Abre la boca y la cierra, y la vuelve a abrir… Pero ninguna palabra sale de sus labios.

—Le da miedo decírselo a Blake —añado, enlazando mi brazo con el de mi amiga.

Lo ideal hubiera sido que Raylee se lo contara primero a Blake, pero lleva rehuyéndolo parte del día por miedo a su reacción, por mucho que le he insistido en que tenía que hablar con él. Después de que ayer me contara sus sospechas, hoy buscamos a toda prisa una farmacia y compramos no uno, sino dos test.

Ambos dieron positivo.

Raylee lleva dándole largas a su novio desde entonces y yo he estado encubriéndola. Y al parecer también imaginando lo bien que quedaría Travis como amoroso tío del bebé.

—Hostia puta —consigue decir finalmente Thomas.

Raylee esboza una mueca al escucharlo. Su hermano no es de los que dicen tacos, aunque supongo que la ocasión lo merece.

—Raylee, escúchame —tercio yo, obviando el exabrupto de Thomas y que el pobre aún continúa alucinando—. Blake te quiere con locura. ¿De verdad crees que va a tomárselo mal? Además, ni que hubiera sido cosa tuya, un bebé se hace entre dos... —trato de bromear, y ella deja escapar una risita histérica.

La verdad es que está emocionada con la idea de tener un hijo con Blake. Puede que sea pronto, sí. Es joven y va a tener que hacer un montón de cambios en su vida, pero sabe que su madre la apoyará sin ninguna duda; creo que en el fondo también es consciente de que Blake querrá a ese niño o niña desde el momento en que sea consciente de su existencia, pero eso no evita que esté aterrorizada.

Thomas se pone en pie justo en el momento en el que atisbo a Blake abriéndose paso entre la gente. Con él viene otra persona, pero no es Travis, sino Jordan. En cuanto se acercan, Thomas empieza a rodear la mesa, Raylee lo agarra del brazo, pero Thomas se suelta y se va directo hacia Blake.

Se va a liar. Se va a liar muy gorda.

—Travis se ha largado —suelta Blake casi sin aliento, antes incluso de que Thomas pueda decir o hacer lo que quiera que se haya propuesto al ir a por su futuro cuñado.

El hermano de Raylee se detiene frente a él, titubeante. Da la sensación de que no sabe si abrazarlo o pegarle un puñetazo.

—¿Cómo que se ha largado? —le reclamó yo a Blake a pesar del drama que se nos viene encima.

—Se ha ido. Ha cogido el coche —añade, mirando extrañado a Thomas, que está demasiado cerca de él.

Yo también me pongo en pie y me adelanto hacia Blake.

—¿A dónde se ha ido?

—Hay una carrera esta noche —dice entonces Jordan, y a mí se me cae el alma a los pies.

—Raylee, creo que deberías decírselo —suelta Thomas al mismo tiempo.

Todos miran a Thomas menos Blake. Su cabeza gira en dirección a Raylee, y esta le dedica una sonrisa forzada y temblorosa.

—Estoy embarazada —suelta de golpe.

Blake palidece y, a decir verdad, su expresión es muy similar a la de su amigo cuando he soltado la bomba. Durante un instante me planteo que pueda ser tan idiota como para salir corriendo o algo por el estilo. Pero, apenas un par de segundos después, su expresión se transforma por completo y se pone en marcha. Avanza hasta donde Raylee está sentada, hinca una rodilla a sus pies y le coge ambas manos entre las suyas.

Oh, joder.

—No tenía planeado hacer esto así, pero… cásate conmigo, enana.

A ella se le saltan las lágrimas en cuanto pronuncia las tres últimas palabras. Es posible que yo también me emocionara un poco si no fuera por lo que ha dicho Jordan. No puede ser que Travis se haya largado sin más para participar en una maldita carrera. No tiene ningún sentido.

Jordan se coloca a mi lado mientras Raylee murmura un «sí» entre sollozos. Quiero abrazarla y decirle que todo va a ir bien, pero…

Travis.

Hay un revuelo de rápidas felicitaciones y algunos besos, pero Blake enseguida se vuelve hacia nosotros. Y a pesar de lo emocionante que debería ser este momento para ellos, y de todo lo que tienen que discutir, tanto él como Raylee se concentran en la aparente huida de Travis.

Blake me pregunta si ha pasado algo entre su hermano y yo, pero no hay nada que contar.

Todo va bien entre nosotros. Aunque puede que me haya mostrado un poco recelosa con él para guardarle el secreto a Raylee, así que es lo que le digo. Eso y que en teoría solo ha ido a la suite a por otro calzado para mí porque me duelen los pies.

—Ha bebido —digo entonces, porque aunque yo me he pasado al agua para solidarizarme con Raylee, y para que su abstinencia repentina no llamara demasiado la atención, estoy segura de que Travis ha tomado champán y al menos un vaso de whisky.

Blake se frota el puente de la nariz, preocupado, mientras el pánico se enrosca en mi pecho al evocar el recuerdo de la carrera a la que me llevó Travis hace semanas y el accidente que hubo entre dos de los participantes. Dios, no, no puede pasarle nada.

Por favor.

—Un momento... Mierda —maldice Blake—. ¿Travis sabe lo del embarazo?

Niego.

—Yo no le he dicho nada. Raylee se hizo los test esta tarde en nuestra habitación, pero fue mientras nos preparábamos...

—¿Dónde habéis dejado los test? —me interrumpe Blake.

—¡¿Qué demonios importa eso ahora?! —le grito sin querer, perdiendo los nervios, pero él insiste hasta que Raylee le asegura que los ha guardado en su maleta. Aunque las cajas..., las cajas se han quedado en la papelera del baño escondidas debajo de media tonelada de papel higiénico.

—Joder, es eso. Seguro que es eso —sentencia Blake, y no tengo la más remota idea de lo que está hablando—. ¿Hay una posibilidad de que piense que es Tara la que está embarazada?

En otras circunstancias, aplaudiría lo bien que se ha tomado Blake la noticia de que va a ser padre, porque es enternecedor el modo en el que le aprieta la mano a Raylee y la atrae más hacia él mientras habla, pero sigo sin comprender qué está pasando con Travis.

Cuando consigo procesar la pregunta que me ha hecho y entender lo que está sugiriendo, me echo a reír.

—Ay, Dios, no. Usamos protección todo el tiempo.

Raylee pone los ojos en blanco.

—Sí, ya, y yo tomo la píldora.

—No creerás que piensa que yo... Eso es... —No puedo evitar cabrearme al plantearme esa posibilidad. ¿En serio ha salido corriendo al pensar que estoy embarazada? No, él no haría eso, ¿verdad?—. Travis no es tan capullo.

—No, no lo es —replica Blake—. Pero…

—Pero ¿qué?

—Tengo que ir a buscarlo. —Es todo lo que dice, y eso no me tranquiliza lo más mínimo y tampoco aclara las cosas.

Hay algo que se está guardando.

West se saca el móvil del bolsillo y le dice a Blake que tenemos un coche a nuestra disposición en la puerta del edificio incluso antes de darle la orden a quien sea que esté al otro lado de la línea. También le indica el lugar de la carrera. Al parecer, Travis lo ha llamado hace cosa de veinte minutos y le ha pedido indicaciones.

—¡¿Y tú se las has dado?! —no dudo en gritarle, y la gente que hay a nuestro alrededor comienza a prestarnos atención.

Sinceramente, me da igual estar increpando al dueño de todo este circo delante de sus invitados. Lo único que quiero es encontrar a Travis antes de que cometa una estupidez. No dudo que sea un excelente conductor, pero ha estado bebiendo y tampoco pienso que su estado anímico sea el adecuado para controlar esa máquina infernal que tiene por coche. Solo Dios sabe lo que estará pasando por su mente si cree que estoy embarazada. Y desde luego no voy a pensar en lo que me hace sentir que haya salido corriendo ante tal posibilidad.

—Vamos a encontrarlo —me dice Raylee, pero está tan nerviosa como yo. Se aferra a mi mano del mismo modo en el que yo lo he hecho antes con ella.

—Iré con vosotros —interviene Jordan, al que no parece importarle tampoco que lo haya puesto en evidencia delante de todo el mundo—. Conozco el lugar donde se celebra la carrera. Tardaremos menos si conduzco yo.

Supongo que es lo menos que puede hacer. Aunque, en el fondo, soy muy consciente de que él no tiene la culpa de que esto esté sucediendo. Ha sido Travis quien ha tomado la decisión de huir. De nuevo.

Y eso…, eso duele, joder. Duele mucho.

—Vamos —murmuro con los dientes apretados. Furiosa. Sentir rabia ahora mismo es mejor que cualquier otra alternativa.

Los siguientes minutos son una locura de carreras por los pasillos del hotel. El ascensor no se mueve lo suficientemente rápido y todos estamos demasiado callados, lo cual no ayuda en absoluto a templar mis nervios. Clare y Thomas se han quedado atrás, ya que no cabemos todos en un coche. Blake también ha intentado que Raylee permaneciese en el hotel, porque está claro que no le hace ninguna gracia arrastrarla embarazada a una carrera ilegal en el jodido desierto de Nevada. Pero mi amiga solo se ríe en su cara y le dice que está loco si cree que no va a venir con nosotros.

Bien por ella, joder.

Y gracias también a Blake porque tiene la suficiente inteligencia como para no rechistar y contradecirla.

En la entrada del hotel nos espera ya un sedán negro de lujo con las puertas abiertas y el motor en marcha. El aparcacoches le entrega las llaves a West y nos observa con cierta curiosidad mientras nos metemos en el interior. Jordan se sitúa tras el volante y yo me deslizo en el asiento a su lado. Blake y Raylee ocupan la parte de atrás.

—No es por ti, Tara —dice él cuando Jordan ya se ha incorporado al tráfico.

Un sábado por la noche no es precisamente el mejor momento para tener una emergencia en Las Vegas, no al menos una que requiera moverse por la ciudad en coche, así que agradezco que Jordan haya venido con nosotros y sepa qué calles tomar para salir de aquí lo más rápido posible.

—Bueno, cree que estoy embarazada y ha salido corriendo. Si no es por mí…

No termino la frase. No sé qué decir. Me pregunto si Travis se ha planteado incluso si podría haberme estado tirando a otro tío, ya que nosotros siempre hemos usado protección. Eso haría huir a cualquiera, no puedo discutirlo. Pero que haya llegado a pensar algo así de mí... No sé cómo tomármelo.

—No quiero meterme donde no me llaman, pero... —señala Blake desde el asiento trasero, consiguiendo que me gire hacia él—. Mira, estaba equivocado con Travis todo este tiempo. Yo... lo juzgué mal. Te advertí sobre él... —titubea, y no sé si es porque no quiere contarme lo que cree que ha provocado todo esto o por la presencia de West en el coche.

Jordan está concentrado en la carretera, pero es obvio que no se pierde una palabra. Me pregunto qué pensará de todo este drama y por qué hay un músculo palpitando en su mandíbula. A saber..., supongo que todos tenemos nuestros problemas.

—Cuando lleguemos —continúa Blake—, dile que no estás embarazada antes de nada.

—Ya, porque eso le quitará un peso de encima —tercio yo, con evidente amargura.

Sé que, aun así, eso es lo que debería hacer para evitar que Travis participe en la carrera. Y me digo que es justo lo que haré, que es lo mejor, mientras me convenzo de que nada de esto importa y de que Travis Anderson no acaba de romperme el corazón.

Travis

He encontrado dos pruebas de embarazo en el baño de la suite, en la papelera. Dos putos test de embarazo. Dos. O al menos sus correspondientes cajas vacías.

No debería haberlos visto, supongo, porque estaban al fondo y cubiertos con un montón de papel higiénico. Pero he entrado al baño un momento antes de regresar a la fiesta con unas zapatillas para Tara y, con las prisas, le he dado una patada y todo su contenido ha salido volando.

Dos cajas.

Dos.

Porque está claro que Tara quería asegurarse del resultado.

Aunque los test no estaban por ningún lugar, no creo que sea difícil imaginar lo que mostraban si tuvo que hacerse una segunda prueba para confirmarlo.

Mierda.

Por eso estaba tan rara. Por eso desapareció con Raylee por la tarde, porque debieron ir en busca de una farmacia para comprarlos. Y por eso estoy yo ahora metido en el coche, conduciendo por el desierto de Nevada y muriéndome de miedo.

No puede ser.

Joder. Joder. Joder.

Mi primer impulso ha sido regresar a la azotea, enfrentarme a Tara y obligarla a explicarme por qué demonios no me ha dicho nada. Pero luego…, luego se me ha venido el mundo encima y me he acordado de Sasha. Y, cuando he querido darme cuenta, estaba metido en el coche después de pedirle a Jordan que me dijese dónde demonios era la carrera de esta noche.

Ni siquiera sé lo que me voy a encontrar. Conozco a Parker desde hace años y también estoy muy familiarizado con cómo van las cosas en Los Ángeles, pero aquí, en Las Vegas, solo tengo el nombre que me ha dado Jordan. No tengo ni idea de quién lo organiza todo, controla las apuestas y hace que se cumplan unas mínimas normas de seguridad. Tampoco conozco el terreno ni la predisposición que tiene la policía de este lugar a perseguir a los participantes si alguien los alerta. Y lo peor de todo es que, aunque creo que el alcohol que he tomado esta noche se ha evaporado de mis venas en cuanto he visto las cajas tiradas en el suelo del baño, ni de coña estoy en condiciones de conducir a la velocidad que debería hacerlo para ganar la puta carrera y dejar toda esta mierda en el fondo de mi mente.

Pero incluso así continúo conduciendo.

Huyendo. Porque eso es lo que hago.

Joder.

Embarazada. Tara está embarazada.

Hemos usado condones cada vez. Y lo más gracioso es que ni siquiera he dudado de que sea mío. A veces todas las precauciones fallan y esta es una de esas veces, estoy seguro. Lo cual resulta una ironía en mi caso. ¿Cuántos tipos están a punto de ser padres sin pretenderlo en dos ocasiones en cuestión de unos pocos años? Me reiría si no estuviera tan jodidamente abrumado.

Conforme mi pie se hunde más y más en el acelerador, y mi mente lo hace en recuerdos demasiado dolorosos, tengo que hacer uso de toda mi fuerza de voluntad para seguir de forma correcta las instrucciones del GPS del móvil.

Una parte de mí me grita que esto es un error. Un jodido error de los que luego no tienen arreglo.

Tara no es Sasha. Ni se le parece, joder. Y yo tampoco soy el que era entonces… Pero estoy demasiado aturdido para separar el pasado del presente. Cuando le hablé a Blake de lo que ocurrió hace unos años, pensé que me había quitado un peso de encima al compartirlo con él. Fue como si, al hacerlo, por fin lo aceptara. Lloré como un puto niño, incluso Blake lo hizo al pensar en la posibilidad de haber sido tío.

Lo que no esperaba era que algo así sucediera con Tara.

Durante un tiempo, creí que iba a ser padre. Sasha y yo llevábamos viéndonos apenas medio año. Éramos jóvenes y estúpidos, y ni siquiera estábamos enamorados. Todo lo que hacíamos era follar de vez en cuando con demasiado ímpetu y poca cabeza. Dieciocho putos años teníamos y acabábamos de empezar a estudiar en la universidad. Nos creíamos los reyes del mambo.

Pero, cuando ella me dijo que estaba embarazada, nunca tuve dudas de que estaría ahí para ella. Para entonces yo ya sabía que el marido de mi madre no era mi verdadero padre, y no iba a permitir que mi hijo creciera sin uno y se odiara por ello como si fuera culpa suya. Quise a ese bebé desde el momento en que Sasha me lo confesó todo entre lágrimas. Lo quería, joder. Lo quería con todas mis fuerzas. Y juro que me prometí que, pasase lo que pasase, nunca se sentiría tan solo como yo lo había estado. Tan aislado. Tan poco querido. Nunca dejaría que pensase que fue un error que cometieron sus padres. Algo inesperado. No deseado.

Durante unas pocas semanas, me imaginé toda una vida. Toda una puta vida. Le dije a Sasha que siempre estaría junto a ella, incluso si lo nuestro no funcionaba, como parecía bastante obvio que sucedería. Eso se convirtió en algo sin importancia en realidad. Podíamos ser amigos, lo que fuera. Pero ese bebé tendría padres; dos padres que lo querrían más que a nada en el mundo.

Estaba aterrado, no voy a mentir, pero también me emocioné mucho con la idea.

Y luego…, luego todo se esfumó.

Piso el acelerador en cuanto descubro a lo lejos un montón de luces destellando en la oscuridad del desierto. A través de la ventanilla bajada me llega también el sonido de la música. Al parecer, las cosas no son tan distintas aquí. Al final todo se reduce a un montón de yonquis de la velocidad y el riesgo de saltarse todas las normas, mientras que otro montón de idiotas apuesta desde un lado de la carretera quién es más probable que tenga idea de lo que está haciendo y quién se saldrá en la primera curva y acabará bien jodido.

Esta noche tengo más posibilidades de que esto último sea lo que me suceda.

Alcanzo el tumulto de coches en unos pocos minutos. Jordan me dijo que normalmente Ash es el encargado de elegir a los corredores. Mide alrededor de dos metros y lleva el pelo rapado al cero. No debería ser demasiado difícil dar con él a pesar de que la reunión parece incluso más numerosa de lo que es habitual en Los Ángeles.

La gente empieza a apartarse en cuanto pulso un botón y los bajos del coche se iluminan. La última vez que usé esas luces fue cuando llevé a Tara al mirador tras la carrera. Ese día estaba muy cabreada conmigo, pero fue la primera vez que nos acostamos… ¿Fue en esa ocasión cuando se quedó embarazada? ¿Me puse mal el maldito condón?

Dios…

Un grupo de tíos se planta delante del coche y me impide avanzar más a no ser que les pase por encima. Y a lo mejor no estoy tan fuera de mí mismo como creo, porque me digo que no es una buena idea atropellar a nadie y detengo el motor.

Para cuando abro la puerta y me deslizo fuera, de alguna manera he conseguido apartar toda mi mierda a un lado y estoy seguro de que mi expresión no deja traslucir ni un atisbo de lo mucho que necesito esto esta noche.

Nada.

Nada y todo.

Así es como me siento. Lleno y vacío al mismo tiempo.

—¿Y tú quién coño eres? —suelta uno de los tipos, dándole un buen repaso a mi indumentaria a pesar de que me he deshecho de la chaqueta del esmoquin.

Hace amago de apoyar una de sus manos en el capó de mi coche, pero supongo que la mirada de advertencia que le lanzo lo disuade, porque la retira incluso antes de llegar a rozar la carrocería.

—Estoy buscando a Ash.

—Te ha preguntado quién eres —dice otra voz mucho más grave. Ash, deduzco al girarme y descubrir al gorila que se está abriendo paso entre la gente hacia nosotros.

Todos se hacen a un lado sin que él tenga siquiera que pedirlo, algo de lo más normal porque tiene el aspecto de un boxeador profesional que se merienda a tipos como yo sin derramar ni una sola gota de sudor. Está bien, no vengo a pelearme con él. Solo quiero correr.

Me planteo emplear el nombre de Jordan como salvoconducto, pero conociéndolo es probable que use algún otro apodo y esta gente ni siquiera sepa quién es ni el dinero que tiene. Tampoco le tendrán mucho cariño si los ha desplumado en más de una ocasión.

—Solo quiero correr —opto por decir.

Paso la mano por el lateral del techo de mi coche para atraer la atención hacia él. No es por ser un capullo arrogante, pero es una máquina con una preciosidad de motor bajo el capó; más potente que la mayoría de los coches que he visto al llegar y, desde luego, totalmente a punto para algo como esto.

Ash enarca las cejas, aunque la treta funciona y los ojos del tipo recorren las líneas de mi pequeña con una avidez mal disimulada. Yo también bajo la mirada y miro el coche. Lo miro de verdad, como hace mucho que no lo hago, y me pregunto qué mierda estoy haciendo.

Adoro mi coche, la velocidad, la oscuridad rodeándome mientras lo demás pasa a convertirse en un borrón turbio y desdibujado del que apenas si soy consciente. Siempre he amado la sensación de apretar a fondo el acelerador y dejar todo atrás. La aguja del cuentakilómetros sube más y más, el equilibrio precario que se establece entre mis manos sobre el volante y la dirección del coche, la certeza de que todo podría terminar en un segundo, de que un error puede ser fatal...

Un error.

Es probable que sea eso lo que estoy cometiendo. Lo que he elegido. Una mala decisión. Como un maldito cobarde. Incluso aunque esté ahogándome en un montón de recuerdos y solo pueda dedicarme a seguir empujando hacia delante. Aunque «hacia delante» signifique en realidad hacia ninguna parte.

Lejos de Tara.

Tara.

De Tara y de mi... bebé.

—Está bien. —La voz de Ash retumba por encima de la música y los cuchicheos. Retumba también en mi mente. En mi pecho.

Y me encuentro asintiendo. Ni siquiera sé por qué. Supongo que porque nunca nadie me ha detenido. Porque no he tenido un motivo para frenar salvo cuando atravieso la línea de llegada y el mundo real regresa a su sitio.

La gente se aparta mientras yo le lanzo a Ash un montón de billetes y me subo de nuevo al coche. Mi cuerpo está en piloto automático y toma la decisión por mí. Hace lo que está acostumbrado a hacer. Y yo se lo permito porque tengo miedo.

Porque a veces es más fácil correr que detenerse. Huir que quedarse. Fingir que no duele antes que mostrarle a los demás lo jodido que alguien fue capaz de dejarte. El daño que consiguió hacerte.

Y esconder así lo mucho que deseas que, por una vez, todo sea diferente. Que por una vez alguien apueste por ti aunque bajo el capó no haya nada más que un montón de piezas que apenas encajan.

A lo mejor lo único que tengo a punto es mi coche. Porque estoy seguro de que no ocurre lo mismo con mi puto corazón.

Tara

—Acelera —le exijo a Jordan por enésima vez desde que salimos de la ciudad—. Las carreras en Los Ángeles son al amanecer, pero aquí ya podría haber empezado. No creo que haya mucho tráfico en el desierto.

Jordan no va precisamente despacio, pero no puedo evitar pedirle más. La angustia se ha ganado un lugar en mi estómago y creo que podría vomitar en cualquier momento. Debería resultar gracioso que sea yo la que tenga náuseas en vez de Raylee, pero no lo es. Ni de lejos.

Blake no ha dicho ni una palabra sobre por qué demonios se supone que su hermano ha salido corriendo. Y juro que quiero darle el beneficio de la duda a Travis y no creer que es el idiota que conocí en la boda de Thomas. No querría tener razón.

No. Sé que no tengo razón.

Pero, si llegamos antes de que empiece la carrera y le suelto a Travis que no estoy embarazada, ¿cómo demonios voy a saber que no me he equivocado con él? Una parte de mí necesita que me explique en qué demonios estaba pensando para largarse sin hablar conmigo antes de que sea yo la que le cuente nada. Esa parte de mí está muy muy dolida, o peor, decepcionada.

—No sé si voy a poder perdonarle por esto —digo a nadie en particular.

Jordan me lanza una mirada rápida y juraría que pisa más a fondo. Fuera, incluso en la oscuridad, el paisaje parece desolador. Claro que es un desierto, no sé muy bien qué esperaba.

—Lo entiendo —tercia Blake—. Pero deja que se explique, Tara. Dale una oportunidad.

Me vuelvo hacia él.

—¿Por qué? Dime por qué tendría que escuchar lo que tenga que decir. Ha dejado muy claro que su primer impulso siempre será correr.

Sé que mi voz suena más dura de lo que debería y que Blake no tiene la culpa de las decisiones de su hermano, pero no soy capaz de controlarme. Sigo recordando a Travis bebiendo, convencido de que pasaríamos la noche en el casino y que ninguno tendría que conducir. Y ni siquiera eso lo ha detenido.

Ha vuelto a huir. Tan sencillo como eso. Ha escapado de mí y de la posibilidad de tener un hijo conmigo. Lo cual no deja de ser un poco aterrador, lo sé, pero también dice mucho de él y de sus elecciones.

Blake agita la cabeza con pesar.

—Deja que él te lo cuente. Lo hará, sé que lo hará. Le importas mucho. —Hace una pausa y añade—: Te quiere, Tara. Puede que no te lo haya dicho, pero lo conozco y sé que, incluso aterrado por haberse enamorado de ti, estaba dispuesto a dejar de escapar. Pero esto…, esto ha sido demasiado para él.

Quiero creerlo, de verdad que quiero. Pero el hecho es que Travis ha escogido correr primero y preguntar después. ¿Qué demonios ha podido empujarlo a hacer algo así? ¿Qué motivo puede tener?

Me vuelvo hacia delante sin saber qué decir.

—Ahí están —murmura Jordan, y al final voy a pensar que es un buen tipo.

Parece tan preocupado como nosotros. Luce incluso arrepentido y, sinceramente, no creo que haya muchas cosas que hagan sentir culpable a un tipo como Jordan West.

Hay un montón de luces más adelante. No sé en qué demonios puede estar pensando toda esa gente. Aquí no hay tráfico como en Los Ángeles, pero la carretera en esta zona es una mierda de apenas unos pocos metros de ancho, sin arcenes. Y la oscuridad es casi total a estas horas de la noche. Si alguno de los participantes perdiera el control, acabaría lanzándose sobre un montón de piedras y gravilla. Y no creo que haya hospitales cerca.

Algunos de los presentes se vuelven hacia nuestro coche, aunque supongo que no atraemos tanta atención como los otros automóviles que hay en la zona. Muchos de ellos tienen el mismo aspecto que el de Travis; un sedán de lujo no es para tanto.

Ni siquiera dejo que Jordan frene del todo antes de abrir la puerta. Me deshago de los tacones, recojo el bajo de mi vestido con una mano y salgo corriendo. Raylee me grita para que los espere y creo que también lo hace Blake, pero no me detengo. No los escucho. Todo lo que hago es liarme a empujones, esquivar coches, puertas abiertas y un montón de gente bebiendo y riéndose como si estuviésemos en una estúpida fiesta.

Supongo que ellos lo ven así.

Chicas que bailan. Chicos que las acompañan o simplemente las miran. Dinero que pasa de mano en mano. Apuestas susurradas o que se gritan de un lado a otro de la carretera. Desafíos que se lanzan. Carcajadas desganadas y otras cargadas de intensidad.

El pulso me retumba en los oídos al ritmo de la música y el corazón lo hace en mi pecho, junto con el presentimiento de que nada puede salir bien en una noche como esta. Y de repente todo parece precipitarse. La gente empuja hacia delante. Se escuchan motores rugir, acelerándose, elevándose por encima de cualquier otro sonido y perdiéndose más y más lejos a través del desierto.

«No, no, no», pienso para mí. O tal vez lo esté gritando.

Los que me rodean se apartan un poco y por fin veo la línea de coches listos para tomar la salida. A punto estoy de tropezar con mis propios pies al descubrir la familiar carrocería oscura del de Travis entre los participantes. La esperanza de que, incluso habiendo huido, no estuviera participando en esta locura se desvanece y muere con esa visión.

Y el dolor de la decepción se hace un poco mayor.

Más grande y doloroso.

Más punzante y profundo.

Y entonces ya estoy ahí sin saber qué diablos se supone que voy a hacer. De algún modo acabo justo al lado de la chica que va a dar la salida; aquí tienen a su propia Bianca, pero no me fijo en ella. No me fijo en nada en realidad, porque me deslumbran los faros de los cinco coches que se encuentran alineados frente a mí, con los motores a punto y sus pilotos con más ganas de morir o tener un accidente que cualquier persona cuerda.

—¿Qué demonios? —maldice alguien. Creo que ha sido uno de los tipos que compiten, que ahora se está asomando por la ventanilla con el ceño fruncido.

Todo el mundo me está mirando. No veo a Travis con claridad, solo es una sombra tras su parabrisas. Pero está ahí, dentro del coche. Y ahora que sé que he llegado a tiempo me siento tan aliviada que puede que deje a la rabia ganarle terreno a cualquier otra emoción.

Cuando estoy a punto de exigirle que salga para poder gritarle o matarlo, o abrazarlo, la puerta de su coche se abre. Travis se baja y permanece junto al automóvil, con el puñetero codo apoyado en el techo y los ojos fijos en mí. Solo me observa. No dice nada ni hace amago alguno de acercarse aunque el resto de la gente está ya murmurando y supongo que de un momento a otro alguien me empujará fuera del camino.

Quiero gritarle o lanzarme sobre él como hice en aquella primera carrera, pero no lo hago. No sé por qué. Ni siquiera me muevo.

En un instante la adrenalina parecía haberse adueñado de mi cuerpo y mis intenciones, y al siguiente me encuentro totalmente perdida. ¿Qué se supone que tengo que decirle? «No pasa nada, Travis, no hay bombo. Vayamos a apostar un par de cientos al casino de tu amigo, la noche es joven».

No, eso no va a funcionar. No para mí.

Travis continúa inmóvil, observándome, aunque no estoy segura de que me esté viendo y tampoco de si hay algún tipo de emoción en su rostro. Las sombras lo mantienen a salvo de mi mirada. Y la sensación de tener el corazón destrozado en cientos de pedazos regresa aún con más fuerza.

—Al final sí que eras un gilipollas. —Es todo lo que consigo decir, y ni siquiera sé si lo oye.

Blake aparece en ese momento de la mano de Raylee justo por detrás de su hermano.

Él se ocupará de esto. Puede decirle que no va a tener ningún hijo y evitar que participe en una carrera medio borracho. De repente parece que mis emociones se hubieran evaporado. Y aún con esa sensación de estar anestesiada, de no ser capaz de sentir nada salvo decepción, se me llenan los ojos de lágrimas y sé que voy a empezar a llorar en cualquier momento —de alivio o de rabia, no estoy segura—, así que me giro hacia el borde de la carretera y me hago a un lado.

Me aparto, tal y como ha hecho él.

A lo mejor soy yo la que huye ahora. No lo sé. Lo único que importa es que la intervención de Blake es suficiente para evitar que algo malo suceda. Es su hermano. Travis lo quiere, le hará caso.

—Tara, espera. —Su voz… Esa maldita voz y su forma de pronunciar mi nombre.

Duele y, aun así, no me detengo. No sé cómo hacerlo. Echo a andar entre la gente. Parte de los coches han quitado la música tras mi repentina entrada en escena y los motores han dejado de rugir, lo cual, incluso ahora, me tranquiliza.

—Tara —me llama una vez más. ¿Debería volver y decírselo? No soy capaz de pensar—. ¡Tara!

Dios, esto no tendría que estar pasando. No culpo a Raylee; volvería a hacer lo mismo que he hecho para apoyarla, pero debería haber hablado desde el principio con Blake y ahora no estaríamos todos en mitad del desierto con un montón de extraños observando los restos de lo que hubiera entre Travis y yo.

—¡Mi madre le pagó! —El alarido de Travis me deja clavada en el sitio y un escalofrío recorre mi espalda. No me vuelvo, pero eso no le impide continuar gritando—. ¡Le dio a Sasha una cantidad absurda de dinero para que abortara!

¿Quién demonios es Sasha? ¿Y qué tiene que ver su madre...?

Oh, Dios. No me gusta el rumbo que está tomando esto ni la advertencia de Blake sobre que tenía que dejar que Travis se explicara.

Me giro lentamente. Hay un corrillo de gente a mi alrededor. Ni siquiera debería ser capaz de ver a Travis desde donde estoy si no fuera porque se ha subido al techo de su coche. Y ahora sí que puedo contemplar su expresión, las líneas duras de su mandíbula firmemente apretada, el dolor en sus preciosos ojos verdes, ahora apagados y cargados de tristeza. La amargura. Y el miedo...

—Sasha se quedó embarazada cuando estábamos en la universidad —prosigue, y quiero pedirle que se detenga, que pare. Porque es obvio que lo que sea que tenga que contar lo está destrozado por dentro.

—Travis, no... —murmuro para mí misma.

Bajo la vista hasta Blake, rogándole con la mirada que le ponga fin, pero él niega con la cabeza y no hace nada para evitar que su hermano continúe hablando.

Tal vez crea que esto es lo que Travis necesita. Quizá sea la forma en la que los Anderson hacen las cosas. Quizá, bien sea para gritar su amor o su dolor, todo tenga que acabar otra vez con una confesión pública. Solo que Travis y yo no somos Blake y Raylee, esto no es una boda y no creo que nadie vaya a sonreír ni a aplaudir cuando Travis termine su discurso.

Travis

Todos están listos para que la carrera dé comienzo. Los otros cuatro participantes prácticamente funden los aceleradores en el momento en que una chica rubia se desliza hasta la línea de salida. Contoneándose, se coloca en el centro de la carretera al ritmo que marcan los motores rugiendo.

Sin embargo, mi pie no se mueve. Tengo las manos sobre el volante y arrastro los ojos hacia la oscuridad que se extiende más allá de la chica, lejos de la zona iluminada por los faros. Y, por primera vez desde que me dedico a participar en este tipo de competiciones, lo que veo no es una salida. Ni una escapatoria. Solo son sombras y más sombras.

No quiero correr. No quiero huir.

Lo que quiero es ir a buscar a Tara, decirle que soy un imbécil cobarde y roto, pero que estoy enamorado de ella. Y que, decida o no tener ese bebé, no voy a irme a ningún lado. Lo solucionaremos juntos. Estaremos juntos.

Quiero contárselo todo.

Dejo caer mi mano hasta el contacto, listo para apagar el motor y quedarme atrás cuando los demás se pongan en marcha. Pero entonces aparece otra chica junto a la primera. Una con una melena de rizos desordenados, un vestido rojo de gala y el aspecto de alguien que acabase de atravesar un infierno para llegar hasta aquí. Ni siquiera lleva zapatos.

Tara.

Oh, joder. ¿Tara ha venido a buscarme?

Parpadea, deslumbrada por los faros de los coches. Parece tan perdida… Tan pequeña y desvalida. He contemplado muchas facetas de Tara y todas me han gustado, pero nunca la había visto así. Nunca ha lucido como otra cosa que no sea valiente y feroz. Nunca ha dudado en plantarme cara. Siempre desafiándome, incluso cuando yo me comportaba como un imbécil arrogante.

Abro la puerta y me bajo del coche. Está ahí plantada sin decir nada y a mí no me va mucho mejor. No puedo ni imaginar lo que debe de haber pensado al descubrir que me había largado sin ningún motivo aparente. Que me había marchado a una puta carrera de nuevo.

Se tambalea un poco y vuelve a parpadear, como si tratara de evitar las lágrimas, y entonces tan solo se vuelve y empieza a andar hacia uno de los lados de la carretera.

«Joder. No, no te vayas. Por favor…».

—Tara, espera —la llamo, pero no se detiene.

Blake aparece junto a mí. Raylee está con él, pero es mi hermano el que me dice:

—Cree que te has largado porque está embarazada, Trav —murmura a toda prisa, atropellándose con las palabras—. Cree que has huido de ella. Que te has marchado sin más. Así que haz algo si de verdad quieres que sepa que no es así y que la quieres. Haz lo que sea o vas a perderla.

Raylee parece que va a añadir algo, pero Blake la detiene.

—No, esto es entre ellos —le dice, y yo me desentiendo totalmente de lo que sea que se traen entre manos. Lo único en lo que puedo pensar es en conseguir que Tara se detenga.

—¡Tara! —grito de nuevo, demasiado tarde.

Ya ha desaparecido entre la gente.

Sin dudarlo un momento, me impulso con las manos sobre el techo del coche y me elevo por encima de todos para localizarla. Durante un segundo estoy a punto de gritarle que, en algún momento, entre mis provocaciones y sus respuestas sarcásticas, me he enamorado de ella. Que me gusta tanto tenerla bajo mi cuerpo, gimiendo, como durmiendo entre mis brazos. Que su puta sonrisa es lo más hermoso que he visto nunca. Que sus rizos me distraen. Los ruiditos que hace en la cama me vuelven loco y que…

Que mi «yo tampoco te odio» del día anterior solo quería decir en realidad que la amo, y que espero que el suyo significase lo mismo.

Pero no digo nada de eso.

—¡Mi madre le pagó! —Tara se detiene en cuanto escucha mi grito. Miro un instante a mi hermano. Está junto al coche, abrazando a Raylee, y asiente para darme ánimos. «Sácatelo de dentro y dáselo todo de una vez, Travis», parece decirme, y sé que necesito hacer esto—. ¡Le dio a Sasha una cantidad absurda de dinero para que abortara!

Incluso desde donde estoy puedo ver que Tara se estremece. Un instante después comienza por fin a volverse. Sus ojos me traspasan desde varios metros de distancia. Parece aterrorizada. Su mirada se desliza solo un momento hasta Blake y casi parece rogarle de forma silenciosa, supongo que para que intervenga. Lo que no entiende Tara es que haría cualquier cosa para no perderla y que, a veces, dejar de correr no solo implica detenerse, sino también afrontar las cosas de las que has estado huyendo.

Si piensa que he huido al enterarme de que está embarazada, nunca volverá a confiar en mí. Así que voy a darle esto. Voy a dárselo todo de una vez. Voy a abrirme en canal para ella y entregarle la única parte de mí que no ha visto todavía.

Trato de ordenar mis pensamientos con rapidez y resumir la historia de modo que pueda entenderla. Todo el mundo me está mirando ahora y las radios de los coches han sido silenciadas, pero todo lo que yo puedo ver es a la única chica de la que no quiero escapar jamás.

—Sasha y yo estábamos en la universidad cuando se quedó embarazada —sigo gritando para que pueda escucharme—. Quería tenerlo y yo también, aunque ambos estábamos muertos de miedo. Pero mi madre se enteró. Nunca he sabido muy bien cómo, pero lo hizo. Siempre se entera de todo —me río, aunque mi risa está cargada de cinismo. Y de dolor. Apuesto a que mi madre tiene a alguien que nos sigue a Blake y a mí y escarba en nuestra mierda—. Le ofreció un montón de dinero para que se deshiciera del bebé y presionó y presionó para conseguir que ella cediera. Sasha era solo una cría, estaba muerta de miedo y supongo que, con tanto dinero de por medio, a mi madre no le costó demasiado manipularla para que aceptase —prosigo a pesar del temblor de mi voz y de que Tara ha empezado a caminar; esta vez no para alejarse de mí, sino para acercarse—. Pero eso no fue lo peor. Yo le había asegurado a Sasha que respetaría su decisión, que era a ella a quien más le afectaba todo aquello aunque yo estuviera a su lado en todo momento. Podía haberme dicho que había cambiado de opinión. Podía haber dicho cualquier cosa. Pero no me dijo nada. Eligió callárselo durante semanas y yo seguí planeándolo todo. Me imaginé con un bebé. Un hijo que no sería lo que yo era para mis padres. Alguien que no se iría, al que querer durante toda la vida. A quien darle lo que yo no había tenido: cariño y amor. Hasta que resultó evidente… que no…, que no había… bebé.

Se me emborrona la vista y soy consciente de que estoy llorando. Pero es alivio lo que siento. El mismo que sentí al contárselo todo a mi hermano para que entendiera que no había estado acosando a Sasha, como mi madre y ella luego le hicieron creer. Pero ese alivio se ha multiplicado por mil ahora que es a Tara a quien se lo confieso todo. Estoy gritando lo más miserable que me ha sucedido en la vida en mitad del desierto de Nevada, subido al techo de mi puto coche y delante de un montón de extraños. Y no me importa.

No me importa porque entre toda esa gente está ella. Tara ha elegido venir hasta aquí. Incluso cuando creía que yo estaba huyendo de ella y no de mi pasado. Ha venido por mí, aunque no haya sido capaz de decir o hacer nada. Así que el resto no me importa en absoluto.

Resulta liberador.

—Nunca huiría de ti —aseguro, bajando la vista porque ahora está junto al coche, muy cerca de Blake y Raylee—. No correré nunca lejos de ti. Y si quieres o no quieres tenerlo…

—Es Raylee —me interrumpe, y también ella está llorando—. Es Raylee la que está embarazada. No soy yo, Trav —concluye casi con tristeza.

Raylee asiente para confirmarlo.

Todo el mundo está callado y pendiente de nosotros. Y de repente me siento como un imbécil, aún más de lo habitual, pero no puedo evitar sonreír de todas formas. No porque no vaya a ser padre, sino porque Blake y Raylee me van a hacer tío.

Me bajo de un salto del coche y me planto frente a Tara. Tiene húmedas las mejillas y manchas de rímel bajo los ojos, y aun así sigue estando preciosa.

Joder, es la mujer más hermosa que he contemplado jamás.

—Nunca te haría algo así, Travis.

Soy un completo gilipollas. En el fondo, sabía que Tara no me haría esa clase de daño. Lo sabía en la suite y también mientras me arrastraba hasta aquí. Por eso no tenía sentido correr, porque, sin importar lo que estuviera sucediendo, esta vez no había nada de lo que huir.

No estoy seguro de cómo sentirme con la noticia de que es Raylee la que está embarazada. En realidad estoy bien, porque gritar mi dolor y contárselo todo a Tara ha sido reparador a un nivel que ni siquiera yo entiendo del todo, como permitir que se cierre por fin una vieja herida después de haber estado arrancándote la costra una y otra vez. Pero también estoy un poco... decepciona-do. A pesar del miedo, de la avalancha de recuerdos, de Sasha y de mi madre. Del pánico...

—Entiendo que no quieras ser padre o que te diera miedo atarte a mí, pero... —me dice Tara—. Travis, yo...

—No —interrumpo, antes de darme cuenta de lo que hago—. No es eso. Jamás ha sido eso. No huía de ti, Tara, sino de mí. De mis sentimientos, y... —De repente lo veo, con una claridad que me sorprende hasta a mí—. En realidad, no me hubiera impor-tado si fueras tú. Jamás me importaría. Es precisamente porque eras tú y porque la idea de perderte me aterra. Pero no quiero huir de ti. No quiero correr más, Tara. Solo quiero estar contigo. Te quiero.

Tara esboza una sonrisa triste y compasiva. Y por una vez me da igual lo vulnerable que he sonado, las emociones que haya en mi rostro o en mi voz. Lo último que quiero es despertar su com-pasión, pero tampoco quiero esconderle cómo me siento.

Nunca más.

—Eres idiota, Anderson —replica ella. Aunque no es eso lo que esperaba oír, sé que me lo he ganado.

—Lo sé y lo acepto. Pero déjame arreglar todo esto y ser idiota a tu lado.

Le rodeo la espalda con los brazos y la acerco a mí, rezando para que no me aparte. Respiro hondo y lucho por no esconder el rostro en el hueco de su cuello y olvidarme del resto del mundo.

—No voy a ser padre entonces. De nuevo.

—Mierda, Travis. Yo...

—No, esta vez es culpa mía —la corto, acunando su cara entre mis manos—. Soy yo el que ha montado todo este lío. Tú no tie-nes culpa de nada. Solo tengo que hacerme a la idea.

—Serás tío. Un tío genial —interviene Raylee.

Blake también tiene su propia aportación que hacer:

—Un tío capullo que lo o la malcriará.

Los miro uno a uno. Y más allá de ellos veo también a Jordan, cruzado de brazos y con la sombra de una sonrisa curvándole los labios. Conociéndolo, habrá grabado mi discurso con el móvil y se dedicará a chantajearme durante el resto de mi vida solo por diversión, aunque no le haga falta en absoluto el dinero.

—Vamos, regresemos al hotel —dice Tara—. Creo que necesitamos terminar esta conversación en un lugar más privado.

Tara

Nuestro regreso al hotel es mucho más silencioso, aunque también menos tenso. Jordan lidera el camino en uno de los vehículos, mientras que Raylee, que no ha bebido ni una gota de alcohol, lo sigue conduciendo el coche de Travis. Blake ocupa el asiento del copiloto y mantiene una mano sobre su muslo en todo momento. Supongo que ellos también tienen mucho de lo que hablar; sé que Raylee quiere tener ese niño, y también estoy bastante segura de que Blake ya está buscando posibles nombres y planteándose cómo compaginarlo todo para que ella pueda continuar estudiando aunque vayan a ser padres. También estoy convencida de que se está preguntando si Thomas va a darle una patada en el culo ahora que la crisis de la noche ha pasado.

Travis está tumbado en la parte trasera, con la cabeza sobre mi regazo y los ojos cerrados. Parece agotado y luce más joven que nunca; tal vez, durante un instante, necesite ser de nuevo el chaval de dieciocho años que dejó embarazada a una chica. Quizá está reconciliándose con esa parte de su pasado, admitiendo que duele y dolerá siempre. Y asumiendo que, pese a eso, no tiene que seguir corriendo.

Cuando por fin llegamos al hotel, dejamos que el aparcacoches haga su trabajo. Jordan se planta frente a nosotros y contempla con una expresión indescifrable el brazo con el que Travis me mantiene anclada a su costado.

—Supongo que no habrá más apuestas para vosotros esta noche —señala con una sonrisa suave.

Travis esboza una mueca, y Blake parece caer en la cuenta de que hemos arrastrado a uno de sus clientes más importantes por todo el desierto de Nevada en plena inauguración.

—Lamento que hayas tenido que abandonar tu propia fiesta —señala él.

—Te debo una —añade Travis, tendiéndole la mano para estrechar la suya—. Gracias, West.

El empresario le devuelve el apretón y hunde las manos en los bolsillos. La pajarita del esmoquin, ahora deshecha, cuelga alrededor de su cuello, al igual que las de los hermanos Anderson, y tiene la chaqueta sujeta bajo el brazo. No puedo evitar pensar en lo que creerá de nuestra pandilla de inadaptados, y eso que no fue testigo de la declaración de Blake durante la boda de Thomas.

Está claro que los Anderson siguen un patrón.

—Ha sido… divertido —dice West—. Pero la próxima vez no contéis conmigo, por favor.

Nos hace un gesto con la mano mientras atraviesa la entrada y se dirige con andar arrogante de vuelta a la fiesta. Tampoco nosotros nos demoramos demasiado en acceder al edificio. En el ascensor, Blake sostiene a Raylee contra su pecho mientras le susurra al oído algo que no puedo escuchar. Se le ve radiante, y estoy segura de que será un padre estupendo, al igual que mi amiga va a convertirse en una madre espectacular.

Travis, en cambio, permanece callado y con actitud reflexiva.

Nos despedimos en el pasillo y, una vez que me quedo a solas con él, vuelvo a sentirme un poco perdida. No tengo ni idea de cómo actuar ahora que estamos solo nosotros y que la adrenalina se ha diluido en mi torrente sanguíneo. La realidad de la situación comienza a asentarse en mi mente y un nudo se aprieta en mi estómago. Me quedo mirando la habitación sin ver nada en realidad.

«Ha dicho que me quiere…».

Siento unos brazos rodeándome y el pecho de Travis pegado a mi espalda. Todo ese calor que siempre desprende se filtra a través de la tela de mi vestido y la presión de sus manos sobre el abdomen me provocan un ligero estremecimiento. Estoy hecha un desastre, mi pelo es una locura y me tiemblan un poco las piernas, pero se siente bien.

—Ey. Vuelve, regresa conmigo —susurra en mi oído con voz suave y cadenciosa. Y luego añade—: Lo he dicho en serio. Nunca he dicho nada más en serio en toda mi vida, Tara.

Vuelvo a estremecerme cuando pronuncia mi nombre.

—¿El qué? —pregunto, casi con miedo, pero también con una ilusión incierta y a la vez maravillosa.

—Que no me importaría si hubieras sido tú. Y también lo de que estoy enamorado de ti. —Su voz no es más que un susurro. Tierna y desgarradora. Sincera—. Te amo. Y no voy a huir de eso. Estoy aquí.

Su mano desciende por mi cadera hasta la abertura del vestido, y sus dedos apartan la tela y rozan mi piel con delicadeza. La caricia está cargada de emoción, casi como si fuera la primera vez que me toca.

—Eres hermosa, Tara —continúa susurrando.

—Debo de lucir horrible.

—Luces… —hace una pausa, y puedo percibir la sonrisa que curva sus labios sobre la piel de la nuca— como si todos mis mejores sueños se hubieran hecho realidad.

Mi pecho se calienta. No solo porque su mano se cuela a través de la abertura del vestido y comienza a ascender por la parte interna de mi muslo, sino por la honestidad que transmiten sus palabras.

—Y ahora voy a llevarte a ese dormitorio y a demostrártelo.

A pesar de la afirmación, no hace nada por arrastrarnos a través de las puertas que separan ambas estancias. Se queda de pie, a mi espalda, con un brazo rodeando mi cintura mientras su otra mano recorre un tortuoso camino hasta alcanzar mi cadera. La yema de sus dedos me hace cosquillas sobre la piel y, al mismo tiempo, de alguna forma también consigue tocar mi corazón. Y resulta curioso que haya podido llegar a creer en algún momento que iba a ser posible odiar a Travis Anderson.

Nunca he tenido la más mínima posibilidad con él y tampoco me importa.

Travis hace descender la cremallera de mi vestido y, con un leve tirón, este cae amontonado alrededor de mis pies. Y la sensación de su ropa contra mi piel desnuda resulta casi abrumadora.

Acaricia mi estómago, la curva de mis caderas, mis brazos y hombros, mi pecho, la línea de mi cuello. Con devoción. Despacio, muy despacio. Como si quisiera memorizar cada rincón de mi cuerpo. Como si los estuviera redibujando en su imaginación. Mientras, roza suavemente sus labios aquí y allá, y no puedo evitar que mi piel se erice de pies a cabeza.

Parece que estuviera exponiendo ante mí cada emoción, cada latido de su corazón. Cada sonrisa que me ha dedicado. Cada caricia de estas últimas semanas. Todo lo que se ha ido guardando y que ahora se halla esparcido a nuestro alrededor solo para que yo pueda contemplarlo. Para que pueda contemplarlo a él.

Al verdadero Travis Anderson.

—No más carreras. No más huir, Tara —me dice, y sé que no solo se refiere a su coche. Su mano baja por mi estómago y alcanza el encaje de mi ropa interior. Y puede que yo deje de respirar durante un segundo o dos. Luego repite—: Estoy aquí.

Pero entonces me hace girar entre sus brazos. Se inclina sobre mí y me besa. Lento y profundo, como si los relojes hubieran dejado de funcionar en este instante y lugar. Se toma su tiempo para saborearme mientras sus manos sostienen mi rostro con tanta ternura que no puedo evitar pensar que quiero que me bese así para siempre.

—Te quiero —murmura en mi boca, y yo no soy capaz de detener un gemido.

Travis se traga el sonido y lo hace suyo, y un momento después me alza en vilo y se encamina por fin hacia el dormitorio de la suite con una decisión que no deja lugar a dudas.

Me coloca sobre la cama. Su ropa desaparece. Me cubre con su cuerpo y continúa besándome durante toda una eternidad. Sin más urgencia que la de exponer con sus actos lo que ya ha verbalizado con palabras.

Durante gran parte de la noche eso es todo lo que hace. Se hunde en mí una y otra vez. Me llena y me vacía; me tortura con cada emoción que asoma a su rostro, sin apartar la mirada. Sin esconderse. Y me muestra a base de caricias y besos cada rincón de su cuerpo y su mente.

—No te odio —le digo al oído, y él sonríe.

—Yo tampoco te odio, Tara.

Epílogo

Siete meses después

—¿Rhys? ¿En serio? —protesta Travis, con el ceño fruncido.

Es evidente que no es lo que esperaba. Lleva meses proponiéndoles a Blake y a ella nombres para el bebé, desde que supieron que iban a tener un niño.

Una embarazadísima y feliz Raylee asiente. Está sentada en el sofá, acomodada sobre varios cojines y con las piernas reposando en el regazo de Blake.

—Rhys Travis Anderson —aclara ella, a la que es evidente que le encanta.

Blake está sonriendo como un idiota. Creo que eso es todo lo que sabe hacer últimamente. Y ahora también Travis lo hace, aunque en realidad parece tan abrumado como sorprendido por la elección.

Estamos todos en casa de Travis. O debería decir en el apartamento que ambos compartimos en Los Ángeles desde hace unos pocos meses.

Tras el bombazo de Las Vegas, Blake no quería ni oír hablar de estar separado de Raylee, así que fue cuestión de unas cuantas semanas que ella se trasladara con él y yo me quedara sin compañera de piso. Al principio, Travis pasaba un montón de tiempo en el campus y, sin darnos cuenta, nos encontramos prácticamente viviendo juntos, aunque Travis había empezado a buscar algo para él.

Cuando por fin logró dar con un precioso ático no muy lejos de la zona en la que se encuentra el de su hermano, una noche me llevó hasta nuestro mirador, me tumbó sobre el capó de su coche y me pidió que me fuera a vivir con él mientras me follaba como si fuera aquella primera vez. Porque así es Travis, intenso y un poco salvaje, y no puedo decir que no esté feliz con ello.

Acepté. Eso sí, puede que lo torturara un poco antes de hacerlo.

A pesar de que ni Raylee ni yo nos hemos graduado aún, el esfuerzo de tener que trasladarnos a diario hasta el campus merece la pena con creces.

Raylee le tiende a Travis una de las últimas ecografías y, de inmediato, su rostro se ilumina por completo. Ha vivido el embarazo de mi amiga de cerca y con tanta ilusión que es difícil no conmoverse cuando sonríe como lo está haciendo ahora. Casi parece otra persona, incluso cuando a veces todavía me saca de quicio.

—Rhys Travis Anderson —murmura para sí mismo mientras contempla la imagen.

Ese crío va a ser el niño más mimado que haya habido jamás. Entre Travis y Thomas le han comprado ya más juguetes de los que podrá usar en dos vidas. La madre de Raylee lloró de alegría cuando le contaron que iba a ser abuela, aunque le hizo prometer a su hija que terminaría de estudiar, lo cual desembocó en un discurso por parte de Blake sobre el modo en el que planeaba empezar a trabajar mucho más tiempo desde casa para hacerse cargo del bebé y que Raylee no tuviera que perder el ritmo de sus clases. De ahí que Travis también quisiera vivir cerca de ellos; la flexibilidad de la que dispone en su propio trabajo le permitirá echarles una mano en todo lo que necesiten.

Travis no ha vuelto a pisar la casa de su infancia, aunque se encontró para almorzar en una ocasión con su madre después de que Blake informara a sus padres del embarazo de su futura mujer. La relación no ha mejorado en absoluto, es tensa e incómoda incluso para Blake, y dudo que ninguno de ellos pueda perdonarles lo que han hecho a corto plazo. Pero creo que los hermanos son felices pese a todo; han creado su propia familia. Y, lo que es mejor aún, Travis ha encontrado una especie de figura paterna en mi propio padre. Al menos un domingo al mes lo visitamos a él y a mi hermano, y entre los tres se han dedicado a restaurar verdaderas joyas de cuatro ruedas.

Travis ladea la cabeza y me dedica una mirada brillante. Juguetea con el piercing de su lengua, una costumbre que no ha perdido y que continúa haciendo hormiguear algunas partes muy poco nobles de mi cuerpo.

—Quiero al menos cuatro de estos —me dice con la ecografía aún en la mano.

Suelto una carcajada.

—No.

Él esboza un puchero. Un puchero. Desde que ha descubierto cómo usar a su favor las expresiones de su rostro, Travis Anderson no duda en utilizarlas a su antojo.

—Tara, cariño. —No dice nada más, pero se desliza por el sillón hasta mí y me agarra de la nuca. Sus labios revolotean muy cerca de mi boca, aunque no llega a besarme. Solo me está provocando. Y se le da bien, demasiado bien.

Nuestra atracción mutua no solo no ha desaparecido, sino que ha ido aumentando día a día.

—No.

Su sonrisa se amplía. Le encanta discutir conmigo y yo odio que a mí también me guste tanto. Pero es un odio del bueno… El único odio que se puede sentir por Travis Anderson.

—Después de la boda —gime él cuando su lengua asoma y me lame el labio inferior, y por un momento no soy realmente consciente de lo que está diciendo, demasiado perdida en el sabor de sus besos.

—¡¿Qué boda?! —grita Raylee.

Eso mismo quiero preguntarle yo. Pero entonces Travis pasa de estar sentado junto a mí a arrodillarse a mis pies. Se me abren los ojos como platos y en algún lugar a mi alrededor escucho la risa de Blake.

—Eres la única mujer a la que he querido encontrar cada mañana en mi cama y cada noche a mi lado —comienza a decir al tiempo que saca una pequeña cajita del bolsillo y la abre para mostrar un precioso anillo de oro blanco con una única gema incrustada—. Pero, sobre todo, la que me enseñó que correr, aunque sea hacia delante, es escapar de todas formas. Si huimos alguna vez de nuevo, que sea juntos. Cásate conmigo, Tara. No hace falta que pongamos una fecha aún —se apresura a añadir—, pero dime que vas a quedarte conmigo… siempre.

Se me encoge un poco el corazón al escuchar la última parte y es probable que haya empezado a temblar.

—Dios, eres idiota, Anderson —le digo mientras me arrodillo con él.

—Eso es un sí, ¿verdad?

Me río porque desde luego que es un sí, y sé que él también lo sabe.

—Sí —acepto de todas formas, y Raylee suelta otro grito de entusiasmo.

Travis me envuelve con los brazos y, ajeno a la presencia de su hermano y mi amiga, prácticamente devora mi boca. Blake se aclara la garganta, lo cual no tiene efecto alguno sobre Travis, que un momento después ya me ha cargado sobre su hombro y me está arrastrando entre risas hacia el dormitorio.

—Por nosotros no os cortéis —suelta Raylee.

Me río al recordar que todo esto empezó con unos vaqueros de hombre tirados en mitad de mi salón. Bueno, en realidad, empezó con una boda, un chico y una chica que se deseaban demasiado y se escondían del hermano de esta y una declaración de amor gritada a los cuatro vientos durante el brindis.

Y al final va a terminar con un embarazo, dos bodas y… ¿cuatro críos?

—Lo de los cuatro niños era una broma, ¿verdad? —le digo, en el momento en que Travis me lanza sobre la cama y comienza a quitarse la ropa a toda prisa.

—¿Por qué? ¿Quieres tener más, señora Anderson? —Me brinda una sonrisita sucia, totalmente desnudo ya frente a mí. Joder, no debería ser tan guapo. No es justo para mí—. Estoy seguro de que podemos llegar a un acuerdo mientras practicamos.

—Te odio, Travis Anderson. Te odio mucho.

Él suelta una carcajada. Ahora ríe mucho más, pero cada vez que lo hace sigue sorprendiéndome y enamorándome a partes iguales. Nunca lo admitiré frente a él, porque su ego ya tiene suficiente sin que yo lo alimente con halagos, pero su risa es, con toda probabilidad, mi sonido preferido en el mundo.

—Mentirosa —replica mientras se desliza por la cama hacia mí—. Me quieres. Estás loca por mí. Me adoras…

Se detiene con los dedos enganchados en el dobladillo de mi vestido. Levanta la cabeza y el piercing de su lengua destella entre sus dientes; sus ojos mantienen un brillo burlón, pero hay tantas emociones en ellos…

—Te amo —termino yo por él, y su sonrisa se hace aún más amplia, igual de provocadora, pero mucho menos pícara y más tierna.

Y puede que en algún momento de la tarde, mientras me desnuda, besa y acaricia, mientras sus manos me muestran más de esas emociones y su rostro refleja todo lo que siente por mí… Mientras murmura que me quiere al tiempo que me provoca con su boca sucia y pecaminosa, puede que Travis Anderson consiga convencerme una vez más de que del odio al amor hay solo un paso.

Un paso muy muy corto.

Agradecimientos

Si echo la vista atrás, poco imaginaba yo cuando di vida a los hermanos Anderson que estos chicos llegarían tan lejos. Esta serie me ha traído un sinfín de cosas buenas, así que no puedo dejar de daros las gracias por ello. Porque siempre sois vosotros, los lectores, los que convertís en algo maravilloso todo el proceso de creación y el trabajo que conlleva escribir una novela. Desde el momento en que toma forma y comparto extractos en mis redes sociales hasta ese instante en el que llega a vuestras manos y devoráis la novela. Sois magia, pura magia, y hacéis de esto algo tan bonito que es difícil expresar con palabras lo que siento por vosotros. Gracias por apoyarme siempre, por el cariño, los mensajes, las fotos. Por elegir mis historias y por vivirlas tan intensamente como lo hago yo.

Esta historia está dedicada a vosotros y a toda la gente que me rodea y que día a día comparte conmigo cada éxito y, sobre todo, cada fracaso. Para todos los que me habéis ayudado a llegar hasta aquí. Espero poder seguir contando con vosotros.

Gracias por enamoraros de Blake y por no odiar a Travis.

Y ya sabéis, si habéis terminado esta historia y queréis hacerme saber lo que os ha parecido, no dejéis de buscarme en las redes sociales y contármelo. Me encanta hablar con vosotros.

Por último, gracias a Penguin y a mis editoras, Gemma y Cristina, por creer en mí y darme la maravillosa oportunidad de trabajar con ellas.